剑来

⑩ 他乡遇故知

◎ 烽火戏诸侯 著

浙江文艺出版社

001　第一章　人间苦难说不得

041　第二章　新年新气象

067　第三章　他乡遇故知

103　第四章　君子武备

122　第五章　前兆

150　第六章　棋盘上

177　第七章　又一年春

202　第八章　夫子气魄

229　第九章　君子救与不救

第一章
人间苦难说不得

光阴长河依旧从这座小天地外边,缓缓流淌而过,天幕处两种天地规矩间的摩擦激荡,焕发出五彩琉璃般的迷人色泽。

陈平安和剑灵肩并肩坐在城墙废墟边缘,双腿悬在外边。

陈平安低头看了眼自己的腹部,已经止血,伤口处基本愈合,只是内里好似一团乱麻的五脏六腑,依旧疼得让人打战。

一件飞升境本命仙兵的创伤,哪怕远远不算倾力一击,可后遗症之大,依旧令人难以想象。

远处,所有人都站在原地静止不动。

唯独本命飞剑被折断的那名教习嬷嬷,最为诡异,一直在摇摇晃晃,幅度极小,但是尤为凄惨。

孙嘉树被老祖宗打晕过去,交由身边老管事搀扶。

绝大多数人脸上都带着快慰的笑意。

听剑灵说,被打断脊柱的郑大风,那一口九境武夫养炼而出的纯粹真气,已经彻底消散,真的沦为了一个废人,不过体魄底子还留下一些,相当于五六境的武夫身躯。郑大风已经被文圣老秀才送往灰尘药铺,性命无忧便是了,不过估计就算从病榻上重新站起来,后半辈子都会生不如死。

剑灵还说,老秀才说这烂摊子由他来收拾,总之绝不会让陈平安吃亏,那个杜懋吃进去多少,就得吐出来更多,而且事情没这么简单。

两人一起看着这座小天地的天幕穹顶,她突然说道:"我得走了,磨剑一事,不能耽搁片刻了。"

陈平安想起一事,轻声道:"我有一把可以遮蔽天机的油纸伞,神仙姐姐你拿着吧?按照先前的说法,就连文圣老爷的死对头都表态了,以后我至少不用再碰上杜懋这种老怪物,只要不是上五境修士,我都能应付,而且也不会主动招惹,这次老龙城帮着郑大风,是个特例。"

她"嗯"了一声,伸手摸了摸陈平安的脑袋:"也好,你还没送过我东西呢。"

陈平安眨眨眼。

她理直气壮道:"是说当年过桥的时候,你箩筐里那块斩龙台?那也不是你送的礼物,是我偷的呀。"

陈平安笑道:"神仙姐姐,你想要啥?那把油纸伞不算,我送你其他的。我走了很远的路,以后还会接着走下去,说不定就能遇上你喜欢的东西。"

她侧过身,然后身体后仰,笑道:"不怕那位姑娘生气啦?"

陈平安笑容灿烂,道:"大不了给她打一顿呗。"

她弯曲双指,在陈平安额头上轻轻一敲,笑道:"少年郎长大喽。"

陈平安也侧过身,伸手比画了一下两个人的高度,开心道:"是吧?"

她用肩膀轻轻撞了一下陈平安的肩头,笑问道:"很喜欢那个丫头?怎么个喜欢法?"

陈平安想了想,苍白的脸庞上微微泛红,双手撑在身后,望向远方,羞赧轻声道:"这个我哪里好意思说出口。"

她啧啧道:"哎哟哎哟,我可真要吃醋了。"

陈平安依旧眺望远方,摇头道:"不会的,神仙姐姐最好了。"

高大女子笑着站起身,道:"走,去那药铺拿雨伞。对了,地上这具尸体,是杜懋的阳神身外身,可以收起来,好歹是十二境仙人体魄的一副皮囊,能卖钱。"

陈平安瞥了眼地上那个"杜懋"。

她笑道:"能卖不少钱,甚至可以让人寄居其中,比如大骊国师崔瀺那种。"

陈平安将其收入咫尺物当中。

她会心一笑。

陈平安虽然体内气府破败不堪,但是行动无碍,不过如今要与人交手就不行了,估计当下的实力,还不如当初初入三境时的武道修为。

陈平安站起身,低头看着破烂的金醴法袍,心疼得比肉疼还要厉害。剑灵手中拎着那三块最早放在咫尺物素白玉牌当中的斩龙台,笑道:"没事,补得回来,几袋子金精铜钱而已,说不定还能一鼓作气提升到半仙兵品秩。杨老头得给些,那个杜什么来着的，也得想法子给。"

陈平安点点头。

她大步向前，走在这个被打通的城墙大窟窿之中，道："别灰心，大道尽头还远着呢，到时候我还是会在你身边的。"

陈平安快步跟上，她抓住陈平安的肩头，跃出墙洞，按陈平安指点的方向，掠向老龙城内城的那间灰尘药铺。

由于老秀才尚未撤掉老龙城的禁制，故此依旧是万物寂静。

此时在药铺门外的巷子里，手持行山杖的裴钱，急得像是热锅上的蚂蚁。因为她耍完自创的疯魔剑法后，发现赵姓阴神像个木头人似的，一动不动，她怎么喊都不管用，那些黑烟就跟冰锥子似的，她双手抓住一缕，结果怎么扯都扯不动，吓得她丢了行山杖，蹲在地上抱头痛哭，撕心裂肺，又是喊爹又是喊师父的，把嗓子都喊哑了，疯了似的跑出小巷，突然记起了陈平安的叮嘱，于是掏出那张符箓啪一下贴在额头上，给自己壮胆，皱着一张哭花了的小脸，就要跨出那一步，去找陈平安！

结果背后响起一个熟悉的嗓音，喊道："回来。"

裴钱转过身，看到了对自己笑着的陈平安，既委屈又高兴，哭哭笑笑跑了过去，一把抱住陈平安。

剑灵站在陈平安身后，看到这一幕，觉得有趣，挺像的。

至于这个黑炭小闺女眼睛里的古怪，她的出身和眼界，使得她比谁都更清楚其中的门道。

这番气象，叫作眼蕴日月。

当然不是浩然天下的"正统"日月，而是某些洞天福地的日月精粹。这份滔天福运，即使是九境武夫，或是陆地神仙，都是没办法承受的。

至于小姑娘为何安然无恙，她不感兴趣，什么奇怪之事、神异之人，她不曾见过？多到早已麻木了，仅是死在那把老剑条下的，就不计其数。

裴钱这才见到了那位一袭白衣的高大女子，瞪大眼睛，神色呆滞。

剑灵笑了笑，对陈平安说道："如今天下，很少有这么纯粹的武运坯子了，你怎么不教她？"

陈平安按住裴钱的小脑袋，道："以前怕她学了武，不知道轻重，容易闯祸，接下来我就要亲自教她了。"

裴钱开始不由自主地向后退去，恐怕当下她都不知道自己在做什么。

剑灵眯眼道："看来还不是儒家新找到的普通洞天福地，说不定还是当年被我亲手斩落人间的？"

陈平安一头雾水。

剑灵笑道："暂时不用了解这些，陈芝麻烂谷子，我想起来就心烦。"她率先转身，走向药铺那边。

裴钱这才回过神，怯生生躲在陈平安身后。

那把被东海道人称呼为梧桐扇的小油纸伞，就斜靠在门口，她弯腰拿起撑开，掉出一块玉牌来，正是太平山祖师堂嫡传玉牌。

她抓在手中瞥了眼，一把捏为齑粉，嗤之以鼻道："什么破烂玩意儿。"

陈平安一跺脚，急匆匆道："我还要还给太平山呢。"

剑灵笑眯眯道："不早说呀，没关系，就说是我弄坏的，让那个什么太平山来骊珠洞天找我，我赔给他们就是了。"她心想，前提是他们敢收。

陈平安无奈道："算了，我再写封信给太平山那位老天君，应该问题不大。"

她撑着伞，点点头，道："那我走了啊。"

陈平安千言万语，不知从何说起，到最后只是笑着点头而已。

她走到陈平安身前，微微弯腰，以额头抵着陈平安的额头，轻声道："陈平安，遇见你，是我的幸运。"

说完之后，她便手持油纸伞，化作一道雪白长虹，破开老龙城天幕，破开那座云海，一个悬停后，往北返回骊珠洞天那片斩龙台。

药铺门口，裴钱扯了扯陈平安的袖子，心惊胆战道："这位真是我见过的最厉害的神仙姐姐啊，当着她的面，我连开口拍马屁都不敢哩。"

陈平安笑道："人外有人，天外有天，所以习武之后，不可以目中无人。"

裴钱使劲点头，突然问道："她就是那个姑娘吧，那下次见面，我喊她一声娘？"

陈平安刚要跨过门槛，一个趔趄。

裴钱恍然道："是喊师娘！"

陈平安赶紧转过身，捂住这个家伙的嘴巴，瞪眼道："不许乱说！"

裴钱眨了眨眼，又道："嘴上不说，放在心里？"

陈平安黑着脸扯着她的耳朵，裴钱就歪着脑袋，踮着脚，咿咿呀呀乱叫。进了药铺后边的院子，陈平安这才松手。

裴钱蹲在地上揉耳朵。陈平安独自去了郑大风的正屋偏房，看到了躺在床上的那个男人。郑大风还是处在昏死状态中，只是止住了血而已。

郑大风比陈平安当初在藕花福地以种秋的顶峰拳架和"校大龙"一举破境时的状况，凄惨太多了。如今的郑大风，整条大龙脊柱都碎了。

陈平安搬了把椅子，坐在昏暗的小房间里，怔怔地望着郑大风。

裴钱蹑手蹑脚走到了偏屋门口，看到这一幕后，犹豫了一下，轻轻离开。

她坐在台阶上，双手托着腮帮。

她从来没有看到过这么……伤心的陈平安。她跟着也有些伤心,吹着额头上的那张黄色符箓。

符箓吹不跑,伤心也吹不掉。

一个人长大了,都会这样吗?

一瞬间,浩然天下流淌在宝瓶洲南端的光阴流水,恢复正常,从四面八方涌入老龙城。除了金丹境元婴境这些世俗地仙,一般人根本察觉不到这种微妙。

片刻之后,这些老龙城聪明人终于意识到事情有些古怪了。

陈平安不见了还算正常,本就被那吞剑舟戳穿了腹部,消失在视野中。可是杜懋以及那个郑大风也不见了,这可就有点难以解释了。

何况在远远观战的他们这边,也有意外发生。

比如那个除了杜懋之外,老龙城内最无敌的教习嬷嬷,颓然倒地,而且当场失去了意识,一身鲜血流溢出来,分明是已经伤及大道根本的可怕场景。

苻畦从登龙台那边一掠而至,蹲下身,脸色铁青,百思不得其解,有些怨恨那个范峻茂的存在,若非如此,自己今天绝不会全然被蒙在鼓中,定然能够窥得先前异象的内幕。他在探查清楚这名云林姜氏老妪的状况后,更是心头惊骇,本命飞剑,毁了?但是苻畦没有道破天机,淡然道:"受了些伤,我们赶回府邸再说。"

苻南华望向城墙那边,已经没有了陈平安的身影,是死在外城里头的某处了,还是?

苻东海和苻春花再次对视一眼。亲眼见到这名不可一世的教习嬷嬷"受了些伤",对于这一对还在觊觎城主座椅的兄妹而言,可是一个不小的好消息。

苻南华轻声询问道:"后边?"

苻畦摇头道:"不要管了,意义不大,先回去弄清楚到底发生了什么,为何杜懋消失了。不走东门,往南门入城。"

身为老龙城如今当之无愧的头把交椅,并且板上钉钉要一统老龙城的苻家,其车马竟然选择绕路,往南门而去。

最像呆头鹅的,自然还是城头上那个杜俨——飞升境杜懋的嫡系子孙,他揉了揉眼睛,老祖宗人呢?人呢?

妻子丁氏,修行资质平平,反而比金丹境圆满的杜俨更加镇定,安慰丈夫道:"在桐叶洲,老祖宗都可以横行,何况是这么小的一个宝瓶洲?"

杜俨点点头,握住她的手,笑道:"是我失态了。此次事了,我们桐叶宗就会以老龙城作为跳板,一路往北撒网,收拢各大仙家门派,顺我桐叶宗者昌,逆者亡!到时候我会负责其中一条路线,你呢,就当你的丁氏家主,老龙城以后就只有苻、丁两大姓氏了。"

丁氏嫣然一笑。

此时，老龙城外边，丁、方、侯三大姓氏，都各自派遣家族供奉截杀郑大风一行人，这是先前符家临时起意的安排。

现在老龙城的形势让他们有些措手不及，原本不该如此仓促且赤裸裸，而是应该安排城外一拨人、外城一拨人、内城一拨人，三拨人都可以做得更加"符合身份"，让人抓不住把柄，而不是这种近乎街巷斗殴的拙劣伎俩。只是在得知符家不要脸皮的截杀命令后，之前结盟的四大姓中的孙家孙嘉树、丁家杜俨先后向符家倒戈，他们哪里还有讨价还价的本钱和底气，不如成为苻家附庸，以后吃些符家嘴里剩下的残羹冷炙，总好过今晚就给连根拔除。

三族队伍中，那个方姓子弟没觉得形势有变，还惦念着今晚大摆宴席，到时候让灰尘药铺的那些女子，全部抛头露面，谁喝掉一杯酒，就让她们脱去一件衣裳！

三大姓氏的话事人在商量之后，决定跟随苻家去往南门，至于身后那些负责截杀的供奉客卿们，先不去约束，想必这些人得手后，自会在城中会合。

云海之上，范峻茂缓缓醒来，果然跌境为金丹境了，她却没有半点怨怼，大笑过后，瞥了眼底下的登龙台那条路线，还有零零星星的厮杀。她皱了皱眉头，伸手捂住心口，另外一只手双指往下指指点点。

云海之中，一条条光柱纷纷落下。

因为动用了云海根本气运，范峻茂的出手，威势不亚于寻常元婴境，本来就伤亡惨重的供奉客卿们，仅剩下的五六个，一个个又被射穿头颅。

担任死士的范氏车夫，只剩下最后一人。下车四人，最终走上那辆马车的，只有浑身浴血的卢白象和伤势最轻的魏羡。而武疯子朱敛，死了。隋右边也是战死。

卢白象捡回了那把痴心剑，不忘在那些尸体上，对着心口一剑一剑戳下，这才上了马车。

老龙城内，那个先前能够在光阴停滞中阴神远游的大修士——富家翁装扮的矮小老头，此刻站在一棵树下，弯腰捧腹大笑，笑出了眼泪。

大快人心！

最近的千年以来，荀渊从未如此开怀大笑——杜懋这个老变态，原来也有今天！

他此次跨洲北上，本意不过是散心，去会一会某个同道中人，哪里想到能碰上这么一桩美事。

这位身在桐叶洲，却在宝瓶洲某些中小仙家，各色仙子们心目中，名气极大的"一尺枪"，最舍得一掷千金的山上豪客，与那位无敌神拳帮自称"玉面小郎君"的高冕，经常在那些镜花水月的山门神通期间，为了某位仙子争风吃醋，大打出手，当然不是真打架，而是砸钱，可不是雪花钱，而是那小暑钱！

荀渊收敛笑意，正色道："今儿是个好日子哟，不能再抠抠搜搜了，必须拿出该有的气派来，再不能让那个家伙嚣张了。只是可惜了正阳山的苏稼仙子，多好多俊多有仙气的一位姑娘啊，本来还想亲自跑一趟正阳山，送件法宝的，可惜了，憾事憾事啊……还有那个神诰宗的贺小凉，贺大仙子，怎么就离开宝瓶洲了呢？还想去见见她，一睹芳容来着，哪怕远远看一眼，也好啊……"

灰尘药铺偏屋内。

陈平安始终坐在那把椅子上，听说就算病床上那个男人能够起身走路，以后也只是个驼背了，会一辈子佝偻着。

本来就邋里邋遢，长得还不周正。

遥想当年，在大门口，看着那些山上仙家走入小镇，吊儿郎当的汉子啧啧惊叹道："刚才那婆娘，大腿能夹死人。"

那一天，消瘦少年还听不懂那句荤话的言下之意，只好问道："那位夫人练过武？"

那个时候，没个正经的汉子，其实就已经是八境武夫了。

今天。

陈平安沙哑道："郑大风，我走了这么远的路，遇到过很多江湖中人，你是骨头最硬、脊梁最直的那个。对不起，真的对不起……"

此时此刻，那个昔年小镇看门人，躺在被鲜血浸透的被褥中，无声无息。

老龙城那座孤岛渡口之外的海上，踩在巨大金黄葫芦上边的小道童，正可怜兮兮地伸出双手，被一个穷酸老秀才用不知从哪里捡来的树枝，打板子。

小道童眼眶通红，叫苦不迭道："文圣老爷，真不关我的事情啊。这次老龙城的事情，我又没坑害他陈平安，是他自己惹上了那个杜懋，我都推算不出来啊。杜懋那是个什么境界，我总不能去老龙城送死吧。你打我不合规矩啊……哎哟！疼疼疼……"

老秀才不听这抱怨还好，一听到这个更来气，下手更狠，骂道："你这个没良心的小王八羔子，当年你跟谁称兄道弟来着？是谁跟你把臂言欢来着？嗯？拿起筷子吃饭放下筷子骂娘是吧？臭牛鼻子教歪了你，我来把你扳正喽！还敢躲？站好，别动，伸手！"

小道童乖乖伸着手，实在是无处躲，哀号道："文圣老爷，你再这样，我就跟师父他老人家告状去了。你那么偏袒陈平安，我师父也会偏袒我的……"

老秀才气呼呼道："还敢顶嘴，臭牛鼻子肚子里有什么坏水，我会不知道？上梁不正下梁歪，今天不把你打服了，我就跟你姓！"

小道童哇哇大哭道："文圣老爷，咱们本来就是一个姓氏啊！咱哥俩哪怕不是一家人，可看在这点香火情的分上，你就少打我几下……"

老秀才冷哼一声，丢了那根树枝，教训道："以后搬家搬到了青冥天下，少惹事！就你这点小机灵，只会招来祸事。那座白玉京里头的道士，十二楼五大城，神仙逍遥是逍遥，却也意味着不会像浩然天下这么讲规矩的，他们最不愿意要的，就是'规矩'二字。"

小道童一屁股坐在金色大葫芦上，擦拭眼泪后，使劲抖动双手，抬起头，好奇问道："师父老人家没说要去那座天下啊。"

老秀才瞪眼道："你知道个屁。"

小道童"哦"了一声，回嘴道："我知道个屁，我知道你是文圣老爷……"

老秀才呵呵一笑，又抓住了那根随着海水漂远的树枝。小道童则自己站起身，伸出手，又开始新一轮的挨板子。

小道童想死的心都有了，这根不起眼的小枯枝，给眼前这个老穷光蛋攥在手里，可半点不比剑仙飞剑差啊。

老秀才瞥了眼西南那边，丢了枯枝，一巴掌拍在小道童脑袋上，道："赶紧滚蛋，以后夹着尾巴做人。"

金色大葫芦飘荡远去，站在上边的小道童突然背对老秀才，弯腰扭屁股，不忘转头做了个鬼脸。

老秀才伸出一根手指，轻轻拧转，那根枯枝嗖一下，刚好戳中小道童的一瓣屁股蛋。

小道童拔出那根枯枝后丢掉，一蹦一跳，赶紧驾驭脚底下的养剑葫芦火速离开。

看来这次露面，老穷光蛋气得不轻，所以要拿他撒气。

小道童抹了一把脸上的泪水，人小鬼大，气呼呼道："气煞老夫也！以后再不跟你称兄道弟了。"

嗖的一下，枯枝又戳中另外一瓣屁股蛋。

老秀才打发了那个小王八蛋，往西南那边一闪而至。

剑气冲霄，海水震荡。

老秀才二话不说，火冒三丈，过去就跳起一巴掌狠狠拍在那个剑修的脑门上，犹不解气，一巴掌接着一巴掌，嘴里骂道："你个没用的玩意儿，护不住小齐，好，算你有借口有理由，离得远，不晓得骊珠洞天的境况，好嘛，如今连眼皮子底下的小师弟都护不住。放着书不读，你练剑练剑练剑，练个屁的剑！知不知道他陈平安被你害了两次，上次是心境被你牵引，这次是你冒冒失失赠送十二境妖丹。陈平安差一点，就只差一点，就要遭受这场无妄之灾了！杜懋，听说过吗？一个飞升境的臭不要脸的东西，在老龙城堵住了陈平安，你小师弟如今才是一个五境武夫！专程冲着你小师弟去的！什么为宗门参与大骊谋划，什么帮人试探老神君，都是扯淡！就是要杀陈平安！"

老秀才在外人面前，哪怕是那个小道童，甚至是那两个坐镇天幕的儒士，所谓的生气,仍是点到为止,至少不会如此直白地流露出来,可是在这名剑修面前,是半点不含蓄了。

而那名剑修也站着不动,任由个子比自己矮许多的老秀才,蹦跳着一次次将巴掌甩在自己脑袋上。

老秀才一边打一边继续骂道:"你倒好,拍拍屁股走人了。你左右真是潇洒啊,齐静春一辈子都不如你潇洒,这个小师弟更不如你潇洒,谁都不如你左右潇洒!你这么潇洒,你咋不飞升上天滚你他娘的蛋呢?"

左右站在原地,不还手,不顶嘴,因为他也是生平第一次,见到这么生气和失望的先生。

哪怕是那次自囚学宫功德林,是他左右相伴左右,先生依旧笑呵呵,半点不以为是苦事。

哪怕是文庙神像一次次被人移动位置、搬出、打烂,先生依旧无所谓,是真的无所谓,而不是故作轻松。他知道先生从来不是这种人。

左右脸色平静,问道:"先生,弟子该怎么做?"

"你终于记起是我的弟子了?我当年是怎么对付那尊中土五岳神祇的?如今你占着理、有着剑……你说怎么做?"

老秀才又跳起来一巴掌拍在左右脑袋上,指了指桐叶洲最北方,怒喝道:"干他娘啊!"

左右"哦"了一声,往南而去。

剑修一身剑气之下,大海东西分开。

桐叶宗中兴之祖杜懋无缘无故消失后,整座老龙城至少在表面上,陷入了诡异的平静。

在杜懋弹指间"打杀"了走下登龙台的郑大风,以及一袭雪白长袍的陌生外乡人后,哪怕杜老神仙不在了,余威依旧像是那座不可见的头顶云海,弥漫在老龙城各处,让所有五大姓家族的高层都不敢大口喘气。

因为之前亲眼看到杜老祖的仙人神通,所以使得一些原本天大的事情,也就变得不起眼了。比如苻家暗中授意,丁、方、侯三族派出去截杀郑大风一行人的供奉客卿,死绝了。根据一个侥幸生还的龙门境修士口述,白衣年轻人的四名武夫扈从,个个杀力惊人,毫不畏死,其中两人战死,一个是擅长驭剑的绝色女子,一个是喜好撕人的老疯子,之后云海落下了一道道光柱,让原本可以围杀剩余两名扈从的修士当场毙命。最过分的是,那个用刀的高大男子,拿着古怪女子的那把古怪长剑,在一具具供奉尸体的心口上戳了一剑。

得知噩耗后,三大姓氏急急忙忙秘密聚头议事。杜俨得到了消息,却没有过来凑热闹,于是众人猜测是不是符家和杜俨设了一个天大的局,以郑大风作为引子,引蛇出洞,要以最"名正言顺"且消耗最小的方式,绞杀他们三大家族用来压箱底的供奉修士?

不然为何符畦身为家主和城主、整座老龙城的旗帜,在云林姜氏嫡女下嫁没多久的时候,都舍得半点脸皮不要,说好了只能一人活着离开登龙台的壮烈死战,结果他挠个痒痒就向郑大风认输了,交由杜老神仙来对付郑大风,这不是早有预谋是什么?看来还是小觑了符家的野心,是铁了心连这点残羹冷炙都不乐意给他们三大姓氏吃了。

当场就有人拍桌子瞪眼睛,扬言符家如此心狠手辣,就别怪他们破罐子破摔,到最后看看老龙城还能不能剩下半座。

群情激愤的,扬言要玉石俱焚的,多是些色厉内荏的。沉吟不语的,反而是说话真正管用的老龙城权贵。

老龙城真正的底蕴,从来不在拳头和法宝上,是在一部部账本上。

突然有管事禀报少城主符南华登门。

符南华带了几名扈从,却是独自一人走入议事大厅,落座后,屁股还没坐热,茶也没喝一口,只是笑着说了几句话就起身告辞了。

符南华说得简明扼要,不用提亲家云林姜氏,桐叶宗也已经与符家结盟,老龙城六艘去往倒悬山的跨洲渡船,除了掌控在符家的两艘,其他四艘符家也全要了。在座三个家族以后每年的三成利润,要上贡给符家,作为继续居住在老龙城的"房租"。接下来符家会联合世俗王朝、山下仙家洞府、江湖门派等各方势力,大举向北,打压、排挤、铲除所有老龙城之外的商家势力。在此期间,丁、方、侯三大家族能够挣到多少真金白银,是财源广进、更胜以往,还是一蹶不振、运转失灵,以致被驱逐出老龙城,就需要各位在精诚合作的大前提下,各凭本事了。如果今天各位觉得大方向没有问题,下次就可以坐下来真正聊一聊细节了。

厅内众人开始权衡利弊,坐在这里的人物,打算盘,计算得失,都是行家里手。

有一位老者微笑道:"富贵险中求,搏一搏。"

有人笑道:"大骊铁骑已经快杀到咱们宝瓶洲中部了吧?咱们这次北上,如果成功,不知道能不能与那些北方蛮子碰个头?"

一位老妪自嘲道:"符家这是打算牵狗出去咬人啊?不过咬得好,倒也能咬下几块肥肉进自己嘴里,比起现在的小打小闹,说不定真能多赚些。"

一位最年轻的公子哥,相貌普通,气度却是不俗。他这会儿双手抱着后脑勺,仰头望着头顶一盏琉璃灯,喃喃道:"归根结底,还是以大势压人啊。"

范家重金聘请的几位神医,多是练气士中的医家子弟,或是精通丹药的道家养生高人,最近在灰尘药铺这边进进出出。

范家祠堂已经吵成了一锅粥,对家主的建言逐渐变成了质疑,最后干脆就是痛心疾首了,一个个说子孙不孝,愧对列祖列宗,竟然只能眼睁睁看着范氏螳臂当车,走了一条取死之道,在这种关头还要庇护那个已成废物的郑大风。当代范氏家主范畴,面对种种非议,只是沉默喝茶。

药铺这边。

郑大风已经清醒过来,能够开口说话了。除了范家请来的高人用药疗伤培元固本,赵姓阴神也有些从骊珠洞天带出来的家底,帮着郑大风修补魂魄漏洞,不至于让郑大风一下子垮下去,一天天变得形如槁木。

郑大风没有寻死觅活,虽然言语不多,但神色还算轻松。偶尔,裴钱来屋子坐一会儿的时候,还会笑着与枯瘦丫头聊几句。裴钱每次来,都是蹲在地上,搬一把椅子搁放书籍,然后抄书。郑大风见着了裴钱,是最愿意说话的,虽然每次开口言语,都会扯动伤势,但是裴钱不太领情,抄书的时候,格外认真,郑大风要是说得多了,还会抱怨一句:"你很烦啊,要是抄歪了一个字,或者某个笔画不够端正,我多会要我重写的。"

郑大风听了就会乐呵,只是这一笑,就又疼得直冒冷汗。不过屋里有裴钱蹲着抄书,病床上的汉子,心情大抵还是不错的。

陈平安会时不时来这边坐一坐,两人一躺一坐,由于都受着重伤,所以聊得不多。

这天黄昏,离开充满药味的偏屋,陈平安走到院子里,朱敛在灶房忙活一桌子饭菜,裴钱在院子里练习她的独门绝学。

院子里摆了一张桌子,卢白象在跟隋右边对坐下棋,魏羡站在一旁,依旧看不懂围棋,却会耐心等待胜负。

之前朱敛和隋右边死在老龙城外面,陈平安就又花了两枚金精铜钱,砸入他们两人的本命画卷。

两人阵亡后,按照东海道人当初订立的规矩,武疯子朱敛未来的最高成就,跌到了武道十境。

而隋右边更是惨不忍睹,破庙一役接连死了两次,这次又跟一位金丹境换死,未来的成就,就只能在八境,也就是在金身境之上的那个远游境停滞不前了。陈平安也好,画卷四人也罢,不管对于那位观道观的老观主观感如何,五人都不怀疑"老前辈的道法通天"。

今天那个每次出场都会黑烟滚滚、煞气腾腾的赵氏阴神,没有出现。

这尊元婴境阴神,坐镇药铺后如同一位玉璞境修士,本该是改变棋局的胜负手,不承想从头到尾,都没他任何事情。陈平安重伤,郑大风变成了废人,朱、隋两名扈从战死,卢白象和魏羡也没闲着,都是鬼门关那边转悠回阳间的,唯独这尊阴神好像就陪着裴钱在铺子门口聊了几句天。光阴停滞时，药铺阵法尚未开启，他亦是被禁锢其中，光阴流水继续流淌后，大局已定。

陈平安在药铺门槛上坐着。

院子里，裴钱双手扶住行山杖，气喘吁吁道："老魏，我的剑术练得咋样了？"

魏羡没转头，继续盯着棋盘上的黑白棋子，此时的棋盘上有点像是沙场上的犬牙交错，他也就只能看出这么个意思了，随口敷衍裴钱道："强。"

裴钱不太满意，大声问道："有多强咧？"

魏羡想了想，道："强无敌。"

裴钱大怒，道："老魏，你当我是傻子啊，这种话谁信？"

魏羡斜了裴钱一眼，问道："那你信不信？"

裴钱脸色立即阴转晴，呵呵一笑，道："有点点信的。"

裴钱信心暴涨，提起行山杖，指了指卢白象的背影，问道："小白，你是省心省力地投降认输，还是坐着不动与我一战？"

背对着裴钱的卢白象笑道："认输认输。"

裴钱又问："隋姐姐，你要不要跟一个今年虚岁才十岁的小屁孩，来一场光明正大的大战？"

隋右边淡然道："那还是免战吧。"

裴钱扯开嗓子，转头朝小灶房那边喊道："厨艺精湛、天下无双的朱敛，就剩下你了，敢不敢拼着今晚饭菜不那么好吃，出来与我厮杀？"

腰系围裙、手拿锅铲的朱敛大声回答道："不敢！"

裴钱"嗯"了一声，环顾四周，抱着行山杖，满意地自言自语："果然，除了我爹之外，我已经强无敌了，有些寂寞，看来今天明天都不用练剑了。"

不知何时已经回到那边檐下长凳坐着的陈平安，微笑道："要持之以恒。"

裴钱蹦跶着去陈平安身边坐下，充满期待地问道："师父，我是不是你的开山大弟子？"

陈平安笑道："我有个不记名弟子，叫崔东山，如今在大隋山崖书院。你想要当大弟子，可得问过他答应不答应。不过他对于'大师兄'这个称呼，可能不太喜欢，所以你还是有希望的。"

裴钱不以为意道："崔东山？这名字听着就是个小鱼小虾，出息不大的。到时候我跟他商量商量，让他当我的师弟，喊我大师姐。师父你放心，我不会仗着咱俩关系近，就欺负他，也不会拿钱贿赂他交出大师兄的身份。"

陈平安笑容古怪，道："好的，你可以试试看。"

赵氏阴神站在药铺竹帘子那边，朝这边喊道："陈平安，我有事找你。"

陈平安起身掀开帘子，走到院子前面的药铺里头。

阴神带着陈平安跨出大门，走在小巷里，也不知他如何运转阵法，竟是直接将自己变成了坐镇某座小天地的玉璞境修为。小巷中昏暗起来，虽然赵姓阴神面容模糊，可仍是能够让陈平安清晰察觉它的小心翼翼，甚至还有些心有余悸。他在隔绝了外界查看之后，飘浮的身形悬停立定，对陈平安沉声道："有一位自称与齐静春有关系的老儒士，找到了我，准确说来是直接将我拘押到了他身前，说是你陈平安的……不记名先生……"

说到这里，阴神有些想笑又不敢笑，天底下只有不记名弟子，哪来的不记名先生？

尊师重道，在浩然天下可绝不是一条可以随便践踏的规矩，一旦越过雷池，往往需要付出远远重于"声名狼藉"的惨痛代价。

陈平安点了点头，没有在这件事上与赵姓阴神坦诚相见。

阴神也不愿刨根问底，就像陈平安从未询问自己既然姓赵，又是骊珠洞天出身，那么到底是哪一支赵氏的祖先。

僧不言名，道不言寿，山水神祇不问前生，皆是此理。

他继续道："那位老先生要我转告你，可以在老龙城过完年再动身，还有些东西得晚一些捎给你，明年开春以后，想去哪就去哪，只做陈平安便是了。"

陈平安笑道："好的。"然后陈平安犹豫了一下，仍是直接问道："杨老前辈，当真对郑大风的遭遇，视而不见？"

赵姓阴神本不愿意谈及任何有关老神君的事情，只是想到铺子里病床上的那个男人，他这次破例一回，轻声道："老神君看得远，所以会显得格外不近人情，但是我这苟活于世的小小阴神，斗胆说上一句，他与李二和郑大风，虽然只有师徒名分，不涉及传道一事，可还是与我们大不相同的。"

陈平安"嗯"了一声，道："我也是这么认为的。"

阴神劝慰道："郑大风虽然没了武道修为，可是心境尚好，我们不用太过担心。若是咱们每天用怜悯的眼光看他，郑大风才最受不了。"

陈平安笑道："这个我心里有数。"

阴神赞赏道："这件事上，其实算你做得最好……"

陈平安连忙摆手，笑道："怎么，难道谁到了灰尘药铺，都会开始喜欢拍马屁？"

阴神爽朗大笑，撤去阵法禁制，一闪而逝。然后陈平安看到了街巷拐角处的绿袍女子，范峻茂。

陈平安不太清楚她为何在最后关头，选择对卢白象和魏羡出手相助，是觉得杜懋已经构不成威胁，所以赶紧锦上添花，向灰尘药铺示好？可这似乎不太符合她在陈平安心中的印象。

范峻茂走入小巷，丢了一只酒壶给陈平安，道："里头是被我小炼后的老蛟金丹，你如今和郑大风，需要这个，每天忍着痛，喝上两三口，对于武夫体魄的修缮，比什么灵丹妙药都管用。以十二境大妖的妖丹小炼泡酒，太烈，如今你们喝了会死人，寻常金丹境妖族的，又不够，以这颗元婴境老蛟的金丹浸泡出来的药酒，刚刚好。"

陈平安问道："这壶酒我收下，不过你是生意人，需要我付出什么？"

范峻茂摇头道："就当是我们范家弥补灰尘药铺的，不用你陈平安额外支付什么。"

陈平安无奈道："听了你这个解释，我不太敢收下这么贵重的礼物。"

范峻茂冷笑道："那如果我说，范家还砸锅卖铁，帮你垫付了天阙峰青虎宫的那五十枚谷雨钱，你岂不是吓得要把酒壶抛还给我？"

陈平安问道："到底是为什么？"

范峻茂打量着当下像个病秧子的年轻人，道："被飞升境杜懋的本命仙兵吞剑舟，戳出了一个洞，不死不奇怪，有人救你嘛，可是这会儿能够蹦蹦跳跳，行走如常，说明你的五境底子打得真好。既然是这样，我作为范家的幕后话事人，就有理由在你身上押注了，押重注！陈平安，你如今体内一口纯粹真气，越来越运转不畅了吧，身上金醴法袍又破烂得像是座漏风茅屋，等到那口纯粹真气越来越衰落，灵气倒灌越来越严重，你不但武道修为要一跌再跌，可能连长生桥都要倒塌。想不想搏一把？"

陈平安没有急着拒绝或是答应，笑问道："怎么个搏一把？"

范峻茂指了指头顶的那座云海，道："你不是要炼化五行之水的本命物吗？你已经有了口诀、丹鼎和足够分量的天材地宝，人和已经凑齐，我再帮你弄来天时地利。一旦炼成本命物，你体内有了容纳天地灵气的第一座府邸，你的那口纯粹真气，就不用消耗在毫无意义的对峙、消耗战上边，一举两得。陈平安，你意下如何？"

陈平安突然说道："如果没有猜错，你肯定认识其中一人，对吧？"

范峻茂没有否认，却又摇头笑道："人？"

陈平安默不作声。

范峻茂的一双漂亮眼眸，像是两口漆黑不见底的古老深井，叹道："你真的真的真的配不上！"

这位坐拥云海的绿袍女子，一连说了三个"真的"。

陈平安笑问道："你说了算啊？"

一时语噎的范峻茂，气得牙痒痒。

陈平安不再继续招惹这个脾气不太好的"年轻"女子，问道："范二，没事吧？"

范峻茂一听到这个名字就忍不住翻白眼，嗤笑道："蔫了，禁足在家。每天无所事事，扛着把小锄头这里挖挖那里翻翻，积攒了十几袋子泥土，说是以备不时之需。二娘心疼得厉害，我娘亲也眼红好些次了，都不知道怎么劝他别失心疯。"

陈平安嘴角翘起。

不管这座老龙城根子烂成如何，有个范二在，陈平安以后只要有机会，就愿意常来。

范峻茂在离去之前，脸色难得有些凝重，说道："桐叶宗可能会被秋后算账。"陈平安眼神冷漠，道："种瓜得瓜种豆得豆，过惯了不讲理的舒坦日子，那就记得平时多烧几炷香，求着老天爷别让自己撞上能够跟他们讲理的人。既然遇上了，就站好挨打，给打死了就下辈子投胎再来。"

范峻茂看着那张病态微白的脸庞，像是第一次认识陈平安。

北俱芦洲，有一位元婴境地仙坐镇的狮子峰。

北俱芦洲剑修如云，而且山上山下极其尚武，就为了云海御剑擦肩而过的一个瞪眼，可能双方就要厮杀得天昏地暗。有人冒充别家山头名号，对着不顺眼的山头一阵乱捶，捶完就跑路，挨了无妄之灾的山头，都不知道到底咋回事。然后被人打蒙了的山头，又有人觉得憋屈，就去离自家门派远一些的更小山头，如法炮制，发泄一通。

北俱芦洲大概就是这么个修行极端修力，以万千剑修为首的神奇地方。不然也不会明明是位于浩然天下东北方向，却硬生生抢走了正北方皑皑洲的那个"北"字。

直到鱼凫学宫的那位圣人出手，接连打得两元婴一玉璞三位大修士"通了个狗屁"，然后放话给各路剑修不许仗势无理欺人，各方势力这才稍稍收敛几分。

如今狮子峰几乎整座山头，在亲眼见到李柳在地仙难入的禁地出入自由，并且带出一枚黄金狮子印章，一步跻身中五境后，都深刻领教了那个"李柳"的不同寻常。随着时间的推移，李柳在山上修士心目中的地位，水涨船高，无形中已经仅次于老山主。而老山主这位与鱼凫书院圣人都有交往的大元婴境修士，私底下与李柳相处，姿态摆得比那些入门练气士遇上李柳，都还要低！

大概就只有李柳那位在山脚小镇开了家铺子的娘亲，还迷迷糊糊地误以为自己的闺女走了天大的狗屎运，才被山上某位辈分不高的仙师收取为弟子，而且还不放心地问长问短，生怕是某个老不羞的玩意儿，垂涎自己女儿的容貌，才要她去修习那什么神仙术法。这不是耽误她闺女嫁人是什么？等到女儿岁数大了，哪里还有家世好、钱袋子鼓、模样凑合的女婿自己跑上门？难道真要她在小镇这边帮李柳物色个男人？妇人可瞧不太上眼。

她有些后悔当初没厚脸皮一些，要那个一路随行的世家子弟，好像姓司徒来着？干脆多待个一年半载的，说不定女儿就不用在山上瞎胡闹了，风风光光，直接嫁入了有钱门户，这辈子就算衣食无忧了。等到李槐大了，就接来这边，说不定还能在他姐夫那里混个轻松又挣钱的好差事。

妇人开铺子这小两年来，心情不太好，钱没挣几个，整天担心儿子在书院给人欺负，担心山上风大，女儿是不是模样长歪了，不俊俏水灵了。

李柳这段时间每次下山和回山，都会在铺子爹娘这边帮个忙，住上三两天。

狮子峰上上下下，得到过老山主的严令，不许擅自接近小镇上这间铺子，一经发现，一律当场打死。所以妇人至今还不知道，女儿李柳在狮子峰，其实是真的比神仙还神仙，而不是某位神仙身边端茶送水的养懒小丫鬟。

这天，李柳刚刚出门游历回来，在铺子里给娘亲揉着肩膀，听着妇人说着各家各户的家长里短，唠叨那些个鸡毛蒜皮的邻里纷争。

李二蹲在门口晒着冬末的太阳，妇人越看越烦，孬样！别人家的汉子，哪怕个个贼眉鼠眼瘦竿子似的，照样有婆姨骂天骂地，哭喊着抱怨自家汉子偷了谁家狐狸精。李二倒好，真是让她放心得很！假如李二要是真动了花花肠子，估计她肯定是先拿菜刀剁掉李二的第三条腿，然后去找那个骚货拼命了。不过妇人对外人，动刀子是不敢的，她在这儿人生地不熟，不被外人合伙欺负就谢天谢地了。

这种窝里横，李槐随她。

李二抹了一把嘴，倒是没觉得这里的太平日子难熬，他其实从来都习惯这种生活，也只喜欢这样的，可毕竟如今一家三口都在北俱芦洲，唯独儿子李槐留在了宝瓶洲的大隋书院，天底下哪有不担心自己儿子饿不饿冷不冷的爹呢？汉子就是嘴笨，一向只把事情放在肚子里。

李柳伺候完自己娘亲，端了两条小板凳来到门口，父女二人一人一条坐着。

担任李柳护道人的婆娑洲剑仙曹曦，在狮子峰待了挺久，每次下山都是护着李柳去各处销声匿迹的秘境或是断了香火的仙家府邸遗址，捡宝贝。

曹曦根本不用出手，只需要在一旁看着李柳满载而归。

这次护送李柳返回狮子峰后，曹曦这位堂堂剑仙，总算不用继续陪着这个古怪丫头瞎晃荡，而是独自下山云游去了，不知所终。

李柳如今腰间悬挂着一枚黄金狮子印章，还斜挎着一把短剑，只是都被曹曦用了障眼法，元婴境地仙之下不可见。

李柳突然望向李二，两人视线微微交汇，李二就站起身说是去外面散步，李柳则立即返回屋子，陪着娘亲唠嗑。

妇人看着李二的背影，笑骂道："总算知道挪窝啦，有本事勾搭个娘们回来，我认她作妹妹都成。"

李二加快步子，妇人朝李二的方向翻了个白眼，对李柳埋怨道："当年小镇上多少俊小伙，惦念着你娘亲呢，估摸着是那会儿鬼迷心窍了，瞎了眼才挑了你爹。"

李柳柔柔一笑，道："不这样，哪来的我和弟弟。"

妇人用手指戳了一下李柳的额头,冷哼道:"李槐从小就懂事,你呢?瞧瞧你这个当姐的,半点不知道心疼弟弟……非要学什么仙法,你这么笨一个丫头,学得会吗?山上时间过得可快了,三五年一下子就过去了,到时候你从一个黄花大闺女,变成个老丫头,谁乐意娶你?聘礼少了不说,还要害得娘亲从你弟弟的媳妇本里头拿钱,给你当嫁妆,你说你对得起李槐吗……"

絮絮叨叨,而且重男轻女,可谓偏心得一塌糊涂了。

李柳竟然也不生气,反而一双水润眼眸,笑成月牙儿,哄她娘亲道:"在山上修习仙法,每个月会赏下一些钱,我都给李槐攒着呢。以后他娶媳妇,可不会给人瞧不起。"

妇人一听先是惊喜,然后立即急眼了,伸手道:"早不说?赶紧拿来,万一哪天你遇上个油嘴滑舌的浪荡子,银子都给他霍霍了去,李槐咋办?我得帮你收好!"

李柳拿出一袋银子,约莫二三十两,交给娘亲道:"其实山上还有些。"

妇人赶紧藏好,总算良心发现,叮嘱道:"余下那些,你就自己收着吧,在山上跟差不多身份的神仙弟子们打交道,难免有些人情往来的开销,娘亲这点道理还是晓得的。你去告诉他们,到了山下进咱们铺子,可以打折。"

李柳乖巧地"嗯"了一声。

她所谓的"还有些",连一位见惯大场面的婆娑洲剑仙,都要心动不已。

妇人得了从天而降的一大笔银子,心情大好,摸着自家闺女的柔嫩小手儿,道:"以后嫁个好人家,娘亲和你爹,也就放心了。记住喽,最好是找个能帮衬你弟弟的大户人家。"

李柳柔声道:"晓得啦。"

李二回来的时候,破天荒脸色阴沉。

妇人有些讶异,然后大怒道:"咋的,多看了哪家婆姨给人骂了?造反了,看几眼会少几两胸脯肉啊,我去骂她!"

李二摇摇头,招呼娘俩道:"咱仁进后面院子说。"

李二是因为方才身前凭空出现了一缕香火,便火速登山,去狮子峰找了个僻静地方,听说了个消息,就立即赶回铺子。

在正屋桌旁,妇人越来越忐忑,因为李二这副样子,很少见,这辈子就只有过一次。那次李二这个只会在床上欺负她,却对外人说话都不敢大声的尿包,去了趟山里砍柴烧炭,很久之后才出山,不过好歹挣了些银子回来。

李柳坐在娘亲身边,见多要开口说话,立即"善解人意"地问道:"是家乡那边寄了书信到小镇这边?"

李二不笨,立即点了点头,闷闷道:"师父他老人家说了个事,我就想跟你们娘俩商量商量。"

妇人咽了口唾沫，问道："该不会是那个老东西死了没人收尸，要你这个当徒弟的赶回去打点后事吧？这可老远老远的，咱们就不能寄点钱回去，让杨家铺子那边的人帮个忙？老东西也真不是个东西，好死不死，等咱们刚刚在这边站稳脚跟，就去见阎王爷了，我要是能见着他的棺材，非把这家伙骂得活过来！"

李柳掩嘴而笑。

李二张大嘴巴，愣了半天，摇头道："师父老人家好好的，就是……郑大风出了事。"

妇人眨眨眼，问道："就那不要脸的货色，贼精贼精的，能出啥事？不是说去了南边吗？怎么，在那边瞄几眼水灵姑娘，偷几样妇人贴身衣物，就会给人打死啊？"

李二盯着桌面，脸色淡然道："没死，给人打残废了，整个后背都断了，如今还躺在床上，以后就算病好了，也会是个直不起腰的汉子。而且这次师弟没惹事，是别人惹他。我问师父咋不管管，师父他老人家说自己又不是大风他爹他娘，教了本事，没死在外边，还想咋的。"

李柳眯起那双柳叶似的漂亮眼眸。

妇人错愕了半天也没能说出一个字来，郑大风这个王八蛋喜欢嘴花花，虽然她总骂他是一辈子打光棍的贱命，可是自己男人的这个师弟，人……其实不坏啊。

李二抬起头，望向自己媳妇，嗫嗫嚅嚅道："我想去看看师弟，就是怕……你不肯。"

妇人红着眼睛，破口大骂道："这要是不去，你李二还是人吗？"

李二咧嘴一笑。

妇人小心翼翼问道："去了之后，你能不缺胳膊断腿地回来吗？"

李二点点头，道："打不过就跑，事情不大。"

妇人立即忧心忡忡，嚷道："啥？还要跟人打架？"

李二耷拉着脑袋，不太愿意跟自己媳妇撒谎。

李柳赶紧劝慰道："娘亲，没事，郑大风在的地方，跟咱们老家不一样，只要花钱去衙门打官司，就能讨回公道，就是破费一些。对吧，爹？"

李二赶紧点点头。

到底是自己的亲闺女，贴心。

妇人擦了擦眼泪，将那袋子刚刚到手的银子放在桌上，去屋子翻箱倒柜，又拿出一大袋子，除了儿子李槐的媳妇本死也不能动，差不多就是他们的家底，将银子交给李二后，说道："路上省着点花，多剩下点，好打官司用。"

李二拿了钱，大踏步离开铺子，只对李柳说了句"多照顾着点你娘"。

妇人呆呆地坐在院子，许久之后，叹息一声，道："大风也是个可怜的，以后还怎么找媳妇呢？"

李柳伸出两根手指，悄悄摩挲着腰间那把短剑的剑柄。

李二径直去了狮子峰山巅,找到了那位以擅长斗法著称的老元婴境山主,要了条山门小渡船,先去一座大渡口,再去往宝瓶洲。

老山主不敢多问,一是这个木讷汉子是自己"祖师爷李柳"的亲爹,二则这个汉子,是十境武夫! 就当下两人这个距离,重创自己这个元婴境地仙,恐怕就是一拳的事情。

而且老山主一直觉得"李二"这种人,才最可怕——太好说话,太随和,简直比胆子最小的乡野村夫都没脾气。

老山主笑道:"我送先生下山去往那座渡口好了,帮不上先生大忙,省去些小麻烦还是可以的。"

李二没有拒绝,道了一声谢,然后乘坐那艘由狮子峰山主亲自驾驭的渡船,火速南下。

李二竟是坐在了渡船船头的栏杆上。

先前在僻静地方,三炷香袅袅升起后,清晰可见老头子坐在杨家铺子后面院子里的模样。

李二最后问老头子,自己能不能走一趟桐叶宗。

老头子撂下一句"随你",就挥手驱散了香火烟雾。

随我李二,那就好办了。

他打破九境瓶颈跻身十境后,才知道别有一番新天地,最重要的是他知道接下去该怎么走这条路,如何走得更快,在最后走到那个断头路的尽头之前,他李二如何可以走得一路畅通无阻。

听说那个叫杜懋的,在老龙城付出的代价不小,失去了本命仙兵和阳神身外身,如今至多是初入仙人境的修为。而且老头子说,桐叶宗的护山大阵不咋的。

那他杜老贼最好在这段日子里,去祖师堂多上几炷香,不然以后未必还有这个机会了。

大概是因为陈平安、裴钱还有那个已经能够坐在病床上的郑大风,都是过惯了苦日子的人,所以这些天灰尘药铺没什么苦闷氛围,相反,随着郑大风开始恢复嬉皮笑脸的性子,后面院子还挺热闹。

范二也被他大姐范峻茂带着,来了趟铺子,在屋子里见了他的传道人郑先生。刚到铺子的时候忍着没哭,见着了郑大风就没能忍住,只是不知道师徒二人嘀咕了什么,出来的时候范二脸上有了些笑意。

范峻茂问陈平安想好了没有,要不要在云海之上炼化那件本命物,陈平安说再考虑考虑。

范二说要跟陈平安切磋切磋,他让着点陈平安就是了,结果被范峻茂一记栗暴打得蹲在地上。裴钱看得心有戚戚然,于是自告奋勇,跟自称"四境大宗师"的范二来了场较量,结果范二被裴钱手持行山杖撵着打,一边跑一边嚷:"裴钱你小小年纪,为何有此绝世武功?难道你就是传说中不世出的天才?容我范二回去勤学苦练三天,再来领教你的通神剑术!"

裴钱跑得汗流浃背,觉得这次交手自己确实尽显风采,连自己额头都挨了行山杖一下——剑术太高,收不住手啊。

等到范二被范峻茂抓着离开药铺,裴钱转头望向魏羡,问道:"老魏,我真有这么厉害了?我晓得那个范二的马屁,有水分……"

魏羡坐在小板凳上晒着冬日里的和煦日头,笑道:"水分不大。"

裴钱一抹脸上的汗水,喜滋滋道:"娘咧,我原来真是天才啊,以前还有些怀疑来着。行了,老魏,我今天晚上抄完书,就再自创一套拳法,明天传授给你,你不用如何谢我,十串糖葫芦就成了。"

魏羡摇头道:"你的拳法,我不学。"

裴钱噔噔噔跑过去,气势汹汹道:"为啥?看不起人?还是舍不得糖葫芦那点小钱?"

魏羡道:"么(没)的钱了。"

裴钱顾不得魏羡是不是瞧不起她的拳法了,"哎呀"一跺脚,懊恼道:"咋连买糖葫芦的钱也没了呢?"她突然蹲下身,小声道:"老魏,你不是还有件花里胡哨的龙袍吗?咱们把它卖了换银子呗?到时候你要是累,我帮你兜着钱,咱们是朋友啊,我会不帮你?"

魏羡反问道:"你咋不卖你那张符箓?"

她扭扭捏捏掏出那张黄纸符箓,贴在自己额头上,点了点头,破天荒道:"也对,我舍不得,估摸着你也舍不得,我就不勉强你了。"

魏羡转头,瞥了眼小丫头,疑惑道:"太阳打西边出来了?"

裴钱转过头,在魏羡耳边窃窃私语道:"我跟你说啊,我其实真是流落民间的公主殿下,小时候我在家里都用金扁担的,馒头吃一个丢一个。"

魏羡点点头,道:"像我。"

陈平安除了每天在前面铺子打地铺,还把原本的柜台当作书桌。这段时日,他都在反复阅读、推敲琢磨那本青虎宫陆雍赠送的炼丹秘籍。

灰尘药铺如今成了老龙城心照不宣的禁地,又有赵氏阴神坐镇小巷,陈平安就放了其中一块最小的斩龙台在桌上。还有那枚金色的玉佩,篆刻着"吾善养浩然气"。它的来历,神仙姐姐没有细说,只说是某个老东西还算赏罚分明,重的,让一个家伙闭门思过,轻的,摘下了这块牌子。

陈平安这些天几乎每天都要往金醴法袍丢入一枚金精铜钱，今天已经是第四枚了。这是关乎性命的头等大事，容不得陈平安心疼半点。一瓶坐忘丹和两瓶配合服用的火龙丹、布雨丹，除了陈平安自己服用了一颗坐忘丹，其余都给郑大风和画卷四人分发完毕，一颗都没剩下。

这会儿陈平安记起一事，站起身去了后面院子，带着裴钱去偏屋找到练习剑炉立桩的隋右边，后者有些奇怪。陈平安说能不能帮着裴钱先抻筋拔骨。

裴钱笑得合不拢嘴，自己终于正式成为师父陈平安的开山大弟子了！

隋右边点点头。

结果陈平安刚走出屋子没几步，就听到裴钱震天响的哭喊声，然后只见小丫头飞快跑出屋子，说她再也不要练武了。

隋右边站在门口，无奈道："她根本吃不住疼，我算很讲究力道了。"

陈平安伸出一只手掌捂住脸，没脸见人。

裴钱还死死抱着他，抽泣着，满头大汗不说，黑炭小脸上满是惊恐和畏惧。

这天还没到晚上，裴钱就到了柜台这边找到陈平安，说她今天抄书抄了一千字呢。虽然实打实抄了那么多字，可小丫头很是心虚。

陈平安哭笑不得，说道："不练武就不练武，这有什么，以后多用心读书，一样可以有出息。"

裴钱蹦蹦跳跳走了，去找老魏侃大山去了。

陈平安笑了笑，继续翻阅那本千金难买的炼丹秘籍，没来由想起那天裴钱站在街巷拐角处的模样。

陈平安有些心软。

哪怕连剑灵都说了裴钱是"世间屈指可数的武运坏子"，陈平安还是不觉得裴钱不练武了，就是多么可惜的事情。

多大岁数的孩子，就做多大的事情，没什么错。

难道他陈平安小时候，一个人孤零零蹲在远远的地方，看着同龄人在神仙坟那边放着纸鸢，吃着碎嘴零食，穿着崭新衣裳，就不羡慕吗？

当然羡慕啊。

他陈平安当年年纪小小，无奈只能把家里爹娘余下来的物件，一样样典当出去换米钱，难道不难过吗？

一样会偷偷躲在被窝里，哭得很难受。

这些磨难，未必全是坏事，熬过去，就会是另一种好事。可是陈平安仍然希望自己在意的身边人，可以过得更顺遂一些，至少不用太小太早就去面对这些。

只是人生在世，最难称心如意。比如见着了好东西，兜里的银子不答应。比如想要平平安安的，老天爷未必点头。

陈平安趴在柜台上，有些困意，便睡了过去。

桐叶宗上下，除了屈指可数的几位上五境大修士，其他人没有察觉到任何异样，依旧觉得自家宗门是桐叶洲当之无愧的执牛耳者，玉圭宗、扶乩宗和太平山，三座山头加在一起，也只能勉强与他们桐叶宗掰掰手腕子。

虽然数百年以来，桐叶宗始终不许宗门子弟对外宣称那位百年难遇的中兴老祖是飞升境，只可说是仙人境，有希望跻身十三境而已，但是谁不知道，这叫此地无银三百两。外面的那些同洲练气士，之所以从不在嘴上提这个，无非是担心惹来桐叶宗的不高兴，其实心里跟明镜似的。

桐叶宗除了这位中兴老祖威势镇压一洲外，还有数位玉璞境修士，同样声名显赫，比如那位掌管宗门谱牒、戒律的祖师爷，就刚刚顺利斩杀十二境大妖归来。而当代桐叶宗宗主，亦是玉璞境，而且还是一名剑修！宗主更是教出了一位惊才绝艳的嫡传弟子，是一位不过三百岁的元婴境剑修。

如此雄厚底蕴，最南边的那个玉圭宗，敢跟桐叶宗争第一的头衔？

桐叶宗占地方圆一千二百余里，所以不会御风不会御剑的话，串个门都不轻松。

此外，还拥有一座桐叶小洞天，只有上五境大修士和元婴境地仙才有资格入内修行。

可是有一天，所有桐叶宗子弟与生俱来的尊严、自信和宗门荣誉，开始出现变化，许多天经地义的想法，变得没那么胸有成竹了。

某天晚上，几乎所有中五境修士都感受到了一股磅礴压抑的气息，从北往南，直扑桐叶宗北部边境！

人未露面，剑气已至，一剑直直劈向了宗门护山大阵梧桐天伞的幽绿屏障上。

第一道屏障当场崩碎。

瞬间就以消耗无数雪花钱而聚起的山水灵气，撑起了第二道遮天蔽地的梧桐伞，仍是迎剑而破。

一道道屏障规模越来越小，逐一被斩破，直到第六把梧桐伞，那名不知名剑修才停下剑，把剑悬停在距离桐叶宗祖宗山头三百里外的空中。

他淡然出声道："杜懋，出来，不然第七剑，我就不保证不会伤及无辜了。"

这一刻，就算是下五境的桐叶宗外门弟子，以及分散于外围的家眷仆役等，凡是靠南边的，都痴痴仰头望向那一粒刺眼的光点。

而靠近北方的，只要是金丹境地仙之下的练气士，都不敢多看那名剑修一眼，否则便觉得有一缕缕剑气像针一样扎进眼眶。

就在此时，以祖宗山头为中心，以桐叶小洞天的灵气作为源泉，在那名剑修身前，又出现了一道屏障。这把隐约出现伞架的最核心护山大阵，遮蔽住了祖宗山头方圆三百里的山水，刚好将那名剑修拒之门外。

事实上已经不算什么门外，人家已经杀进了家中，只是没能继续冲入大堂而已。

桐叶宗宗主腰挂祖师堂玉牌，身穿紫袍，穿过阵法屏障，仗剑悬停在那名剑修身前，笑问道："可是剑仙左右？"

"杜懋？"剑修看了眼紫袍剑修，摇头道，"不像。"

所以他出剑了，两名上五境剑仙，如两道长虹划破夜空。

没有出现桐叶宗子弟预料中的一场持久战，一来，被誉为世间最能"吃钱"的剑修的厮杀，本就比其余练气士更加生死立判；二来，实力悬殊。

很快，桐叶宗宗主被一剑劈入屏障内，整个人撞在一座灵气稀薄的山峰上，山头被直接炸碎。

那名剑修笔直一剑，从上到下，瞬间将屏障划出了一个大口子，缓缓走入，就像是一个不请自来还要破门而入的客人，不讲半点礼数。

铺天盖地的谩骂声，以及五彩斑斓的仙家法宝，一股脑地砸向此人。

这名剑修蕴藏百年、不得现世的剑气，瞬间外放，如银河瀑布流泻人间，根本就没有一件法宝能够近身百丈之内。

剑修神色淡然，对着那座祖宗山头，像是以与人讨教学问的口气，很认真地说道："我家先生发话了，要我干你娘。要我读书有些难，干这个不难。那么问题来了，杜懋，你娘还在不在世？长得如何？"

天地寂静。

尤为寂静。

等了片刻，杜懋始终没有露面。

左右望向那座祖宗山头，笑道："话都说到这份上了，还不出来？不愧是到过飞升境的修士，这张脸皮，估计连我的飞剑都戳不破了吧。"

此时左右突然发现有些异样，在祖宗山头山腰一处神仙楼台连绵起伏的仙境地带，有位玉璞境老修士，貌似在护着一个根骨不错的少女，而且所有人都眼神奇怪地望向了少女，她是一位很年轻的龙门境修士。

她发现左右在看她后，立即吓得低下头。左右皱了皱眉头。

少女身边那位兴许是护道人身份的玉璞境老修士，气得脸色铁青，可又不敢擅自挑衅那杀力无穷的剑修。

少女胆子小，又受到了天大委屈，于是开始默默落泪。

一座山上宗门,想要站稳脚跟,甚至是傲视群山,其实很简单,就是得有能打的。

以前有,攒下家业,传下香火,有直达上五境的术法神通,能够根深蒂固,随后开枝散叶。

现在有,要是来个砸场子的,能打得退,要是去砸别人家场子,至少能打得别人口服,能够为师门撑起一片荫凉,庇护后辈。

以后有,别青黄不接,否则现在嚣张跋扈,到时候风水轮流转,怎么办?祖师堂还要不要了?毕竟山上修行,不讲究什么君子报仇十年不晚,处心积虑等个一百年几百年的,甚至千年的都有。

在桐叶宗精于推衍的修士指出大致方向后,宗门花了将近三十年时间,才辛辛苦苦找到这个前世曾是玉璞境的少女转世的地点,又派人隐姓埋名,等了"她"数十年,等到她出生数年后,经过一番厮杀争夺,这才成功地将她带回山头。

所以这个被带回桐叶宗的少女,就是属于未来能打的,类似太平山的女冠黄庭,只是暂时还远远没有黄庭的修为,以及那股子气势,后者尤为重要,涉及大道本心。

太平山观妙天君和宗主宋茅,肯定嘴上没少责怪黄庭惹是生非,不知隐忍,但是心里头,自然是乐开了花才对。

而这位被桐叶宗寄予厚望的少女,唯一的遗憾,就是她资质虽好,性子却实在太软了,几次下山游历,磨砺道心,宗门评语都是"天赋异禀,性情灵敏"之类,林林总总,能有几百字的褒奖和欣赏,不过每一次在末尾,都会添上这么一两句,比如性情淳厚,稍稍少了些杀伐果断。

碍于她的特殊身份,桐叶宗没有谁敢说半句重话,而桐叶宗山头最大的杜家,更是把她当作心肝肉。

理由很简单,少女前世除了是玉璞境修士之外,还有更重要的一层身份,她的确确,曾是中兴之祖杜懋的娘亲。

寻找转世之人,重续善缘,一般就只有"宗"字头的山上仙家才有如此的底蕴和手段。

此时,左右愣了一下,一手持剑,一手挠挠头,大概是不愿吓到一个无辜的小姑娘,解释道:"玩笑话,别当真。我们读书人,喜欢语带双关。"

不说还好,反正少女早就已经吓傻了,可这一解释,脸色煞白的少女,刚刚偷偷擦干净泪痕的她,就开始一点一点皱起那张小脸蛋,艰难地忍着不让自己在这个大恶人面前露出怯懦的一面,不然按照她以往的性情,早就委屈得眼泪珠子啪嗒啪嗒往下掉了。

左右为难,不过他也不愿多说什么。

对付女子,小齐不擅长,崔瀺那个王八蛋稍微好点,他左右是从来都觉得女子的心思比先生的学问还要难以捉摸的,总之就是比读书还难。

他从小就不爱读书,是被老秀才硬按着脑袋才读的,学问自然还是有一些的。可以这么说,寻常的书院贤人君子之流,根本没资格跟左右论道。

须知左右练剑,剑气从何而来?

最早就是从书中来,从无数山崖石刻上来,从无数碑文拓片中来。

当年小齐为了让他顺利练剑,就一路陪着他走过了无数山水。

一次机缘巧合之下,左右得到了那把佩剑,小齐曾笑言:"偶得三尺剑,跨海斩长鲸。收鞘挂壁上,犹有铮铮鸣。"

后来左右离开中土神洲,远离人间,在海上远游,就一直没有再读书了。

左右轻轻叹息一声,遥望一眼中土神洲那个方向。

他收回视线,发现少女身边,还站着一位先天剑坯资质的少年,眼神凌厉且倔强,直愣愣望向自己,哪怕被自己的剑气灼烧眼睛,依旧不愿转头。

左右瞥了眼祖宗山头某处,道:"杜懋,我知道你想要做什么,你不妨试试看,我等你便是。"

之后,左右就随手劈出一剑,将身后大阵屏障再次劈出一道大门,转身走出。

左右在桐叶宗辖境的边境地带,悬停空中,闭目养神。当旭日东升时,他就开始以最精纯的剑气剑意,击碎某些固化的山水气运,例如某座山头,一段江水,某棵有望成为精魅的参天大树,某座镇压阴煞之气的凉亭,埋在地底下的厌胜之物。

虽然灵气只有少数流散、泄露出去,大体上看来貌似折损不多,但事实上后果极其严重。

山水气运,讲究一个藏风聚水,藏在何处,聚在何地,皆有讲究。无比紊乱的气数,谁敢胡乱收入囊中?福祸不定。

这名剑修,就堵在人家家门口,好似老农刨地,开始挖起了桐叶宗的墙脚。

因为是在边境线上,所以难免有一阵阵灵气,肥水流入外人田。起先桐叶宗根本不敢有人出面,收拢灵气放回宗门内,后来桐叶宗实在是心疼那些灵气,派了一位金丹境老修士慷慨赴死,拿了法宝去捕捉灵气。

不承想那名剑修看也不看一眼小小金丹,只是落在了一条大河河面上,脚下河水孕育出来的一条条细微灵气,瞬间崩碎。

又有一位金丹境修士壮着胆子掠出山头,遥遥跟在那剑修身后数十里外,小心翼翼地聚拢四散灵气,尽量放回河水中,帮着梳理、稳固水运脉络。

一旬过后,剑修与桐叶宗那些焦头烂额的地仙修士之间,各做各的,还算相安无事。

又一旬后,宗门放开禁令,开始有一些金丹境之下的中五境修士,偷偷摸摸来到那名剑修附近，隔着三五十里路程不等，心情各异，极其复杂。

再一句，就连许多下五境的年轻修士，都开始跑来凑热闹，"瞻仰"此人。

而那名名为"左右"的剑修，除了偶尔望向祖宗山山巅，就从来不理睬那些桐叶宗修士。

大寒过后，距离新年就不远了。

山下市井有句俗语："年关难过年年过。"

已经在一洲耀武扬威无数年的桐叶宗子弟，才知道原来自家师门也会有难关。

随后有一天，桐叶宗处心积虑设置了一场伏杀，动用了两位玉璞境修士和将近十位地仙。

左右一剑破之。

然后他改变路线，又去了赵祖宗山头附近，将一座原本应该是赠送给某位未来玉璞境修士作为神仙府邸的封禁山峰，从山头到山脚，一剑劈开，劈出了一道巨大峡谷，才潇洒远去。

此后继续堵别人家门口挖墙脚。

闹出这么大的动静，天下没有不透风的墙，桐叶洲"宗"字头山门和元婴境地仙都早已知晓，只是书院没有出面阻拦，就没有谁敢来看好戏触霉头。

除了一个人——玉圭宗的玉璞境修士姜尚真，本命物是一片柳叶的那个姜氏家主。

此人先给左右正儿八经地鞠躬道了一声歉后，板着脸看了半天，然后蓦然发出了震天响的笑声。

他在赶来北方和返回南方的时候，两次御风远游，故意极慢，大摇大摆，两只袖子甩得飞起，结果差点被左右一剑劈成两半。

只是狼狈逃遁的时候，姜尚真仍是快意至极。

有一天，那个龙门境少女怯生生站在远处，颤声询问道："你为何要无缘无故破坏我师门气运？"

左右在桐叶宗如今算是混熟了，一些个桐叶宗子弟自以为他听不见的窃窃私语，他其实听得一清二楚，所以左右知道她的身份。他想了想，回答道："这么个败家子，怎么就是中兴之祖了，我看是灭门之祖吧，所以你当初不该把杜懋生下来的。"

清秀少女满脸羞愤。

陪着少女一起来此的少年，同样是桐叶宗未来千年鼎盛的希望所在，比起懦弱的同龄人，少年的性子锋芒毕露，他背负着一把老祖杜懋亲自赐下的长剑，满眼恨意，沉声道:"迟早有一天,你会死在我剑下!"

左右笑了笑:"既然如此,那我就走着瞧了。"

伤势尚未完全痊愈的桐叶宗宗主紫袍剑修从天而降,拦在那对少年少女身前,将他们护在身后,向左右道歉道:"童言无忌,恳请剑仙别放在心上。"

左右盘腿坐在一座山峰悬崖外,说道:"听说你们桐叶宗,一直喜欢一言不合就丢飞剑砸法宝,打不过了就自报名号,回了山头再与长辈叫苦几声,最后哗啦啦下山砍人去了。是不是这个样子?"

紫袍剑修苦笑无言。

左右笑道:"是不是在心里说'是又如何?'"

紫袍剑修脸色大变,一巴掌狠狠打在少年脸上,怒道:"跪地磕头,向剑仙认错!磕到剑仙满意为止!"

少年嘴角渗出血丝,咬牙道:"死也不磕头!"

左右微笑道:"对于这些眼高于顶的先天剑坯,我实在是没兴趣教他们做人的道理了。子不教父之过,教不严师之惰,你这个当长辈的,再吃我一剑好了。"

紫袍剑修被一剑刺穿腹部,又一次将身后山峰撞穿,惨然坠地。至于他是不是故意压制境界,任由左右一剑平息怒火,就只有天知地知两人知了。

左右望向那个少年,问道:"不再撂句狠话?说不定杜懋会出来保你。"

少年脸色惨白。

左右道:"不说你会死的,说了狠话,说不定还会有人帮你挡下一剑。这个时候你怎么选择?"

背剑少年天人交战。

少女突然站在少年身前,伤心欲绝,哭喊道:"你别再逼他了,他的剑心会碎!你这么厉害,为何要跟他一般见识?"

左右笑道:"问你儿子去。"

少女哭得视线模糊,只觉得天底下怎么会有这么不讲理的人!

左右站起身,嗤笑道:"先前不愿磕头,是为了面子,卖个乖给某些宗门长辈看,想着讨要一个好印象,现在死则死矣都不敢说,是因为真正惜命。你这种先天剑坯啊!"

左右望向北方,自嘲道:"怎么回到了这人世间,才开始发现小师弟的好呢?"

左右对少女说道:"不提杜懋,以及与你与杜懋的前缘,只说这次登门拜访,确实连累你沦为了笑谈,是我有错在先,你可以提一个合理要求。"

少女抹了一把眼泪,将信将疑道:"真的吗?"

左右点头道:"只有一次机会,必须合乎情理。"

少女鼓起勇气,道:"那就请你放过他,不要再镇压他的剑心了。"

左右点了点头,干脆地答道:"可以。"说完果真刻意收起了自然而然流泻在外的剑气。

其实少女不知,非是左右针对少年的剑心,而是少年的剑心本就不够精粹,不然一名剑修站在左右身边,就是不小的福缘,可谓"入芝兰之室"。

少女破涕为笑,可大概是觉得跟这个大仇家露出笑脸,无异于欺师叛道的卑劣行径,于是赶紧板起脸。

左右转身,准备继续去对这座桐叶宗斩山水、散气数,却又转过头,道:"杜懋真是个败家子,你们很快就会知道了。"

少女茫然,身后少年颤颤巍巍,身形不稳,剑心更不稳。

左右一掠远去,剑气如虹。

祖宗山头那边,梧桐小洞天的异象越来越明显。

想飞升?

那得问过我的剑,答不答应。

一艘来自北俱芦洲的跨洲渡船,已经到达宝瓶洲的版图上方。

速度极快,消耗了不计其数的神仙钱,乘客们自然乐见其成,谁不乐意早些到达目的地?

听说是有位财大气粗的老元婴砸了一大笔钱,这艘渡船才如此作为。

一位个子不高的精壮汉子,住着最便宜的底层屋舍,深居简出。应该是位纯粹武夫,只是看不出是几境。

其实看不出,就挺能让聪明一点的练气士心生忌惮了。

传说中的武道第十境——止境有三层:气盛、归真、神到。李二在离开狮子峰山头后,气势一路攀升,莫名其妙就进入了归真范畴。

李二觉得挺好,拆人家祖师堂,拳头得硬!

老龙城暗流涌动。

范家始终按兵不动,当然在范氏祠堂绝大多数人眼中,这叫等死。

孙家亦是动静不大,虽然早早选择依附符家,可并未火急火燎递交什么投名状。

灰尘药铺,依旧是那个无人打搅的热闹小地方。

陈平安坐在柜台里,桌上摆放着那块最小的斩龙台,长尺状。

初一和十五正在"磨剑",两者飞速掠过那块斩龙台,雀跃欢快,火星四溅。

陈平安在给自己算账。

那块篆刻着"吾善养浩然气"的金色玉佩,能够自行汲取天地灵气,就是一座可以悬佩在腰间的小洞天，只可惜如今不可悬佩，因为跟灰尘药铺的阵法还有赵氏阴神自身煞气相冲，无法解决燃眉之急。陈平安只能暂时雪藏这块玉佩。

到了山清水秀、灵气盎然的地方，就可以拿出来了。

裴钱很喜欢它，先前在柜台这边，爱不释手，摸了半天，只是到底没好意思跟陈平安借去耍耍。

不过当下陈平安最在意也最伤神的，还是那具飞升境大修士杜懋的阳神身外身，这可是正儿八经的仙人遗蜕！

少年崔瀺，或者说崔东山如今的那副皮囊，就是此类。

如何使用这副遗蜕，里头大有学问。比起炼化本命物，难度更大，一个不慎，就是血本无归，用好了，则一本万利。

第一，得"开门"。仙人遗蜕，是名副其实的不败金身，即使是中五境剑修的本命飞剑倾力一击，都未必能够刺出什么名堂来。

第二，像崔东山那样的移花接木，鸠占鹊巢，意味着"进门"的魂魄得完整且足够强大，并且是天生心志坚定之辈。不然到最后，说不定就是杜懋死灰复燃的结局。一旦给他借机返回桐叶宗，阳神归位，后果不堪设想。

第三，如何温养。仙人遗蜕，若是搁置着，放上千年都没有问题，可是一旦有了新主人，就得砸钱了。

第四，新的"杜懋"如何成长，修行道路如何选择，也很有讲究，否则就是暴殄天物。

世俗王朝赞誉官员，有个说法，叫作宰相器。可是有宰相器的官员要真正成为一朝首辅，还有一大段路要走，甚至要靠运气。

关于此事，陈平安详细问过赵姓阴神，只是后者说得含糊，因为涉及许多内幕，根本不敢多说什么。

现如今，陈平安欠了范家，或者说范峻茂五十枚谷雨钱。而他自己的那袋子金精铜钱，也已经没剩几枚了。

花钱如流水，入不敷出，说的就是陈平安当下的尴尬境地。

裴钱的想法总是天马行空，说那时间就像飞剑，嗖一下就过去了，尾巴都看不到哩。陈平安觉得自己口袋里的银子，跑得比飞剑还快。

他叹了口气，收起了那块玉佩。药铺眼下没客人，就由着初一和十五继续砥砺剑锋。

这趟出门，带着初一和十五一路接连不断地厮杀，它们的剑锋已经钝了不少。按照赵氏阴神的说法，如果继续这么消耗下去，一旦飞剑出现缝隙，那就坏了大事了。不过像它们现在这样"吃掉"那块斩龙台，就可以修补回来。

即使是这么一小块斩龙台，也是世间剑修梦寐以求的心头好，能卖不少谷雨钱。

寻常剑修几乎都是穷光蛋，不是没有理由的。就算是阿良，当年行走中土神洲的江湖，在去往倒悬山之前，还是欠了一屁股债。他也不是全部用来养剑，主要是每次出手，事后就需要掏钱帮那些可怜兮兮的宗门修补山头，这份开销，占了大头。剑修最难攒钱，已经是天下公认的了。原因既简单，也不简单，简单是唯有剑一物需要烧钱，根本不用分心和贪心其他法宝；不简单的，是这一件东西，就已经比其他法宝难养了。练气士手头实在没钱，至少还可以拿出某些家底售卖换钱，拆东墙补西墙，提高某一件适合当下修行的法宝品秩。剑修卖什么？自己的本命飞剑？

裴钱虽然吃不住抻筋拔骨开关节的苦，可还是希望自己能够练武，只要是不挨痛的那种，她就愿意。

今天她本来想跟老魏请教武学，可是老魏不爱扯这些，被她烦得不行，干脆跑去屋子里，一卷被子闷头睡觉了，气得裴钱提着行山杖戳他，老魏也不管，鼾声如雷。

裴钱只好退而求其次，跟关系第二好的卢白象讨教学问了。卢白象便走到院子里，想了想，开始模仿陈平安的六步走桩，别有韵味，十分写意。

一边走一边转头对裴钱笑道："教拳不教步，教步打师傅。这是极好的拳理根本。我们四人当中，只说架子，是朱敛撑得最开，拢得最密，最符合收放自如这个说法。"

六步走桩之后，一拳轻轻递出，砰的一声作响，卢白象继续道："八面抻劲，才能半睡半醒，一有动静，毛发如戟拳罡震。"

卢白象一记鞭腿，飘然落地后，接着说道："人之脊柱如天地龙脉，故而武学中有'校大龙'一说，并不算高深，但是极其关键，脊柱节节贯穿，如蛟龙晃躯，瞬间发力，一口纯粹真气骤然流转气府经脉数百里，甚至千里之遥，催动全身皮肉筋骨血，每次出手自然势大力沉。"

朱敛坐在檐下板凳上，正看着一本某些描写肥瘦得当、油而不腻的才子佳人小说，听闻卢白象称赞自己的言语后，乐呵一笑。

卢白象耐心极好，对裴钱笑问道："能大致听明白吗？如果不懂，我可以掰碎了与你细说。"

裴钱使劲点头，道："都听懂了，可是我不想学走路。"

卢白象笑道："不先学会走路，以后怎么跑，怎么飞？"

裴钱瞥了眼卢白象腰间那把狭刀停雪，道："可我就想学最厉害的剑术，实在不行，刀法也可以。"

卢白象转头望向已经悄然坐在长凳上的陈平安，无奈道："我没辙了。"

裴钱看到陈平安后，如耗子见猫，立即改口正色道："那就先学走路好了！"

朱敛啧啧道："铁骨铮铮墙头草，见风使舵赔钱货。"

裴钱手持行山杖怒道："不要以为自己做的饭菜好吃，就了不起啊！有本事出来一战！"

朱敛"哎哟喂"一声，合上书本，弯着腰站起身，道："我就不信邪了，今儿非跟你切磋切磋，不然你不知道我是厨子里头最能打的一个。"

裴钱半点不惧，很干脆道："好，我们开始比抄书！"

朱敛坐回小板凳，继续看书。

陈平安没理睬这些打打闹闹，在这些事情上，陈平安从不约束裴钱。

陈平安笑着站起身，难得有些闲情逸致，便轻飘飘一步跨入了院子中央。脸色还是不太好，可陈平安精气神在这一刻，却不差。

脚下以六步走桩缓缓而行，手上却是神人擂鼓式的拳架。

走桩拳架，与境界修为无关。若说拳意给人的感觉，便是"自然而然"四字而已。

裴钱只觉得同样的走桩，在陈平安认真起来后，哪怕只是看着，就觉得舒服。

朱敛抬起头，满脸惊叹，笑道："意思有点重啊。"

卢白象点头道："我远远不如。"

陈平安收拳立定后，左右张望一眼，笑眯眯道："隋右边，魏羡，轮到你们了。"

默默站在窗口那边的隋右边径直转身，坐回桌旁。

魏羡的声音闷闷传出屋外："霸气绝伦。"

裴钱蹲在地上抱着肚子狂笑，这些家伙还好意思说我是墙头草？

郑大风竟然走到了正屋门口那边，撑着门框，抬头看了眼日头，眯起眼，道："总算还魂了，再躺下去，得发霉。"

裴钱讶异道："郑大风，你能下地走路了？可别逞强，摔个狗吃屎，又回去躺十天半个月的。"

郑大风气笑道："我的小姑奶奶啊，求你念我一点好吧！"

裴钱白眼道："好心当驴肝肺。"

陈平安跟郑大风点头致意后，就坐回长凳。裴钱很狗腿地拿了些瓜子过去，一大一小坐在长凳上，她张开堆满瓜子的小手掌，一直放在陈平安面前。

郑大风走得极慢，步子也小，就在正屋那边的屋檐下散步，绝不是意气用事，强撑着起床。

只是这个汉子，一直勾着背。

所有人都像是没有看到这一幕，各做各的。卢白象拿了棋墩棋盒去找隋右边下棋，朱敛翻书，魏羡睡觉，裴钱陪着陈平安吃瓜子。

小药铺的年味，有了些。

有一天中午，灰尘药铺来了一位范峻茂、范二姐弟之外的客人——真正的客人。

是位外乡口音的老人，在药铺买了不少药材，就是埋怨价钱稍稍贵了些。

赵氏阴神以心声暗中提醒陈平安，他只能看出此人是相当凝练的龙门境修为。

陈平安倒是心境平和，连飞升境的杜懋都交过手了，好歹算是见过大风大浪，这点定力还是有的。

剑灵转述文圣老爷的一番话，让陈平安又想通了一些事情。

世间道理，其实一直在，有人捡起，奉若圭臬，视为珍宝，有人不屑，甚至还有人会踩上几脚。

这不是道理不对，不好，而是人心出了问题。

剑灵尤其多说了几句那位坐镇桐叶洲北部天幕的古稀儒士，说下场不算太好，按照老秀才的说法，有可能要失去吃冷猪头肉的资格了。

陈平安琢磨之后，不由得感慨大道之争的复杂。

连文圣老秀才都不得不承认"道德文章做得好，一肚子学问不差"的文庙陪祀"贤人"，不也做出了如此"无理无礼"的举动？

可话说回来，这位文庙七十二贤之一，他的道理和学问，对浩然天下难道就没有教化功劳吗？

自然是有，而且肯定不小。

可此次他为了所谓的"千秋大业、文运万年"，针对了陈平安，那么是不是说，人家在他那条大道上就一定走错了？走得不够高不够远？

也不是。

陈平安在这些天里，每天都会想这些以前不太顾得上的"大道理"，反正闲着也是闲着。

这会儿药铺里，健谈的外乡老人一边挑选药材，一边跟陈平安这个"掌柜的"闲聊。

付钱结账的时候，富家翁装束的老人笑道："小掌柜，愿不愿意听我这个过来人一句劝？"

隐匿在暗处的赵氏阴神心一紧。

陈平安笑道："老先生只管说。"

老人环顾四周，郑重其事道："酒香不怕巷子深，对也不对，想要生意做得好，得有年轻好看嘴又甜的小姑娘们来帮忙啊！"

陈平安摇头道："算了，生意冷清些，对付着过日子就行了。"

老人笑道："小小年纪，就这么老气啦，不好。"

陈平安笑着不再说话。

老人感慨道："我呢，是个外乡人，听口音就听得出来，不过老龙城出了这么大的事情，我也听说过一些，这才来的铺子。这没什么好隐瞒的，你不傻我不傻，这会儿敢来这里触霉头的,老龙城土生土长的不会有,也就我这种……世外高人了,对吧?"

陈平安哭笑不得,只好道:"老先生是敞亮人。"

老人伸手指了指街巷拐角处那个方向:"我如今就住在离这儿不远的小客栈里头。放心,我不是啥居心叵测的人物……"他突然泄露出金丹境修为,笑问道:"能不能看在我是金丹境地仙的分上,卖我便宜些?"

老人的举动让小巷中的赵氏阴神又是如临大敌,委实是风声鹤唳、草木皆兵的原因,跟金丹境还是元婴境没关系,结果老人是为了砍价来了这么一出,赵氏阴神都想要破口骂人了。

陈平安摇头道:"这可不行,做买卖不讲人情。但是如果老先生想找人聊天解闷,我和药铺都欢迎。"

老人拎着大包小包药材,瞥了眼陈平安,叹气道:"你也不是啥俊俏女子,有啥好常聊的。"

此时隋右边站在了竹帘子后面,她是在老人释放金丹境界的气势时,火速赶来的,可看到陈平安正跟人家"讨价还价",她便有些恼火。

老人看到隋右边的模糊姿容后,立即转过头对陈平安沉声道:"我其实是个药材商,以后每天都来药铺啊,记得早些开门,晚点关门!"

陈平安笑着点头答应下来。

老人离开药铺的时候,走路有些飘忽。这么高兴?

隋右边返回后院,魏羡和朱敛也离去,唯独卢白象走到柜台这边,好奇询问道:"只是金丹境?"

赵氏阴神现身道:"除非是仙人境,否则就真是金丹境了。"

卢白象苦笑道:"那么大一个桐叶洲,才几个仙人境?"

下午的时候,老人又屁颠屁颠地来了,买了一堆药材,让灰尘药铺挣了二十多两银子。

离开的时候,老人还在瞅竹帘子后面。

之后,陈平安在饭桌上,定论道:"这位老先生,跟郑大风和朱敛,一定聊得来。"

朱敛摩拳擦掌道:"老爷,如果那人明儿还来,老奴来探探底。老爷放一百个心,是不是同道中人,老奴随便攀扯聊个几句,就能看出来。"

陈平安提醒道:"记得掌握火候,别添乱子。"

朱敛笑道:"老奴晓得了,会牢记在心。"

第二天一大清早,那个老人就走入了小巷,见药铺没开门,便老老实实蹲在外面。

陈平安虽然早已起来,仍是按时打开大门,开门迎客。

在陈平安陪着老人拣选药材的时候,朱敛悄悄来到柜台这边,略作思量,莫名其妙道:"街上美妇,大户人家。"

老人眼睛一亮,不动声色道:"绣楼有少女,背诵《蜀道难》。"

两人视线一个交汇,绝对没错了,是同道中人!

简直就是他乡遇故知啊。

之后就没陈平安的事情了,两个老头子一本正经地窃窃私语,最后灰尘药铺这次足足挣了八十两银子。

陈平安没敢偷听,到底是犯忌讳的事情,疑惑问道:"你们聊什么了?这么投缘。"

朱敛笑眯眯道:"书中自有颜如玉,跟这位老前辈切磋了一下书上学问。"朱敛走向竹帘那边的时候,以拳击掌,叹道:"果然是人外有人,老前辈是下了苦功夫的!"

陈平安摇摇头,得嘞,还真是同道中人。再加上个开始下床走路的郑大风,估计不会消停了。

前两天郑大风差点挨了隋右边一剑,原因是范二这个好徒弟,不知道找谁画了一幅栩栩如生的人物画像,送给了郑大风。郑大风得到画像之后,就挂在了自己屋子墙壁上,恨不得每天上香。

然后裴钱告密,隋右边赶去一看,真是自己的画像!

笑得还十分妩媚?穿得还挺凉爽?

如果这次不是陈平安拦下了隋右边,估计郑大风真要狠狠挨上一剑。

最后还是陈平安不顾郑大风苦苦哀求,摘了画像,送去给隋右边发落,才算压下了这桩让人哭笑不得的风波。不过隋右边跟郑大风的梁子,算是彻底结下了。

陈平安这个捣糨糊的也没啥好下场,隋右边居然没有将那幅画劈烂,冷笑着说不如你陈平安收着吧,反正是一路货色。

思来想去,陈平安就用上了文圣老先生的顺序学说,拎着裴钱的耳朵要她抄书一千五百字。

范二有些机灵,送完了画卷就根本不登门了,不然陈平安会让他知道什么叫作真正的王八拳。

范峻茂倒是来了一趟,说范家跟苻家私底下有了接触,是苻畦亲自找到了她,亲口保证会给灰尘药铺一笔天价赔偿。

年关了,得购置一些年货。

裴钱、魏羡、隋右边三人,一起去买年货。

裴钱苦苦哀求隋右边,她才答应同行。

三人走了之后,那个每天都要来药铺外小巷跟朱敛坐在一起聊几句天的老人,今儿就坐在拐角处,很像世外高人,眼观鼻鼻观心。

朱敛这些天看书越发勤快了,几乎每天都要挑灯夜读,而且多是看版刻精良的崭新书籍,都是那位老人赠予的。

这天夜里裴钱三人满载而归的时候,陈平安已经关了药铺的大门,正坐在长凳上,喝养剑葫芦里的小炼药酒。

裴钱在外边闹腾疯玩了一天,早早睡觉去了,当然没敢不抄书。

卢白象走来坐在陈平安身旁,聊了些这座天下的山上趣闻。卢白象自己觉得很有嚼头,说藕花福地的江湖,真该学一学这边宗门山头的作为。

比如这边修士的仇杀,很干脆利落,有几条山上的不成文规矩,广为流传:

第一,对付不存在和解可能性的仇家,斩草除根。第二,如果要围杀某人,一般都是结队行动:一名与某人修为相当的子弟,砥砺大道,一旦捉对厮杀中将某人斩杀,就可以汲取冥冥之中的气数;一名短暂的护道人,比所杀之人,至少实力高出一到两个境界;一名修为最高的修士,暗中应付各种突发状况。第三,如果交战中吃了大亏,在涉及宗门存亡的关头,就不能再讲面子了,该给钱就给钱,该给法宝就给法宝。第四,山泽野修的实力再高,惹了都不打紧,这些没有根脚靠山的货色,本就是会走路的宝库,一旦他们胆敢惹事,不杀白不杀。

卢白象说到最后,由衷感慨道:"真是别有天地。再就是这边收弟子,太讲究了,藕花福地根本没法比。"然后他转头笑道:"比如你对待裴钱。"

陈平安"嗯"了一声,道:"收个弟子,很难,不是有什么就教他们什么。裴钱,一开始我是不愿教的,后来有了想法,是不敢教。如今,是不知道怎么教。"

陈平安抬头望向夜幕,款款道:"朱敛开玩笑说裴钱是铁骨铮铮墙头草,其实我觉得还好。一个人从孩子到少年,再到长大成人,我觉得大概都会有这三个阶段吧。孩子像小草柔弱,稍有风吹,便是草动,其实这没什么,青草依依,摇来晃去嘛。但是根子一定要扎得牢固。接来下就是少年如山野青竹,虽然有人厌恶,扬言要斩恶竹万竿,但也有人很喜欢,这座天下甚至还有一座竹海洞天,有座青神山,名气很大。之后成人了才是青松挺且直。

"以前有一位很厉害很厉害的剑客,与我同行。现在回过头看,当时他对待我,从性质上来说,跟我对待裴钱是一样的,是一场悄无声息的考验。

"我那会儿才刚刚开始练拳,他不能教我高明的剑术吗?不能给我喝一口用妖丹浸泡的药酒吗?不能教我淬炼体魄的上乘法门吗?不可以一股脑送给我法宝器物吗?都可以,他随手为之,眼睛都可以不眨一下。

"但是他没有。为什么呢?我以前一直没想过,后来想到了,又没想得太明白,直到自己身边带着个裴钱,才有些懂了。

第一章 人间苦难说不得

"文圣老爷说,我们所处的世道,总是这般复杂,走着走着,杂草丛生,荒庙破寺。走着走着,杨柳依依,桃花烂漫。走着走着,穷山恶水,夜幕深沉。走着走着,琼楼玉宇,大放光明。"

陈平安极少与外人聊这些,今天是例外。

因为陈平安觉得,卢白象也是同道中人。个中原因说不清道不明,就是个感觉,就像姚老头,还有圣人阮邛,都死活不愿意收取他陈平安做徒弟,差不多。

陈平安喝了今晚最后一口药酒,瞬间就满脸涨红。酒劲,真大。

陈平安别好养剑葫芦,双手搓脸,然后呵了一口气,白雾茫茫的,轻声道:"我看待这个世界,总是想好的坏的都看清楚,更清楚一些。但是对一些不那么大是大非的人和事,就模糊一些,尽量看到他们的好。不是说别人不喜欢我陈平安,不看好我陈平安,如果起了争执,他就一定是错的。在你们藕花福地,有个武学宗师,叫磨刀人刘宗,说了一句话很有意思,'脚底下的路这么宽,咱们各走各的,没毛病'。我觉得这句话是真没毛病。只是,人命关天这样的大是大非面前,怎么可能没有好人坏人之分呢?比如那个飞升境大修士杜懋,他这辈子也肯定做过些好事,甚至有可能在桐叶宗,他就是个当之无愧的中兴之祖,无数子弟愿意为他做那'舍生取义'的壮举。"

卢白象将双手轻轻放在膝盖上,微笑道:"你以为人人都愿意如你这般,自己找苦头吃吗?整天在心里头兜兜转转,纠结对错是非,何苦来哉?练了武,学了剑,当了神仙,很多人就是为了自己痛快而已。任侠仗义,为了朋友之交,杀不认识的人全家,还被江湖视为豪杰之举,这怎么算?为了父亲,劫囚车杀官兵,最后还当了大官,青史留名,被视为大孝之举,豪杰性情,这又怎么算?一人负我,我就负天下人,这样的人,何其多也,有些人就这么做了,而有些人是做不到而已,却也这么想了。"

卢白象双手轻轻拍打膝盖,继续道:"人生路上,有人在荒芜中看到了一朵花,就会觉得有希望,有些人只看到遍地的屎,也只能吃着满嘴的屎活下去,甚至还见不得别人不吃屎。毕竟……吃屎也是能吃饱的。"

陈平安忍不住大煞风景地问道:"你怎么知道?"问完又赶紧道:"算了,当我没问。"

卢白象却给了陈平安一个打破脑袋都想不到的答案:"我吃过啊。"

陈平安默然。

卢白象神色自若,笑道:"我与魏羡是差不多出身,其实比他还要差一点,很早就是孤儿了。十四岁那年,我被乡里恶少丢进了粪坑,他还留了两个人守在旁边,只要我一露头,就被他们用竹竿子打回去。没办法,就这样在粪坑里吃了个饱。在那之后,我磨了一把尖刀。"

陈平安问道:"一个个都给你捅死了?"

卢白象摇了摇头,道:"逮住第一个,捅了他肚子一刀后,我就腿脚发软了,被关到了县衙牢房里。之后嘛,家乡待不住,就去闯荡江湖了。说是江湖,其实就是混口饭吃。突然有一天,开始奇遇连连,吃了什么千年一株的灵药,得了本神功秘籍,认识了很多红颜知己。大概是自卑吧,就想着让自己变得像个'风流'的世家子弟,成为读书人。还好我还算聪明,学什么都快,举一反三,而且我做什么,都想要争个第一,即使争不到,也无所谓,能放得下。"

陈平安唏嘘道:"我知道朱敛是豪阀子弟出身,真正的钟鸣鼎食之家。隋右边稍微差一点,但也是一等一的将种门户,机缘巧合,才成了当年藕花福地最大门派的嫡传弟子。很难想象,你是藕花福地的魔教开山鼻祖。"

卢白象会心笑道:"江湖嘛,我笑傲王侯的那个岁月里,武林中人无论正道黑道,都喜欢取个好听些的名字,我觉得这没有什么稀奇的,要取就直接取名魔教,然后做比正道门派还要正派的事情,才算厉害。对了,不用你陈平安说,我都知道之后的魔教是个什么德行。翻多了史书,就会发现历史就是这么兜兜转转,朝堂、江湖,都一样,画圆圈。偶尔出个道德圣人、武学天才,那就走出去一点,圈子大一些,后面的人继续转这个圈。"

陈平安想了想,道:"偶尔也会拐来拐去,没个边。"

卢白象点头道:"那就是乱世气象了,人如鸡犬,命如草芥。"

两人沉默许久。

卢白象问道:"对了,我很好奇,你为何执着于读书和讲理?"

"自卑。"

"何解?"

"缺啥想要啥。"

"嗯?"

"爹娘走得早,一个人过日子,讨句骂容易,被说声好却难,所以就希望事事做得对一些,不让街坊邻居戳脊梁骨,骂完了我,再骂我爹娘。对了,我还喜欢钱,因为穷得叮当都不响一声,穷怕了。但是我不喜欢欠别人钱,也不喜欢别人欠我钱。"

卢白象憋了半天,才说道:"真是……实在。"

在两人闲聊期间,朱敛就搬了条凳子在屋檐下翻书看,身为昔年藕花福地第一人,这点眼力还是有的。

隋右边则负手站在门口。

听到陈平安关于"欠钱"的话语后,隋右边冷哼一声,走回自己屋子,朱敛嘿嘿一笑,继续看书。

卢白象告辞离去,起身后抱拳道:"受教了。"

陈平安摆摆手,笑道:"你拉倒吧。"

突然想起一事,不然死马当活马医?明天试试看,教裴钱那剑气十八停?

但是陈平安又有些犹豫,仔细想了想,还是再看看吧。

那座不知名的小客栈里,那位自称世外高人的外乡老人,沐浴更衣一番之后,在桌前正襟危坐。

拿出一大堆画轴,得有二十三支,还有水深水浅不一的大碗小碗,其他还有乱七八糟的一大堆,皆是承载山上仙家门派"镜花水月"神通的器物。

如果陈平安在场,就会想起当年风雪夜,青衣小童小心翼翼端出一碗水,然后流着口水,观摩了仙子苏稼御剑的神仙风姿的场景。

如果青衣小童遇上了这位老人,估计真得哭着喊着敬称老人为老祖宗了。

事实上,青衣小童自己起的绰号"御江小郎君",还是受某位前辈的启发。那位前辈绰号"玉面小郎君",与自号"一尺枪"的山上不知名豪客,是他们"这座山头"里的头两把交椅,绝对是扛把子的那种老前辈,德高望重!这两位老人家,豪气干云,第一次交手,是为了争执正阳山苏稼和神诰宗极少抛头露面的贺小凉,到底谁才是宝瓶洲第一仙子。玉面小郎君说是苏稼,仙气人气都足,贺小凉美则美矣,缺了点人味,反而不尽善尽美。一尺枪愤而反驳。然后双方开始往"白碗水中"砸小暑钱,就为了说上一句话,反驳对方一句。

其实小炼之后的雪花钱,同样能丢入各类镜花水月器物中,成为仙子们所在山头的山水灵气,只是灵气不足,无法传递话语。

可别小看这一枚枚雪花钱,积少成多,还真能让一些小山头,因为仙子貌美而山水灵气大涨。

至于一枚小暑钱,更是足以支撑砸钱之人说上一两句话了。

一尺枪和玉面小郎君,那顿吵架,各自砸了七八十枚小暑钱!那可就是各自掏出七八枚谷雨钱了!

一吵成名。

不知道有多少小门派的仙子希望那两位老神仙,能够"大驾光临寒舍",为她们一掷千金。

相比之下,一尺枪一般言语不多,只是默默丢钱,反观玉面小郎君则大大咧咧,最喜欢砸了钱后大嗓门说话,很喜欢仙子们撒娇似的热情吹捧。

此时老人看了半天桌面,最后挑中一幅画卷,打开后,稍等片刻,就有山水雾气升腾弥漫开来,很快就出现一座装饰素雅的屋舍,有一位年轻仙子怀抱琵琶姗姗走出,身后有一名面容古板的侍女默默跟随,最后乖巧地站在了角落。

仙子弹了一曲琵琶后,屋内没有任何声音。这就意味着没有豪客砸下一枚小暑钱,或是砸了,没说话,但是后者可能性极小。

仙子强颜欢笑,说了些干巴巴的言语,她到底不是世俗市井的青楼女子,而且刚刚被师门要求做这种勾当,还是束手束脚。

就在此时,老人突然笑问道:"小郎君,在不在?"

几乎瞬间就有人冷冷道:"不在。"

仙子惊喜万分,赶紧起身,向着正前方施了一个万福,道:"拜见小飞升和武十境两位神仙前辈。"

这是一尺枪和玉面小郎君的别号……

仙子稳了稳钓到了两条大鱼的激荡心情,坐回原位就要用心弹一曲琵琶,犒劳两位砸起钱来惊世骇俗的大金主。

她的眼角余光瞥见那个木头人似的婢女,顿时眼神微冷,脸上却依然微笑道:"石湫,还不快向两位老神仙道谢?"

那个婢女便施了个万福。

等到仙女弹完一曲,客栈老人才丢入一枚小暑钱,问道:"小郎君,我到了老龙城,回头找你去啊,咱哥俩好好喝几杯。"

小郎君的答复,相当简明扼要:"滚。"

老人又丢了一枚小暑钱,道:"你咋这样呢?是我登门拜访,你都不用挪窝,又不耽误你几天工夫。"

小郎君:"没空。"

老人急了,问道:"别啊,吃顿饭的时间总有吧?"

小郎君:"没。"

老人气愤道:"武十境!你一个练气士,真当自己是武道十境的高手啊?"

小郎君:"你不也叫小飞升,你咋不上天去拉屎撒尿呢?你要有这个本事,我肯定在山头张大嘴巴接着。"

老人开始转变策略:"小郎君,你何等英雄气概的一位好汉,你就忍心让我万里迢迢白跑一趟?"

小郎君沉默片刻,老人紧张兮兮等待答案,最后小郎君淡淡道:"那就滚过来吧。"

老人顾不得在仙子面前丢人现眼了,欣喜道:"谢恩谢恩。那咱们就这么说定了啊。回头到了你帮派山门外,我给你打暗号啊。"

小郎君:"闭嘴。"

老人开心得很,喜滋滋地答道:"得令!回头见面,咱们哥俩好好聊。"

如果桐叶洲第二大仙家门派的玉圭宗子弟在这边,看到自家老宗主荀渊如此谄媚不要脸的一面,估计能够把眼珠子瞪出来,丢在地上捡都捡不起来。

再过几天,就是大年三十了。

这天晚上,吃过了饭,裴钱帮着朱敛收拾完桌子,抄完书,去前边铺子找陈平安。

陈平安已经将范峻茂"押注"的那壶酒,倒入了养剑葫芦,一天至多能喝两三口,多了不行——反而伤身伤神。

世间事皆是如此,过犹不及,惜福与贪福,只在一念之间。

陈平安刚喝完一口小炼之酒,脸色微红,裴钱在柜台那一边,踮起脚尖,始终安安静静,瞪大眼睛看着陈平安喝酒。

陈平安放下养剑葫芦,随口问道:"想不想藕花福地?"

裴钱摇头。

陈平安笑问道:"也不想爹娘吗?"

裴钱犹豫了一下,还是摇头,她问道:"你有没有生气?"

陈平安没有给出是或不是,而是问道:"为什么不想呢?"

裴钱神色宁静,撇撇嘴道:"就是不太愿意想呗。"

见陈平安好像还是没有生气,枯瘦小女孩趴在柜台上,啪一下将那张符箓贴在自己额头,沉默了很久,才缓缓说道:"家乡遭了难,逃难那会儿,我娘亲是饿死在路上的,是我爹带着我到了南苑国京城外面。一路上,为了换几口吃的,我娘亲被我爹逼着去找别的男人。一开始我娘亲不愿意,就被我爹扯住头发往死里打。我那会儿只知道哭,想要拦一下,也被我爹打倒在地上。他是男人,力气大嘛。后来娘亲换来了吃的,我爹吃得最多,我娘亲少些,我最少。有一次,我半夜里醒过来,发现我娘亲偷偷跑出去,背着我们,一个人吃着一个黑乎乎的馒头。后来,娘亲好像生了病,爹不管,一开始还背着她赶路,后来有一天爹跟我说,娘亲饿死了。再后来,我爹让我去偷别人的东西,我因为这个被人打了好几次,我爹就骂我笨。我们就这么一路走啊走啊,走到了京城外面,看见城外有钱人开的粥铺,也有白白的大馒头。不知道我爹是不是吃得太快,还是怎么的,好像是给馒头撑死的。当时我就只有一个念头,希望爹还赶得上娘亲,做个伴儿。"

陈平安身体前倾,伸手摸了摸小丫头的脑袋,道:"早点睡觉。"

裴钱笑了笑,应了一声,就蹦蹦跳跳去睡觉了,一路上还瞎嚷嚷着:"我有符箓,妖魔鬼怪,快快离开!"

陈平安独自坐在那里。

在那天之后,陈平安对裴钱越来越严厉,甚至会每天坐在裴钱身边,看着她一个字一个字抄书。

第二章 新年新气象

在飞剑初一和十五即将吃完那块长尺状斩龙台的时候，光阴悠悠，已经是腊月二十九了。

裴钱、魏羡和隋右边三人，给灰尘药铺购置了满满当当的年货，为此跑了五六趟。裴钱苦苦哀求着隋右边同行，不是没有理由的，只要隋右边往各色店铺里一站，根本不用裴钱、魏羡跟掌柜讲价，价格自个儿就一落千丈。

他们每次早出晚归之时，那位外乡老人都会在街巷拐角处的老槐树下翻着书，一开始还有些拘谨，后来熟了后，就会与他们打声招呼。最后两趟，担任苦力的魏羡没跟着，隋右边背着陈平安那只绿竹书箱，带着裴钱返回小巷这边时，老人又打了声招呼，裴钱甜甜应着，隋右边没有出声。走入小巷后，裴钱笑呵呵说这位秀才模样的老书生，真是书海无涯读书到老哩，就是岁数大了点。隋右边扯住裴钱的耳朵，笑眯眯道："老先生有没有答应送你一份红包厚厚的压岁钱啊？"裴钱装傻喊疼。

跨过门槛进了药铺，陈平安依旧坐在柜台后面。等隋右边松开裴钱的耳朵，裴钱就开始大声背诵她们俩于何时何地，在哪家铺子，原价为何，又以什么价格购买了何物。陈平安打着算盘，当裴钱嗓音落定，清脆悦耳的算盘珠子敲打声也骤然停歇。陈平安朝隋右边伸出大拇指，夸道："仅是文案清供一项，就便宜了约莫百两银子。"

裴钱帮着隋右边掀起竹帘子，隋右边去铺子后边卸下年货。

之后，裴钱蹑手蹑脚返回柜台这边，踮起脚尖，下巴搁放在桌上，满是邀功的笑脸。

陈平安瞥了眼竹帘子那边，偷偷摸摸拿出七八枚铜钱，低声道："是你的分红，赶紧收好，要是给她瞧见了，咱俩都吃不了兜着走。"

陈平安又提醒道："要善始善终，记得帮忙卸货，最后还要跟她说一声辛苦了。"

"好嘞！"裴钱大声应承下来。

裴钱小心翼翼收好这笔小家当，一溜烟跑向后面院子，赶紧放进她的多宝盒里头。看着晃荡来晃荡去的青竹帘子，陈平安会心而笑。

明天就是大年三十了，月穷岁尽之日，除夕除夕，辞旧迎新。

陈平安如何都没有想到，会在老龙城这间灰尘药铺，跟这么多人一起过年。

先前几趟购买年货，隋右边不情不愿，后来魏羡懒得去了，反而是隋右边起了瘾头，拉着裴钱大杀四方，乐此不疲。

最早是朱敛私底下跟裴钱打赌，说是只要喊得动隋右边出门，就赠送她一套文房四宝和一份压岁钱，裴钱说考虑考虑，然后就告诉了陈平安。陈平安觉得隋右边确实应该多走动走动，沾一沾市井烟火气也好，就让裴钱答应下来。于是隋右边就耐不住裴钱像只嗡嗡嗡的小苍蝇打搅她练习剑炉立桩，只好跟着她和魏羡出门散心。

后来隋右边自己拿了她和裴钱屋子角落里的那只绿竹书箱，拉着裴钱出去购物。陈平安就跟裴钱暗中约好，只要隋右边跟掌柜老板讨价还价一次，裴钱就能分红一枚铜钱。

陈平安转头望向药铺门外。

小巷内光线瞬间暗下来，阴气森森，而且那些光线仿佛带上了重量，显得有些沉。一袭绿袍从天而降，正是范峻茂。

陈平安绕出柜台，跨过门槛。

范峻茂问道："想好了？"

陈平安点头道："希望能给今年收个好尾。"

范峻茂对那尊黑烟滚滚、阴煞飘荡的赵姓阴神提醒道："别画蛇添足去暗中窥探云海上边的动静，到时候吃苦头的是陈平安。"

阴神点点头。如果它借助药铺阵法，拥有了玉璞境修为，确实能够对老龙城上方这座云海观察一二，只是云海灵气洁且清，阴神和阵法却是污煞之气，两者相冲，短兵相接，很容易引发云海紊乱，让炼制那件本命之物的陈平安功亏一篑，伤及大道根本。

范峻茂伸手抓住陈平安，就要腾云驾雾去往头顶云海。

陈平安突然问道："书上不是记载，仙人炼丹之前，挑选了良辰吉日和山水形胜后，当天应该斋戒沐浴更衣，跪捧丹炉，向天地四方祈祷吗？"

范峻茂冷笑道："我在云海上，就是山主身处书院，真人坐镇道观，罗汉置身寺庙，我就是云海这方小天地的圣人，祭拜谁？祭拜我自己啊？你陈平安要是愿意跪地磕头，我倒是乐意，害我再吃一剑，再跌落个境界，都可以修补回来，但是让你磕头的机会，恐怕不多。"

被范峻茂一把拽入云海，陈平安站定后，轻轻踩了踩脚下的云海，不会塌陷消散，与寻常泥路无异，如先前阴神出窍远游水神庙，能够御风立于碧波之上，感觉不错。

范峻茂一拂袖，陈平安身前凭空出现一张由云雾精华凝固而成的雪白大案，桌面光滑如镜，祥云飘荡，仙气缥缈。

陈平安驾驭方寸物飞剑十五、咫尺物素白玉牌，悬停在这方案桌上，然后一件一件取出炼五行之水所需物品，动作缓慢。除了那只青虎宫陆雍以五十枚谷雨钱卖给陈平安的五彩金匮灶，还有范峻茂当时因蛟龙沟元婴境老蛟金丹，换给陈平安的天材地宝，林林总总四十多样，仅是丹砂就有十二种，用以在不同时段、不同火候的情况下，分别调剂水火，中和五行。

陈平安的不急不缓，看得范峻茂有些烦躁，怎的如此磨磨蹭蹭！

范峻茂啪一下，将手中一块老龙布雨佩拍在云案上，道："你要炼化那方水字印，作为最重要的辅佐材料，水精的品秩必须跟上，不然就会拖了后腿。这块老龙布雨佩，是我目前能够找到的最好的水精，跟老龙城的岁数差不多，汲取了不少云海的水运精华。你别跟我谈钱，这块玉佩，与那颗小炼老蛟金丹的药酒一样，是我范峻茂的押注。你一定要谈钱的话，也行，玉佩就当我贱卖给你，三十枚谷雨钱！"

陈平安微笑道："是你一直在跟我谈钱好不好。"

范峻茂脸色古怪，破天荒有些底气不足，道："你真就心安理得收下这么一块贵重的老龙布雨佩？这可是符家祠堂里头供奉千年香火的老物件，很值钱的！三十枚谷雨钱而已，还涉及你炼化本命物的品相高低，这都不愿意出？"

陈平安瞥了她一眼，反问道："这只是符家的天价赔偿之一，你不过是帮着转一次手，就想要挣三十枚谷雨钱？看来你最近年关难过啊。你跌境一事，我估计不是从元婴境落回金丹境那么简单，怎么，跟我一样被伤到了根本？你范峻茂吞食云海疗伤，效果应该不太显著，为了补充从你气府中流失的云海水精，很耗钱，对吧？"

范峻茂恼火道："陈平安你真的不傻啊。"

陈平安最后拿出了那方水字印，轻轻放在云案上。

范峻茂深深看了一眼小小的私章，道："你真要炼化此物？以后本命相连，你要是再拿它铃印江河水运，可就要伤及自身大道修为了。当然，如果不做此蠢事，以此印作为五行之水的本命物，开府一事，大有裨益。寻常人凿出一口水井，至多是一方池塘，你却有望开拓出一个小湖泊。你当下灵气倒灌体魄，肆掠各处窍穴，侵蚀那一口纯粹真气的险峻处境，确实可以轻松解决。"

陈平安点头沉声道："就是这枚水字印了！"

陈平安伸出手指，轻轻摩挲那枚老龙布雨佩，感觉有些熟悉，皱了皱眉头，抬头望向范峻茂,问道:"这就是水精?世间水脉水运凝聚为实质的精华所在?"

范峻茂眼神冰冷,冷笑道:"怎么,怕我坑害你?"

陈平安摇摇头,犹豫片刻,拿出埋河水神娘娘赠予的那枚玉简,握在手心,问道:"此物也是水精?"

此物一出,四方云海仿佛通灵一般,纷纷雀跃起来,好似一群稚童眼馋蜜饯糖人。

范峻茂神色凝重起来,没有给出答案,反而问道:"你从何而得?"

陈平安笑道:"那就是了,好像比这块苻家祠堂的老龙布雨佩,还要好。"

范峻茂的眼神再度炙热起来,这是第二次。第一次,是听说陈平安身怀十二境大妖金丹,她在药铺之前徘徊不去。

只是这次范峻茂很快就压下心头那份垂涎,强买强卖是不敢了,凑近一些,端详着那枚被陈平安遮掩大半篆文的玉简,晶莹剔透,光华流转,她过过眼瘾就好。

陈平安不识货,但她认得,必然是大渎龙宫某条大水脉凝成的水运精华,上古遗址的侥幸存世之物。先天灵宝,后天器物,两者之间本就存在一条大鸿沟,玉简比起这块苻家老祖曾经悬佩多年的老龙布雨佩,云泥之别。范峻茂之所以如此眼热,在于若是炼化了这枚玉简,补足云海损失,助她一步重返元婴境,犹有盈余,然后轻松跻身上五境,所需不过三四十年光阴而已。在那之后,才需要范峻茂花费心思,去各处破碎洞天秘境寻觅机缘,故地重游罢了,比起寻常练气士闯荡这些遗址时的杀机四伏,天壤之别。

陈平安问道:"我以此物作为炼化本命水字印的水精,可以吧?"

范峻茂咬牙切齿道:"可以!可以得很!你这个家伙,真是天天踩狗屎,如此千载难逢的稀罕物件,也能给你撞见了收入囊中!知不知道这般可遇而不可求的先天灵宝,恐怕在那些个尚未有圣人蹲着茅坑不拉屎的不知名洞天福地,一大帮金丹境元婴境地仙会为此抢个头破血流,说不定就会有人陨落其中,极有可能有人能跟玉璞境修士争个大道一线机缘——"

陈平安打断范峻茂的"怨言",微笑道:"各有各的缘法,我如果是在老龙城土生土长,待上一千年,也未必有机会来这座云海站一时半刻,而你范峻茂去水神庙晃荡一万年,都拿不到这枚玉简。"

范峻茂点了点头,道:"这话说得不差。废话少说,开始炼物!"

她深呼吸一口气,开始脚踏罡步,双手掐诀,四周风起云涌,荫庇整座老龙城的巨大云海,在最外缘地带,开始迅猛翻卷起来,像是一朵本已绽放的莲花,重新变成了一朵雪白花苞,将她和陈平安以及那条云案笼罩起来,头顶无数条雪白光线如从泉眼流淌而出的泉水,倾泻而下,灵气升腾。陈平安一时间呼吸困难起来,发现范峻茂眼中的促狭意味后,他不动声色地取出了那块金色玉佩,悬佩腰间。

玉佩上铭刻着篆文"吾善养浩然气",无数云海灵气涌入那块玉佩当中。

范峻茂赶紧挥袖驱散那些故意让陈平安感到压抑的云海水精，免得全部给那块玉牌汲取殆尽，不然就真是肉包子打狗有去无回了。

范峻茂还算厚道，身形倒掠，退出了这座云海花苞，只以心湖言语提醒道："一有大麻烦，就立即停下炼化，受伤烧钱总比丢了性命要好。身前那张云案的高低，你可以按照心意抬升、降低。"

陈平安盘腿坐下，云案随之下降，最终就像一张铺在地上的白茅草席。上面摆放着需要炼制为本命物的水字印，五彩金匮灶，出自某座大渎龙宫的水精玉简，暂时应该用不上的那块老龙布雨佩。

此外还有四十多件天材地宝，其中十数种颜色各异"烧之不尽五行外，炼化愈久愈神妙"的丹砂，既有质地顽狠、质性沉滞的冥水砂，也有熠熠生辉、星光点点的北斗砂，分别盛放在大小不一的透明琉璃瓶内。

陈平安坐于云海之上，环顾四周。他虽身处于云海花苞大阵之中，但视野无碍，可见三面大海之水。

此次炼化，只在玉简，根本不奢望一鼓作气将水字印成功炼化为本命物。如果炼化不成，这块大渎龙宫酝酿而就的水精，其玉简形态崩溃消散，好歹灵气能够收拢，进入腰间悬佩的那块金色玉佩。即便有些流散损耗，也是融入这座云海，就当是报答范峻茂的布阵。

退而求其次，那块老龙布雨佩，一样可以作为备用水精，辅佐炼化水字印。

陈平安练习剑炉站桩片刻，用以静下心来，脑海中想到的竟是少年时烧瓷拉坯的场景。

在丢入大把小暑钱后，那只搁放在身前云案上的五彩金匮灶，有五彩祥云分别从丹鼎边沿的五头异兽嘴中，袅袅升起。

陈平安轻轻提起体内那口纯粹真气，轻轻一吐，冲入五彩金匮灶之内，是为"起火"。这一口绵延不绝的纯粹真气，游若火龙，绕着丹鼎内壁开始盘旋游弋，火光四起。

炼物之真火，分量够不够，决定了能否成功点燃丹炉，而更重要的是精粹程度，决定了炼化之物的最终品相有多高。

炼化这枚碧游宫玉简，不涉性命根本，玉简不用扎根窍穴，相比水字印，用不了太多天材地宝和各色丹砂。

陈平安研习老元婴陆雍那本炼丹秘籍已久，揣摩玉简所载"直指大道"的仙诀内容更是日复一日，这两者分别是青虎宫宫主和埋河神娘娘的精妙心得，都可谓知无不言言无不尽。尤其后者，是水神娘娘毕生心血所在，陈平安只需要按部就班、步步为营即可，何时重新添加一口纯粹真气如添加柴火，何时撒入某只琉璃瓶内几两丹砂，何时默诵祈雨碑文蕴含着的大道真诀，在丹鼎上方降下一场甘霖，与炉内蹿起的一颗颗摇曳火苗,水火交融,皆有章法可循。所以陈平安除了略显疲惫,大致上还算气定神闲。

范峻茂坐在云海大阵之外,默默念叨着让陈平安多加一两丹砂,赶紧忘记炼化那块火山熔石,一口纯粹真气不济晚些吐入丹炉……

陈平安每一个动作,有条不紊,甚至静待火候闭目养神的时候,呼吸吐纳都极有规矩,没有在任何细节上出现致命漏洞,大大小小的瑕疵或多或少会有,可是这点细微损耗,实在是九牛一毛而已,范峻茂很是失望。

第一次炼化品秩这么高的先天灵宝,你陈平安就不能心颤几回,手抖个几次?就当是稍稍贡献一点水精给云海,作为补偿和报答她范峻茂的守关,不过分吧?

到最后,有些绝望的范峻茂倒头大睡,再也不看那座丹炉,反正顺风顺水,她想狠赚一笔算是没啥希望了。

与范峻茂所料不差,从人间一更锣鼓时分,到第二天天亮时分,陈平安已经将那枚玉简炼制得八九不离十,只有那枚玉简上的文字,留了下来。

这些文字应该是玉简原先的主人以相同炼物之法,炼制在了这枚玉简之上,因为文字本身蕴含大道真意,自身通灵,即便失去了承载器物后,也不愿就此消散天地间。

一篇炼物口诀的文字,孕育出自身灵性,又是一桩稀罕事。

范峻茂起身凝视着那些碧绿小精灵似的文字,一千多个,在五彩金匮灶中起起伏伏,飞旋不定。

范峻茂犹豫了一下,道:"我劝你最好找个法子,收起这篇口诀文字。它们在你气府之内,可以锤炼、温养你的神魂窍穴,是天底下屈指可数的'食补'神魂之法,没有任何后遗症。以后修行路上,寻见了某位得意弟子,将这些文字烙印在他的神魂之中,就可以直接传道。山上那些"宗"字头仙家,所谓亲传嫡传,大多是这个路数,所以香火传承得相对简单轻松。这是一举两得的美事。"

陈平安犹豫不决,不知如何下手。

范峻茂笑道:"这我可帮不了你,这类蕴含道意灵性的文字,不是你有神通有法宝,想抓捕就能心想事成的,一个不留神,被它们感觉到道心不合,它们就会瞬间崩碎,便是仙人境都挽留不住。"

陈平安心里生出了一个念头,他决定把这些文字先珍藏起来,回头交还给碧游府埋河水神娘娘。这份小小的道统,虽是他无意间炼化发掘出来,但是归根结底,还是应当在埋河水神庙炉内点燃这一炷香火,由她传承下去。

此念一起,那些原本犹豫不定的鲜活文字,竟幻化成一个个米粒大小的碧绿衣裳小人,对着陈平安俯首而拜,无比感恩戴德。然后它们汇集成一条溪涧,迅猛涌入陈平安想要搁放水字印的某座气府之内。

范峻茂翻了个大大的白眼,后仰倒去,喃喃道:"没天理了,这也行啊。"

而那枚彻底炼化成功的老龙宫玉简,则被个子稍高的一群碧绿衣裳小人扛着,一同掠入了陈平安气府之中。不仅如此,当玉简悬停在那座新开辟出来的"府邸"后,这些小人大概是为了报答陈平安,开始在"丹室"内各自分工,有绿衣小人去了气府大门口,开始绘画两尊门神,有更多的绿衣小人,在"家徒四壁"的府邸内描绘出一条大渎之水,小小府邸,气象万千……

这一幕,范峻茂看得瞪大眼睛,她一个鲤鱼打挺,站起身,骤然提高嗓门,伸手指着那个开始一件件收拾家当的年轻人,问道:"陈平安,你其实是雨师转世? 对不对?"

陈平安一边将各类天材地宝驾驭回咫尺物,分门别类,一丝不苟,一边抬头笑着打趣道:"范峻茂,你这马屁……拍得有些清新脱俗了。"

范峻茂收起了云海大阵,缩地成寸,来到陈平安身边,又问道:"看着不像是雨师啊,只说器格,比那个娘娘腔差远了。那你是如何能够让那些水运一脉道统小人,心甘情愿臣服于你的?"

陈平安不理睬神神道道的范峻茂,收好了所有物件,站起身,笑问道:"我怎么回去?"

范峻茂打了个响指,陈平安脚下的云海缓缓流散开来,出现了一架云梯,直达老龙城灰尘药铺。云梯四周有一阵阵琉璃光彩闪烁不定,陈平安知道这是两座天地光阴流水相互激荡而焕发出来的独有光芒,所以顺着这架云海楼梯这么走下去,除非是上五境修士,否则是看不到他的身影的。

陈平安跟范峻茂道了一声谢,独自一人顺着那架云梯,缓缓而下。

"下梯"途中,顺便俯瞰老龙城的壮丽风光。

陈平安想,这一幕,可以刻在竹简上,以后说与她听。

大年三十的清晨时分,老龙城内普通百姓人家的喜庆,并未受到大族门第某些凝滞氛围的影响。

苻家早已撤去城禁,大街小巷,热闹非凡。

灰尘药铺这边,陈平安双脚落在小巷的瞬间,云梯就已消失。

赵姓阴神如释重负,问道:"本命物炼成了?"

陈平安摇头笑道:"只炼了一件水精物件,不过下次炼本命物,成功的可能性大了许多。"

阴神点头道:"很不错了。"

陈平安回到药铺柜台那边,金色玉佩昨夜早已收起,不然悬佩在腰间,云海水运就会被蚕食,范峻茂一定会跟他拼命的。

郑大风如今已经能适当走动,今天一大早就要装钱帮忙搬了条小板凳,去槐树底下寻找那位同道中人。果不其然，那位外乡老人已经早早在那树下了，正在看书。朱敛更是起了个大早，正跟"在书上下过苦功夫"的老前辈讨教学问。郑大风坐下后就过河拆桥，要裴钱回铺子自己耍去，裴钱自然不肯，伸出手，索要说好的报酬————一枚铜钱。付出一份汗水收获一文钱，天经地义，便是陈平安晓得了也不会骂她，所以裴钱格外理直气壮。

郑大风有些头疼，说回头压岁钱多给她一文钱便是。裴钱说那是两回事，她不喜欢别人欠她钱，不然就要按照老魏说的三分利算账，再说了大年三十还欠钱，你郑大风还想不想明年过得顺畅安稳些了。一旁搬了条藤椅躺着的外乡老人深以为然，说："大风兄弟，这孩子说得在理啊，现在这会儿欠钱不吉利，莫要小觑了一枚铜钱的运道。"

郑大风掏了半天，也没掏出半枚铜钱来，正伤神的时候，老人笑着给出个法子，让郑大风将小板凳卖于他，然后他给郑大风钱，再由郑大风给裴钱。郑大风觉得可行，一条小板凳而已，回头让陈平安再做一条便是，做竹箱竹椅板凳什么的，陈平安手巧得很，也爱折腾这些。

裴钱翻了个白眼，指了指郑大风和那个老人，道："你们啊，一枚铜钱还这么斤斤计较。算了，这回就当我好心帮个忙，不收钱了。"裴钱学当初郑大风那个动作，伸出手掌虚按两下，装老成道："牢牢记挂心头，恩情别放在嘴上。"

大摇大摆走回巷子的裴钱，摇摇晃晃走桩练拳，一个兴起，学了卢白象那记鞭腿的架势，蹦跳起来，还真给她转了一圈，结果把自己旋得头晕，扑通摔倒，又立即起身，忍着疼假装什么都没有发生，可一进巷子就疼得龇牙咧嘴，蹦蹦跳跳。

老人全程看在眼里，笑问道："谁教出来的小闺女，可够鬼灵精怪的。"

朱敛回答道："是我家少爷的记名弟子，皮得很。"

这时，郑大风才瞅着个空跟外乡老人抱拳笑道："老前辈，久仰久仰。"

老人抱拳还礼，"哪里哪里，在下江湖称号'一尺枪'，别号'小飞升'。不知大风兄弟最欣赏山上哪位仙子？"

郑大风正色道："是那无敌神拳帮，女侠赫连宝珠！"

老人嗤笑道："看来大风兄弟，眼光平平啊。"

道不同不相为谋，多说一句多看半眼都没劲，郑大风冷哼一声，将自己的小板凳挪开几步。

老人也针锋相对，起身将自己的藤椅挪开一些，这才躺着晒太阳。

朱敛蹲在板凳和藤椅中间，视而不见，听而不闻，一心只读神仙书。手上这本书籍大有来历，价格不菲，是山上仙家版刻而成，画卷里的人是会动的。

郑大风感慨道："不承想正阳山苏稼仙子沦落尘埃，可惜了。"

老人眼睛一亮，只是嫌弃那郑大风眼光俗气，仍是不愿搭话，不过有些心痒痒便是了,毕竟苏稼仙子,也是他和小郎君的两大心头好之一。

郑大风揉着下巴,缓缓道:"当年有幸见过神诰宗贺仙子一面,仙子头戴道冠,手牵白鹿,姗姗而来。如今想来,当时距离仙子不过七八步之遥……"

老人再也按捺不住,侧身转头望向那位邋遢男子,悻悻然道:"大风兄弟,其实赫连女侠也是极好的。"

郑大风端起小板凳,佝偻着腰,走回小巷。

老人怔怔许久,懊恼道:"这位大风兄弟,不愧是见过大世面的,我等自愧不如。之前就不该如此井底之蛙,妄下评语,现在好了,惹恼了大风兄弟,我与贺大仙子的距离,仿佛又远了些。不然以后到了无敌神拳帮,我是能够拿出此事,好好说上一说的,定然要那小郎君绷不住脸,甘拜下风!"

蹲在一旁的朱敛敷衍点头附和几声。

老人躺在藤椅上,叹息一声,道:"桃之夭夭,不知哪位有情郎,可以摘下一朵放在心尖上。"

朱敛抬起头:"老前辈这句话说得有学问了。"

老人点头慨然道:"这是小郎君曾经说过的言语。此人文采飞扬啊,与人吵架时,虽然言语粗鄙了些,可经常会有此等动人言语,在不经意间说出口,未经雕琢,浑然天成,不然我为何愿意称呼他一声老大哥?"

朱敛蘸了蘸口水,翻过一页,点点头,道:"有机会定要拜会一下这位老大哥。"

老人突然问道:"朱小兄弟,冒昧问一句,破六境瓶颈、跻身金身境的时候,需不需要老哥我帮着看护一二?"

朱敛摇头道:"有我家少爷在,出不了纰漏,无须老前辈劳心此事。"

老人点点头,道:"你家少爷,是个妙人。"

朱敛合上书籍,问道:"那我也冒昧问一句,老前辈可是某位仙家府邸的玉璞境大修士?"

老人遗憾道:"差了点点。"

朱敛也不再多问,问多了,知道了真相,反而伤感情,远远不如现在这般自在。

此时柜台那边,在初一和十五的砥砺磨剑下,桌上斩龙台只剩下最后一小片。

陈平安没打算在这方面节省,等初一和十五吃完这片斩龙台,就拿出第二块更大的斩龙台。

郑大风将小板凳放在门槛外面,看到两把飞剑"蚕食"斩龙台的速度后,惊艳地啧啧道:"这两位小祖宗,比你身上那件金醴法袍还能吃钱。"

陈平安忍不住问道:"金精铜钱不再出产了?"

郑大风斜靠柜台,看着那一幕斩龙台火光四溅的绚烂场景,点头道:"骊珠洞天都破碎坠地了，金精铜钱自然也就没了用武之地，继续铸造拿来做什么？就算是白白送给老头子，都不会收了。"

陈平安问道："我只知道金精铜钱比谷雨钱更金贵，可到底是怎么个值钱法？一枚金精铜钱能兑换几枚谷雨钱？"

郑大风答非所问，道："你知道金精铜钱是怎么来的吗？是以山水神祇金身被打破后的碎片作为主要材料，加上其他几件同样不易获得的东西，才得以铸造成厌胜、供养和迎春三种金精铜钱。大骊王朝山水气运稳固，一向极少有淫祠，所以金精铜钱就格外昂贵，恐怕一枚金精铜钱，就值个七八枚谷雨钱。而在某些家族势力手中，能够从各地收购和搜刮金身碎片，就会很便宜，成本低嘛。山上仙家四处劫掠，淫祠不够了，大不了就强行压着一些个世俗王朝，要帝王君主撤去敕封，将正统山水神灵暗中贬为淫祠神祇，以雷霆手段打杀了便是。若是王朝君主不愿低头，也有法子，仙家势力就笼络一些个身为亡命之徒的山泽野修，借刀杀人，以一些品秩不高的旁门道法、法宝灵器换取金身碎片。这种来历血腥的金精铜钱，成本兴许还不值一枚谷雨钱。"

陈平安又问道："那现在世间还有多余的金精铜钱吗？"

郑大风挑了挑眉头，缓缓道："难说。谁都知道金精铜钱是大道修行的必需之物，这会儿谁要是傻乎乎购买，再不会做生意的人，都会漫天要价，爱买不买。"

陈平安叹了口气，有些头疼，他就是那个至今还需要金精铜钱的家伙，而且还不是需要几枚而已，几袋子都不嫌多。

画卷四人的性命，金醴法袍的缝补修缮和品秩提升，以及未来五行之金的本命物修炼，极有可能需要消耗大量的金精铜钱，作用类似那枚由大渎龙宫水脉精华化成的玉简。

郑大风教训道："大过年的，少唉声叹气。"

陈平安笑着点点头。

桐叶宗子弟熬到了大年三十这一天，才悲哀地发现，根本就没有熬出头的迹象，那个剑修还在以一身凌厉剑气，轻松粉碎桐叶宗方圆千里的山河气运。

破坏容易，跟在剑修屁股后头，收拢灵气、弥补重建那些毁坏殆尽的山根水脉，却极难，除非桐叶宗那些金丹境、元婴境修士愿意损耗自己的道行，才能稍稍加快速度，防止山水灵气的不断外泄，可姓名记录在宗门谱牒之上的地仙之流，一旦修为不稳，也会牵扯到宗门冥冥之中的气数。

此时就算是外门资质最浅的后进弟子，都意识到桐叶宗迎来了千年历史上最为险峻的难关。最让他们感到疑惑不解的是，那位在所有桐叶宗修士心目中比天还高的中兴之祖杜懋，从头到尾全然没有出面理会那名剑修的挑衅，甚至当宗门危在旦夕、根基动摇之时，这位力压一洲练气士的老祖宗还是没有动静。

不过当下绝大部分桐叶洲练气士，还是愿意相信这位桐叶宗的老祖宗不动则已，一动就会一击致命，那个剑修左右，注定猖狂不了几天。

几乎所有桐叶洲的大山头、王朝和豪阀，都在关注着桐叶宗的动向。

随着玉圭宗姜尚真大摇大摆凑了趟热闹后，越来越多尽量遮掩气机的各路地仙修士，或来此遥遥观看，或施展神人观山河，分别拿出看家本事，查看桐叶宗风水流转、气数深浅、福缘厚薄的种种端倪。

一开始谁都不敢相信，一名剑修，就能够影响到桐叶宗这么个庞然大物十之三四的灵气走势。

那名剑修，没有杀人，除了破开屏障和围杀之局，剑修几乎连剑都不会递出。

但是现在再眼拙的别家陆地神仙，都看出了桐叶宗子弟的精气神，在走下坡路。山下王朝的沙场厮杀，两军对垒，若是有一方"死伤"至此境地，则溃败矣。

千年以来，桐叶宗子弟山上修行也好，下山历练也罢，不管是仗势欺人，还是迎难而上，皆有一股彪悍之气支撑起道心，故而相较于别家练气士，桐叶宗子弟最是高歌猛进，气势如虹。

遇上冲突，被境界更高的练气士占了上风，只要报上桐叶宗名号，便可肆意辱骂其他山头的练气士。更有甚者，二话不说，或御剑或御风千里奔袭而去，一剑斩敌头颅。

在一些生死关头，性情刚烈的桐叶宗子弟，愿意与敌对修士玉石俱焚，含笑赴死之人，历史上不计其数。

如果在剑修闯入山头的第一天，中兴老祖杜懋或者宗主一声令下，不敢说方圆千里的全部山门练气士，至少也有半数的人，愿意为桐叶宗慷慨赴死，如飞蛾扑火，前赴后继。

可是到了如今这大年三十，所有人内心深处，除了希冀着飞升境的中兴之祖能够现身杀敌之外，更多还是摇摆不定，不知所以。自家宗门到底在外边做了什么，惹来了这位咄咄逼人却不滥杀的剑仙，逼得老祖宗在梧桐小洞天内闭门谢客？什么时候我们桐叶宗沦落到这般田地了？在自家地盘上肆意妄为一下也不行？连那最擅长的以力压人都做不到了？

姜尚真其实一直没有彻底远去，他在千里之外的一座山峰上，与一位关系不错的元婴境老剑修喝着美酒，后者摇头笑道："桐叶宗的脊梁骨，算是垮了大半喽。"

姜尚真仿佛不是玉圭宗姜氏家主，而是桐叶宗的供奉，假惺惺地嘿嘿笑道："别这么说，杜懋好歹是个飞升境，只要摆平了这位剑修，还有一线生机，说不定因祸得福，声势暴涨……"姜尚真又蓦然大笑，恢复了他的本来面目，"摆平个屁，杜懋这老乌龟算是倒了八辈子血霉。我们家老宗主捎了消息给我，说杜懋'鸿运当头'，在老龙城他的本命仙兵吞剑舟好像给人打爆了,阳神身外身也成了别人囊中的仙人遗蜕,如今就是个境界不那么稳当的仙人境……老子这次算是赚大发了,老宗主很高兴,说未来五百年,宗门对云窟福地的抽成,再减去一成……哎哟喂,左右大剑仙,陈小剑仙,可惜你们两位老人家不在这儿,不然我姜尚真立马跪下来,给你们两位大恩人使劲磕五百个响头,以表谢意,不成敬意啊……"

　　姜尚真一边狂笑,一边拳敲石桌,幸灾乐祸到了他这个地步,其实也不算多见。

　　那名鹤发童颜的元婴境老剑修轻声问道:"敢问姜先生,桐叶宗应该如何应对?"

　　姜尚真伸手擦拭着眼角泪水,摆手道:"你再让我笑一会儿,停不下来。"

　　老剑修无奈一笑,他与姜尚真和陆舫,三人是很早就相识于山下的老朋友了。

　　姜尚真好不容易收敛笑意,道:"还能如何?道理,是肯定讲不过那位剑仙了。打架?怎么打,只靠那几个玉璞境?说句难听的,只要左右铁了心跟桐叶宗耗到底,别说十之三四的灵气动荡,再给左右一年时间,桐叶宗就等着完蛋吧。换成以往,哪怕一座山头没有杜懋这种飞升境,闹出这么大风波来,儒家书院就该出现了,可这次,书院显然不会出来主持公道了。这意味着什么?是桐叶洲理亏在先,而左右即便闯入了桐叶宗辖境,始终不曾逾矩丝毫,占着理行事,这使得桐叶洲书院,甚至是某座中土学宫都无可奈何。"

　　老剑修点头道:"读书人杀人不见血,莫过于此。"

　　姜尚真转头望向北方桐叶宗那边,哪怕千里之遥,依稀可见山水气运开始出现清浊混淆的蛛丝马迹。姜尚真除了唯恐天下不乱之外,又有些悚然自省,以及一丝丝在所难免的兔死狐悲,神色淡然道:"杜懋除了涸泽而渔,一口气掏空梧桐小洞天的所有灵气,帮助自己强行飞升之外,没有其他法子了。只要飞升成功了,不管如何,好歹捞到了一桩功德傍身,按照礼圣订立的那条规矩,儒家书院就需要帮忙看顾着桐叶宗山门很长一段时间。到时候左右除非愿意跟整个儒家正统叫板,否则就只能见好就收了。"

　　姜尚真双手合十,高高举过头顶,闭眼祈祷道:"剑仙左右,左大爷,求你老人家再接再厉,一定要干死杜老乌龟啊!"

　　元婴境老剑修抚须而笑,你杜懋不是最敌视世间剑修吗?最喜欢作践那些不幸落在你手上的剑修吗?现在如何?有本事倒是从乌龟壳里探出头试试看啊?

　　在大年三十这一天的暮色中,被桐叶宗掌控无数年的那座梧桐小洞天,先是在祖师山之巅,现出一部分真身,如同海市蜃楼的瑰丽景象,然后飘散不定起来,最终砰的一声碎裂,洞天碎片化作一道道彗星散入浩然天下各处,有些直接消亡,有些破开虚空,不知所终。

　　祖师山山巅上杜懋的肉身逐渐随风消失,唯有阴神变成的一尊金身法相,汲取了梧桐小洞天的绝大多数灵气后,变得无比巍峨威严。这尊身高数千丈的金身法相,双脚虚踩祖师山之巅，虽然还是在练气士的金身法相范畴之内，但身躯却已经焕发出五彩琉璃之色，变幻莫测。法相伸出双臂，双手五指撑开，举在头顶，然后向外猛然一扯，如同撕开了浩然天下的一处天幕。

天幕撕裂处，天雷滚滚，紫电翻涌，种种巨大如山岳的身影一闪而逝，有如蛟龙骨架拖尾游弋的，有盘腿而坐的金色巨大尸骸，有一只猩红巨爪试图将天幕裂缝撕扯得更大……无一例外，皆是浩然天下世间不可见的恐怖异象。

剑修左右，一手负后，一手持剑，横在身前，缓缓升空。

相比杜懋舍了肉身不要，以阴神吞食一座小洞天无穷灵气，才打造出来的这副五彩琉璃之飞升法相，左右的人与剑，小如芥子。

左右一剑缓缓横扫而过。

仅此而已。

左右一直认为，人间剑术之巅，只在两剑，其中一剑，是那位中土读书人最得意的一剑，随手劈开了黄河洞天。

另外一剑，就一直收在自己的剑鞘内。

正是此次，出鞘！

片刻之后，那尊已经飞升离地数千丈的巨大琉璃法相的"半山腰"，出现了一条纤细到不可察觉的雪白丝线，细如人间女子的寻常发丝而已。

法相在距离天幕越来越近的时候，拦腰而断，五彩琉璃身躯断成了两截，上半截身躯犹然悲愤拔高，伸手试图攥住天幕缝隙的卷口处，想要攀爬而去，下半截身躯砰的一声碎裂，灵气重归天地，还有飞升境遗蜕留下来的十余块残存琉璃物，溅射向四面八方，成为别人在修行路上的机缘。

左右已经收剑归鞘。

只剩下上半截身躯的那尊琉璃神人，颓然退回浩然天下的大地，如一颗绚烂流星消失在半空中。

左右抬头看了眼尚未合拢的天幕，收回视线，化虹去往桐叶洲和宝瓶洲之间的广袤海域。

出海没多久，左右就停下身影。

老秀才问道："为何不飞升离去？"

左右默不作声，两人相隔不过四五步。

老秀才伸手指向那处杜懋强行飞升扯开的天幕缝隙，大怒道："为何不借机离开这座天下？难道你真想要勘验了那句混账话，真要'左右是个死'？"

左右低下头。

只是这次老秀才没有跳起来给他一巴掌，颓然道："去吧，知道你一直想去倒悬山，去剑气长城。去吧去吧，天要下雨娘要嫁人，弟子要伤先生的心，都是拦不住的。"

左右作揖道："弟子左右，拜别先生！"

老秀才挥挥手，说不出话来。

左右转过身后，似有不舍，没有化虹而去，只是一步步走去，左右说道："先生收取的小师弟，挺不错的。"

老秀才没好气道："滚滚滚。"

老秀才也转过身，先生与弟子，两人就这样背对着背，一人站在原地，一人就此远游。

老秀才突然挠挠头，似乎想起很多往事。那会儿自己还是个穷秀才，名声不显，所以收取的大弟子崔瀺，是个有钱人家的孩子。穷秀才两袖清风，故而囊中羞涩嘛。之后收的第二个弟子和第三个弟子，就没那么有钱了。那会儿三个弟子，其实处得挺好，他这个先生当得也最是舒心。后来呢，一个个都长大了。

老秀才背对着那个其实一辈子也没怎么潇洒过的弟子，突然欣慰笑道："以后到了剑气长城，一定要潇洒啊。"略微停顿，老人轻声道："左右啊，其实你剑练得好，书读得更好。"

剑修大步离去，只在这他极其不喜欢的纷杂人间，留下了最后一句话："是先生教得好。"

大年三十写春联换春联，灰尘药铺先前买了不少做春联底子的红纸，店铺大门那边一副，铺子后边正屋偏屋三间，总计四副春联。

陈平安、裴钱、郑大风和卢白象，各写一副，都是从一本购置于市井的春联小折本上照搬内容，没太多讲究。

陈平安写得端正，卢白象写得飘逸，郑大风写得竟然也十分不俗。裴钱自告奋勇说要写一副，结果写得很用心，却挺遭人嫌弃，朱敛一直在那儿摇头，就连魏羡都来了句："写得挺好，可惜就怕货比货。"裴钱也心虚，不承想陈平安说，就这样吧，讨个喜庆而已，不用太计较字的好坏。裴钱、魏羡和隋右边三人，负责搬凳子、架梯子、拿米浆，张贴春联。裴钱自认春联没写好，就一定要贴正春联，陈平安和郑大风在一边指手画脚，站着说话不腰疼，这让一心想要将功赎罪的枯瘦小丫头忙得满头大汗。最后是隋右边要陈平安和郑大风两个人闭嘴，裴钱这才大功告成。

"春"字，都是陈平安写的。"福"字，则是郑大风写的。

朱敛一直在厨房做年夜饭，忙活了将近一下午。陈平安和裴钱帮着洗菜择菜切菜，打杂帮忙。隋右边来灶房门口站了一会儿，又走了。

最后朱敛端上了一大桌子荤素搭配的丰盛年夜饭，色香味俱全，硬菜是寓意年年有余的一条红烧大鱼,主菜是一砂锅炖猪蹄髈,陈平安和裴钱用筷子帮着拆开。

郑大风坐在主位上,坐北朝南,卢白象和魏羡坐在郑大风左手边,隋右边和裴钱坐在右边。裴钱偷着乐呵,说右边姐姐坐右边,结果被隋右边拧着耳朵,立即求饶。

陈平安和朱敛坐在靠近大门那边的长凳上。

赵姓阴神死活不乐意进来占个位置,大家只好作罢。

桌上的酒水是范家桂花岛出产的桂花酿,香气扑鼻,回味无穷。

陈平安见裴钱眼馋,又忙活了大半天没歇着,想着反正桂花酿不上头也不辛辣,就给她倒了一小杯,两三口的样子,只是提醒她以后也就过年这天能够喝杯酒,如果平时胆敢偷喝,就别怪他收拾她。裴钱一通小鸡啄米,那张微微多了些肉的黝黑脸庞上,洋溢着她这个岁数的孩子该有的天真和幸福。

陈平安坚持要郑大风第一个拿起筷子夹菜,其他人才能动筷子端碗喝酒,还要郑大风举杯说点客套话,两三句意思意思就行。

本来脸皮极厚的郑大风此时竟是给臊得不行,扭扭捏捏了半天,才说了些大伙儿吃好喝好、新春嘉庆万事如意的言语。裴钱抿了一小口桂花酿,眼睛发亮,天底下竟然还有这么甘甜好喝的玩意?看来长大也是有些好处的,等再长大些,她应该想喝酒就可以喝了吧?

饭桌上闹哄哄的,有裴钱在谁也别想安静吃个饭。

郑大风和陈平安都没有怎么聊骊珠洞天小镇的事情。郑大风更多是问了些藕花福地的奇人异事,比如画卷四人,对于陈平安之前的那个天下第一人丁婴,也颇有兴趣,再就是那个谪仙人姜尚真。陈平安便挑了些事情来说,直到这时,郑大风才顺势提及了骊珠洞天。

浩然天下有十大洞天和三十六小洞天。洞天之所以为洞天,就在于灵气盎然,冠绝天下。传闻洞室直达天上,皆有上古仙人或兵解或飞升遗留下来的种种机缘,是神仙修行首选之地,在此修行事半功倍,比如桐叶宗的梧桐小洞天,就被杜懋独占,只是分一杯羹给宗门内的上五境修士。

只不过也有些例外,比如道祖那座与藕花福地相衔接的莲花小洞天,当然还有骊珠洞天。后者灵气自然也算充沛,不以天材地宝著称于世,真正令人垂涎的,是小镇百姓天生卓越的修行资质。浩然天下的别处,陆地神仙下山寻觅一棵好苗子,那是大海捞针一般,可谓踏破铁鞋无觅处,即便找到了资质好的,又未必适合收入门下,或是心性不契合师门道法,等等,兴许到最后还是竹篮打水一场空,失望回山。而在骊珠洞天里,有望跻身中五境的修道美玉,不在少数,寻常一双神仙眷侣的子嗣,都未必能够有此修行资质。

在灰尘药铺吃过这顿年夜饭后,人人换了新衣衫。魏羡起先不太乐意穿新衣服,说实在不行就穿那件龙袍得了,新衣服穿着总觉得不合身,不得劲,给裴钱纠缠了半天,这才答应去换了新衣新靴子。陈平安为了应景,也暂时脱下了金醴法袍,换了身裴钱和隋右边帮忙挑选的青色长衫。

陈平安给了裴钱和画卷四人人手一份压岁钱,是用红纸包着的一枚雪花钱。

裴钱晓得这枚雪花钱价值千两白银,欢天喜地。其余四人,也都收下了,但自然不会如裴钱这般心境。

在这之后就是守夜了。

最后剩下陈平安和郑大风还有裴钱,围炉而坐,守到了天亮时分。

陈平安跷起一条腿晃着,莲花小人坐在他脚背上,跟着起起伏伏,乐不可支。

陈平安没敢多喝养剑葫芦里的小炼药酒,一整夜与郑大风各自喝了半斤桂花酿,点到为止。

郑大风聊了小镇上许多跟陈平安差不多岁数的人,马苦玄、宋集薪、赵繇、林守一,再小一点的,李宝瓶、顾璨。

裴钱在后半夜其实已经睡着,所以就没有听到这些关于骊珠洞天的故事。

郑大风说他最没有想到的,还是你陈平安,不但活了下来,还能走到今天这一步。

郑大风主动询问了陈平安的本命瓷。陈平安笑着说是一件白瓷镇纸,大致是螭龙状,他当年留下了一些破碎瓷器的遗物,不多,一直偷偷藏在了泥瓶巷祖宅的墙角陶罐里头。不出意外的话,一旦烧制而成,也不会是作为御制贡品,摆放在大骊皇帝的书房案上,多半会被某个山上仙家府邸秘藏起来,因为按照剑气长城老大剑仙的说法,他陈平安本该是有地仙资质的。

郑大风没有继续说下去,陈平安也没有让郑大风为难。

牵连太深。

郑大风最后指了指屋外,道:"老赵,是骊珠洞天赵繇这一支的老祖宗,死了后给我们家老头子收拢了魂魄,半神祇半阴煞,运道好的话,就可以丢出去,一举成为大骊王朝某处山岳的神祇。不过要像魏檗那般一步登天,直接从小山神变成半洲之地的北岳正神,是绝对不敢奢望了,可是跟顾璨他爹那样坐镇方圆千里山水气运,还是有机会的。"

陈平安点头道:"猜出来了。"

齐先生曾经留下三缕春风,分别在他、赵繇和宋集薪身上。

赵繇当年没能保住那枚最珍贵的"春"字印,齐先生却说对此不曾失望,陈平安一开始不理解,以齐先生的性情,绝对不是因为对赵繇不曾寄予厚望,故而不失望,事实上齐先生在赵繇和宋集薪之中,是更加看重赵繇一些。如今想来,其实齐先生未尝不是希望赵繇借此机会,与他这一文脉彻底撇清关系,自立门户也好,投入别家文脉道统也罢,说不定能够安安稳稳度过一生,这样齐先生便欣慰了。

陈平安自认做不到齐先生这般豁达。以后读书更多，识人更多，兴许可以，可今天肯定不行。

关于杏花巷马苦玄的身份，郑大风泄露了一丝天机，说那只与马苦玄相依为命的白猫，很有来历，机缘之大，比起大隋皇子高煊的龙王篓和金色鲤鱼、阮秀腕上火龙镯子、赵繇木雕龙、顾璨小泥鳅、宋集薪的四脚蛇，有过之而无不及，不同的是，白猫偷偷闯入骊珠洞天，只会认马苦玄一人为主人。

陈平安便说了马苦玄与他的两次厮杀，一次在家乡神仙坟，一次在彩衣国大街上。

郑大风笑得不行，没太当真，说骊珠洞天每千年左右，都会冒出这么一对，要么死敌，要么挚友，后者比如大骊王朝的曹袁双璧，这一次，说不定就是你们两个了——杏花巷马苦玄、泥瓶巷陈平安。

陈平安转头望向屋外边的天色，已经是正月初一的清晨了。去年他在这个时候，还在藕花福地像个孤魂野鬼一样四处晃荡，真是恍若隔世。

裴钱醒来后，立即去了药铺外面的巷子里放爆竹，不过兴许是过了年长了一岁，乖巧得很，先问了赵氏阴神放爆竹会不会吓到它，阴神笑着说不打紧。

听着小巷那边连绵不绝的爆竹声，郑大风突然说道："裴钱待在你身边，还能拘束着她的某些天性，以后离开了你，怎么办？"

陈平安想了想，道："尽量在离开我之前，先教会她善恶之分，只有做到了这点，才能谈近善去恶，不然她做什么都会迷迷糊糊。"陈平安用脚尖在地上画了一个圈："不以规矩，不成方圆。她如今还小，在我帮她画出的这个圈里面，她就可以想做什么就做什么。如果哪件事做得出了这个圈，我就敲打她一下，告诉她一些道理。慢慢来吧，不能一蹴而就。过了年才十一虚岁的孩子，如今做得不差了。"

郑大风笑道："能跟你比？"

陈平安微笑道："干吗要跟我比，裴钱就是裴钱，陈平安就是陈平安。"

郑大风感慨道："裴钱遇到你，是她的幸运。"

陈平安转头看了眼郑大风，问道："你遇到我，不一样幸运？只不过是路过老龙城两次，就既当你的传道人，又当你的护道人，很累的好不好？"

郑大风啧啧道："传道人当得还凑合，你这护道人当得可真不咋的啊。"

陈平安哈哈大笑，毫无诚意地抱拳打趣道："见谅见谅，我这五境武夫，做得可不能更好了。"

郑大风翻了个白眼，自怨自艾道："以后还怎么找媳妇哟？"

裴钱拿了个鸡毛掸子扛在肩上，说是要给那根行山杖休息休息，到了后院这边，见人就说好话，说希望老魏赶紧找到个漂亮小媳妇；希望小白下棋越来越厉害，争取当个天下第一百；希望右边姐姐越来越年轻，一辈子不长皱纹；希望朱敛今年做出更好吃的饭菜；希望赵姓阴神爷爷的境界嗖嗖嗖往上涨，以后就带她去天上玩儿；希望郑大风铺子生意兴隆。

裴钱最后希望陈平安在新的一年里，财源滚滚来，挡都挡不住，金子银子宝贝们多得没处放。

显而易见，她在新的一年里，是再也不想当个赔钱货了。

不知是裴钱转运了还是如何，一张连朱敛都害怕的小乌鸦嘴，却变成了一张金口，当天灵验。

正月初一，按照宝瓶洲的风俗，扫帚倒立，不迎客不远行不劳作，只管吃喝玩乐，可是范峻茂依然在上午来到了灰尘药铺，除了询问陈平安何时再次去往云海炼化本命物外，还给陈平安带来了三袋子金精铜钱，厌胜、供养和迎春钱各一袋，累计三十几枚，全是大骊宋氏皇帝自己掏的腰包，而且保证之后还有，因为随着大骊铁骑南下，一路上别说是各国朝廷禁绝的淫祠，就是一些不识时务的山岳正神，一尊尊金身都可以敲碎打破，碎片用以铸造金精铜钱。

陈平安望向郑大风，后者亦是一头雾水，问道："跟骊珠洞天烧制本命瓷差不多，金精铜钱如今不是已经不再铸造了吗？"

范峻茂嗤笑道："所以说这才是大骊宋氏赔罪的诚意所在，不然如何显出大手笔？"

郑大风想了想，道："除非是老头子给宋氏皇帝施压，不然大骊王朝不至于如此割肉，这些金身碎片，收藏起来，用来给未来其余三尊山岳大神涂抹金身，更加划算。"

陈平安点头赞同。

郑大风便有些疑惑："不像是老头子的风格啊。"

范峻茂没好气道："先前一艘从北俱芦洲往南走的跨洲渡船，本来不会在龙泉渡口停留，结果有个汉子直接从天上砸到了地上。如今西边大山那么多势力扎根，修建府邸，人多眼杂，这个消息，已经在宝瓶洲北方传开了，都知道宝瓶洲除了宋长镜，还有一位传说中的十境武夫。"

郑大风一抹脸，道："那是李二无疑了，就是不知道什么时候到咱们老龙城。"

范峻茂心中有数，道："按照行程，如果愿意砸钱，快一些南下老龙城，应该就是这几天。"

郑大风掰手指计算一下，笑道："从北俱芦洲到东宝瓶洲最北方的大骊王朝，再到最南边的这里，赶得挺匆忙啊，不过估摸着是老头子拦了一拦。"

郑大风轻声问道："桐叶宗那边？"

范峻茂冷笑道："老龙城的这些个废物地仙，哪敢跨海去桐叶洲晃荡刺探消息，本来宝瓶洲就矮人一头，桐叶宗又是桐叶洲最跋扈的山头，没谁愿意招惹。一些个内幕，最多就只有符家会稍微知道点，其余几大姓氏，关于桐叶宗那边的动静，跟聋子差不多。"

不过，我估计桐叶宗那边出了大问题，符畦除了那块老龙布雨佩，又拿出了一样我都想不到的东西，要我转交给陈平安。只是符畦也说，尚须符家祠堂商议此事，但是他会争取通过议程，陈平安何时离开老龙城，何时送到。你们两个，不妨猜猜看，是什么东西？"

陈平安赶紧把院子里的裴钱喊到身边，大致说了下符家的情况，然后语重心长道："你来猜猜看，东西往好了猜。"

裴钱认真思量了一番，怯生生道："该不会是一件半仙兵吧？"

范峻茂顿时无言。

陈平安和郑大风相视一眼，皆大笑起来。

正月初五这天。

那个外乡老人待在灰尘药铺这边嗑瓜子唠嗑，裴钱陪着跟他鸡同鸭讲，一老一小，各自吹牛，两不耽误。

除了老人，药铺今天又多了个客人——一个身材矮小精壮的汉子，走入了小巷。

门槛边坐在板凳上的老人，忍不住多看了几眼。可不是，眼前这汉子，可比山上的玉璞境修士稀罕多了。

画卷四人虽还未亲眼见到此人，可在那人缓缓走向药铺之时，几乎同时心中悚然，就像看到了一条巨大蛟龙，硬生生挤入了一条溪涧水沟。这是一种同为纯粹武夫之间的心灵感应。

世间竟有这种武人？

发现陈平安和郑大风并不紧张后，画卷四人这才放下心来。

魏羡用手摩挲着下巴，朱敛眼神炙热，卢白象和隋右边也停下了手谈对弈，隋右边一根手指轻轻敲击着身前一枚棋子。

陈平安和郑大风一起走到铺子前面。

郑大风佝偻着腰，左看右看，第一句话问道："嫂子咋没来？"

那汉子看着郑大风，木讷的脸庞上没有太多表情，答道："如果不是师父要我等等，这会儿已经在桐叶宗山头了。"

郑大风挠着头，不说话。

然后汉子望向陈平安，抱拳道："陈平安，那趟出远门，一路走下来，李槐懂事多了，而且都不是一些书本上能学到的，我李二得谢你。当年齐先生教李槐教得好，齐先生走了，你也教得很好，我其实得喊你一声陈先生。今天我还得赶着去桐叶洲拆那杜懋的祖师堂，就不多聊了。反正就几句糙话，搁在这里，一般只有家里人受了欺负，我李二才出拳。但是我保证，以后你陈平安只要让人捎句话，要我李二揍谁，我立马就赶过去捶谁,皱一下眉头,我就不是李槐他爹!"

李二再次抱拳,沉声道:"走了!"

汉子就这么走了。

在李二到达老龙城后,老龙城形势就真正趋于明朗了,虽然这位十境武夫只是在灰尘药铺露了一面,但称得上一锤定音。

可能包括孙家在内的各大姓氏,犹然不知,但是接下来的事态发展,不过是"按部就班"四个字而已,老龙城的一张张算盘和一本本账本,会不断往北,距离已经驻扎在宝瓶洲中部的大骊宋氏铁骑,越来越近。

对此,苻家、范家和灰尘药铺,最先知道答案。

在李二离开这天,范家一行人就大摇大摆来拜年了。来的都是陈平安的熟人,范峻茂、范二这对姐弟不说,还有桂花岛的桂姨,以及她的唯一嫡传弟子金粟——这位当初侍奉陈平安去往倒悬山的桂花小娘,最后是金丹境老剑修马致,曾给陈平安喂过一段时间的剑。桂姨几乎从不会登岸,桂花岛每年两次来往于老龙城和倒悬山,而范家祠堂许多老人一辈子都没见过她一面。

那个在朱敛眼中,"读书功夫很深"的外乡老人,原本以为今天又是无趣的一天,连那位隋姓女子都要见不着,不承想一下子见到了这么多女子忙前忙后,十分殷勤高兴,只差没说自己是灰尘药铺的店伙计了。跨过铺子门槛后,桂姨看了外乡老人一眼,老人刚好也看了她一眼,桂姨按下心中疑惑,微微一笑。老人心想,这位夫人,虽然中人之姿,可是性情温柔,实在是寻常男子娶回家相夫教子的首选,难怪姜尚真只管生不管养的那个长子,要拿宗门的名头来压她,希望跟范家购买这艘桂花岛,开辟出一条去往倒悬山的成熟航线。

桂姨却没能看出老人的底细深浅,只是依稀觉得老者"身无垢,气轻灵,神饱满",若如今暂时是地仙修为,以后必然是上五境的天资。

毕竟地仙之中,亦有高下,也分天壤。

陈平安一路小跑出来,迎接桂姨。对于这位长辈,陈平安一直心怀感恩,这与桂姨的身份修为无关。

那次乘坐桂花岛去往倒悬山,途经蛟龙沟,遭了一场大劫难,有那么一刹那陈平安进入过空明境地,如佛家遍观众生心性,让陈平安有些措手不及,只觉得仿佛世间几乎皆是恶意,之后在小院消沉了一段时间。在那之后,想起桂花岛,唯有两抹暖意,一是帮陈平安画了三幅画的范家画师,再就是阅尽世间百态始终心境平和的桂姨。

陈平安和桂姨他们在外边大堂坐着闲聊。

范二装模作样去了趟郑大风住处,结果发现墙上没挂那幅他送的笔力精湛的人物画像。

屋内郑大风咳嗽一声，不动声色道："养精蓄锐，修身养性嘛……以后这种缺德事，要少干。"

范二一听立即佯装满脸恼火，后悔不已道："也怪我那画师，曲解了我的意思。我的本意是'窈窕淑女，君子好逑'，既然先生一心仰慕隋仙子的风采，我这做弟子的，总要做点什么，便与那画师说了隋仙子的神仙姿容，要他作一幅泼墨写意的画像……"

郑大风老怀欣慰，这名弟子算是出师了。

隋右边不知何时站在了门口，满脸讥笑，道："这位范家画师真是丹青圣手，只凭范公子的三言两语，就能画得如此传神。"

后院暗流涌动，前院相谈甚欢。

今日拜年，没有金粟说话的份，这一点，她心知肚明，即便她是老龙城地仙之一桂夫人的唯一弟子。这位负剑的女子武夫，说好听点是家族供奉客卿，说难听点就是侍卫扈从。金粟更多的注意力，还是在那个陈平安身上。

士别三日当刮目相看，大概就是说这个家伙了，不再是当年那个爱喝酒的少年郎，泥土气和少年稚气都已褪尽，取而代之，是一种……从容。

发髻别有一支白玉簪子，身穿一袭雪白长袍，腰挂那只让人眼熟的朱红酒壶，个子高了不少，坐姿极正，与人言语时，喜欢与人对视，眼神中会带着一种毫无敷衍意味的真诚笑意。

金粟还发现了一块小黑炭杵在陈平安身边，这枯瘦小女孩一双眼睛极大，转得贼快，偷偷摸摸一会儿看看这个，一会儿看看那个。

金粟对她展颜一笑。

裴钱便也对她咧嘴一笑。

在裴钱眼中，这些长得漂亮水灵的姐姐，从姚近之到隋右边再到眼前这位，都是大大的钱袋子嘛。听郑大风说世间有种小玩意，叫搬财小鬼，是精魅鬼物之一，裴钱觉得挺像自己的。

果不其然，虽然金粟来得匆忙，身上没带压岁钱，更没想到会遇上这么个小丫头，可是桂夫人却早早准备好了一只绣工精美的小香囊，一看就不简单。香囊本身散发着丝丝缕缕的雪白灵气不说，里头还渗出星星点点的嫩绿色光彩，芬芳怡人。陈平安大致猜出是桂花岛那棵祖宗桂的本命桂叶，所以哪里敢收。裴钱如今察言观色的功夫不差，一看陈平安不太愿意收下这份压岁钱，也就只好跟着摇头傻笑。

桂夫人坚持要送见面礼给裴钱，陈平安拗不过，只得让裴钱收下，自然还是他代为保管。裴钱无须陈平安发话，双手毕恭毕敬收过香囊后，鞠躬致谢不说，还说起了讨巧的喜庆话，例如祝愿桂夫人福寿安康、永葆青春之类。桂夫人听着挺受用，揉了揉裴钱的小脑袋,说你师父陈平安在桂花岛上已经有一栋挂在他名下的宅院,渡船上还有一座名为"蟾宫"的小别院,就干脆送给你好了。

裴钱瞪大眼睛,是真真切切给吓到了。咋的,天底下的夫人送礼物都是这般豪爽的?一见面就要送人宅子?难道天底下的女子都是岁数大一些,就变得越来越出手阔绰?

陈平安苦笑道:"桂姨,真不能收这栋宅子,不行。"

桂夫人瞪了一眼陈平安,道:"我送裴钱宅子,跟你有关系吗?"

陈平安咳嗽一声,示意道:"裴钱。"

裴钱立即挺直腰杆,稚声稚气道:"一日为师终身为父,师命不敢违,不然就是不义不孝也。"

桂夫人觉得有趣,瞥了眼陈平安,笑问道:"你教的?"

陈平安无地自容,道:"大概是每天让她读书抄字,她从书上自学的吧?"

裴钱溜须拍马道:"是师父教得好!"

陈平安微笑着一记栗暴敲下去。

裴钱抱住脑袋,一脸委屈和茫然。

送桂夫人一行离开小巷的时候,陈平安和金丹境老剑修马致并肩而行,向这位范家供奉讨教了一些养剑之术、炼剑之法,马致自然坦诚以待。

正月初九。

老龙城有习俗,称为"天公生",家家户户需要准备花烛、斋菜,在庭院天井、街巷拐角这些头顶没有遮掩的地方,拜天祈福。

虽然灰尘药铺没有老龙城人氏,但是郑大风却做得比老龙城百姓还要讲究。这个连过年都没太在意的汉子,亲自备好花烛瓜果和自己做的斋菜,在后院天井内摆好了高低三张香桌,点燃三炷香,行三跪九拜之礼。这等规格,比起世俗王朝的君主祭天要小,比起寻常百姓的膜拜苍天,则要大不少。

赵氏阴神在一旁也是束手而立,神态恭谨。他没有烧香敬香,但是跪拜大礼,做得一丝不苟。

裴钱蹲在屋檐下看得津津有味,陈平安看了一眼就没有多瞧。其实这已涉及郑大风和阴神的秘密了,只是郑大风自己都不遮掩,陈平安就当没看见好了。

去了柜台那边继续当临时掌柜兼账房先生,陈平安觉得自己已经准备妥当,很快就可以去云海上正式炼制那方"水"字印。

至于苻畦会拿出哪件半仙兵,值得期待。

说到底,这次是杜懋和桐叶宗连累了大骊皇帝,后者志在老龙城各方势力的北上,对于他陈平安和郑大风，不会主动招惹。

只是大骊王朝明显小看了一位飞升境大修士违例离开山头需要付出的本钱，大骊皇帝给再多的金精铜钱，陈平安只会嫌少不会嫌多。

最早郑大风赠送的那袋子金精铜钱，已经悉数给金醴法袍"吃进了肚子"，法袍所绣居中金龙所衔那颗不知什么材质的"骊珠"，蕴含的灵气越来越充沛，法袍不但修复如新，而且品秩又有提高。按照赵姓阴神的说法，只要一直吃金精铜钱，这件金醴法袍肯定可以成为一件半仙兵法袍。

陈平安却不太乐意，一方面是心疼来之不易的金精铜钱，另一方面则是郑大风早就说过，一旦跻身武夫炼神三境金身、远游、山巅之后，山上仙家的身外物，就会越来越鸡肋，甚至沦为累赘。

正月初十，老龙城又有习俗名为"石不动"，还有老鼠嫁女的典故。

裴钱虽然很怕鬼怪，但是偏偏最喜欢听这些。

裴钱已经改为每天早些抄书，不再磨磨蹭蹭拖到睡觉前，这大概也跟陈平安如今每天盯着她抄书有关系。

今天抄书的搁笔休息间隙，裴钱突然问了陈平安一个问题，说书上讲"劝君莫吃三月鱼，劝人莫打三春鸟"，那以后春天是不是就不能钓鱼了？

陈平安当时没给出答案，笑着让裴钱先抄完书。等到裴钱写完最后一个字，默默酝酿许久的陈平安才告诉裴钱，这是一句劝人向善的言语，不过当一个人还需要为了活下去而努力的时候，就顾不得这些了，也千万别计较这些。如果当一个人衣食无忧了，又信佛，有这份慈悲心肠时，就可以这么做了。若是看到别人饥肠辘辘地在春季捕捉鱼鸟果腹的时候，就跑去跟人说这道理，则又不对了，连对人的恻隐之心都没有，何谈对天地万物怀有怜悯之心？所以归根结底，道理还是那个道理，可事分先后。

裴钱点头，说她约莫是懂了。

陈平安笑道："不懂就是不懂，先记在心里，慢慢琢磨。"

裴钱笑出声，道："刚才我骗人，其实还真没懂哩。"

于是在正月里，裴钱又吃了一记栗暴。

这天，灰尘药铺，依旧云淡风轻，裴钱在看陈平安在院子里练习六步走桩。

陈平安突然停下身形，把裴钱喊到前面铺子，并且请赵姓阴神帮忙隔绝出了一方小天地，这才开始传授裴钱那剑气十八停的口诀、运转路径以及最为精妙的急缓转换。然后拿出一幅图画，陈平安在上面密密麻麻地画了人体气府窍穴的名称，一一指点给裴钱看。

这是阿良修改过的剑气口诀。剑气长城那边的年轻一辈剑修,只有包括宁姚在内的一小部分人所学的剑气十八停,才是阿良修正完善过的。

既然裴钱吃不住习武的苦头,就让他试试看走这条不用太吃苦,只看剑道天赋高低的路子。至于能走多远,陈平安根本没奢望。

裴钱记性之好,比陈平安有过之而无不及,这点画卷四人早就领教过了,所以陈平安教了两遍,说了所有注意事项后,就让裴钱拿着那幅图画自己研习去。

当天黄昏,裴钱很是愧疚地找到陈平安,说她果然有些笨,就这么点芝麻绿豆大小的事,她练了这么久,才做到了剑气第三停,再想要往前就做不到了。

陈平安又是一记栗暴下去,板着脸教训道:"学一件事情,不要好高骛远,要脚踏实地!"

裴钱"哦"了一声,屁颠屁颠跑回自己屋子,继续"玩火"。她已经能够掌握那一条小火流的动向,要它往哪儿它就去哪儿,在那些所谓的窍穴经脉里跑得飞快,而且乖巧得很,剑气第四停暂时做不到,可此处不留爷自有留爷处,那就去别的地方要去嘛!

她可不知道陈平安在前面铺子,独自一人,碎碎念叨了老半天。

正月十一。

灰尘药铺来了一位风尘仆仆的稀客——太平山女冠黄庭。

当她看到了蹲在铺子门口跟那两个浪荡子嗑瓜子的外乡老人后,愣在当场。

老人使劲朝她眨眼。

黄庭伸手揉了揉眉心,你一个玉圭宗的仙人境老宗主,在这儿凑什么热闹?黄庭只好假装不认识这老头。

论辈分,蹲在门口这位,比她所在太平山的老天君还要高半截,与桐叶宗的飞升境杜懋是差不多的。

论修为,如今杜懋尸骨无存,大道崩塌,有无魂魄剩下都难说,而玉圭宗什么事情都没做,就莫名其妙成为了桐叶洲第一大仙家,眼前这老头作为桐叶洲战力第一的仙人境,身份更是水涨船高。

真是个会躺着享福的老头子。

黄庭对这位山上前辈荀渊的印象不坏,却也不算有多好,毕竟性情相差十万八千里。

见到了大感意外的陈平安,黄庭直爽道:"凭借蛛丝马迹和一些直觉,我找到了一处地脉深处的上古别宫,循着路线,站在了那座锁龙台上,可仍是寻不见那头欺师灭祖的白猿,就好像完全从浩然天下消失了。后来宗主飞剑传信,说不用找了,我只好匆忙返回师门。再之后就收到了你说的那块祖师堂嫡传玉牌,老天君和大伏书院的人,以及一位阴阳家修士,得出结论,此次桐叶洲中部之乱,正是源自太平山当年那位携带道冠而陨落的元婴境修士。我们太平山为此自然是羞愧难当,臊得不行,老天君没脸见人,便要我跑一趟老龙城,希望赶得及找到你,没别的,就只是与你道声歉。太平山如今元气大伤,实在没本事打肿脸充胖子赔偿你,嗯,其实老天君打算给些赔偿,意思一下,给我拦下来了。陈平安,你要骂就骂我,别怪太平山不仗义,小家子气,搁在以往,绝不是这般行事风格。"

黄庭说到这里,难得有些苦涩之意,道:"井狱妖魔逃散四方,同门下山降妖除魔,这场仗,打得实在是太惨了些。"

陈平安心情沉重,点头道:"想得到。"

黄庭突然笑道:"桐叶宗算是倒了八辈子血霉,招惹到一名剑仙,断了杜懋的飞升之路。没消停几天,就有个十境武夫,从山脚一路打到了桐叶宗祖宗山之巅,把人家的祖师堂给拆了。从头到尾,除了对几个玉璞境修士的攻势稍稍躲避,其余所有中五境修士的进攻,那汉子一律站着不动,随便他们把法宝丢在他身上,挠痒痒似的。我看得挺乐呵,玉圭宗的姜尚真更开心,直接弄了条阁楼渡船,悬停在桐叶宗上空,大摆宴席,盛情款待八方来客。"

陈平安赶紧喝了口酒压压惊。

一旁的郑大风、朱敛和外乡老人,耳朵里听着这些个消息,眼睛都偷瞄着黄庭。

只论姿色,以藕花福地谪仙人皮囊重返浩然天下的女冠黄庭,比隋右边、范峻茂和金粟,都要更加出彩。

陈平安询问黄庭之后的打算,她说本来想去中土神洲游历一下,只是老天君死活不答应,说她要敢去,他就敢上吊,只让她在宝瓶洲和俱芦洲中选一个。黄庭直言不讳,跟陈平安说她觉得宝瓶洲太小,俱芦洲剑修多如牛毛,她正好去磨剑,说不定就能跻身玉璞境了,总不能由着一个从宝瓶洲这种小地方冒出来的剑修魏晋,让桐叶洲所有剑修颜面尽失。

黄庭雷厉风行,聊完事情后,就准备御剑北去。只是黄庭想到还亏欠着陈平安,心里难免不太痛快,无意间看到了在院子里练习绝世剑法的裴钱,得知裴钱是陈平安的"开山大弟子"后,便问小女孩想不想学桐叶洲最快的剑术和刀法。

裴钱反问,疼不疼。

黄庭大笑,说不疼。

裴钱转头望向陈平安,后者笑着点头。

黄庭便多待了一天,传授了裴钱一套剑术和一招刀法——白猿背剑术、白猿拖刀式。

临走之前,黄庭拍了拍裴钱的小脑袋,然后伸出手指捏着黑炭小丫头的脸颊,一边摇头一边惋惜道:"多聪明一孩子,咋就长得这么不俊俏呢?"

结果裴钱伤心得不行,一整天都闷闷不乐,便是贴了那张黄纸符篆在额头,还是无精打采。

陈平安看着这样的裴钱,便想起了那个喜欢喊自己"小师叔"的红棉袄小姑娘。

在山崖书院所有人眼中,那个红棉袄小姑娘有些怪,每天风风火火的,喜欢背着一只小竹箱,一个人去学塾,离开学塾还是一个人,爬山爬树爬屋顶,爬上爬下,要不然就是一个人蹲在湖边盯着鱼儿,直愣愣看着它们甩着尾巴游来游去。一逮着机会,她就离开书院去京城大街小巷晃荡。书院里书院外,小姑娘总是一个人,旁人看久了她,好像觉得自己也有些孤单了。

不过奇怪归奇怪,小姑娘礼数是够的,只要路上见着了书院的夫子先生们,总会一个骤然而停,作揖行礼打招呼,然后以迅雷不及掩耳之势,呼啦一下就跑远了。

一开始那些夫子先生还会停下脚步,刚露出笑容想来几句谆谆教诲,就已经不见了那抹红色身影。后来习惯了,就笑着应一声。到最后,就笑着摇头,不停步继续前行了。

李宝瓶,觉得自己在山崖书院过得还凑合,虽然已经很少见到李槐、林守一了。而于禄和谢谢也见得少,就算见着了,好像也没啥好聊的。

这些事情,她在那次山巅树枝上,跟崔东山聊完之后,就看得没那么重了。

他们已经不那么惦念她的小师叔了。没关系,他们那几份思念,她找补回来就是了,她会一个人多想一想小师叔的。

日子就这样一天一天过,过完了年,很快就是大红灯笼高高挂的元宵节,然后就连正月都快过完了。

小姑娘有些想家,想爹娘和爷爷,想大哥和二哥。

当然还有小师叔。

小师叔好久没有寄信来书院了,这让李宝瓶有些伤心。

第三章
他乡遇故知

正月十五,元宵节。

老龙城家家户户张灯结彩,大街小巷游人如织。五大姓氏按照习俗,各自打造了一条灯火长龙,抬着游街,若是从云海俯瞰这座宝瓶洲最富饶的城池,就会发现有五条火龙在固定的路线上游弋。

陈平安让画卷四人带着裴钱出去赏灯,让赵姓阴神暗中尾随,以防不测。

他和郑大风两人在柜台那边,一壶酒,两只薄如羽翼的白瓷小酒杯,几碟子佐酒小菜,喝酒吃菜闲聊,守着铺子。

郑大风总有些古怪规矩,喝酒之前,不知道从哪里找来了杨柳枝条,插在灰尘药铺大门上边,还在门槛外面搁了一副碗筷。

陈平安瞥了眼门槛那边,问道:"是敬神礼佛,还是款待路过的孤魂野鬼?"

郑大风笑道:"老头子传下来的规矩而已,具体怎么个说法,老头子从来不解释,我们当徒弟的,只能依葫芦画瓢,照做就是。这老龙城里边,这么多练气士待着,聚在一起,阳气太盛,能有什么妖魔鬼怪? 就算有小猫小狗三两只,药铺有老赵这尊阴神在,它们也不敢凑过来。鬼魅阴物,除了那些失了心窍的厉鬼,大多数比咱们人要懂规矩讲礼数多了。"

陈平安点了点头,抿了一口范家送来的桂花酿,突然说道:"我打算明天找范峻茂帮忙,去云海上面炼制第一件本命物。如果成了,就离开老龙城,往北走。虽说文圣老爷讲了,之后可以随便去哪里,没什么忌讳,不过我想了想,反正目前谈不上有什么大事必须要做,就仍然按照杨老前辈最早的说法,暂时不回龙泉郡。我大概要去宝瓶洲的三四个地方,估计花在路上的时间就要一年多,逛完后,差不多刚好可以回去。"

郑大风斜靠柜台,看着门外的小巷,随口问道:"有没有想过在龙泉郡开宗立派?"

陈平安摇头道:"开宗立派有多麻烦,只看阮师傅的所作所为,大致就心里有数了,难。再者我哪来的资格开宗。"

郑大风咻溜喝了口小酒,满脸陶醉,小半杯桂花酿而已,好似给他喝出了几大坛子美酒的醉意,轻声笑道:"如果能够将龙泉郡西边大山一座座收回来,拥有十余座连接成片的山头,是有灵气底蕴来创立仙家门派的。只不过想要那些势力把吃到嘴里的肉吐出来,不太容易。之前大骊不过是为了结交拉拢这些山上仙家和王朝豪阀,给的价格才那么低。你如果不是有阮邛的那层关系,恐怕连一座真珠山都买不到,更别提落魄山了。"

陈平安对此深以为然。

骊珠洞天虽然不以灵气鼎盛著称于世,可这是跟其余三十五座小洞天做对比,一般的金丹境、元婴境地仙之流,能够单独在那里拥有一座落魄山,结茅修行,开辟府邸,已经是梦寐以求的天大美事。

陈平安嘴上说开宗立派难难难,可是内心深处,却是极其希望能够真有这么一天,甚至当初在飞鹰堡跟陆台闲聊时,就已经想好了自家山头该有哪些人和事。不然为何陈平安会想到跟太平山那位道家老天君,询问一套护山阵法需要多少神仙钱?光是听闻钟魁讲述老天君坐镇太平山,现出金身法相,手持明月镜,驾驭三剑,追杀背剑白猿在千万里之外,陈平安就心向往之了。

这时那个已经跟灰尘药铺混熟的外乡老人,突然出现,笑眯眯跨过门槛,开门见山道:"陈平安,看样子,是快要离开老龙城啦?想跟你商量个事。"

陈平安站直身体,放下酒杯和筷子,微笑道:"老先生请说。"

老人示意陈平安只管继续喝酒夹菜,自己则走到柜台旁,直接用手抓了几颗油炸花生米,放入嘴中,沉吟片刻,说道:"可能有那么点强人所难,也有些冒犯,但是缘分一事,聚散不定如浮萍,今朝错过,可能就会此生错过。缩头伸头皆一刀,我还是直接说了,说完之后,陈小兄弟和大风兄弟,你们可别让老儿我以后吃不着这花生、米糖、藕片,反而天天吃饱闭门羹——"

郑大风没好气道:"咱仨都是敞亮人,你说点痛快话行不行?"

老人仰起头,丢了块藕片到嘴里嚼着,道:"隋右边虽然已经是纯粹武夫的小宗师,跻身了金身境,极其不容易,可在我看来,瓶颈太大,登顶极难,撑死了就是远游境,运气好,也就只是这八境武夫而已。"

郑大风立即拆台道:"八境武夫而已?老头子,你有本事去大街上喊这话去,看看老龙城那些地仙修士作何感想？会不会气得一巴掌拍烂你的嘴？"

老人是个脾气相当好的，丝毫不计较郑大风的顶撞，笑道："这不是例外嘛，隋右边其实从一开始就不应该走武道这条断头路——"

郑大风一拍桌子，嚷道："你说啥？"

老人赶紧弯腰拿了陈平安那只酒杯，倒满了一杯桂花酿，对郑大风举杯道："说错话了，我自罚三杯，自罚三杯！"一口饮尽，就要去倒第二杯。

陈平安笑眯眯伸手捂住酒壶口子，道："老先生喝一杯罚酒就行了，咱们这么熟，不用如此见外。"

老人悻悻然放下酒杯，抹了一把嘴，惋惜道："这酒是好，可惜就是味道淡了点，一两杯的，喝不出啥味来。"

郑大风夹了块小葱拌豆腐，催促道："荀老哥，有屁快放！"

姓荀的老人继续道："隋右边是极其稀少的先天剑坯，拥有剑仙之姿，这也就罢了，关键是她剑心精粹澄澈，以后以元婴境剑修破开上五境瓶颈的可能性，会比较大。我不妨撂一句话在酒桌上，只要陈小兄弟愿意割爱，准许隋右边加入我们山门，最多两甲子，我保证隋右边成为一位战力极高的元婴境剑修，再拍胸脯保证之后百年内，肯定成为玉璞境修士。"

陈平安微笑不语，递过筷子，还给老人倒了一杯酒。

郑大风冷笑道："荀老儿，你这是癞蛤蟆张嘴想要吞日月啊？不怕撑死自个儿？退一万步说，隋右边如今已经是金身境武夫，你自己都说了，成为远游境武夫并不难，需要时间打磨体魄而已。你倒好，直接要隋右边舍了如囊中之物的八境武夫不要，散尽一口纯粹真气，再花个一两百年的，去追求那虚无缥缈的上五境剑修？"

老人叫屈道："我不是早说了嘛，是有那么点强人所难，可是隋右边如此出类拔萃的天赋资质，不转去修习剑道，我若是没看见也就罢了，瞧见了还要憋在肚子里，实在难受，此等暴殄天物之事，我忍不了！你们想啊，隋右边这么个俊俏小丫头，以后就算成了远游境武夫，也是以双拳与人打打杀杀，一拳打来一脚踹去，何等煞风景，哪里有一位风姿卓绝的女剑仙，白衣飘飘，飞剑斩敌千里外，来得风流？"

郑大风嗤笑道："说得轻巧。纯粹武夫境界越高，散气越是凶险，尤其是炼神三境，涉及元神魂魄，一个不小心，别说是保住先天剑坯的剑仙资质，恐怕半条命直接就没了。荀老儿，你当自己是飞升境大修士，还是保底仙人境修为啊？何况陈平安凭啥要把隋右边这么个大美人，半个贴身婢女，双手奉上，给你这么个游手好闲的老色坯？"

老人正色道："我辈风流非下流，不足为外人道也。大风兄弟，你可以羞辱老哥我，但是别连自己一并看轻了。"

郑大风朝老人伸出大拇指，夹了一筷子菜，不情不愿地赞道："老哥这句话说得坦荡，我挑不出半点瑕疵。"

老人举杯畅饮一大口，然后抚须而笑，道："我就知道，大风兄弟，你是我辈同道真名士，关键时刻说话就是硬气，占理，仗义！"

陈平安拈了一颗花生米，丢入嘴里，慢慢咀嚼。

老人也不敢催促，这件事情成与不成，只看眼前这个年轻人的决定。

陈平安思量之后，说道："我只能帮你问问隋右边本人的意思。"

这下子轮到老人大吃一惊，问道："陈平安，你还真答应啊？"自知失言，老人一脸讪笑。

天底下再傻的人，都知道一位八境远游境武夫的分量和价值。这搁在宝瓶洲最顶尖的几大王朝，都是已经涉及一国武运的超然存在。

老人其实有一肚子好奇纳闷，不过仍是把话语压下——言多必失——以免好好一桩善缘，让自己画蛇添足给弄没了。

老人离开小巷的时候，郑大风说是去透口气，陪着老人一起离开。

到了巷子外大街上的老槐树那边，灯火辉煌，亮如白昼，荀渊和郑大风站在树底下，老人问道："怎的陈平安也不问问我的真实身份，以及更重要的报酬？"

郑大风想了想："大概只有等到隋右边点头答应，他才会来问这些。"

荀渊自嘲道："如此看来，你我还是有些铜臭气，陈平安才是个讲究人。"

郑大风弯着腰，看着熙熙攘攘的热闹街道，淡然道："讲究人容易吃亏。"

荀渊也收敛神色，眼神幽幽深深，道："去他娘的吃亏是福。"沉默片刻，荀渊问道："大风兄弟，何去何从？"

郑大风说道："废人一个了，就想重操旧业，回去当个看门人。"

荀渊问道："要不要去我的山头？神仙日子不敢说，酒肉美人是不缺的。相信你也知道我的脾气，会有事没事找你聊天的。"

郑大风摇头道："不想欠你这个人情，也没这份心气去你的山头狐假虎威了。"

荀渊拍了拍郑大风肩膀，安慰道："想开点，人生没有过不去的坎。"

郑大风气笑道："你一个上五境练气士还有脸混吃混喝的老家伙，跟我这么个废人说想开点，你好意思啊？"

荀渊感慨道："我隐藏如此之深，还是给大风兄弟一眼看出了上五境神仙的高人风范，看来书上形容女子天生丽质难自弃，对我而言，也是适用的。"

郑大风转头看着这个一本正经的老家伙，问道："你在师门修行这么多年，是不是经常有人想要跟你练练手？"

荀渊摇头道："不曾有过。年轻的时候，靠英俊潇洒，在师姐师妹之中极有缘，一有麻烦，她们早就争着抢着帮我摆平了。中年以后，幡然醒悟，总觉得每天混迹花丛不太好，就重新捡起修行一事，大道之上一日千里，故而宗门长辈无比器重呵护。老了以后，更是德高望重啊。"

郑大风拍了拍老头的肩膀，笑道："亏得苟老哥你不是在咱们家乡长大的，不然会有很多家伙教你做人。"

苟渊笑了笑，不置可否，自言自语道："人敬我一尺，我敬人一丈。隋右边若真是愿意投靠我门下，那我得好好琢磨，该送给她什么样的祖师堂入门礼，该如何报答陈平安愿意松手放人。"

郑大风玩笑道："有本事送件仙兵给隋右边啊。"

苟渊呵呵一笑，道："这可不行，至少在隋右边跻身玉璞境剑修之前，我是绝对不会把这棺材本拿出来送她的，而且到时候还需要她答应庇护山门至少三百年才行。"

郑大风转头望去，苟渊与他对视一眼，理直气壮道："咋的，吹个牛还犯法啊？"

裴钱一行人回到药铺已经很晚，陈平安一直等在门口，喊上隋右边说有事要谈。

两人走在小巷，缓缓而行，陈平安便将那老人想要隋右边去他所在山头修道的事情，与隋右边原原本本说开了。

隋右边面无表情，反问陈平安可曾知晓那人的底细，姓甚名甚，修为高低，山门何在。

陈平安说这些事情，得先问过隋右边你的意见，他才可以去谈，之后推敲和确定，得出答案后，他甚至还会飞剑传信太平山，请求老天君亲自帮忙验证，等到万无一失，才会让隋右边再做最后的决断。

隋右边沉默无言，陈平安只好陪着她走出小巷，走在行人稀疏、重归寂寥的大街上。

隋右边在破庙一役，死了两次，老龙城外与一位金丹境修士互换性命，三次之后，武道之路，就会止步于第八境远游境。

隋右边突然站定，问道："你是不是很希望我转投那人山头？至少能够以此赚取一两件法宝，和那老人所在宗门结下一桩香火情。"

陈平安哑然失笑，摇头道："如果不是实在没办法，我当然希望你留在身边，希望能够亲自帮你顺顺利利散尽纯粹真气，安心转修剑道，成为一名练气士，大道可以走得更高更远。但是你应该明白，我如今才是五境武夫，长生桥的重建刚刚起步，比起'宗'字头这些传承千年以上的仙家豪阀，当下这点家底子，根本不够看，而修行路上，一步慢，步步慢。"

隋右边又问："如果我选择离开，关系我身家性命的那幅画卷，你会如何处置？"

陈平安毫不犹豫道："我当然要藏好，交给别人，我不放心。修道一事，人心起伏难料，留在我手上，至少我不会害你，更不会以此要挟你，这一点，你信不信我，我都是如此想的。即使那位老人真心待你，愿意将你收为嫡传弟子，让你进入他所在宗门的祖师堂，我也不能保证其他人不会对你心生歹意，不会希冀着以此钳制你，在某些危急关头，不会逼迫你身陷险境。人在高位，身不由己。可是我陈平安不一样，不是说我就比老人更心善，待你更好，而是我至少不会将你隋右边视为货物，不会有人出了高价天价，就将你卖了。"

隋右边死死盯着陈平安。

陈平安坦然与她对视，道："真心话。"

隋右边也没有答应或是拒绝，反而莫名其妙岔开，说了句题外话："那个太平山女冠，倒是生得绝色，还是一名元婴境剑修。"

陈平安奇怪问道："然后？"

隋右边问道："你就没有半点心动？"

陈平安翻了个白眼，悠然缓步，反问道："天底下好看的女子多了去，好看就多看一两眼，悦目养眼嘛，人之常情，可为啥要心动？"

隋右边破天荒笑了起来，揶揄道："身为男子，连左拥右抱的念头都没有，你陈平安是不是有病啊？"

陈平安转过头，懒洋洋地道："别骂人啊。"

两人一路无言，走回灰尘药铺。

还没有睡意的裴钱，在铺子门口手持行山杖，要给陈平安露两手，信誓旦旦地说老魏和小白看过她的剑术刀法之后，都觉得已经出神入化了。

关于黄庭传授给裴钱的白猿背剑术和拖刀式，画卷四人，都心有灵犀地假装不知道，更不会私底下诱使裴钱吐露口诀。一则是要讲一讲江湖道义，再就是裴钱那鬼精鬼精的小丫头片子，肯定是嘴上答应，一扭屁股就去陈平安那边把他们卖了。陈平安在这种事情上，应该会不太好说话，画卷四人不敢拿这种事情去试探陈平安的底线。

隋右边走入药铺，去后院偏屋修习陈平安默许的剑炉立桩。

小巷里，陈平安站在门槛那边，对裴钱笑道："试试看。"

裴钱板着脸点点头，轻喝一声，一步踏出，双手持行山杖，以白猿拖刀式，一挥而出。

力道没把握好，裴钱手中的行山杖直接脱手而出，被陈平安脚尖一点，伸手抓住差点砸中小巷墙壁的竹杖。

裴钱目瞪口呆，完蛋，觉得自己铁定要吃栗暴了。

不承想陈平安只是将行山杖交还给她，笑道："气势还挺足，以后老老实实跟我练习六步走桩，不然再好的剑术刀法，你体魄支撑不起来，就还是散乱的，只会贻笑大方。"

裴钱懊恼得一跺脚,哀叹不已,早知道就不显摆自己的绝世神功了,以后走路还得规规矩矩按照拳架来,这不是自讨苦吃吗?

陈平安拍了拍她的小脑袋,语重心长道:"小时候要多吃苦。"

裴钱仰起头,满脸期待,道:"大了后就可以每天享福,躺着收钱?不用再抄书,想喝酒就喝酒,想吃啥就吃啥?"

陈平安带着她走回铺子,关上店门,笑道:"等你长大了,自然就知道了。"

裴钱耷拉着脑袋,嘴里叨叨着说:"不太想长大。那个女道长说我长得不俊俏,估计我长大了也好看不到哪里去。年纪小,只是个丑丫头,总比丑姑娘要好些。今儿赏灯,朱敛突然说我再过个几年,就可以每天站在门口了,鬼魅都不敢登门,比花钱请来的一幅门神还厉害。我当时还高兴来着,可总觉着不对劲,就偷偷问了老魏,老魏这人也真坏,拿话蒙我,说可能是我练了绝世剑术,剑气太重,所以脏东西怕我。后来还是隋右边最厚道,与我说了实话,原来朱敛是拐着弯说我长大后太丑,能吓到鬼呢。朱敛太损了,亏我每次吃他做的饭菜都多吃半碗饭来着,就数我最捧场了,朱敛真没良心。"

陈平安眼中有些笑意,故意拿她的口头禅打趣小丫头:"愁啊。"

裴钱笑逐颜开,孩子心性,一肚子忧愁,说跑就跑掉了。

裴钱回到偏屋关上门后,坐在隋右边对面,双手托着腮帮,凝视着正练习剑炉立桩的隋右边,小声问道:"隋姐姐,你咋长这么好看哩,教教我呗?"

隋右边睁开眼睛,仿佛今天心情还不错,忍着笑意,故意板起脸道:"读书识字,抄书练字,六步走桩,剑炉立桩,剑术刀法,擦桌扫地,端茶送水,都要认真。"

裴钱微微侧头,咧嘴一笑:"隋姐姐,你真爱说笑话。"

隋右边点点头,学着女冠黄庭的口气,啧啧道:"多聪明一孩子,咋就长得这么不俊俏呢?"

裴钱闷闷转过身,靠着桌沿,脑袋搁在桌面上,伸手掏出那张她最宝贝的黄纸符箓,贴在脑门上,轻声道:"隋姐姐,你喜欢我爹不?"

隋右边哑然。

裴钱显然也不在乎答案,自顾自说道:"先前我们看了那么多元宵灯,都漂漂亮亮的,可谁还记得那个凤仙酒楼旁边的灯会吗?什么下油锅啊拔舌头啊剥皮抽筋啊,不是冥差厉鬼就是地狱刑具的,老魏说可能是刑狱衙门置办的灯会,专门对付喜欢做坏事的人,吓死我了。你是不知道,当时突然发现我爹不在身边,我都快要哭了。"

隋右边已经重新闭上眼睛,继续练习剑炉立桩,拓宽经脉,温养体魄。

裴钱伸手仔仔细细扶正那张黄纸符箓,喃喃道:"符箓保护好裴钱,妖魔鬼怪快走开。"

这天夜里,赵姓阴神找到打地铺的陈平安,说是那位老先生又让他捎话了,桐叶宗那边已经正式给出补偿。

那颗十二境大妖的金丹,已经被为了飞升一事而丧心病狂的杜懋,在梧桐小洞天内炼化,所以桐叶宗用两片五彩琉璃碎块作为交换,一片小如拇指,一片大如拳头。

十二境大修士魂魄腐朽或是兵解后,有可能会出现一副仙人遗蜕,而传说中的飞升境大修士飞升失败后,会出现一些如同五彩琉璃的金身碎块。

杜懋在飞升失败后的最后一瞬间,控制上半截身躯陨落四方的琉璃碎块,让其中三片返回了桐叶宗祖宗山。这是杜懋不管宗门子弟死活,毁掉梧桐小洞天后唯一一件让桐叶宗愤恨稍减的事情。桐叶宗祖师堂只留一片,其余两片都掏了出来。

赵姓阴神交代完这件头等大事后,小心翼翼地交给陈平安一张巴掌大小的泛黄梧桐叶,说这是桐叶宗一并拿出的咫尺物,那两片琉璃碎块,就放在里头。除此之外,那位老先生还专门为陈平安准备了两套护山阵法,一套仿制太平山的攻伐剑阵,一套仿制扶乩宗的护山大阵,以及打造这两套大阵所需的谷雨钱,都放在那片梧桐叶中。

只是两座大阵的中枢法宝,例如飞剑与金身傀儡,还需要陈平安自己寻找,将来是凭借财力购买,还是靠机缘捡漏,就看有无缘分了。

阴神最后说道:"梧桐叶务必随身携带,但是老先生也说了,你最好等回到家乡小镇,再翻看里头的各色物件,不然一旦打开咫尺物,等于短暂开启小洞天的府门,容易泄露里边的天机,毕竟飞升境修士的琉璃碎片,太过稀少,任何上五境修士都会对其垂涎三尺。老先生还要我转述一事,那件金醴法袍,吃钱吃到半仙兵品秩,不会亏的。"

陈平安收好那片梧桐叶。

赵姓阴神说完之后,身形消散。他两次给那位老先生帮忙,也大有收获。

陈平安躺回地铺,摸了摸头顶的那支白玉簪子,合眼而睡。

第二天清晨时分,天微微亮,范峻茂如约而至,带着陈平安去往老龙城上空的云海。

姓荀的老人早早在铺子门外守株待兔。先前不等陈平安说什么,隋右边就掀开帘子,跟老人在门外聊了几句。

隋右边走回后院。

老人抚须点头而笑,虽算不得最好的结果,却也相当不差了,多等几年而已,到时候玉圭宗百年内就会多出一位有望跻身上五境的元婴剑修。嗯,到时候要亲自带着她去一趟桐叶宗,登门拜访,看能不能为"兄弟"宗门的祖师堂重建一事,尽一尽绵薄之力。

修行之人,要厚道。

旭日东升,霞光万丈,云海之巅,美不胜收。

时来天地皆同力,陈平安此次炼制那枚"水"字印作为第一件本命之物,除了耗时整整一旬光阴之外,并无太大纰漏。陈平安的先天丹室内壁上,便出现了一幅壁画,一条江河如白练,水雾弥漫,缓缓流淌。

在成功的瞬间,身上那件金醴法袍浑然一轻。陈平安放开胆子,松开金醴禁制,任由云海灵气倒灌窍穴,自行涌入窍穴内的一座湖泊,云烟氤氲,气象清新。

直到这一刻,不断被蚕食的那口纯粹武夫真气,才彻底挣脱开束缚,如获大赦,疯狂巡游于他身体的这座小天地。陈平安稍稍驾驭,体内这口真气,与那座湖泊以及流入湖泊的几条灵气溪涧,就大致上做到了互不侵犯,如一国庙堂上的文武朝臣,既谈不上相得益彰,也说不上不死不休,就是个相安无事。

深夜时分,陈平安和范峻茂一起返回灰尘药铺,悄无声息。

画卷四人睁眼又闭眼,缓缓睡去。赵姓阴神的黑烟逐渐没入墙壁。郑大风和裴钱,各自睡得香甜。

陈平安坐在长条凳上,喝了口小炼金丹药酒。

范峻茂站在一旁,问道:"如果换成你陈平安,会不会拿出相伴无数年的这座云海,去换一个宝瓶洲的南岳神祇神位?"

陈平安诚实道:"不知道。"

心情极差的范峻茂怒道:"那你到底知道什么?"

陈平安笑道:"知道我不知道。"

范峻茂丢了一把早就放在咫尺武库里头的长剑给陈平安,沉着脸一闪而逝。

这天清晨时分,陈平安一行人离开灰尘药铺,去老龙城西边的仙家渡口,乘坐一艘渡船,动身去往位于宝瓶洲东南版图的青鸾国。

范二陪着他们到了渡口,提醒陈平安下次见面,一定别忘了瓷器和花酒。

郑大风独自一人守着空荡荡的药铺,看了一会儿墙头贴着的"福"字,写得确实比"春"字好不少。

在正屋大堂里,郑大风绕着那张经常摆满朱敛所做的饭菜的桌子走了一圈,最后坐在门槛上,望向天井对面的那条长凳。

那条长凳,陈平安坐的次数最多,裴钱偶尔坐过几次,久而久之,好像就成了陈平安的一块小地盘。

郑大风吧唧吧唧抽着旱烟。

挠挠头,得嘞,这趟灰溜溜回去,少不得要被老头子骂得狗血淋头了。

渡船上,陈平安身后再次背了一把长剑。

剑的名字,极有意思——剑仙。

这艘去往青鸾国的楼船,由以造船作为营生的墨家机关师打造而成,在老龙城众多渡船当中并不出奇，每次承载百余人，更多还是运转分别来自宝瓶洲北方和桐叶洲南部的稀罕货物。只是到了这艘渡船的商家手上的货物，是经老龙城五大姓氏层层筛选之后的剩余货品，成色自然一般，偶尔捡漏几样，额外赚几百枚雪花钱，就已经值得庆贺一番。

青鸾国在宝瓶洲东南部小有名气，以道观林立、寺庙繁多著称，各路道家神仙和大德高僧，经常在朝廷资助下，在此举办水陆道场和罗天大醮。青鸾国的青檀宣纸极负盛名，远销数洲，使得青鸾国历代皇帝成为宝瓶洲东南版图最富有的君王之一。宝瓶洲佛家不兴，而青鸾国内的寺庙数量冠绝一洲，梵音袅袅，一堵堵墙壁上题满了先贤、文豪、诗仙们的美文佳构，吸引了无数文人骚客去往青鸾国游历。

在渡船顶层一间窗明几净的厢房内，陈平安在翻阅一本关于青鸾国山水形胜的文人笔札，购自老龙城书肆，是让朱敛帮着专门搜罗而来。

陈平安看书，裴钱抄书。

世间难事，难在开头，久而久之，习惯成自然，就谈不上难易了。裴钱就是如此，读书抄书成了每天的习惯，哪怕陈平安不去督促，她也会每天坚持。只是陈平安也知道，如果自己久不在她身边，抄书一事，裴钱肯定就会荒废，顶多愧疚个两三天，然后就撒野疯玩去了。

陈平安将那壶由元婴境老蛟金丹炼制的小炼药酒，分成了五份，给画卷四人都送了一份，这是纯粹武夫为数不多的可以凭借外物精进修为的幸运事。隋右边如今是第七境金身境修为，又有法剑痴心在手，杀力其实不算小了，尤其是那种捉对厮杀，地仙之下的练气士，一旦被她近身十丈，未必是她一合之敌。朱敛瓶颈松动，迹象清晰，马上就会紧随隋右边之后，第二个涉足武夫炼神三境。

魏羡和卢白象暂时没有破境的迹象，只是在郑大风的喂拳以及老龙城外死战后，将六境巅峰的山头，再往上拔高了一些。

画卷四人，本就不是一般的武夫七境和六境。

往北行走宝瓶洲这趟，只要不遇上失心疯的上五境修士，哪怕是对峙某位剑修之外的元婴境地仙，不敢说毫发无损地全身而退，一战之力，肯定不缺。只要魏羡四人不惜死，说不定陈平安这方还能惨胜。

老龙城一役过后，陈平安最遗憾的是那张青色材质的镇剑符。他战前将此符送给了郑大风，交战中所困之剑，很凑巧，正是陈平安此刻身后背负的这把半仙兵剑仙。因为老龙城城主符罐不是剑修，这把剑也非炼化本命物，所以登龙台上，郑大风以镇剑符拘押此剑，虽然无法持续太久，但符罐还是坦然认输了。

若是身怀一张镇剑符，遇上杀气腾腾的元婴境剑修，陈平安非但不用太过畏惧，反而可以攻其不备，打对方一个措手不及。

但是这些得失，还不至于让陈平安萦绕心扉，难以释怀。真正让陈平安感到失落的是，这张符是钟魁以君子之身、阳间之人，在世间用小雪锥书写的最后两张符箓之一。

相较于陈平安乘坐和见识过的那些跨洲渡船，脚下这艘渡船实在是娇小袖珍，只能站在窗口赏景，并无观景台。

陈平安在裴钱写完字后，认真检查了一遍，发现并无马虎应付，就开始带着她一起练习六步走桩，每天最少两个时辰。

以前陈平安不觉得练习走桩，是如何枯燥乏味又劳心劳力的一件苦事，直到让裴钱练习之后，才意识到这撼山拳的拳桩看似简单，可要想练一百万遍，并不容易，身心皆是如此。裴钱每次练习都会累得汗流浃背，额头上的发丝糊成一块，脸色惨白，虽然没敢叫苦抱怨，可陈平安在旁看着那张黝黑小脸蛋没了笑容，消瘦的身体不由自主打战的时候，还是有些心疼的。

第一天裴钱靠着初生牛犊的兴奋劲头，强撑了两个时辰的走桩，结果最后是陈平安背着她回了隔壁房间。第二天裴钱才练了一个时辰，就摔倒在地，抽筋不已，整个人的精气神都没了，陈平安便没有强求两个时辰。之后几天都是保证一个时辰的拳架不断，每次稍稍多出片刻而已。裴钱这才咬着牙坚持了下来。

一开始朱敛在旁边冷嘲热讽，小黑炭还有力气瞪眼，后来她就真没那份心气去跟朱敛计较了。

一旬之后，熬过了最艰辛的那段路程，裴钱脸上才多了些往昔的笑容，走起路来，又开始要么是作为裴钱金字招牌的大摇大摆，要么就是蹦蹦跳跳。朱敛再说什么"公子，老奴私以为裴钱习武资质极好，在打熬体魄的时候，筋骨多吃些苦头，气血才能旺盛，不妨每天走桩两个时辰"的混账话，裴钱又可以朝他瞪眼了。

这天，练完走桩，一大一小，打开窗户，练习剑炉立桩。裴钱个子矮，在得到陈平安的同意后，她就踩在了一条椅子上，刚好可以跟陈平安一起眺望窗外的云海。

陈平安轻声道："要相信会苦尽甘来的。"

裴钱如今练习剑炉立桩，只是做个样子，收效极小，对此陈平安也有些奇怪，问过了隋右边他们，也没能问出个所以然。

又多熬过一天走桩的苦日子，裴钱心里正偷着乐呢，想起一事，转头满脸憧憬地问陈平安道："我以后闯荡江湖，也能有一把剑吗？最好再跟小白那样，腰间悬挂一把刀。我那会儿肯定气力大了不少，不嫌多，不嫌沉。"

陈平安笑着点头道："只要你别偷懒，我现在就可以答应，将来肯定送你一把剑和一把刀。"

裴钱有些羞赧，小声道："我其实想好了，以后如果有了自己的刀剑，就挂在腰间同一侧，这种悬剑挂刀的架势，我连名字都取好了哩，师父你想不想听？"

陈平安笑道:"说说看。"

取名字这件事,我陈平安确实一直很擅长。比如初一和十五,例如降妖、除魔。

裴钱悄悄说道:"就叫'刀剑错',因为交错挂在腰间嘛,师父,你觉得咋样?"

陈平安笑道:"挺好。"

裴钱一双眼眸笑眯成月牙,伸出一只手的两根手指头,并在一起,道:"有师父背着的这把剑的这么一丢丢好,我就很开心了。"

陈平安趴在窗口上,转头笑道:"回头渡船靠岸,我们还是老规矩,徒步游历青鸾国。到时候见着了路边竹林,我挑些年份老些的竹子,帮你做一对竹刀竹剑,不嫌弃的话,可以先挂着。"

裴钱大嗓门道:"做得轻巧些,挂在身上不重。"

陈平安笑着答应下来,望向云海,随口问道:"那根行山杖怎么办?"

裴钱毫不犹豫道:"它是我麾下的头号猛将啊,陪我走了那么远的路,可不舍得随便丢了。我准许它解甲归田,含饴弄孙,回头再跟老魏请教一下,应该赏赐它一个什么官身头衔……"掉了一大兜的酸牙书袋。

陈平安却点头赞许,轻声道:"这就对喽。"

老龙城,灰尘药铺那边,郑大风其实没什么好收拾的行李,除了一些换洗衣衫,就只有那支老烟杆需要带在身上。好像这个邋遢汉子,不管是当年在骊珠洞天看着那座木栅栏破门,还是来到这里,这辈子从来都是这样,没什么必须拿起的物件,也没什么放不下的。

明天就要乘坐苻家渡船,返回大骊王朝龙泉郡了。最后一天,郑大风端了条板凳坐在老槐树下。

那个老头苟渊已经走了,说是要去无敌神拳帮那边见个朋友。

昨天李二返回了老龙城,苻畦带着长子苻东海很快就赶来了。苻畦的意思很明白,苻东海擅作主张,引发这场祸事,只要郑大风一句话,就可以让李二先生出拳打断苻东海的长生桥,从此苻家就当养个废人一样养着苻东海。

郑大风笑着问苻畦,为什么不直接带着断了长生桥的苻东海来药铺,岂不是诚意更大一些。

苻畦无言以对。

苻东海骨头倒也算硬,不但没有求饶,反而出言挑衅了几句,一副李二不出拳他苻东海就浑身不舒服的德性。

郑大风当时神色疲惫,坐在院子里抽着旱烟。

老头子显然已经跟大骊王朝以及苻家范家做好了买卖。那个范峻茂,可以在宋氏铁骑踩在老龙城南海之滨的时候,成为继北岳正神魏檗之后的大骊王朝第二尊山岳神祇,而老头子这边付出的代价,不过就是郑大风的九境修为。

郑大风知道,事情算是已经了结了。郑大风想了一会儿说:"就这样吧,来日方长,细水长流。"

苻畦松了口气,就要带着苻东海打道回府,没想到李二一拳打在苻东海心口。

长生桥不只是断了,而且粉碎得连神仙都难救回。

李二不看那苻东海,神色淡然地盯着苻畦,道:"我觉得身为人父,应该要为儿子出头。"

苻畦搀扶起倒地不起的长子苻东海,脸上没有半点怒容,微笑道:"总算让李二先生出了这口恶气,不虚此行,就像郑先生所说,来日方长,细水长流。"

"哦?"

李二笑问道:"不然你顺便给我带个路,去苻家祖师堂走一趟?"

养气功夫不差的苻畦瞬间脸色铁青。

郑大风说道:"李二,可以了。"

苻畦带着苻东海走后,李二很快就离开了老龙城。

今天,槐树底下,郑大风独自晒着初春的温煦日头,穿着一件装钱他们帮他买来的舒适棉袄。

那位许久不见的姑娘,大概是过年吃得好,好像脸颊更圆润,体态更"丰腴"了些,不像以往那般,只是在郑大风眼前逛来逛去,这次壮着胆子走向郑大风,羞赧问道:"郑掌柜,铺子招人吗?"

郑大风笑着摇头,道:"不招了,我明天就回老家了,在你们老龙城混口饭吃太难。"

这位姑娘虽然胖得离谱,可竟是软糯的嗓音,格外悦耳,她脸上满是失落,问道:"还回来吗?"

郑大风摇摇头,道:"不回了吧。"

她讶异道:"不是说这是你祖辈置办的老宅子吗?你不回来铺子咋办?"

郑大风忍不住笑道:"空着呗。灰尘药铺嘛,吃灰也正常。"

她微微红脸,道:"不然钥匙给我,我帮你打扫。屋子没点人气,容易坏,多可惜。"

郑大风摆手道:"不用不用,真不用,谢谢姑娘你啊。"

郑大风看了眼天色,大太阳,却说天色不早了,还要回去收拾行李。那位姑娘咬着嘴唇,看着拎着板凳、落荒而逃的佝偻汉子,突然问道:"郑掌柜,都不问问我姓什么吗?"

郑大风到底没那脸皮装聋子,只得停步转过头,问道:"敢问姑娘姓什么?"

姑娘展颜一笑,道:"我爱吃生姜,所以姓姜!"

郑大风愕然,这话应该怎么接?

只看先前一次次走来走去却不开口,就知道这位姑娘是懂礼数、不纠缠的温婉性情,今天也不例外,她侧过身,施了一个万福,道:"希望郑掌柜一路顺风。"

郑大风笑着挥挥手,与她告别。

是个好姑娘。

这天夜幕里,在老龙城外的北郊。

一座小小的崭新坟头,小坟包上还用小石块压着几张鲜红挂纸。

郑大风蹲在坟头前,烧了一本书,然后在坟前摆了十盏小油灯,里面灯油漆黑,散发出丝丝缕缕的阴煞气息,只是没有灯芯。

这如何点灯?

一尊阴神凭空出现,对着那些油灯依次弹指,十盏油灯依次点亮,细看之下,寸余高的灯芯极其古怪骇人,竟是人形模样的一缕青烟,面容狰狞扭曲,像是在承受着肌肉被灼烧成点点滴滴灯油的莫大痛楚。

十盏灯的灯芯,分别是某个人的三魂七魄。这人的肉身犹在某处,魂魄却已经被这尊阴神以歹毒术法一一拘押而来。

郑大风对此无动于衷,只是蹲在那边,对坟头轻声说道:"怕你瞧着觉得瘆人,会害怕,我等灯灭了再走。"

夜色中,老龙城孙氏祖宅那边,孙嘉树独自一人,沿着河岸散步。

孙家老祖哪怕已是元婴境地仙,这些天依然长吁短叹,悔恨不已。反而是孙嘉树安慰老祖宗,这等福缘,得之我幸,失之我命,就当是孙家确实没有这种偏财运好了。

一位面如冠玉的年轻公子哥出现在孙嘉树身边,无声无息,即便是孙氏老祖和三位金丹境供奉,都没有察觉到丝毫的气机涟漪。

孙嘉树见到这位之前帮他解开心结的高人,立即作揖道:"拜见范先生。"

那次因设计陈平安一事,孙嘉树不但差点与陈平安结仇为敌,还差点失去了刘灞桥这么个至交好友。

正是眼前这位不知年龄的世外高人,找到了失魂落魄的孙嘉树,说了一番言语,指点迷津,让孙嘉树茅塞顿开:"走在路上,就只是给某颗石头绊了一下,狠狠摔了一跤,吃了苦头,就能说明你走错了道路?

"陈平安走的大道很好,就能说明你孙嘉树所走之路不好?非此即彼,如此幼稚,还打什么算盘,做什么生意?

"别人的大道再好,那也是别人的道路,你自己不妨埋头做事,但问耕耘莫问收获,偶尔抬头,左右看两眼其他路上的人物风光,就够了。"

金玉良言,千金难买。

那个看面相比孙嘉树还要年轻的"高人",只说自己姓范,却与老龙城范氏几乎没有关系。

孙嘉树凭借直觉,对此深信不疑。

此人微笑道:"老龙城接下来其实就只有三家了:苻畦,或者说是那个王朱的苻家;范峻茂,也可以说成是老神君的范家;最后一家,你们孙家。三家占一半,其余丁、方、侯加在一起,大致占一半。此次北上,任重道远,再接再厉。"

孙嘉树点头道:"我孙家一定不会错过这次千载难逢的机会。"

那人笑了笑,神神秘秘道:"千载难逢?不止哦。"

孙嘉树有些怔怔出神,他咀嚼着这句话的深意,想起了那天自己暗中为陈平安送行的情景。

那个身穿白袍、背负长剑的年轻人,在渡船升空后,似乎才看到了人流后方的自己。他非但没有视而不见,反而抱拳辞别,最后还高高抬起手臂,伸出了大拇指。

孙嘉树,微微一笑。

那会儿是如此,这会儿也是如此。

一个新近崛起的王朝皇宫内,有一对师徒走在两堵高大墙壁之间,容貌俊美的白衣年轻人,伸出手指,在墙壁上抹过。

他身边的女子,身材高大,却丝毫不会给人不协调、笨重之感。

行走之间,她没有气息,没有练气士那种天人合一的轻灵气象,没有纯粹武夫的宗师气势,甚至没有常人的呼吸吐纳。

一直挂剑腰间却无剑鞘的高大女子,前几天刚刚为自己那把在倒悬山雷池磨砺锋芒的佩剑,找到了一把看似平常的青竹剑鞘,这是她身边一位扈从从宝瓶洲辛苦寻来的。

无论远观近看皆若神仙的年轻人,微笑问道:"师父,这是买的,还是抢的?"

女子淡然道:"听说是买的。"

年轻人叹了口气,道:"那就是强买了。"

女子笑道:"你要是觉得这样不对,可以跟他打一架。"

年轻人无奈道:"我曹慈如今才是五境武夫啊,怎么跟他打?"

女子停下脚步,转头看着曹慈道:"少了'最强'二字。"

曹慈想了想,以脚尖抹地,在左右两端画出了两条短线,抬起脚尖,指了指左边的那条线，道："只说五境，世间一般的天才武夫，在这里。"脚尖挪到了右边那条线，"我曹慈在这里。"

然后他又在两者的正中间，点了点，道："除我之外，中土神洲最出类拔萃的五境天才，大概在这里。"

高大女子没觉得自己的弟子是年少气盛目中无人，小觑了同辈武夫，事实上，她觉得曹慈说得还是太客气了。

曹慈突然蹲下身，伸出一根手指，点了点中间那条线，稍稍往自己那条线挪了挪，道："我觉得那个家伙，在我破境后，他的第五境，可以走到这里。"

女子低头看着曹慈以手指画出的那个位置，点头认可道："应该差不多。"

在这对师徒一站一蹲，闲聊天下武运的时候，远处，这座大王朝的宦官第一人——一位有望跻身仙人境的司礼监掌印太监，正带着一群身穿鲜红蟒服的大貂寺走向这边。见到两人后，太监们纷纷停步，肃手恭立，所有人一口大气都不敢喘。

渡船到了青鸾国边境的渡口，陈平安一行人上了岸，走在渡口繁华的大街上，不知为何，无论是练气士还是纯粹武夫，都会主动让道绕行。境界越高、眼力越好的中五境修士，以及江湖阅历越是丰富的炼气三境武夫高手，就越是清晰感到这群人带来的一股无形的压力。

姿容绝色的负剑女子，腰悬狭刀的高大男子，佝偻微笑的糟老头子，劲装矮小的木讷男人，都不简单。

但是一位隐匿气息、藏在人流当中的金丹境修士，却觉得这四人加在一起的气势，都不如那个分明有伤在身、背着一把剑的年轻人。

众星拱月。

之前除了在梳水国和松溪国接壤处的那座仙家渡口，陈平安下船在青蚨坊买过东西，其余几次经过仙家渡口，陈平安要么来去匆匆，要么就是只逛不买，今天却带着裴钱一行人，好好把青鸾国这座渡口逛了个遍。陈平安给了画卷四人每人一枚小暑钱，由着他们自行购买物件。山上神仙钱，有"千百十"的说法，一枚雪花钱价值世俗王朝的千两白银，一枚小暑钱可就是十万两白银。拿着一枚雪花钱，灵器法宝不用奢望，可一些讨巧稀罕、手艺有趣的山上物件，买个几样收入囊中，平时拿出来养眼怡情，还是不难的。

与画卷四人约好，一个时辰后在渡口一处名声最大的地方碰头，陈平安便带着裴钱逛自己的。在渡口买东西，类似青蚨坊这样有高人坐镇的地方，捡漏的可能性极小，而且价格相对昂贵。而一些个没有落脚地的包袱斋，才是最让人凭眼力碰运气的。这些人多是山泽野修散修，四海为家，或是喜欢从一些家道中落的昔年豪阀子弟手中低价收取宝贝，或是自称宝贝出自家族祖上、师门祖师中的金丹境、元婴境地仙之手，卖东西的路数大致就这么些，买家不用计较这些。陈平安当年跟走南闯北的大髯豪侠徐远霞，学了不少门道，后来姚近之解释的"笼中对"，其实也属于这个行当。

裴钱涉世未深，对于各色店铺里无奇不有的神仙字画、灵宝器物、精魅山怪，看得目不暇接。裴钱有一点好，喜欢收东西，来者不拒，被朱敛讥讽为小饕餮，但她不喜欢花钱，分文不出，所以再眼馋的物件，她都只是看几眼，看过了就当是自己的东西了，是她暂存在店铺而已，绝不会打开那只桂夫人赠送的被她用来当钱袋子的小香囊。

陈平安则一向不会大手大脚，所以跟裴钱逛了约莫半个时辰，十几家铺子走下来，都没往外掏出一枚铜钱。

半路遇上个包袱斋，是个相貌憨厚的中年跛脚汉子，自称姓刘，让别人称呼自己刘杆子。他见着了一袭白袍、背负白鞘长剑的陈平安，足足跟了七八百步路。这人长得老实，说话却不拙，说他家祖父是文景国的大将军，文景国亡国后，皇帝陛下逃难途中毙命，遗失了一枚交泰殿十七宝之一的螭虎钮玉玺，被他祖父捡到带入了民间，如今青鸾国一位大仙师已经集齐了十六宝，就只差这枚"凝运神宝"了。收藏这行业，"求善求全"是第一要务，所以这枚"说不定还蕴含着国运龙气"的重宝，价值连城。

刘杆子之所以跟了七八百步远，一是一看陈平安就是有钱公子哥的模样，脾气好，不赶人，反而听得仔细，再者刘杆子的生意再不开张，就有大苦头要吃。去年好不容易给他糊弄过去的那道年关，关系着三枚小暑钱，能买他好几条命了。按照规矩，今年正月一过，如果再没有冤大头上钩，他可就真要遭殃了。国有国法，行有行规，真会死人的。

为了卖出些东西，刘杆子可谓无所不用其极，身为三境练气士，厚着脸皮跟了一路不说，还主动给陈平安介绍起了渡口风物。

青鸾国边境上的这座仙家渡口，名为蜂尾渡，渡口建造之初，曾是一座市井小镇。此地名源于这里历史上的一位起于微末的玉璞境神仙，他以山泽野修的身份，凭借大毅力大机缘跻身上五境，种种神仙事迹流传半洲，在宝瓶洲野修散修之中，极负盛名。此人祖宅位于一条名为夹蜂小道的巷弄，渡口又刚好位于巷弄尽头，后世这座渡口便有了蜂尾渡的命名。

渡口位于三国接壤处，而为了争夺这条巷弄和这栋祖宅的归属，数百年来，青鸾国唐氏与两大邻国用笔杆子和刀子，在纸上和沙场上，打了无数场架，不过三方达成默契，战事不会波及渡口，为此观湖书院专门派遣君子贤人，数次斡旋此事。

刘杆子说渡口有一种世间独此一份的水井仙人酿，一枚雪花钱一小壶，青鸾国达官显贵最喜欢用来摆阔。陈平安还真就在一家街角铺子买了一壶井水酒，跟掌柜要了两只白碗，落座后笑着伸手示意刘杆子一起坐下来喝酒。刘杆子本想着站在一边扮可怜，说不定公子哥起了恻隐之心，就买走了他那些破烂家当，但实在是肚子里酒虫子作祟，便坐下来喝起了酒，一边喝心里一边埋怨自己管不住嘴，要是贪杯喝醉了，这桩买卖多半也就黄了，一时间百感交集，只当是一碗断头酒来品尝。

陈平安跟刘杆子碰了一下酒碗，笑问道："既然这枚玉玺值钱，又有仙师苦等着它补齐文景国十七宝，为何不直接登门售卖？"

刘杆子早有腹稿对付买家这类问题，满脸苦笑道："那位地仙，修为通天，只是人品……我就怕拿了钱没命花啊。"

陈平安点头，这个解释说得通。山上神仙，说是修道，可这个道，旁门八百，左道三千，所以山上不一样有杜懋这样的飞升境大修士？不一样有书简湖的截江真君刘志茂？至于那拨在扶乩宗喊天街生出歹心的练气士，如果不是技不如人，沦为千里送人头的下场，一旦伏杀了他和陆台，如今可就真阔绰了，有了这份财力，说不定世间就要多出一两个金丹境地仙。

刘杆子大概是觉得再不下点猛药，就要错过这位不差钱的外乡子弟，于是放下了酒碗，低声道："其实我那祖上是文景国大将军的措辞，是为尊者讳，我拿来骗人的，我爷爷其实是文景国京师安乐坊的坊丁。安乐坊最早是皇室饲养奇珍异兽的地方，后来财力不济，荒废了，就用来安置犯错后贬黜出宫的宦官、宫女。文景国的亡国之君，年幼时就在藏污纳垢的安乐坊长大，小时候经常受我爷爷照顾，后来飞黄腾达，从一个藏在外边的私生子，不知怎么的就当了皇帝。他还算是个念情的君主，之后对我爷爷十分礼待，京城被云霄国大军攻破后，又逃到了安乐坊。我那时候年纪小，不记事，总之最后就从爷爷手上传下了这枚玉玺。爷爷临终前，还叮嘱我一定要将玉玺交给文景国后人，不可视为自家物件……"

说到这里，刘杆子喝了口酒，眼神痴痴呆呆，悲叹道："我这不肖子孙啊，对不起爷爷的临终嘱托，也对不住那个传闻中改了姓氏去山上修道的文景国太子。"

刘杆子嘴唇颤抖，眼睛里有泪花儿，哀求道："公子，你行行好，就买了这枚一国重宝的玉玺吧，我以后好买酒求醉装糊涂，不用每天对着它，愧疚到死。"

陈平安再给汉子倒了一碗琥珀色的水井仙人酿，摇头道："酒，可以请你喝，但是东西我不会买。"

刘杆子犹不死心，又道："公子难道都不看一眼？东西真假好坏，相信公子可以一看分明，到时候哪怕公子杀价狠了，我都不后悔。"

陈平安还是摇头，笑道："我这人没有偏财运……所以还是算了吧，你找识货且有缘的买家，莫要在我身上浪费光阴了。"

裴钱刚想说话，就给陈平安瞥了一眼，立刻闭嘴不言。

刘杆子喝过了第二碗酒，告罪一声，道谢一声，然后失魂落魄起身离去。

裴钱这才轻声道："挺可怜的。"

陈平安喝着酒，轻声道："可怜是真的，但是东西未必是真的。"

裴钱疑惑道："没有看过，怎么知道呢？万一是真的呢？反正咱们也不着急赶路啊。"

陈平安耐心解释道："万一的这个一，若是真落在咱们头上，这当然是最好的结果，那咱们来聊聊最坏的结果。"

裴钱一头雾水，问道："最坏的结果不就是假的，咱们看走了眼，给那家伙坑了些神仙钱？"

裴钱蓦然双手一拍桌子，心疼道："这可不能忍！"

陈平安笑道："这算什么最坏的结果？最坏的情况，是被人家设计了仙人跳，不但被强买强卖，说不定咱们一旦掏出神仙钱，对方还要得寸进尺，干脆杀人越货。只说这人，咱们毕竟不熟，哪怕本性未必有多坏，可一旦遇上了过不去的坎，比如欠了一屁股债，狗急了还跳墙呢，那会儿谁来可怜咱们？"

裴钱用心想了想，道："咱们人也不少啊，反正咱们有理，三两拳打死他们呗。"

陈平安一记栗暴下去，斥道："出门在外，如果只靠着拳头讲道理，都像杜懋那样，我们还能活不？"

裴钱恨恨道："杜老贼不是好人，恶人被天打雷劈，死后下油锅拔舌头剖心肝，往嘴里灌烧红的铁汁——"

陈平安打断裴钱的胡说八道，问道："你从哪儿知道的这么些事情的？"

裴钱心有余悸道："上回元宵节在老龙城赏灯，有这么些个被小白说是'警世育人，惩恶扬善'的花灯会，我当时瞪大眼睛看了一会儿，觉得跟我关系不大哩，不过书上说了，有则改之无则加勉嘛。"

陈平安如今养剑葫芦里装着小炼药酒，不好再装这渡口特产的水井仙人酿，又有范家赠送的不少桂花酿放在咫尺物玉牌中，其实最近一年都不缺好酒解馋，便只跟店家买了两坛，打算回头与桂花酿放在一起，到了落魄山，一起埋在竹楼后头，每十年起一坛，也算是他陈平安的丰厚家底之一了。

陈平安和裴钱在夹蜂小道口子那边，跟陆陆续续赶来的魏羡四人碰头。

这趟蜂尾渡之行，陈平安没有遇到特别有眼缘的物件，只给裴钱买了一本图文并茂的圣贤书籍，版刻精良，每个字都神完气足。

就在陈平安打算离开渡口之际，从巷子里面走出一个拎着空酒壶的年轻人，身材魁梧，腰间系着一条精铁锁链似的腰带。

陈平安一瞬间眯眼，只是很快就恢复正常神色，打算多一事不如少一事，假装不认识。

不料那人见着了陈平安,便快步走上前,伸出手指点了点,大概是依稀认出了陈平安,却想不起姓甚名谁,一时间神色有些着急。

是福是祸都躲不过了,陈平安只得笑着打招呼,用宝瓶洲雅言说道:"在那座小镇门口,咱们见过一面,那会儿我跟看门人在里头,你站在栅栏门外头。你的记性真好,隔了这么久,还能认出我。"

魁梧青年笑着点头,有些高兴,道:"对,就是你,除了那位看门人,你是我第一个见到的小镇当地人。不承想还能在这里见着你,一开始我还不敢认你来着,变化太大。你说我记性好,我觉得你也不差啊,甚至比我还强一些。"

见陈平安手里拎着两壶水井仙人酿,这个下巴已经长出青色胡茬子的青年,笑道:"你这水井酒买亏了,真正地道的仙人酿,得从三口最老的水井中汲水酿造而成,你这两壶,是后来昧了良心的商家铺子用私自打的十几口新水井的水酿的,味道不对。走走走,我带你去买真正的老水井酒,不然你这蜂尾渡就算是白走一遭了。"

他刚走出一步,又哈哈笑道:"算了,江湖险恶,咱俩就别凑近了。"

魁梧青年报了两家酒铺地址给陈平安,道:"愿意买酒就自个儿去,我就不让人觉得无事献殷勤了,免得你我都提心吊胆。"

他与陈平安抱拳告别,大踏步离去。

是个爽快人,陈平安心中叹息。

被魁梧青年当作腰带的那根铁链,分明是骊珠洞天在破碎下坠前铁锁井的那条粗壮铁链,当时陈平安就听说是此人拿走了这桩大机缘。除了那五行之物,骊珠洞天当时隐匿市井的诸多法宝当中,就以此物与宋集薪的碧绿葫芦、山魈壶,还有包括一把光明镇邪镜在内的五六件,最为珍贵,其中又以这条锁龙铁链最为价值连城。它曾是成功束缚住世间最后一条真龙的一根缚妖索,品秩之高,可以想象。

如今已经被此人炼化成了本命物,就这么正大光明地公然示人,估计要么是艺高人胆大,要么是靠山足够硬,或者两者兼备。

他乡遇故人,这让陈平安的思绪回到了那时候,那是陈平安第一次真正接触到外面的天地。

正阳山搬山猿,云霞山蔡金简,清风城许氏,老龙城苻南华。

那是一场接一场的生死境遇,是陈平安最艰辛的一段岁月。那种无助感,比陈平安在后来的岁月里,在蛟龙沟面对元婴境老蛟,在老龙城面对飞升境杜懋,还要来得巨大。

只不过就像卢白象那次在小院里吐露心声时说的,人生道路上,只要在荒芜中能够遇见一朵花,一切就会不同。

陈平安遇上了一位好姑娘,她一笑起来,陈平安就感觉自己好像成了天底下最有钱的人。

怎么会不喜欢呢？怎么舍得不将她放在心头呢？

老龙城最后一次与范二在药铺屋顶上喝酒,陈平安说:"我喜欢的姑娘,她已经是最好看的了。可是比最好看更好看的她,是我在看她,而她却假装不知道的时候,侧着脸,睫毛微颤的模样。"

当时范二有些蒙,问他,你陈平安他娘的到底是有多喜欢那个姑娘啊？

陈平安当时有些喝高了,就只捧着养剑葫芦傻乐呵。

在陈平安循着路线去找真正地道的老水井酒的时候,魁梧青年不愿跟这位离开骊珠洞天的年轻人再次撞在一起,免得惹来猜疑,就特意去了家别处的酒肆。路上有位神气内敛的老者悄然出现,来到青年身边,说了一件小事。

青年气笑道:"这帮家伙脑子进水了吧,真是要钱不要命。你捎话给管事的人,让他们收手,别去给人打牙祭了。"本想再说点什么,想着借此机会,收拾收拾蜂尾渡的不正之风,只是一想到野修散修的生活不易,青年就无奈摇头,道:"就这样吧,也不用刻意敲打他们,都是自己的造化。但是我方才偶遇的这伙外乡人,不许蜂尾渡任何人去招惹。还有,借这个机会,你私底下去帮着老刘将那笔债还清了,按照规矩来,是几枚小暑钱就是几枚。之后你再找机会吓唬老刘一次,让他别再当个烂赌鬼,他如今那点家底,让他这辈子过得舒舒服服,还是足够的。"

老者小心翼翼询问道:"若是以后刘杆子管不住手,再去赌？"

魁梧青年说道:"那就是他咎由自取了,我帮得了一次,帮不了一世。"

老者欲言又止。

魁梧青年摇头道:"那枚玉玺,虽然货真价实,可是一般练气士,沾不得。师父说过,别小看亡国的残留气运,这里头的福祸大了去了,毕竟文景国蒋氏还有个太子爷,如今尚在山上修道呢。至于那个一门心思想要凑足文景国十七宝的家伙,走的是扶龙术一途,他是合适的,我们不行。这类事,管不住贪念,跟老刘就是一路人了,说不定还要不如。咱们练气士修长生,本就不占理,再跟老天爷赌手气,活腻歪了吧。"

老者奉命离去,这位默默隐居蜂尾渡的老扈从,正是先前那位一眼看出陈平安"气势"的金丹境修士。

魁梧青年一路上唉声叹气,直到买了壶酒,喝到了最醇厚地道的仙人酿,这才心情好转些。

他年幼时因为一开始家族长辈都笃定自己不适合修道,被家族内性情早熟的那拨同龄人视为废物,受尽白眼。之后被路过海边的云游高人相中,跟家族说是根骨极好,收为弟子,爹娘高兴答应下来,小小年纪的他便离开那个家族,跟着师父他老人家来了蜂尾渡,就在那条夹蜂小道的尾巴上住了下来。这些年,他的修为攀升很快,机缘也抓住不少,只是对于那个高高在上、规矩森严的家族,没有什么衣锦还乡、扬眉吐气的念头,只想着偷偷回趟家,见过了父母,报答养育之恩就行了。不过他对那个出身家族长房嫡系的姐姐,倒是一直感恩在心,所以哪怕师父心疼得厉害,自己仍是执意送出了那条被他无意间捕获的小东西,作为她的嫁妆之一。据说她收到此物时,整个家族都轰动了,不敢置信。

做人能够不欠钱,不亏心,他觉得这样挺好。

这家酒肆的老板娘是个姿色平平的妇人,老实本分,守着祖传手艺和那口老水井,不太会做生意,本该日进斗金的聚宝盆买卖,愣是给她做成了小本买卖。这么些年来,亲眼看着这位昔年性情温婉的邻家大姐姐嫁为人妇,年复一年卖着酒水,眼角也一点一点长出了皱纹,魁梧青年庆幸自己遇到了师父,说不定哪天老板娘的孙子都老了,他自己还是当下这般容貌。

蜂尾渡虽是仙家渡口,可逃不出生老病死的市井百姓,不在少数。师父总说,这些甲子即白发、七十已古稀的山下人,才是山上一小撮修道之人的根本所在。

没了他们,所谓修道,就是一座空中楼阁。

魁梧青年对此没想太多,委实是懒得想这些,反正他对于修行,一直喜欢随遇而安,不主动害人,若被人害也不心软。所以师父一直劝他在青鸾国唐氏、庆山国何氏、云霄国严氏三位皇帝当中,挑选一个,然后隐姓埋名,去朝堂上砥砺道心,早早对症下药,化解心魔,省得将来某天跻身了元婴境才临时抱佛脚。他一直推托不去,一天到晚跟帝王将相打交道,有甚意思?唐氏皇帝挥霍无度,死要面子,喜欢跟山上神仙比拼财力。庆山国何氏皇帝癖好古怪,后宫有那惊世骇俗的"五媚",朝野上下,乌烟瘴气。严氏皇帝野心勃勃,励精图治,可心狠手辣,比商家子弟还喜欢打算盘,据说还亲笔杜撰了一篇脍炙人口的《钱本草》,说那"钱,味甘,大热,亦毒亦药,能通神,可使鬼推磨",一语道破了商贾之术。

他喝过了一壶酒结了账,将酒壶装满了几十斤水井仙人酿,别在腰间,此外还多要了两小壶美酒,用手指夹住两只酒壶,扬长而去。对此妇人见怪不怪。整座蜂尾渡,都知道这个青年身份不简单,谁都不敢招惹他。很小年纪就住在夹蜂小道巷子深处的他,也从不招惹谁,据说只是替某人照看着半条巷子,收取租金。能够在夹蜂小道租下一栋院子的人,不是钱包鼓鼓的散修仙师,就是附庸风雅的三国将相公卿,其余都是些直接买下宅子的本地势力,后者对待这位在他们眼皮子底下长大的青年,敬重有加。

魁梧青年渐渐走入巷子深处,在他身后五十步外的巷子中段位置,两座空着的大宅子门对着门,大门上张贴有几百年没有更换却始终崭新的彩绘门神,左手边是两尊文门神,右手边宅门上则是两尊武门神。青年走过两座宅子的时候,一手抛出一只酒壶,左右总计四尊彩绘门神熠熠生辉,各自伸出一只金色手臂,接住酒壶后,收回"门内",然后两边画像上,便有文、武门神手持莫名多出的一只纸绘酒壶,喝过了酒,再将手中酒壶向附近的同僚递出。喝完了酒后,四位彩绘门神恢复正常,只是一位大髯武将门神的胡子处,纸张似乎有些浸湿,不过很快就干涸如初了。

魁梧青年回到独自居住的宅子,冷冷清清的,这么多年来都是这个鸟样。师父他老人家喜欢各地晃荡,以前每次信誓旦旦,说一定要给他找个如花似玉的师娘回来,这次倒不是奔着那个天晓得是不是还在娘胎里睡大觉的未来师娘去的,是正经事,说是某位上五境神仙兵解后的琉璃金身有几份坠落在了宝瓶洲版图上,一旦抢到其中一块,就发大财了,媳妇本算是有了。为此师父还找了一位至交好友助阵,不然他未必争得过差不多岁数的几只老王八。

魁梧青年也有些顾虑,担心如此重要的宝贝,师父口中那个所谓的朋友,会不会眼馋。

师父大笑着说,宝瓶洲所有人都有这个可能,这个自称玉面小郎君的老乌龟,绝对不会。此人虽然脾气又硬又臭,堪比茅坑里的石头,可他在修行路上,被誉为"心中无鬼",这辈子为了朋友义气、宗门荣辱两事,两次死战,两次跻身玉璞境后,两次跌回元婴境,这份英雄气概,便是飞升境都未必有。已经是兵家圣人的风雪庙铸剑大师阮邛,早年一样出了名地脾气耿直,他曾扬言,只要此人需要一把剑,他阮邛不但立即铸就,还会亲自送去山头。

魁梧青年是第一次见到如此笃定的师父,便放下心来,一时间对那位绰号比较"风雅别致"的师父老友,有些好奇。

陈平安又多买了两壶老水井仙人酿后,一行人去了蜂尾渡最后一处游览胜地,是一棵荫覆数亩地的千年古杏树,大树底部空腹,丢满了铜钱和金银。关于此树,自称刘杆子的那位包袱斋汉子,很是说道了一番。这棵老杏树,先早早被青鸾国唐氏开国皇帝破格御封为帝王木;又被文景国皇帝不甘落后地派遣一位庙堂宰执专程来此敕封,估计降了一等,地方俗称宰相树;最后云霄国皇帝也凑热闹,派了一位功勋武将骑马来此,立碑撰文,所以如今云霄国百姓习称其为"将军杏"。

帝王木、宰相树、将军杏,一树三敕封,可谓奇谈。

千年杏树这边游人不多。土生土长的渡口百姓,只会逢年过节来此丢钱祈福,蜂尾渡的渡船客人多是熟门熟路的山上商贾,既不信这套,也不愿破费,所以这会儿就只有陈平安一行人,跟几拨在此嬉戏打闹骑竹马的市井孩童。更远处,稀稀疏疏的稚童正放着纸鸢,杏树高枝上头,还挂着几只不幸缠绕枝条后断线的纸鸢。

陈平安看过了灵气淡淡流转的杏树，就打算离开，却发现莲花小人从地下钻了出来，站在杏树如一扇大门的中空腹部那边，探头探脑。

很快就从钱堆里又钻出一颗脑袋，跟莲花小人对视。它爬出那堆钱山，挺直腰杆，双手叉腰，满满的倨傲神色，只是如何都遮掩不住眼中的好奇和雀跃。

小家伙衣饰华贵且滑稽，身穿一件袖珍可爱的明黄龙袍，腰间别着一块象牙玉笏，还有一把红木鞘挎刀。

裴钱扯了扯陈平安的袖子，陈平安想了想，摸出一枚雪花钱给裴钱，笑道："去吧，记得跟这位杏小仙人好好说话，不许冒犯人家。"

裴钱一溜烟跑过去，蹲在杏树的"小门口"。

约莫一炷香的工夫后，裴钱蹦蹦跳跳满载而归，陈平安哭笑不得，二话不说，一记栗暴打赏下去。

只是这次莲花小人竟是破天荒站在了裴钱这边，手舞足蹈，咿咿呀呀。

裴钱有些心虚，老老实实转过身，就想要将手中那抔土以及那株粉嫩小树苗，交还给那只杏树精魅。可惜了，她为此还掏了两枚雪花钱呢，这笔买卖算是赔本喽。

莲花小人比较笨，说人话都不会，那个穿得花里胡哨的小东西，就比较聪明了，一口宝瓶洲雅言说得比裴钱还顺溜。之前小东西跟莲花小人叽叽喳喳聊了半天，当时裴钱没听懂，然后莲花小人就用手敲打裴钱的靴子，伸手指向裴钱手里攥着的雪花钱。一来二去，裴钱就开始跟那头杏树小妖讨价还价，顺便还跟它吹了一通牛皮，说自个儿家里的灵气比这里充沛无数，浓稠得跟水似的，随便一口就能喝到饱。最后那个傻头傻脑的小东西，就扭扭捏捏在裴钱身前泥地上，变出了一株小树苗，说让裴钱带回家乡，找个地方种下去，一定别亏待它，要每天让它喝饱那些跟水一样的灵气。裴钱嘴上答应下来，胸脯拍得震天响，可其实已经做好了吃栗暴吃到饱的准备。

陈平安了解了事情经过后，接过裴钱手中的泥土和树苗，走到树根那边蹲下。

身穿龙袍、腰悬玉笏挎刀的小东西，站在钱堆里，眼神充满了戒备警惕。

一番问答，陈平安才知道真相，原来它就快要跻身中五境了，但是此地灵气不足，准确说来，是它根本不敢汲取太多灵气，毕竟这边练气士扎堆，是仙家渡口。它能够在这里扎根修行，不过是靠着三个不那么名正言顺的敕封。

陈平安蹲在地上，低头望着那个古杏精魅，笑问道："就没有跟蜂尾渡这边的仙师商量，担任供奉客卿之类，寻一处五岳，订立山盟契约？多出一个跑不掉的中五境山大王，他们应该乐见其成吧？"

小家伙一屁股坐在钱山顶部，满脸愁容，稚声稚气道："我也想啊，可就算那些满身铜臭的家伙信得过我，我也信不过他们。蜂尾渡毗邻青鸾、庆山和云霄三国，渡口几个势力盘根错节，谁也不服谁，为了钱，有事没事就偷偷摸摸把对方脑子打出脑浆来。山盟契约,你觉得我应该挑选哪国的五岳?我即便傻啦吧唧挑了一家,其余两家还不得恨死我?说不定哪天就偷偷找人劈烂了我的本体,当柴火烧吧?如今虽然香火惨淡,饱一顿饿三顿的,可好歹死不了。你们练气士不都说好死不如赖活着嘛,嗯,还有那句死道友不死贫道。"

陈平安就当没听见最后一句,对于小家伙的隐忧,深以为然。陈平安对此爱莫能助。

小家伙可怜兮兮道:"听那小黑妞说,仙师家住洞天福地般的地方,汲取灵气如俗人饮水,不妨就帮我一把,带着这株小树苗回去,一旦成活,也能帮着仙师稳固山水灵气,这是互利互惠的好事。寻常练气士,不提掉钱眼里的商家,只说那农家和药家,谁不将此事当作天降福缘的好事?这位过路的仙师,你一定要好好珍惜啊!"

陈平安将泥土和树苗放在地上,笑道:"是不是还要说句'天予不取,反受其咎'?"

小家伙垂头丧气,挠腮道:"两个小的,好糊弄;你这个大的,江湖经验老到,果然不好骗。"

一旦陈平安在自家山头种下这株小树苗,后者可以帮着稳固山水灵气一说,不算假,但是极其有限,更多还是不断为祖宗树窃取灵气,所以肯定是得不偿失的赔本买卖。

因为家乡小镇有老槐树的关系,陈平安当初在桂花岛,便与范家供奉老剑修马致闲聊,知道了一些树木精魅的内幕。

陈平安归还了泥土和树苗后,那只杏花精魅还算讲道理,也还给了裴钱两枚雪花钱。

莲花小人病恹恹的,裴钱也臊眉耷眼的,两个小的,都觉得对不住陈平安。

陈平安将莲花小人放在自己肩头,手牵着裴钱,轻声笑道:"你们愧疚什么,应该愧疚的,是它才对。"

杏树底部"大门"内,古杏精魅躺在钱山里头,打着哈欠道:"只好等下一个傻瓜上钩喽。"

迷迷糊糊睡去,它做了个美梦,竟然梦见自己在一座不断增长、高耸入云的大山头,长成了一棵参天大树,每一张杏叶都洋溢着金色的灵光,每一根枝条都被金色香火熏陶得精粹无比,它一举成了宝瓶洲唯一的上五境花木精魅……它身上的高枝上,站着两个在看云海的身影模糊的人,一个仰头喝着酒,一个腰间刀剑交错而挂……

小家伙醒过来之后,乐呵得不行,哪怕只是在梦里头,也够它开心好多年了,只是不知为何,一抹脸,自己竟是满脸泪水。

它怔怔地躺在钱堆里,百思不得其解,便有些怅然若失。

画卷四人,每人凭借那枚价值百枚雪花钱的小暑钱,各有收获。

本来孑然一身的朱敛，离开老龙城的时候，背上就多挎了一只包裹，这次离开蜂尾渡，包裹更加沉重。如今朱敛以读书人自居，所以当然是负笈游学了。

四人还是步行去往青鸾国京师。

蜂尾渡周边三国，前年在青鸾国开办了一场声势浩大的水陆道场，是唐氏皇帝亲自筹办。第二年云霄国和庆山国就像打擂台一般，几乎同时，各自举办了一场道家的罗天大醮，将各路道家神仙瓜分殆尽，打了青鸾国一个措手不及。于是唐氏皇帝一不做二不休，准备在今年春举办一场佛道之辩，要在道家和佛门之中，挑选一个成为青鸾国的国教，地位还要高出儒家，输了的那个，自然就是垫底了。所以陈平安相信张山峰和徐远霞，至少今年春还会留在青鸾国京城。

大概是临近蜂尾渡，以及辖境内多道观寺庙和山水形胜的缘故，包括青鸾国在内的三国，都不属于那种灵气稀薄到匮乏的"无法之地"，比起当初陈平安途经的梳水国，灵气要多出不少。当时陈平安是一位纯粹武夫，感触不深，只有一个粗略感觉，如今炼化了"水"字印作为本命物后，可以缓缓汲取灵气，两者对比，就发现了其中的玄妙。

在宝瓶洲中部那几个陈平安脚踏实地走过的国家中，还是那个彩衣国灵气稍多一些。

说到彩衣国，在陈平安方寸物里的那张符箓中，还住着一个与他签订契约的白骨艳鬼。只是陈平安对她不喜，在桂花岛之后，就再没有让她离开作为栖身之所的古怪符箓。

以后到了落魄山再将她放出便是，有山神坐镇周边山水，相信对那头女鬼而言，亦是震慑。

大骊王朝的正统山水神祇，可不是宝瓶洲任何一个其他王朝能够媲美的，大骊神祇天然高出一品。当下宝瓶洲半洲之地都已是大骊宋氏的囊中物，只差中土神洲儒家某座学宫的点头认可而已，所以往后大骊神祇和宝瓶洲神祇，估计就没太大区别了。

离开蜂尾渡边界线的时候，陈平安发现由外进入的旅人，无论练气士还是武夫，都需要手持一张在渡口大门口出售的黄纸符箓，有点类似世俗王朝的通关文牒。有了它，进门就会出现一扇涟漪大门，让人通过，离开蜂尾渡则不用那张通关符箓。这可是新鲜事，陈平安是第一次见到，其余渡口，都不需要付这笔过路费。走出大门后，陈平安就去询问一个身为五境练气士的看门人。那人见陈平安气度不俗，又是从蜂尾渡走出，便笑着为陈平安解惑。原来蜂尾渡有一座阴阳家和机关师联袂打造的山水阵法，金丹境地仙可以直接走入，金丹境之下，就需要一张价值五枚雪花钱的通关符箓了，一旦硬闯，就会惊动蜂尾渡巡逻之人。至于那张符箓，是破障符的旁支，是蜂尾渡请求符箓派仙师为这座阵法量身打造。

当陈平安询问为何别处大门无须符箓开道的时候，练气士笑容玩味，踩了踩地面，询问这儿是谁的地盘。

陈平安恍然大悟,这个大门方位,是去往青鸾国境内,那位唐氏皇帝真是生财有道。

青鸾国京城距离蜂尾渡有一千六百余里,而距离那场开始于谷雨时节的佛道之辩,还有两月有余,所以步行前往也无妨。

此后这一路上,他们经过了大大小小的道观寺庙,一行都谈不上如何信奉佛道,陈平安和裴钱都是慕名而入,恭恭敬敬上三炷香,礼遇神明而已;魏羡不信这个,一般都不进去,就在门口等着;朱敛也不信,只是陪着陈平安、裴钱走一遭;卢白象入庙烧香拜菩萨,十分虔诚;隋右边则是进观上香,也相当诚心。

陈平安提醒过裴钱,烧香可以,不可随便许愿,更不可见着了寺庙道观里的菩萨神仙们,就一个个磕头一个个许愿过去。但是他也告诉裴钱,如果哪天心有感应,真的很想许愿,那就认认真真,记住许愿内容,以及敬香和跪拜的是哪座寺观、哪位神祇,一旦愿望达成,以后无论有多远,都要回来还愿。

见陈平安说得神色肃穆,裴钱被吓得根本就没敢许愿,只是烧香而已,不然一想到要从龙泉郡赶来青鸾国还愿,她就觉得自己不是累死,就是在半路上悔青了肠子,活活哭个半死。

而且进去磕头烧香的时候,陈平安还有个规矩,说是"请香"的钱,不能跟人借,必须是她裴钱自己掏钱。

幸亏这一路上,陈平安好几次让裴钱跑腿做事,枯瘦小丫头得了几钱银子,换成铜钱后,在道观寺庙请香还是够的。

裴钱不觉得陈平安是吝啬这几枚铜钱,她倒是越来越觉得,陈平安对她这个开山大弟子,比对老魏他们四个大方多了哩。

这让裴钱很开心。

惊蛰时分,陈平安一行人正走在青鸾国一个小县境内的荒郊野岭,突然感觉到地动山摇,离着百余里的远处尘土飞扬,遮天蔽日,有一头身形轮廓模糊的巨大妖物,好似遭受着巨大痛苦,仰天咆哮,一时间无数山林鸟雀振翅而飞。

陈平安想了想,让魏羡和隋右边先赶去一探究竟,看看有无伤及无辜。

他自己如今伤势还未完全痊愈,又要权衡那座蓄养灵气的窍穴湖泊与一口纯粹真气之间的水火相容,虽说五境瓶颈的武道境界还在,可真正实力只有四境。

魏羡手握甘露甲西岳,隋右边背负着痴心剑,两人攻守兼备,即便遇上危险,相互策应,全身而退不是难事。

陈平安没有刻意加快步伐,隋右边和魏羡返回后,说那边是所谓的地牛翻背,一大帮山泽野修不知怎么找到了这头蛰伏此地数百年的地牛，想要将其围杀，获取地牛那副肉身的天材地宝，但是被两个多事之人拦住了——一个是用桃木剑的年轻道士，一个是持刀的大髯汉子。双方没谈拢，就大打出手了。双方实力悬殊，围杀一方，势在必得，其中还有一位金丹境修士亲自主持大局，结局毫无悬念。

陈平安一拍养剑葫芦，飞剑初一和十五掠出，陈平安一步踩在飞剑之上，如仙人御风急急而去。

画卷四人，面面相觑。

裴钱手持行山杖，左看右看，咋个回事？

之后隋右边一闪而逝。朱敛哈哈大笑，也紧跟着一掠而去，嘴里嚷道："又有架打，爽！"

魏羡背起裴钱，卢白象默默跟上。

大家都有些奇怪，为何陈平安会如此失态？难道是有熟人在那边？

可来自骊珠洞天泥瓶巷的陈平安，就算是熟人，难道不应该都是九境武夫郑大风、十境大宗师李二、剑仙曹曦、天君谢实之流吗？

陈平安的家乡，卧虎藏龙得有点不讲理啊。

即便哪天突然冒出个飞升境老怪物，画卷四人如今都不会太过震惊，可若是突然来个什么中五境的"小角色"，说自己是陈平安的朋友，他们四人反而会不适应。

陈平安哪怕有两把飞剑帮忙，可毕竟有伤在身，那一口纯粹真气又有些阻碍，所以速度依然与地面上的隋右边一行大致持平。

一座碎石无数的巨大山坳内，一头受了重伤不得不显出真身的黄色地牛，躺在血泊中。它身前站着狼狈不堪的年轻道士和大髯豪侠，两人背靠背，周围二十余名练气士，如群狼环伺。

众目睽睽之下，一位不知是御风还是御剑而来的年轻人，一袭白衣，飘然出尘真神仙也。只见那位白衣仙师，一个急坠，飘然落地，脚步轻盈跨出五六步后，走到那两人身前，笑着向他们抬起双掌。

大髯刀客愣了愣，不敢置信，年轻道人更是揉了揉眼睛，然后笑意便在两人眼眸中荡漾开来。

年轻道士与大髯豪侠，一人伸出一只手掌，与那位年轻仙师重重击掌，再无半点颓丧神色，神采飞扬，好不痛快。

陈平安看着两人，他这一刻的眼神，可能比眼含日月的裴钱还要明亮，他握住两位朋友的手，大笑道："我就知道！天底下只有我这两个朋友，张山峰和徐远霞，才愿意做这种吃力不讨好的事情！"

一位三十岁出头的练气士，站在一块巨石上，灰头土脸，轻轻吐出一口血水。

这场架打得意外连连,事后得跟其他人合计合计,向那位金丹境地仙多要点钱,这总不过分吧？一头地牛全身的天材地宝,金丹、牛角、筋骨等,好的全给你拿走了,他们这些人不过是分到些五脏和血肉,结果还要多打两场架,如果连几枚小暑钱都不愿意多掏,那就别怪他们……在背后跳脚骂娘了。

这名练气士名叫吕阳真,出身乡野,世代樵夫,如今是一名居无定所的山泽野修,在去年刚刚跨过了第一个大门槛,成为洞府境练气士,虽是中五境最底下的那个,可成为了洞府境修士,对于散修而言,就是一步登天,之后就可以去拥有正统传承的仙家府邸任职,可以去世俗朝廷给君王当供奉,在将相公卿的豪门府邸当客卿,换句话说,洞府境的散修,总算开始值点钱了。

吕阳真的梦想,是能够比当初在山崖洞窟遇到修士尸骨、遗物的运气再好点,可以得到一本直指地仙境界的道统仙书,这辈子即便当不成高高在上的金丹境地仙,若是可以站在门外,伸手摸一摸陆地神仙的门槛,也算心满意足了。

而吕阳真内心深处最大的愿望,或者说奢望,是希望年近六十的自己,哪天撞大运,莫名其妙就成了温养出一把本命飞剑的剑修。所以当吕阳真看到那位一袭白衣的年轻仙师落地后,有两抹光彩掠回腰间那只朱红酒壶,顿时眼眶通红——飞剑,绝对是本命飞剑！

不是说好了"甲子老洞府,百年剑修犹年少"吗？难道眼前此人是驻颜有术的大修士？

若是一位龙门境剑修,可就是天大的麻烦了。万一是位隐世不出的金丹境剑修,估计这趟谋划缜密的围杀取宝,就会伤亡惨重了。

吕阳真经过短暂的心情激荡之后,很快冷静下来。

一名已经养出本命飞剑,现世后能够抵御世间罡风吹拂和煞气砥砺的年轻剑修,除了自身的可怕,比如杀力惊人,与人厮杀,喜欢转瞬分生死,更让他们这些散修忌惮的地方,在于宝瓶洲的剑修,几乎都是山上仙门的宝贝疙瘩,谁敢伤了分毫,肯定会惊动各自门派里的祖师堂。

吕阳真用眼角余光瞥了一圈,除了那位以障眼法遮掩真容的金丹境地仙,看不出神色变化,其余与吕阳真一般无二的散修,皆是与他差不多的心态,只是有些更加胆小的,更懂得见风使舵,已经收起了兵器,向这位白衣年轻人示好,以免给这位不速之客拣软柿子捏,一剑毙命,用来示威。也有些不怕死的,虽然藏好了炙热眼神,可是一些小动作泄露了他们内心的真实想法：把这三个人与那头地牛一并拾掇了,做一笔惊世骇俗的大买卖,足可让在场所有人一夜暴富！大不了从此远离青鸾国地带,反正他们这些被山上仙家视为野狗刨食的散修,本就是无根浮萍,在哪里修行不是修？再说了天塌下来,还有高个子顶着。吕阳真一行都下意识看了几眼金丹境地仙。

这位高人来历不明，在半年前拉拢了他们，大致说辞是说此地有地牛之属的大妖物，隐匿于一条历史悠久的破碎龙脉之中，已有两百余年，积攒出了相当于练气士的龙门境修为，一旦冲刺金丹境，结丹之时，青鸾国必然会迎来一场地牛翻身、惊天动地的惨剧，方圆千里几座郡县城池，届时会死伤无数，所以必须在它结成金丹之前，将其镇压打杀，以免祸害一国山水……

吕阳真跟两名临时结伴游历寻宝的野修，听闻这番大义凛然的理由后，如果不是畏惧此人的金丹境修为，不然就会当场笑出声。

他之所以与那两人短暂结盟，一起游历青鸾、庆山数国疆域，在于那一对兄妹散修中的妹妹是罕见的阴阳家旁友的地士。

此次能够从金丹境修士菜碟子里分来一杯羹，吕阳真和那位女修士，功不可没。吕阳真擅长阵法，能够压制地牛翻声带来的动静，以免招惹正统仙家的注意，否则到头来大伙忙碌了半天，跟一头畜生打生打死，却要为他人作嫁衣裳。

而女修士擅长之术，则是金丹境地仙愿意招揽三人的重要前提。这位神仙只是大致圈定了地牛隐匿之所，但具体方位，仍是苦寻不得，所以这位不谙搏杀的女子修士，就派上了用场。此次围剿，她算是最为超然的一个，大战拉开序幕后，比她哥哥以及吕阳真都更悠闲，甚至可以说是无所事事。

这会儿兄妹二人，已经悄然向他靠拢。

女子衣着鲜亮，妇人模样，五境练气士，资质算不得好，只是在野修中算不错了。她对吕阳真印象不错，此次参与一位金丹境地仙的谋划，至少他们兄妹二人与吕阳真，还算坦诚相待，此时以心湖涟漪悄声问道："来者不善，分明是那两人的朋友，如何是好？"

吕阳真抹了一把脸，道："静观其变吧。"

女子点了点头。

这位女子的哥哥，八尺壮汉，手持板斧，身穿一副篆刻诸多符箓的青色铠甲，满脸血污，不过所幸都是些皮开肉绽的外伤。因缘际会之下，他走了兵家修士的路子，但也只是形似而已，无非是得了本淬炼体魄、凝神固魂的三流仙家遗失的秘籍，加上早年倾尽财力，购买了这副灵器宝甲，这才如虎添翼，在庆山国边境一带颇有威名。

但兄妹俩真正挣钱的，却不是这位战力不俗的披甲壮汉，而是他那个地士妹妹。

山上练气士，尤其是没有师门传承的山泽野修，关于寻宝一事，大有学问。除了误打误撞而来的所谓大道机缘，还可以从地方县志中寻找蛛丝马迹，对官府衙门秘藏的那些形势堪舆图进行实地勘验，询问当地樵夫、渔民这些经常跋山涉水的百姓，等等。

这就需要相官、地士之流来帮着开山问路。相官，相传可以看清楚天地面相，能够以星象占卜人之气数、国之气运。地士，精于寻龙点穴，尤其是对于灵气的细微异样，极其敏锐。即使找到了藏宝之处，也还有关隘要过。

世间的天材地宝，往往有那鬼神精怪严密看护，那些拥有神仙洞府的山头门派，一旦发现了这类地点，大可以倾巢出动，实在不行，寻一两个世交关系的别处山头仙家合作，所以极少失手。而野修往往单枪匹马，一人独行，一旦确定无法得手吃独食，就只能找人合伙，不然极有可能宝贝拿不到手，自己还落个身死道消的下场。

为何不找山上仙家门派，跟他们合作？

那是因为，一来收益太小，明明是最早发现天材地宝、上古秘藏，却很容易落得个吃点残羹冷炙的下场。再者还有更惨的结局，就是被仙家府邸暗中打杀了。要知道野修一直被正统仙师所轻视、厌恶，被他们视为练气士当中的孤魂野鬼，天地灵气的蛀虫，不择手段的邪路子修士。

蜂尾渡历史上那位玉璞境修士前辈，为何在宝瓶洲野修当中拥有极高的声望和口碑？就在于这位前辈曾经道出了万千野修的心声："老子就想要站着吃口饱饭！"

名字被记录在册，一份在门派祖师堂，一份在山门附近的某个朝廷，这类练气士，被称为谱牒仙师，不在此列的，就算是野修了。

朝廷和地方官府都不喜欢这类野修——容易捅娄子，经常害得他们出面擦屁股。尤其是跻身中五境的野修，几乎人人杀伐果决，是在无数血雨腥风里，硬生生蹚出一条路子的狠人，喜怒无常，不近世情，行走人间，做事肆无忌惮。但是要说野修人人都是草菅人命的亡命之徒，肯定言过其实，只是山上仙家、朝廷衙门和江湖上的名门正派，三方都这么年复一年地渲染，故而野修就成了过街老鼠一般的存在。

有点实力的野修，都会跟某个朝廷讨要一个身份，或是在某个山上势力弄个水分极大的供奉身份，以谱牒仙师之名，行山泽野修之实。

吕阳真一行三人，由于一个是不擅攻伐的阵师，一个是注重防御的野路子兵家修士，一个更是"手无缚鸡之力"的地士，所以都还算稳重。

可是另外还有一撮人，七八个抱团，看待那位年轻仙师的眼光，除了审时度势的含蓄打量之外，还多出了一丝阴鸷狠辣。

这伙人，大多早就相熟，是青鸾国附近版图的生面孔练气士，多半是趁着水陆道场和罗天大醮的热闹，过来碰碰运气，此次围杀那头地牛之属的妖物，出力颇多。其中既有擅长近身肉搏的兵家修士，也有精通符箓傀儡的旁门道士，有使用一杆招魂幡的鬼修，有一位本命物是藤牌、鸢牌和铁符盾牌的壮汉，负责随时帮助躲闪不及的同伙抵御攻势。还有一名暂时仍是五境的老剑修，一口飞剑，离开窍穴后凝为实质，通体漆黑，两尺余长，裹挟风雷，血腥气浓郁。由于尚未跻身洞府境"开辟府邸"，所以一身灵气不足以支撑飞剑现身太久，往往是一击得手即返回本命窍穴温养，以雪花钱大补窍穴灵气。那头黄色土牛的几处致命伤，有半数是这名老剑修的飞剑使然。

这伙人的主心骨，是一位身穿黑袍的老者，坐骑是一头体形巨大的拥有五条尾巴的黑狐。

老者转头看了眼那位藏头藏尾的金丹境修士，意思很简单，你是这次掏腰包用雪花钱换地牛妖物一身宝贝的家伙，之前大伙儿没少出力，该做的都做了，现在来了个不知根脚的捣乱剑修，是打是退，你说了算。如果要往死里打，招惹这位年轻剑修，酬劳可就不是先前那么点小暑钱了；如果要退，反正之前已经给过定金，双方就这么一拍两散。

那名御风悬停在空中的金丹境修士，望向那名白袍年轻人，直接出声道："你真要断人财路？我可以答应你们，只要你们愿意退出山坳，不插手此事，这头黄色地牛身上，本该属于我的宝物，抽出一成，折价为雪花钱，事后我亲自双手奉上。"

听了张山峰、徐远霞的解释后，陈平安已经大致知道了事情缘由。

身后这头倒在血泊中的黄色地牛，虽也算是世间地牛之属的妖物，但天生性情温厚，市井坊间所谓的地牛翻身，根本与它无关。它在此隐藏两百多年，是想要修缮那条破碎的上古龙脉，作为日后开府之地。这么多年来，它一直现出真身而卧，身如山脉，山石堆积，"山上"早已郁郁葱葱。

鳌鱼、蝼蛄、蚯蚓和蛰伏地底长眠的巨蛙，这些山精水怪，喜静不喜动，凭借天赋，喜欢将庞大身躯与山根相连，缓缓汲取大地灵气，畏惧春雷。它们因为常年隐藏地底，蚕食山根气运，一旦破境，跻身中五境洞府境，或是结成金丹，涉及大道机缘，都须要鲸吞天地灵气。这时它们往往天性迸发，凶性毕露，惹来一场场地震惨剧，所以才会有地牛翻身、鳌鱼翻背的说法。

张山峰和徐远霞两人，先前也被人招揽，对付地牛，只是张山峰虽然修为不高，可是深知诸多山水精怪鬼魅的来源，对于黄色地牛的根脚、秉性更是极其熟稔，所以拒绝了对方的邀请。

张山峰清楚，那头黄色地牛若真是龙门境，距离结丹只有一步之遥，其被围剿攻杀，必会血气迸发，倘若在濒死之际，牵动地脉，那就真是一场巨大的地牛翻身了，方圆千里之内，都会被地震波及，离此最近的那两座郡县，说不定就有数万无辜百姓死伤。

徐远霞走南闯北，经验相对老到，也没有多仗义执言，要那些野修直接舍弃围杀地牛，而是将地牛翻身的可能性和危害性与他们仔细说了一遍，希望当时招揽他们两人的一位洞府境修士，能够捎话给幕后人，稍微破费点银子，聘请几位阵师，尽量将地牛翻身的影响降到最低，至少莫要让数万百姓家破人亡，流离失所，就当是花钱积德。那名洞府境练气士拍胸脯保证会把话带到，徐远霞不放心，与张山峰暗中跟随探查，当他们发现那名金丹境地仙的阵营当中，只有一位阵师坐镇之后，就知道这注定也是一场人祸了。

张山峰和徐远霞一合计，两人分头行事。徐远霞去找了最近的一座山上门派，道明此事，不奢望那些谱牒仙师，出手拦阻一位金丹境地仙，就是希望这些仙师向对方施加压力，或是早做准备，帮着压制地脉震动千里的险峻局面。张山峰因为有个正经身份，算是中土龙虎山在俱芦洲的旁支外姓道士，所以去了官府，找到一位封疆大吏，希望青鸾国朝廷能够给予重视，最好是唐氏皇帝可以派遣皇室供奉来此"督阵"，哪怕是增援那位金丹境地仙，作为笼络手段都可以，在那头黄色土牛的隐匿地点周边，务必早早布置几座山水大阵。

那位手握实权的封疆大吏，答应立即将此事禀报朝廷，去辖境内的那座山上仙家求援，争取以飞剑传信京城。

但是这位青鸾国权臣表现得颇为务实精明，开口要求张山峰交出两件值钱物件，不然若是张山峰信口雌黄，他到时候如何跟山上仙师和皇帝陛下交代？

张山峰和徐远霞都觉得合情合理，便交出了一把真武法剑、一把在彩衣国战事中获得的短刀。

最终的结果，便是当下的情景了。

道理讲不通。

野修求利，好似是最天经地义的道理，而断人财路，在山泽野修当中，是很人神共愤的行径。

至于这伙"早起求利"的练气士，当然也有自己站得住脚的说法：自己不曾在市井杀人越货，更不曾以神仙术法、仙家兵器祸害百姓，而是在这人迹罕至、鸟不拉屎的僻静地方，围杀一头妖物，便是谱牒仙师寻宝，也不过如此，用干干净净的手段求财，还要怎样？你个嘴上无毛的年轻道士，外加一个胡子倒是挺多的江湖武夫，说这地牛会牵动地脉，地震千里，你们算哪根葱？

张山峰和徐远霞之后一路潜行至此，亲眼看到那头抖落背脊上无数土石、树木的黄色地牛与二十多名练气士对峙。它一开始想要逃离，且战且退，仍是被追杀得无比凄惨，这才开始反击，双方打得天翻地覆。

一旦它伤重，不得不现出大小如水牛的本命真身，拼死一击，那就真的无法挽回了，张山峰和徐远霞只好护在它身前。

那头倒在血泊中的妖物，眼见这两人非但没有对它出手，反而对它拼死相救，心里大概明白应该是他们害怕自己牵动地震，导致山崩地裂绵延千里，所以它到底没有做那玉石俱焚的举动，而是任由生命流逝。

陈平安看着张山峰和徐远霞。

那拨练气士应该是胜券在握，并未对两人下死手。张山峰被剑修的飞剑刺透了肩头，血流不止，敷药之后，效果不佳，应该是伤到了筋骨，毕竟一把本命飞剑，绝非"锋锐"二字那么简单。徐远霞的胡子上，沾满了鲜血，多处凝结为块，显得有些滑稽。

此刻听到那名金丹境修士表示要退让一步，张山峰担心陈平安一口答应下来，便一把抓住他的手臂，焦急道："不能这么做。"

金丹境修士笑道："如今那头妖物已经束手待毙，并无亡命挣扎的迹象，两位义士，和这位刚刚赶到的仙师，何必多此一举，偏偏要与我们自相残杀？"

徐远霞已经支撑不住身形，黑着脸一屁股坐在地上，一手拄刀，一手抹了一把胡子，不甘道："理是这个理，就是有些憋屈。"他转头瞥了眼那头黄色地牛，道："总觉得对不住它。"

张山峰唱叹一声，将桃木剑收在背后，松开握住陈平安手臂的那只手，无奈道："好像只能如此了？"却是询问的语气。

包括金丹境修士在内，所有人其实早早注意到了这位年轻剑修的四个扈从，皆是气势惊人的纯粹武夫。

这才是这伙人一直按兵不动、好好说话的真正原因。

陈平安拍了拍张山峰的肩膀，轻声道："我来解决。"

张山峰愣了一下，咧嘴笑道："不管你怎么做，我俩都没意见，不为难你，真的。"

陈平安点点头，转头望向那位御风凌空的金丹境地仙，笑问道："不知你是来自哪座山头仙家？或是那座青鸾国大都督府？"

盘腿而坐的徐远霞会心一笑，哎哟，陈平安这小子如今心思活络了不少啊，一下子就说破了自己心中揣测的方向。可惜就是武道境界似乎没往前挪一步，还是第三境？

也正常，距离上次分别，也才两年多时间，陈平安当下才多大岁数？十七虚岁？如今三境底子打得这么好，算是相当不错了，在江湖上捞个"武学天才"的称号，不用心虚。

三人之外，围着一圈如虎豹豺狼的练气士。

画卷四人并未走入圈子去往陈平安身边，而是站在圈子外。这四名看不出具体深浅的纯粹武夫，难不成是想要四人"包围"二十多个练气士？

那名金丹境修士笑了笑，道："我是谁，与小仙师你做何决定，并无关系吧？"

陈平安问道："这头黄色地牛，在你看来，值多少枚雪花钱？"

金丹境修士想了想，认真回道："市价约莫是二十到三十枚小暑钱，只不过地牛之属，极难寻获，有价无市，所以真实价格往上翻一番，也算公道。按照这个算法，大致是五千枚雪花钱。怎么？小仙师想要算一算自己那一成，是几枚雪花钱？还是觉得一成太少，对不起自己的实力，想要两成，甚至更多？"

虽然这位金丹境地仙在后面的言语中，带着些许笑声，只是其中的阴森之意，在场所有山泽野修都听得出来。

这可是要撕破脸皮的前兆了。

一位金丹境地仙无形中散发出来的磅礴威势，便是那位坐骑是黑狐大妖的黑袍老者,都觉得有些呼吸不畅。

只要结成金丹客,就可以向天地借力。

"虽然是我两个朋友造成当下局面,好在事情终究没有走到最坏的那一步,不曾出现地牛翻身、地震千里的惨剧,所以现在我们是可以好好商量的。"陈平安笑道,"好吧,这头黄色地牛,就按照你报价的五十枚小暑钱,刨去我那一成收益,这里是四十五枚小暑钱,拿去。"

众人只见那白衣年轻人随手一抛,一大把小暑钱便飞向了相距颇远的金丹境地仙。

金丹境地仙皱了皱眉头,一挥袖子,四十多枚小暑钱如溪水流淌,围绕在他身旁一丈外,然后他一枚枚凝神审视,确定这些神仙钱并没有被动过手脚,是货真价实的小暑钱。

吕阳真和其他散修,既眼红,又狐疑,天底下竟然还有这等生意?

这些小暑钱,相当于世俗王朝的四百五十万两白银,不说以富饶著称宝瓶洲东南的青鸾国,只说庆山国,朝廷一年赋税才多少?这是一笔极大的财富了。便是那名金丹地仙,都觉得这笔进账很可观。但是金丹地仙并没有立即收起这些钱,他一边继续观察着缓缓流转的神仙钱,一边问道:"敢问这位公子,仙乡何处?"

陈平安笑道:"我先前问你来处,你也没告诉我。"

金丹境地仙微微一笑,又问道:"那敢问公子花钱买下这头黄色地牛,可是有何燃眉之急?"

"这些前辈就不用管了。"陈平安想了想,又抛出五枚小暑钱给那位地仙,"这五枚,劳烦前辈分给其余仙师,就当是我'后到先得'的赔礼了。"

这么一来,那些山泽野修的眼神就好了不少,毕竟额外多出的五枚小暑钱,等于是白拿的,他们二十余名练气士,分属大小不同的四座山头,吕阳真三人是最小的山头,骑狐的黑袍老者那拨人,是最大的一座山头,无论是人数还是实力,都最突出,所以这五枚小暑钱,说不定可以直接划走两枚。

金丹境地仙笑道:"公子倒是好大的气魄和财力,能够将小暑钱当作雪花钱送人,便是在下都要自愧不如啊。"

此言一出,有些野修的心里便又起了涟漪。

委实是地仙这句话太过戳心窝子了,他们这些野修将脑袋拴在裤腰带上,拼了老命挣钱,一年能挣几枚小暑钱?

陈平安没理会金丹境地仙的阴阳怪气,他环顾四周,淡然道:"好话说了,好事也做了,我接下来就该聊点实在的。天底下谁的钱都不是天上掉下来的,我身上确实还有些小暑钱,各位如果心动,凭本事拿走便是。但是如果出手了却拿不走,那我就要你们留下命了。"

金丹境地仙猛然间收起了那五十枚小暑钱,笑问道:"你就不担心我一走了之?本人无法扛着一头黄色地牛,招摇过市,可带着五十枚小暑钱,还是可以来去自由的。"

金丹境地仙又问道:"你就不怕我用这已经到手的五十枚小暑钱,买你们的命?一来一回,连我在内,所有人都等于赚了两份钱,何乐而不为?"

陈平安伸出一只手,示意道:"只管走,尽管买,你高兴就好。"看你不顺眼很久了,求你跑路或是行凶,我好杀你。

金丹地仙沉吟不语,似乎在权衡利弊,而所有山泽野修也都在等待这位地仙的决定。

就在此时,那头身受重伤的黄色地牛,望向那一袭雪白长袍的背影,口吐人言,道:"仙师何必如此?"

陈平安没有转身,伸手扶住腰间的养剑葫芦,轻声道:"我觉得你比很多人更像个人,就这么简单。从今往后,希望你继续好好修行,以后人间多出一位与人为善的金丹修士。"

第四章
君子武备

金丹境地仙突然笑道:"公子原来是法家门生,难怪。"

陈平安不知对方为何有此误会。这位应该很熟悉青鸾国世情风物的地仙,笑眯眯道:"那是该切磋切磋。"

山坳内顿时剑拔弩张。

山泽野修习惯了翻脸不认人的场面,鸟为食亡,人为财死,谁不乐意额外多赚个五十枚小暑钱?干净钱能挣当然要挣,脏钱挣得又何曾少了?那些个散修或是为了被朝廷招揽,或是为了讨要谱牒仙家一个供奉头衔,多半就要先做一件见不得光的勾当,例如帮助朝廷刺杀敌国大将文臣,为谱牒仙师解决那些不适合亲自出手的仇杀、恩怨。

金丹境地仙悠悠然环顾四周,似乎在考察战场。

陈平安问道:"你知不知道地牛一旦选择翻身,牵动地脉,会殃及数万百姓?"

地仙犹豫片刻,仍是点头坦诚道:"到了我这般境界,当然知道此事。"

对此那拨山泽野修并无太多意外,唯有阵师吕阳真皱了皱眉头,但是隐藏得极好。

陈平安又问:"那你能否控制地震?"

地仙没有直接给出答案,而是笑道:"这可不简单,要么按照你朋友的说法,靠着烧钱,大范围布下法阵,稳固地脉,减轻地震动荡,要么我们之中有练气士拥有类似骊珠的先天灵宝,并且炼化为本命物,方可'定山伏脉'。"

见陈平安不再问话,这位地仙再次仔仔细细打量了一番陈平安,道声"后会有期"。

金丹境地仙似乎放弃了"切磋"的念头,望向那四座"山头"的主心骨,例如坐骑为五尾黑狐的黑袍老者、阵师吕阳真,以心声分别告知他们分赃地点,以交付定金之外的剩余报酬,然后御风而去。

所有散修跟随地仙离去,只是方向略有不同,想必那位金丹境修士会在不同时辰、不同地点,向四伙人依次支付神仙钱,省得有野修不患寡而患不均。

张山峰轻轻捶了陈平安一拳,打趣道:"可以啊,把小暑钱当雪花钱使唤来着。"

徐远霞早已站起身,收刀入鞘,一边用手指从上往下梳理鲜血结块的髯须,一边道:"暂时是安全了,就怕这位金丹境地仙,是条心怀不轨的地头蛇。实在不行,我们就别等那场青鸾国京城的佛道之辩,早早离开为妙。"

张山峰犹豫道:"陈平安借我的那把真武剑,还有你那把短刀,难道就留在大都督府了?"

陈平安修正道:"不是借。"

徐远霞虽然心疼,仍是神色坚毅,道:"偌大一座都督府,又不会长脚,以后总有机会讨要回来,万一大都督府是这场围杀的主谋,我们就是自投罗网。青鸾国唐氏皇帝一向桀骜不驯,那位大都督又是唐氏皇帝的心腹,我们很容易成为众矢之的,而且有理说不清,人家随便泼点脏水下来,我们躲都躲不掉。"

张山峰曾是不撞南墙不回头的性子,不然也不会弃儒学道,去山上当了道士,这趟从北俱芦洲南下远游宝瓶洲,见闻颇丰,挫折收获皆有,成熟了许多,听过徐远霞的解释后,也就不再坚持己见。

陈平安酝酿许久,才想出一个合情合理的说法,既能让张山峰和徐远霞不牵扯到自己的云诡波谲当中,又能让两人放心去往大都督府,道:"我因机缘在桐叶洲一家书院得了一块玉佩,关键时刻可以拿来保命。虽说如今青鸾国鱼龙混杂,我们不能掉以轻心,但是有那块……等同于书院君子亲临的玉牌,寻常金丹境、元婴境地仙,都不太敢痛下杀手,所以我们拿回真武剑和那把短刀,问题不大。"

处事确实讲究一个待人以诚,可如果因此陷人于险境,遭遇那种类似陈平安遇到杜懋的灭顶之灾,那就不叫赤忱了,而是没心没肺,不谙世事。

裴钱和画卷四人已经走近。他们对于年轻道士和大髯游侠的身份,都十分好奇,看样子不是陈平安的老乡,而是之前远游路上遇到的朋友。

魏羡四人都看得出来,年轻道士只是个境界平平的练气士,大髯刀客是个底子尚可的五境武夫,就只是这样?

裴钱一直在偷偷打量两人,这会儿她站在陈平安身边,笑道:"道士哥哥好,刀客叔叔好,我叫裴钱,是我师父的开山大弟子!"

徐远霞爽朗大笑,白白赚了个辈分。

张山峰虽然被剑修本命飞剑刺透了肩头,抹过金疮药后,仍是有些脸色惨白,可是见着了这位自称陈平安大弟子的枯瘦女孩,便嘴角翘起,笑着打招呼道:"裴钱妹妹,多大岁数了?"

裴钱笑眯眯道:"才七岁哩,所以个儿才这么点高。"

陈平安一记栗暴下去,死要面子活受罪的裴钱,立即哭丧着脸道:"我其实十一虚岁啦。"

陈平安转过身,蹲下,转头望向徐远霞,问道:"受了这么重的伤,怎么办?"

徐远霞和张山峰也一并蹲下身,徐远霞摸着胡子沉吟道:"不说那个鬼鬼祟祟的金丹境地仙,只说以骑黑狐为首的那拨野修,心术不正,如果咱们就这么放着地牛不管,它就是早死晚死都得死。你先前有句话说得实在,谁的钱也不是天上掉下来的,送佛送到西吧,暂时让它以这般真身跟在我们身边,等到伤势好转,寻一处能够隐匿身形的地脉,到时候再分开也不迟。不过这么一来,陈平安你肩上的担子就要重了。"

陈平安笑道:"这才多久没见,就这么见外了?"

徐远霞哈哈大笑道:"说客气话又不花我的钱。"

裴钱小鸡啄米,深以为然,客气话马屁话,真不花钱,这位大胡子叔叔,应该算是自己的同道中人。

相比裴钱,画卷四人却看得更多想得更远。

他们四人,从来没有见到过陈平安会询问别人的意见,并且自然而然就听进去。须知跟他们四人这一路,打打杀杀也不算少了,隋右边都死了多少次了,陈平安的种种表现,无形中都展现出其极其强硬、坚韧和有主见的那一面,同时陈平安又对四人给予足够的尊重,便是魏羡都不得不承认,他溜须拍马时所谓陈平安的"霸王之资",其实水分不大。

陈平安望向那头黄色地牛,问道:"你能否以人身现世?如果我没有记错,跻身观海境或是龙门境,应该可以变成人形吧?我有一瓶疗伤的丹药,你若是以人身服用,效果更佳。"

在离开老龙城之前,桂夫人让人带来了一只由桂木打造而成的多宝匣,里头装了十二瓶丹药,针对中五境每一级阶梯都分别有不同的丹药。

听到陈平安的问话后,那头伤了大道根本的龙门境妖物摇摇头。

张山峰解释道:"相较寻常的山精水怪,它比较特殊,就像水属蛟龙一般,五行之属越是纯粹,幻化人形就越困难,像它就需要跻身金丹境才行。"

陈平安恍然,点头道:"没事,我们这次去往大都督府,就尽量绕过大的城池,挑选山水小路就成了。"

张山峰笑道:"这个我们就熟门熟路了,这两年在青鸾国、庆山国逛了不少地方。"

陈平安随即掏出一瓶适合龙门境练气士服用的丹药,让黄色地牛服用。一炷香的工夫,它已经能够挣扎着起身,虽然依旧是满身纵横交错的伤口,但是行走无碍。毕竟世间土属妖物,本就以体魄坚韧、耐力惊人著称,而且这头龙门境妖物坦言,自己炼化了一只青釉山水瓶作为本命物之一,能够容纳、积蓄天地灵气。陈平安闻弦知雅意,便直截了当将那瓶丹药全部给了黄色地牛,由着它收入本命青釉瓶内,慢慢汲取药性和灵气疗伤。

黄色地牛四足踏地后,眼眶内竟是泪水莹莹,凝视着眼前这位一袭雪白长袍的年轻人,感激道:"仙师高风,如何回报?"

它又愧疚不安道:"仙师于我既有救命之恩,更有为我续道之德,可是我在此修行两百多年,只是看中了此地龙脉,之前偶然所得两件灵器和法宝,都已经炼化为本命物,此外并无攫取任何天材地宝……"

裴钱哀叹一声,怪我,怎么才出了老龙城,自己就又成了个赔钱货?在蜂尾渡那边差一点赔了两枚雪花钱,在这山坳更是亏到姥姥家。

陈平安笑道:"没关系,真要有心,等你伤势痊愈,结成了金丹,能够以人身远游四方之后,可以去我的家乡。那边山清水秀,灵气充沛,欢迎你来做客——"

徐远霞突然开口道:"何必等到结丹再去?养好了伤,直接去你家乡便是,说不定可以直接在那边结丹。有圣人坐镇气运,还不用担心惹来地牛翻身的意外。"

黄色地牛眼神迷茫,似有不解。

陈平安用心思量此事是否可行,徐远霞笑道:"不急,还能走上一大段山水路程,先看看对不对脾气,再做决定不迟。若是性情不合,还不如留个好印象,以后有缘再会,总好过朝夕相处,结果生出龃龉,好好一桩善缘就浪费了。"

张山峰附和道:"可行。"

陈平安自无异议。

一行人缓缓而行,离开山坳,去往那座名震青鸾国的大都督府。

陈平安与张山峰和徐远霞聊了一些可以说的游历。两人也跟陈平安说起了青蚨坊分别之后,他们的江湖故事。

青鸾国唐氏皇室,一贯是封王却不就藩,亲王郡王都留在京城,拥有各自府邸,并且这些府邸只有居住权而无所有权,一旦失去爵位就会被宗人府收回。

青鸾国设置有五座大都督府,除了四边四府之外,在中部地区还有一座,权力极大,负责漕运、盐铁等诸多关系国之命脉的事务,寻常君主唯恐避之不及的"权臣握柄之害,藩镇割据之忧",甚少发生。在青鸾国数百年历史上,风调雨顺,国泰民安,而且将相相宜,一直表现得让外人打破脑袋都想不通,难道这些天高皇帝远的封疆大吏,就没有一个人生出过野心?一个个恪尽职守,为唐氏皇帝鞠躬尽瘁死而后已?

不管如何，位于宝瓶洲东南部的这个青鸾国，宛如世外桃源，一方净土。不仅如此，在宝瓶洲中部如火如荼的战事，引发了士子南渡、衣冠弃北的数股洪流，而青鸾、庆山和云霄三国，吸纳了数以万计的南迁豪阀子弟，其中又以青鸾国人数最多。

现任五位青鸾国大都督，靠近边境的四位，都是靠着战场功勋或外戚身份开府领军的，唯独居中的那座大都督府，是代代相传，而且近三百年来，家族香火都靠着一根独苗支撑，看似摇摇欲坠，可就是偏偏不倒，做了三百余年的"铁杆庄稼"大都督，现任主人是韦谅。

韦谅韦都督，也就是跟张山峰、徐远霞索要了真武剑、短刀的那位青鸾国权贵，在世袭都督之后，就不再游山玩水，优游林野，而是深居简出。他靠着早年的种种事迹传闻，在青鸾三国之间名声不小，擅长青词、草书、注释佛经以及佛像绘画，尤其是后者，有"独步一时"的说法，朝野上下，一画难求。这位才三十多岁的韦都督，据说在士林文坛风评极好，被誉为风姿特秀，爽朗清举，肃肃如松下风……在京师贵妇和闺秀之中，更是好评如潮，传言这位大都督负笈游学，与数位世交好友一起入山访仙，被樵夫误认为谪仙人，磕头便拜，惊呼神仙。

此次青鸾国京城举办声势浩大的佛道之辩，唐氏皇帝让韦谅赴京负责京师安危，准许他带六千精锐北上，驻扎在京畿重地！

唐氏皇帝对此人的倚重和信赖，可见一斑。以致江湖上有些捕风捉影的小道消息，说君臣二人有那断袖之癖。而且这次佛道之辩，云霄国严氏、庆山国何氏两位君主都会来到青鸾国京城，而韦谅带兵北上一事，能够让两位别国君主也视为平常，并无异议，更是一桩怪事。

这一天，大都督府来了一个登门拜访的魁梧青年，没有惊动外人，大都督韦谅在书房内待客。

韦谅对那个青年很随意，既不是略带疏远的客气，也不是刻意的热情，而那位魁梧青年显然与这位大都督是旧相识，没有跟韦谅相对而坐，而是站在书架下，翻翻检检。

韦谅笑道："姜韫，看来家族对你青眼相加啊，愿意将此事交付你。如此一来，我倒省心省力了，到时候我在明，你在暗，相信这场春末的佛道之辩，不会有太大的风波。"

魁梧青年正是蜂尾渡住在小巷尽头的那位，大概是离开了相当于半个家乡的仙家渡口，便将腰间炼化为本命物的铁链"腰带"施展了障眼法，免得在城镇市井惹来侧目。

姜韫随手翻阅一本书籍，书上旁白注解极多，密密麻麻，而且黑墨、朱墨相杂，显然这本书，大都督韦谅不止看了一遍。

姜韫转头道："老韦，你可千万别掉以轻心，你们皇帝陛下捅了这么大一个娄子，现在事态很复杂，除了我之外，家族内好像有人暗中潜伏，而且修为绝对不低。"

韦谅笑而不言。

姜韫有些无奈，问道："小小一个青鸾国，就敢举办佛道之辩，而且故意折腾出这么大的阵仗，唐氏皇帝不了解三教之争的凶险，老韦你会不清楚？我们云林姜氏，当初是怎么迁徙到宝瓶洲的？我这次离开蜂尾渡，一路上专门挑了些热闹地方，说句不夸张的，如今满大街的练气士，地方上犹然如此，更不用说你们京城，你们是真不怕啊？"

韦谅将一只木盒放在桌上，打开后，顿时寒光盈室，他从木盒中抽出一把文刀，微笑道："你是因为师承的关系，所以对山泽野修怀有一份同情，我可不会如此。春末之前，只要是有案底在的野修，不管是在青鸾国境内犯事，还是在别处，我会捞网数次，是死是活，按规矩行事。一颗老鼠屎尚且能够坏了一锅粥，更何况是一窝窝的入境蛇鼠。"

名人雅士的书案文刀，虽是蕞尔小物，可却被视为"君子武备"。韦谅身前桌上的这只木盒内，整整齐齐摆放着将近十把祖传文刀，大致分为岁月悠久的书刀，和裁剪宣纸的裁纸刀这两种。

上古时代只能以竹木简记载文字，用来修治简牍的小刀，就叫书刀，又叫削刀。最早是青铜制，后来是铁制，如今的种种珍贵材质，其实更多是供人把玩、收藏之用，已经失去了最早的功用。

韦谅此刻双手各持一刀，是两把裁纸刀，一把贴竹黄裁纸刀，刀鞘篆刻有"贞松堂制"；一把白玉雕龙纹鎏金"工官百炼"刀。

姜韫放回书籍，叹了口气，神色复杂，问道："所以你就设局，一口气杀了那么多野修？"

"多行不义必自毙。我没有直接打杀这些野修就算他们坟头烧高香了。当然，我也有些私心，其中好些个墙头草，如今已经成为我府上的耳目，之后会发挥不小的作用。你看，世间以准绳行事，便是如此简洁明了。"言语之间，韦谅始终没有抬头，凝视着那把纹路精美的"工官百炼"刀，然后以贴竹黄裁纸刀轻轻敲击此刀，声音清脆，他闭眼倾听，十分享受。

姜韫虽然与韦谅私交颇好，仍是有些恼火，不觉提高了声调问道："你就不在乎自己所行之法，是正法还是恶法？"

"恶法依旧是法嘛。"韦谅睁眼后，神色云淡风轻，转移话题，笑道："不谈这些注定是鸡同鸭讲的事情。我这次出门，遇到了一位与我同门的法家子弟，极有意思，他的朋友，还留了两样东西在我府上，你要是感兴趣，可以多待几天。"

陈平安一行竟然在一座山野湖泊之畔，找到了一间废弃多年的竹屋，原貌依稀可辨，想必当年建造之初，十分精致，多半是出身富贵的隐士出资建造，并且他一定喜好垂钓。

一行就在此落脚，各有分工地忙碌起来。陈平安去砍了两支纤细的老龄竹竿，一长一短,打算做成鱼竿。回来的时候朱敛已经点燃篝火,陈平安蹲在火堆旁,借火慢慢熏烤竹竿,用以增加鱼竿的韧性,不然水中大物稍稍一拽,竹竿就绷断了。陈平安将那支短竹竿交给裴钱,要她跟着自己学着做。

竹屋内,朱敛在跟徐远霞切磋学问。两人坐得离众人有些远,朱敛似乎在显摆那本荀姓老人赠送的"神仙书",书中的男女打架,大汗淋漓。

张山峰与卢白象席地而坐,手谈对弈,魏羡蹲在一旁,依旧等待着胜负的水落石出。

那头黄色地牛在竹屋附近的山林望风。

面对此方清秀山水,趁着四下无人,隋右边离开了竹屋,在好似竹筏的房基边缘,脱了靴子,坐着将一双雪白玉足放入水中,痴心剑横放在膝,双手按在剑鞘首尾两端,眺望远方。山野的清新气息,沁人心脾。

做成了鱼竿,陈平安甩了几次,试看弧度大小,裴钱站在旁边用短鱼竿依葫芦画瓢。之后,一大一小师徒二人,来到竹屋外边,陈平安开始系上鱼线鱼钩,裴钱依旧有样学样,只是有些细节做得差了,陈平安就会帮她重新捆线打结,系紧鱼钩。然后陈平安又教裴钱掀起湖边的石块,在底部寻找一种形若蝼蛄的水生鱼虫。

最后陈平安却没有钓鱼,只是让裴钱独自垂钓,他将长鱼竿收入了郑大风赠送的咫尺物玉佩当中。那里面,既有破旧了却没有丢弃的草鞋和鱼钩鱼线这类不起眼的市井物件,又有水井仙人酿这些稍微值钱的酒水,还有那张里面装着两套脱胎于太平山、扶乩宗的护山大阵的泛黄梧桐叶,和一大堆桐叶宗补偿的谷雨钱。

裴钱是个天生没啥耐心的人,只是有陈平安陪在身边,加上这么长时间抄书练字,多少也熬得变了些性子,就安安静静盯着水面的动静,恨不得下一刻就能把一条百来斤的大青鱼硬生生拖曳上岸。

陈平安在思考《撼山谱》的第四式,这个招式被命名为天地桩,是个口气极大的拳桩,但姿势实在是古怪了点,要求研习撼山拳的后人,倒立练拳,三种境界,分别以手掌、拳头和一根手指作为支撑点"行走"。

关于天地桩,书中豪言,习我拳法者,要成为那天地随我拳而翻转的顶天立地大丈夫。

难怪光脚老人当初翻阅过《撼山谱》后,说这本拳架平平的秘籍,除了口气大心气高,一无是处。

陈平安轻轻一拍地面,身形飘逸翻转,以一只手掌抵住竹排地面。

裴钱转过头,看到这一幕后,就想笑。

倒立的陈平安当下以空闲那只手,指了指水面,示意裴钱专心钓鱼。

裴钱只好老老实实转过头去。

陈平安变掌为拳，以拳头"立地"，再以仅仅一根手指撑起，身形微微拔高，以撼山拳此桩的真气运转，从头到尾，并无难处。

陈平安闭上眼睛，除了一根手指撑地之外，另外那只手双指并拢在身前。阿良传授的剑气十八停，最后那道第十二、十三停之间的瓶颈，将破未破。陈平安原本并不着急，只是在老龙城灰尘药铺教过裴钱后，离开蜂尾渡没多久，裴钱就用"只挣了三两枚铜钱，没有多了不起"的口气，跟陈平安说她已经可以自由运转到第十二停了，这让陈平安既为裴钱高兴，又难免有些着急，或者说是忧心。

若是裴钱以惊人的速度攀登武道，总有一天，她这位玩笑性质的开山大弟子，会与师父陈平安并肩而行，再往后，就会愈行愈远，她会独自登高，俯瞰人间。

"弟子不必不如师"，这是陈平安对郑大风亲口所说，而"青出于蓝而胜于蓝"，更是文圣老爷《劝学篇》里的经典论点。陈平安并非在意裴钱的武道会比自己走得更远更高，而是担心自己是裴钱的传道人和护道人，若是裴钱将来有一天大道走歪了，自己又该如何自处？像是对着当初丢出那把蛇胆石的蛟龙沟年幼蛟龙，淡然说出一句"若是孽缘，一剑斩之"？他陈平安做得到吗？退一步说，即便有此冷硬心性，可那时候裴钱武学之高，说不定让他陈平安难以望其项背，又如何能够了断？

在藕花福地，陈平安曾在东海道人的带领下，走过千山万水，以旁观者的眼光看过一场庙堂上的君子朋党之争，八十年间，是如何从忧国忧民、经济百姓，一步步走到风气转浊、风骨腐蚀的。人人以君子标榜，既已是君子，何来瑕疵？只要一人在朝堂落难贬谪，全然不问是非，庙堂上义愤填膺，怒斥政敌，人人安慰那"良朋挚友"，为他折柳送行，为他举杯饮酒慰风尘，为他感慨人心不古、豺狼当道。还有那处江湖之远的士林文坛，专门有弟子门生引领风向，给政敌编撰种种或香艳不堪，或捕风捉影的野史。

陈平安既然有了开宗立派的心思，便要杜绝这种最糟糕的局面。若是连身边的裴钱都没办法教好，陈平安凭什么敢说自己将来的那个门派，在千百年后，不是第二个桐叶宗？自己不是第二个杜懋？

读书知礼，习武强身，这是陈平安教裴钱的初衷。

陈平安之前为了能够让世间多出一头与人为善的金丹境大妖，花费了五十枚小暑钱也不皱眉头，可是如果有一天，裴钱觉得学习书上道理只是应付陈平安的苦差事而已，觉得与人讲道理，实在太烦且无趣，她会凭着我有拳法，腰间有刀剑错，处处顺本心顺己意，不讲慎独，不懂得克己复礼，那么他就亲手造就了一名只讲立场利益、莫与我谈对错是非的九境甚至十境武夫，那时候别说是五十枚小暑钱，恐怕五百枚谷雨钱也无补于事。

陈平安以倒立姿态闭眼沉思，但是翻来覆去，都没有想出两全其美的答案。难道真要因为未来的那个"万一"，就亲手打断裴钱如今的武道之路？

正愤懑鱼儿为何如此不赏脸的裴钱，突然摸着被什么东西弄得微微疼的脸颊，发现隋右边正朝她使眼色。裴钱顺着隋右边的视线，看到了不远处的陈平安，他眉头紧皱，与平时不太一样。

隋右边收起以水珠轻弹裴钱脸颊的手指，继续举目远望。

裴钱轻轻放下了鱼竿，蹑手蹑脚来到陈平安旁边，蹲在那儿，凝视着师父的眉头。

难道是师父后知后觉，这会儿才开始心疼那五十枚小暑钱打了水漂？

陈平安睁开眼，看着那张黑炭脸庞，笑问道："怎么了？"

裴钱想了想，道："师父，有愁心的事？给我说说呗。"

陈平安手腕微微用力，身形颠倒，变回正常站姿，然后盘腿坐下，有些犹豫不决。

事情太远，道理太大。如今裴钱会不会年纪太小了些？自己的言语和情绪，会不会像是沉甸甸的巨石，压在她的心头？

陈平安摘下养剑葫芦，喝了口小炼药酒。山水间的清风轻轻拂面，这让陈平安的心境略微轻松了些。

人生不满百，常怀千岁忧。

陈平安喝过了酒，笑眯起了眼，在心中自嘲，如今是不是有那么点读书人的意思了？

他转过头，笑道："与你有关，想不想听？"

裴钱咽了口唾沫，立即开始反省自己这一路上做了哪些顽劣事情，大概已经知道不是一两记栗暴砸在脑袋上的小事了，于是苦着脸道："能不能不听？等我岁数大一些，再记事些，师父再说与我听，行吗？"

陈平安摸了摸她的小脑袋，道："不涉及什么好事坏事，就是我的一些心里话，不用担心吃栗暴揪耳朵。"

没了负担的裴钱立即端正坐好，正对着侧身而坐的陈平安，她眼眸含笑，扶好腰间那两把竹制的刀剑，装模作样道："师父请讲！弟子洗耳恭听。"

陈平安也笑着稍微转身，两人相对而坐，问道："如果有一天，你的刀法剑术，还有拳法，都比师父厉害了，然后碰到一件事情，师父说是对的，你觉得是错的，怎么办？"

裴钱毫不犹豫道："听师父的呗，还能咋的。"

陈平安微笑道："再用心想一想。"

裴钱开始挠头，愁眉苦脸道："可我就是觉得师父说是对的，就是对的啊；说是错的，就是错的啊。"

陈平安默不作声。

裴钱就只好继续瞎捉摸，胡思乱想，神游万里，反正师父好像也不着急。

裴钱突然笑问道："要是将来有一天，我比师父还厉害，那得是多厉害？"

陈平安说道:"比如黄庭嘴里的杜老贼——桐叶宗的杜懋,飞升境修为。"陈平安笑着补充道:"我们暂时只说修为,不谈善恶。"

裴钱张大嘴巴,惊叹道:"乖乖,这么厉害的话,家里肯定有金山银山吧,数钱数得过来吗?数钱太累,可不数清楚的话,就会害怕被人偷走几枚啊。唉,有钱人的烦恼,我什么时候才能有呢……"

陈平安看着越来越揪心的黝黑小女孩,哑然失笑,身体前倾,轻轻拍了拍裴钱的脑袋,道:"我家乡有位兵家圣人,打铁铸剑的阮师傅,回头来看,有一点他做得真是很好,就是关于收徒一事。阮师傅不会只看资质,而要看是否同道中人,是否能够大道同行,而不是找一些天赋绝好却心性不合的弟子,或是找一些只会师父与人起了冲突,就只管奋然挺身、打打杀杀的徒弟。"

裴钱欲言又止。

陈平安继续道:"回到最早的那个问题,如果你跟师父起了争执,应该怎么做呢?不应该一味觉得师父全对,因为师父不是圣人,也会犯错。我们应该像今天这样,你我对坐,然后将各自的对错和道理说清楚了,听那个有道理的人。我陈平安不会因我是你裴钱的师父,就压着你,而你裴钱即便到时候已经很厉害了,可以随手一拳打死我,也不可以凭借修为之高,随心所欲,不听我陈平安与你说的道理。"

裴钱泪水莹莹,其实听不太懂,可她总觉得这是件很伤心的事情。尤其是当裴钱听到陈平安说那句"随手一拳打死我"时,裴钱都快要伤心死了。

裴钱委屈得转过身而坐,偷偷流眼泪,不去看这个胡说八道的陈平安。

陈平安坐回原位,面向湖水,春风吹皱起涟漪,伸出手掌,一次次拔高,道:"道理其实是分高低的。师父曾经在彩衣国一座破庙里头遇到一头小狐魅,它喜欢读才子佳人小说,喜欢捣乱吓唬人,但从不害人,反而会帮着遮蔽风雨。这次我们又遇见了那头宁死不翻身的黄色地牛。那么这是不是说,妖族攻打剑气长城,我们就可以忽略剑尖千万年向南的那些剑修之壮烈牺牲,去怜悯、去质问剑修为何如此残忍,难道妖族之中就不曾有良善之辈?"

裴钱还背对着陈平安,抽着鼻子哽咽道:"这个我知道,不能不分对错先后,不分道理大小。"

陈平安一下子一手画了个最大的圈,一手手掌高过头顶:"文圣老爷,还有传闻帮助人族铸造大鼎、绘制搜山图的白老爷,我觉得他们才有资格讲一讲'天经地义'的道理,我们差得远呢,可是为什么他们会自囚功德林、会被关押在雄镇楼内?是不是因为这样,我们就觉得讲理无用了?天地间就真没有善恶之报了?"

裴钱转过身,坐在了陈平安身边,低头道:"可是有些坏人,就是过得比好人还要好啊。"

陈平安笑道:"所以在南苑国京城心相寺的老和尚就说了,这个世界永远亏欠着好人。"

裴钱小声问道:"怎么办呢?"

陈平安没有喝那养剑葫芦里的小炼药酒,而是从咫尺物中掏出了一壶桂花酿,打开后,抿了一口,微笑道:"大概在书上等着咱们去找吧。"

远处山林中,黄色地牛匍匐在地,若有所思。

隋右边虽然脸色淡漠,实则一直竖耳聆听。

裴钱擦了擦眼泪,笑道:"师父,上次离开蜂尾渡没多久,煮饭那会儿,你家乡那支歌谣怎么哼来着?怎么没词呢?再哼哼呗,我很想学。"

陈平安笑道:"那是我最好的朋友教我的,可以随便瞎编词,可以用来调侃骂人,可以用来劳作时放松,也可以用来……佐酒。"

陈平安喝了一口桂花酿,开始小声哼唱起来,笑着伸手指向了裴钱,现编词唱道:"店小二,我读了些书,认了好些字,攒了一肚子学问,卖不了几文钱。"

哎哟,是说她裴钱呢。

裴钱高兴坏了,忍不住脱口而出道:"臭豆腐好吃买不起哟!"

陈平安会心一笑,又唱道:"山上有魑魅魍魉,湖泽江河有水鬼,吓得一转头,原来离家好多年。"

裴钱附和道:"吃臭豆腐喽!"

陈平安又喝了口酒,随手指向了别处,不凑巧,刚好是隋右边那边,也无所谓了,笑着唱道:"哪家的小姑娘,身上带着兰花香,为何哭花了脸,你说可怜不可怜?"

裴钱使劲点头,也笑道:"吃不着臭豆腐真可怜哟!"

陈平安眯眼而笑,手指指向高处,轻轻哼唱道:"试问夫子先生怎么办,树枝上挂着一只晒着日头的小纸鸢。"

裴钱捧着肚子大笑,嘴里嚷道:"吃臭豆腐哟,臭豆腐香哟!"

竹屋那边,张山峰和徐远霞相视一笑。

朱敛闭眼而笑,摇头晃脑。

卢白象和着陈平安的曲子,轻轻拍打着膝盖。

隋右边破天荒没有生气,反而捂嘴而笑,笑眯起了眼。

魏羡托着腮帮,歪着脑袋,不知何时已经蹲在了竹屋门口,望着黑炭小丫头的背影。

师徒两个,一唱一和,在青山绿水间。

两旬过后,陈平安一行,路过一座山势陡峭如女子黛眉的高山。入了地界后,短短一炷香的山径小路，竟然就已经碰到了两拨男女，两拨人都往山上行去。一拨十数人，男女老幼皆有富贵气，多是官府出身，几名扈从侍卫，一律悬佩制式长刀。另外一拨人浑身的江湖气，总计六人，四个约莫五十岁的男子，呼吸沉稳，行走无声，必然是青鸾国江湖上一等一的武把式，为首一人是个鹰钩鼻老者，眼神凌厉，身边跟着一个圆脸少女，虽然姿色并不出彩，可生了一双灵秀眼眸，顾盼生辉。

先前陈平安遇上那帮官家人物，就主动上前问了此地的风物人情。在听了对方的一番介绍后，陈平安才知道这座青要山山顶有一座金桂观，道观内有神仙修行，经常一年到头闭门谢客。去年冬，道观让樵夫递话出来，准备收取九个弟子，只要年纪在十六岁以下，不问出身，只看机缘，所以近期有不下三百人，各自携带家中少男少女或是稚男童女，络绎不绝，纷纷拥入青要山。

陈平安惦念着如今还放在大都督府的真武剑和短刀，就不太愿意凑热闹。张山峰和徐远霞这两年跋山涉水，尤其是见过青鸾国的水陆道场和庆山国的罗天大醮后，对于一座山头的开门收徒兴趣不大。至于金桂观的道士是真神仙还是假高人，一行更是不太上心。

宝瓶洲寻常一国之内，金丹境地仙就已是高不可攀的存在，毕竟如大骊王朝这般藏龙卧虎的存在，放眼整座浩然天下都不多见。

随着大骊宋氏铁骑踩在了观湖书院以北不远，事实上大骊等于囊括了一洲之地的半壁江山，大骊被视为天下第十大王朝的呼声，愈演愈烈。

见过大世面了，不足为奇。

遇上第二拨人的时候，其中的圆脸少女眼神中的一惊一乍就没有停过。背着一只竹箱，腰间别有一只朱红酒壶的白袍年轻人；骑在黄牛背脊上的黑炭小丫头，腰间竹刀竹剑交错而悬；背负长剑的绝色女子，还有年轻道士和大髯刀客……真是一支古怪的远游队伍，难道这就是爷爷曾经说过的山泽野修？

黑衣老者一看这伙人就不是寻常之辈，他身为老江湖，还是愿意讲些老规矩，很快制止了少女肆无忌惮的打量视线，不但如此，还与陈平安点头致意，大概算是替晚辈道歉。

陈平安便抱拳一笑，作为回礼。

行走江湖，多是这样的萍水相逢，只是本该就此陌路的两拨人，被一场突如其来的暴雨给重新聚在了一起。

罕见的狂风骤雨，使得山间小路格外泥泞难行。春寒本就冻骨，山风呼啸而过，这场雨水又极为阴冷，裴钱直接被黄豆大小的雨水打蒙了，脸庞也被砸得火辣辣生疼，很快就嘴唇铁青，浑身打战。这还是裴钱习武之后的体魄，若是习武之前，估计只是这一会儿工夫的风吹雨淋，就足够让她一病不起。

陈平安让朱敛探路，看附近有无躲雨的地方。佝偻老人身形如猿猴，在树木崖石间辗转腾挪，很快就回来了，说前边不远处有个天然生成的大石窟，当下已经有一伙人在那边落脚，燃起了火堆取暖。陈平安背起裴钱，戴了一顶斗笠，还取了件蓑衣披在她身上，尽量让裴钱少受些山风雨水的冲击。

张山峰被雨水浇得几乎睁不开眼，走在陈平安身边，大声提醒道："这场大雨不对劲。"

陈平安点点头，取出一张材质相对普通的黄纸符箓，正是《丹书真迹》上品秩最低的阳气挑灯符。逢山遇水，破败庙观或是乱葬岗，陈平安都会以此符开路，查看一方水土中阴煞之气的浓郁程度。陈平安双指拈符，轻轻一抖，真气浇灌其中后，瞬间点燃。这张挑灯符燃烧速度不快，比起当年孤身闯入彩衣国城隍庙那次，逊色很多，陈平安持符开道，以免前方有陷阱。

山坳一役，与一位金丹境地仙结下梁子不说，也许还惹来那伙散修的觊觎，不可不慎。

不但如此，陈平安还询问那头黄色地牛，是否知晓这一带有没有大妖做山大王。黄牛摇晃脑袋，道："我开窍之后五百年间，不说最近两百年蛰伏地底，之前都不曾听说青鸾国这边有山精鬼魅作乱。倒是三百年前，在离此三百里外的一座佛寺，见过一幕僧人说佛法时桂子如雨落的场景，十分神奇。当时听说那些落满寺庙一地的金色桂子，就来自这座青要山的桂树。"

徐远霞伸手扶住斗笠，大声笑道："那座佛寺我跟张山峰早就去过，名气太大，不得不去。只是除了墙壁上的题字，其他没瞧出门道，几桩著名佛门公案的遗址，也早已被圈禁起来，不许香客涉足。我们俩闲逛了半天，倒是见着了一幕，让我写在了游记里头：暮色里有两个负责搬运功德箱的小沙弥，大概是觉着香客稀疏，没有外人了，便踮起脚尖，弯腰伸手，胡乱抓钱，掏了半天，最早摸出一颗银子的小沙弥哈哈大笑。"

陈平安对于佛家一事，了解不多，宝瓶洲佛门不兴，甚至可以说是九大洲里香火最少的一个。陈平安在藕花福地时，经常去那座毗邻状元巷的心相寺，才接触到了一些佛法。他疑惑道："不是说僧人双手不碰钱财吗？"

张山峰笑了笑，道："天底下哪有雷打不动的规矩。"

徐远霞打趣道："那些寺庙没白逛，这话说得很有禅机啊。"

黄色地牛极少出声，除非是别人问话，才会开口，这会儿便沉默下去。只是它清楚记得，那座古老佛寺建在一座山脚下，当时已是观海境的它不敢太过靠近人间香火，既怕惊扰世人，更怕惹来神仙人物的厌恶，只能遥遥望向那座寺庙，看到一位穿着雪白袈裟的年轻僧人，在一处悬挂铁马的屋檐下，伸出手，金色桂子如雨点落在他的手心。

陈平安和张山峰、徐远霞说笑之间，脚步飞快。一路走来，阳气挑灯符缓缓而烧，而且离开那条登山之路越远，燃烧速度就越慢。这场名副其实的阴雨，多半是练气士针对金桂观此次收徒盛举而做的局。等到陈平安收了还剩下半张的挑灯符入袖，他们已经来到了朱敛寻见的那座洞窟。洞窟颇大，如乡野村庄的祠堂，足够容纳三四十人。

先到石窟的清一色是女子，有七八个人，年长者是白发老妪，年纪最小不过豆蔻年华，因为遭了一场大雨，原本用来遮掩容貌的幂篱，便显得累赘，与斗笠、雨伞、蓑衣一起放在脚边。她们此刻正在烤火，见到了陈平安一行人后，眼神清冷，其中几人挪了挪位置，靠近篝火，显然不愿与陈平安他们有太多交集。

陈平安忍不住转头瞥了眼朱敛，后者笑容"憨厚"。

这些师出同门的女子应该在下雨之初，就进入了石窟，早早收集了枯枝。如今石窟外面狂风大作，足可掀屋，大雨滂沱，陈平安一行人就只好干瞪眼。张山峰作为练气士，虽然境界不高，但是以一些入门术法生火，并不难，只不过出门在外，随意施展神通，是修行大忌。

陈平安帮着裴钱搭好了牛皮帐篷，然后从竹箱拿出她的干净衣裳，让隋右边帮她换上。

等到裴钱活蹦乱跳走出帐篷，先前遇上的那帮江湖人士也原路返回，狼狈不堪地来到石窟避雨。

这场雨下得实在是连江湖豪侠都要低头哈腰。

陈平安见到了那位鹰钩鼻老者，率先点头致意，后者亦是点点头，算是打过了招呼。

既然陈平安如此客气，朱敛四人就换了位置，默默腾出了一片空地。

扈从把好似落汤鸡的圆脸少女围在中间，遮挡外人视线，毕竟雨水浸透衣裳，使少女身段曲线毕露。

这伙江湖人各自坐下后，圆脸少女开始打量那些先到石窟的女子，突然眼睛一亮，问道："你们该不会是云霄国胭脂斋的婆姨吧？"

先前少女不过是打量了几眼陈平安，黑衣老者就出声劝阻，但是这次少女的言语如此不敬，近乎挑衅，老者却依旧闭目养神，置若罔闻。

那边，一名眉眼间满是锐气的年轻妇人，转头怒道："放肆！"

圆脸少女浑然不怕，笑眯眯反问道："请教一下，本姑娘怎么就放肆了？"

这些女子正是来自云霄国江湖顶尖豪门胭脂斋，其中那名年纪最小的豆蔻少女，下巴尖如鹅蛋，容貌秀美，她瞪大眼睛，好奇地打量着这个大言不惭的同龄人。胆敢这么挑衅胭脂斋的家伙，云霄国江湖上屈指可数，难道是青鸾国或是庆山国的某个大门派？

这名尖下巴少女下意识伸出拇指，摩挲着腰间一把插着精致短刀、色泽泛黄、圆润可人的竹制刀鞘，上面刻着"聂尔"二字。

她的同门师姐，那名年轻妇人腰间则别有一对鸳鸯刀，此时也握住刀柄，脸色冷若冰霜，沉声道："那就搭手，试试深浅？"

搭手是武林中人相对比较文雅的一种切磋方式，近乎文斗，不太容易见血，因为只要一方见了血败下阵来。

圆脸少女朝那妇人做了个鬼脸，道："仗着年纪大，多学了几十年武艺，欺负晚辈算什么女侠？"

年轻妇人给气得不轻，她如今尚未三十，什么叫多学了几十年武艺？

白发老妪气态雍容，对年轻妇人轻声道："与一个晚辈置气作甚？养气功夫不到家，武学成就高不到哪里去。"

年轻妇人显然十分敬重老妪，立即低头道："记住了。"

不远处圆脸少女娇俏而笑，道："还是这位老嬷嬷懂礼数。"其实还是一句不中听的"好话"。

陈平安置身事外，只觉得这个圆脸少女往别人心口戳刀子的本事，真不算小。

老妪没有计较，视线偏移，望向那位鹰钩鼻老者，问道："可是大泽帮竺老帮主？"

黑衣老者终于睁开眼，笑道："我已经将近三十年不曾出门，竟然还有人知道我的名号？"

老妪微微一笑，道："便是再过三十年，江湖还会记住竺老帮主的威名。"

老妪道破黑衣老者的身份后，胭脂斋女子们个个神色微变。

大泽帮老魔头竺奉仙，可谓凶名赫赫，在三十年前，喜好乘坐一辆鲜红马车，远游四方，驰骋数国武林，染血无数，死在此人手底下的正道人士，没有一百也有八十。竺奉仙麾下又有八个弟子，号称八殿阎罗，在青鸾国威风八面。只是三十年前，大泽帮遭受重创，竺奉仙开始闭关，八个弟子死了半数，原本五六千帮众，鸟兽散去大半，近三十年来，这个曾经在青鸾国内号令群雄的江湖执牛耳者，一直沉寂无声。

就在竺奉仙准备继续闭眼养气的时候，老妪突然说道："不过今时不同往日，比起三十年前，江湖水深了，不在自家地盘的时候，最好多敬酒少摆谱，多磕头少说话。"

圆脸少女蓦然瞪大眼睛，只觉得听到了天底下最好笑的笑话，死死盯住那名白发老妪，想要知道这个老婆姨是不是疯了。

竺奉仙淡然道："如果我没有记错，你们胭脂斋自祖师创建以来，两百多年，一直不过是云霄国二流门派，过得很窝囊。怎么，在这三十年里，你们这帮娘们上面有人了？"

陈平安有些头大，怎么一场躲雨而已，就能碰到这种莫名其妙的江湖恩怨？先前裴钱还埋怨离开蜂尾渡后，走了这么远的路，就只撞见黄色地牛这么个家伙，之后就再也碰不上精怪鬼魅了。

当下裴钱听得认真,这就是江湖哩,以后自己也要走的,现在就要多看多学。

朱敛暗自点头,姓竺的这话就说得有嚼头了。

老妪讥笑道:"如果没猜错的话,竺老帮主是想要将这个小姑娘,送入金桂观修行仙家术法吧?那么竺老帮主可知道,金桂观观主,与我们胭脂斋是旧识?九名弟子当中,我们胭脂斋早就内定一人了,这还是那位老神仙主动开口的,所以此次登山,不过是走个过场而已。这么说来,竺老帮主身边这个牙尖嘴利的小姑娘,若是果真有些修道资质,观主他老人家又瞧得顺眼,倒是有机会喊我们家清城一声大师姐。"

胭脂斋那个鹅蛋脸少女有些羞赧。

圆脸少女望向她,嬉笑道:"你叫'清晨'啊,我叫'晚上'。"

竺奉仙微微一笑,道:"金桂观观主是难得的真神仙,所以他此次开门收徒,我才愿意重出江湖。只是青鸾国还真不止金桂观一处仙家府邸,我可以先将你们杀干净了,再带着孙女去别处访仙,或是留下这个清城小姑娘,让我大泽帮弟子教她如何安心修道。"

老妪脸色难看起来,冷笑道:"去别处访仙,说得轻巧!金桂观老神仙为何要限定年龄,你竺奉仙会不清楚?再耽搁个两三年,你这孙女还修个屁的仙,即便碍于大泽帮的情面,让她进了仙家府邸,估计也只能当伺候别人的丫鬟婢女了吧。仙家修道最无情,要我教你竺奉仙这个道理吗?"

竺奉仙脸色阴沉,便是那个看似"娇憨"的圆脸少女,都黑了脸。

圆脸少女并非纯粹武夫,而是一个三境练气士。虽然那老妪眼拙,看不出这一点,但是少女自己心知肚明,修行路上,若是年少之时耽搁两三年光阴,可能成了中五境练气士后,就需要耗费几十年光阴才能找补回来。

用爷爷竺奉仙和大泽帮那个军师的说法,她是百年一遇的修道良材。大泽帮武库仅有的一部出自青鸾国历史上某座香火已断的仙家、帮助练气士跻身中五境的仙家秘籍,品相相当不俗,可是如何成为一个餐霞饮露、御风万里的地仙,那本道书却未记载,应该只是内门弟子的修行之法,唯有成为嫡传,才可以修习祖师堂传承的本山秘术。

裴钱蹲在陈平安身边,听得津津有味,觉得这种唇枪舌剑最有意思了,比她小时候在南苑国京城街边看妇人互挠还带劲。

陈平安有些担心,双方都不是省油的灯,就怕他们一言不合大打出手,石窟就这么巴掌大点地方,刀剑无眼,躲都没处躲,难道还要他现在开口提醒,让大泽帮和胭脂斋两伙人出去打不成?

陈平安叹息一声,站起身,径直从两伙人之间穿过,走到石窟门口,双指拈出藏在袖中的半张挑灯符,再次点燃起来,一朵金黄色的小火苗,在如此之大的风雨中,如和煦春风里的小草,悠悠然摇曳生姿。

陈平安转头笑道:"这场雨下得古怪,这股非同寻常的阴煞之气,从开始下雨直到现在,一直绵延不绝,极有可能是藏在暗处的练气士鬼祟所为,看情况,金桂观的神仙们尚未出手。所以你们此次登山去往金桂观,路上一定要小心,江湖恩怨,不妨暂时放在一边,终究是两个姑娘近在咫尺的修道之路更加重要,这一登山,差不多就算是走在修行路上了。"陈平安看了两个少女各一眼,缓缓说道:"脚下修行之路,何必越走越窄?若是相互看不顺眼,大道如此宽阔,各走各的就是了。"

竺奉仙笑着点头,赞道:"这位公子所言甚是,希望以后有机会来我大泽帮做客,竺某人定当摆出一大桌接风宴。"

虽然是句客气话,可这句由老魔头竺奉仙亲口说出的客气话,至少在青鸾国江湖,还是值不少真金白银的。

白发老妪瞥了眼陈平安手中的那张黄纸符箓,微笑道:"公子这番金玉良言,我们家清城一定会铭记在心。"

少女清城便对陈平安嫣然一笑,对这个年轻人的身份有些好奇。

陈平安指尖的那张阳气挑灯符已经燃烧殆尽,金色火苗随之熄灭。陈平安搓了搓指尖,笑了起来,道:"有人说过,行走江湖,拳高不出;做了神仙,术高莫用。"

圆脸少女笑问道:"敢问公子,是哪位高人说的?"

陈平安回答道:"一个朋友。"

自称"晚上"的圆脸少女伸出大拇指,啧啧道:"服气!"

竺奉仙和胭脂斋老妪对视一眼,都是老江湖,一切尽在不言中。双方这点小过节,比起各自晚辈的修道,不值一提,哪怕心怀芥蒂,在顺利登山,进入金桂观之前,双方确实需要做到井水不犯河水,甚至路上一旦有了危险,说不定大泽帮和胭脂斋还要精诚合作,同舟共济。

陈平安转头望向石窟外面。

大雨依旧声势惊人,不知道藕花福地如今是什么时节?

也不知道那边如今的天下十人有哪些?不过国师种秋、湖山派掌门俞真意、鸟瞰峰陆舫肯定都位列其中。

不知道那条巷弄的宅子,有没有张贴上崭新的门神和春联?

陈平安轻轻叹息,仰起头,望向漆黑一片的雨幕高处。

当年懵懂无知,记得那会儿有个戴斗笠牵毛驴的家伙,"吹牛"说他的剑舞动起来,大雨之中,泼水不进。

如今就连他陈平安都可以做到了,就是不知道什么时候,自己才能成为真正的剑仙?

卸下了竹箱后,这会儿陈平安就只背着那把老龙城符家假借范峻茂之手补偿给他的半仙兵剑仙，可他现在连拔剑出鞘都很困难。一想到这个，陈平安就摘下养剑葫芦，喝了一大口酒。

只是忘记了酒壶里的酒水不是桂花酿或是水井仙人酿，而是范峻茂小炼而成的药酒，陈平安顿时打了个激灵，满脸涨红，咳嗽不已，只好用手背抵住嘴巴，转过身，略带着歉意，悻悻然走向裴钱那边。

一时间神仙风采全无。

白水寺位于青鸾国中部以南，寺内有泉水伏地而生，如珍珠滚动，煮茶第一，以至于经常会有云霄、庆山两国的文人雅士，专程来此汲泉饮茶，白水寺的香火鼎盛，也就在情理之中，因此与京城北山寺并称于世。只是相较于北山寺高僧在朝野上下的活跃，白水寺僧人好似不太喜欢抛头露面，而且最近百年，没有出现可以堪称耀眼的禅师，难免有吃老本的嫌疑。

这次无比隆重的佛道之辩，北山寺风头最盛，反观拥有千年渊源的白水寺，竟然至今仍无一名僧人声称要出席那场决定三教顺序的盛会。

春雨连绵，青鸾国一座寺庙林立于蒙蒙烟雨中。今天黄昏里，有个身披雪白袈裟的年轻僧人，在白水寺内缓缓而行。

白水寺已经关闭山门一月有余，苦了那些心诚的善男信女。

年轻僧人脸色清冷，一路上老僧和小沙弥与他打招呼，他皆置之不理，所有人都习以为常。

年轻僧人来到一座池水幽绿的小池塘栏杆旁。这口不太起眼的池塘，却有龙潭美誉，因为传言小却极深不见底的池塘内，栖息着一头老鼋，是白水寺建造之初僧人所放生，每逢白水寺僧人讲经至妙处，老鼋才会出水现世。关于此事，青鸾国正史都有详细记载，无人质疑。

年轻僧人继续随意散步，走在大雄宝殿后面一侧的长廊中，步步登高。屋檐下悬挂着一串串精致铃铛，有一只只长有透明羽翼，名为"檐下铁马"的精魅，孕育、寄居于铃铛之中，当年轻僧人拾级而上时，它们便纷纷飞出铃铛，开始摇晃风铃。年轻僧人似乎不太喜欢这种叮咚作响使古寺愈静的氛围，皱了皱眉头。那些小巧玲珑的精魅，见状立即躲回铃铛内。

年轻僧人转过头，俯瞰大雄宝殿后面的一处小广场，那里就是白水寺历史上"高僧说法，天女散花"的场地。记得那天落下了好多的金色桂子，传法僧人与听法僧人，都坐在了桂子堆里，说法之僧，对那股芬芳不太适应，还打了好几个喷嚏来着。听者有心，觉得会意，又琢磨出了好些说头来，然后——都给刻在了白水寺石碑上。

年轻僧人走完了阶梯登顶后，绕过了藏经楼，行去方丈室旁边，那里用半人高的黄泥墙,围出了一方小天地,其中有一口水井,井旁有石桌石凳。

年轻僧人推开了用竹木制成的篱笆小门,走到水井边,小水井的井口已经封堵很多年了。

早年在这里,发生过一桩著名的佛门公案,连中土神洲都有所耳闻,这才是白水寺近百年来没出高僧却依旧屹立不倒的原因所在。关于这桩公案,白水寺里吵,青鸾国各大寺庙之间吵,佛道之间吵,历代向佛学道的文人也要为此吵,沸沸扬扬了数百年,光是在寺庙各处墙壁上发表对这桩公案见解的各地高僧大德、文豪居士,就多达四十余位。

此外,白水寺的藏经楼藏经之丰,孤本善本之精之全,也冠绝青鸾国,但是年轻僧人却最厌恶那个地方,一次都没有踏足其中。

离经一字,即为魔说,佛头着粪罢了。

他坐在封堵后如圆凳的井口上,想着这些年一直想不通的一个问题。

记得佛经上说,一位后世成佛的罗汉,遇天魔威胁,罗汉心中大怖,便去向佛祖求助,然后佛祖便授予了他一部正法,天魔得消。

年轻僧人初次读到此处时,并未深思,只是有一天悚然惊醒,然后陷入无穷尽的苦痛之中。

他心中有了执念:"为何我一个小寺小僧,尚且自信若遇见天魔也不至于如此失态,而注定成佛的大罗汉——佛祖座下弟子,却会心生惧意,惶惶不安?这与不曾学佛的凡俗夫子,又有何异?慧根何在?所学佛法何在?佛祖所传佛法又何在?这般罗汉成了佛,再传佛法又能有多高多远?"

年轻僧人苦思不解,独坐井口,泪流满面。

这个年少时蓦然开窍的年轻僧人,依稀记得曾经的自己,正是在这里,斩了一只猫,一刀两断,投入水井。

年轻僧人这么多年来,一直寡言少语,勤于劳作,故而手脚皆是老茧,每逢寒冬便冻疮开裂,满手是血。

他一次次拍打被封死的井口,手心逐渐血肉模糊,亦是浑然不知。

现在年轻僧人沙哑开口,泣不成声,依旧用手掌狠狠拍打井口,嘴里念叨:"错了错了,你们又错了,佛法就在其中啊……我也错了,禅不可说,开口便错,可不开口不也是错?我们都错了,如何才能不错……"

第五章
前兆

这场雨水中蕴含着不同寻常的阴沉煞气,被陈平安几句话道破,但真正让石窟两拨江湖豪门偃旗息鼓的关键所在,不是陈平安的什么走路不可走窄的道理,也不是陈平安抖搂的那一手挑灯符箓,而只在于一句话:"金桂观的老神仙们尚未出手。"

这意味着金桂观要么谋定而后动,示敌以弱,引蛇出洞;要么就是无力抗敌,只能龟缩道观,避其锋芒。

无论是哪一种缘由,这种山上的神仙打架,即便有些香火情,来自云霄国的胭脂斋女子,也肯定不愿把身家性命搭进去。至于曾经在数国江湖上掀起血雨腥风的老魔头竺奉仙,更是老成持重之辈,此次登山,是为了给孙女搭梯子修道登天,金桂观则可以顺势收取一位得意弟子,双方各取所需而已,大泽帮并不矮人一头,竺奉仙可不乐意给金桂观道人担任马前卒。

陈平安返回原处,裴钱很狗腿地不知从哪里翻出一块小石板,要给陈平安当小板凳。她蹲在地上一边使劲用手擦拭小石板上的泥土,一边抬头安慰道:"师父,你还是很有风范的,就是收官阶段有些瑕疵,不过可以忽略不计。"

收官一说,是裴钱经常旁观卢白象与人对弈,耳濡目染学来的。与画卷四人朝夕相处,裴钱还是学到了不少东西。比如老魏的战阵兵法,"沙场厮杀,么(没)得什么一字长蛇阵、龙门阵,不过是'定行列、正纵横'六个字,最后各凭本事,乱刀杀来,乱刀砍去";跟小白学了琴棋的一些个规矩;与朱敛学了几手佐酒小菜的做法,朱敛见她经常打下手还算吃苦耐劳,就送了一本江湖游侠小说给裴钱,裴钱看得废寝忘食;又跟隋右边讨教了许多行走江湖的黑话,例如"要想从此过,留下买命财""大胆剪径毛贼,吃我一枪"之类的。

这时,张山峰看了眼外面的雨幕,比较担忧,轻声道:"这么大的阴雨,下了如此之久,观海境修士都未必撑得住,除非是早就布好了引雨阵法,可这等手笔,如果真是阵法牵引而来,而非自身道法,就是从天上往地上撒雪花钱耍了,所以龙门境修士的可能性更大。不知道金桂观的道士是何种境界的练气士,能否应对这场影响一地山水气运的阴雨。"

张山峰嗓门不大,不过竺奉仙和胭脂斋老妪都是江湖上的武道宗师,稍稍留意,就可以听得真切。竺奉仙也不在乎让别人说自己"偷听",对老妪笑道:"既然胭脂斋与金桂观关系不俗,想必知晓观主一身仙家术法的高低吧?"

老妪犹豫片刻,点头道:"相传观主张果已经两百岁高龄,正是那好似云中蛟龙呼风唤雨的龙门境修为。"

竺奉仙皱眉道:"最近江湖上传得沸沸扬扬,说张果闭关数十年,此次顺利出关,已经跻身传说中的陆地神仙了。"

老妪苦笑道:"结成金丹的地仙,何等超然世外,一心修行,直指大道便是了,还收徒作甚?换成是竺老帮主,成了神仙客,还愿意在烂泥塘里捡钱?不过观主张果拥有地仙之姿,千真万确,时间早晚而已,竺老帮主不用怀疑。你孙女拜张果为师,在金桂观修行,前途不会差的。"

竺奉仙点点头,神色略为好转。

对龙门境修士,身为七境武夫的竺奉仙会忌惮,但绝对不会畏惧,死在他手上的洞府境、观海境修士,已有一手之数。而对于一个未来有望成为金丹境地仙的龙门境道士,竺奉仙愿意拿出足够的敬意,相信此人已经有足够资格担任自己孙女的传道之人。为此,大泽帮每年定会拿出一笔孝敬银子,遣人秘密送往这座青要山金桂观。

张山峰心中叹息,不是山上人不知山上事,竺奉仙和胭脂斋老妪心目中的神仙,太过高蹈虚空、不沾泥泞了。金丹地仙又如何,不一样需要兢兢业业积攒家底?修行一事,才是世间最大的销金窝无底洞。只不过绝大部分地仙,除了散淡惯了的山泽野修,那些拥有山头洞府的大修士,自有门派中人操持庶务,打点关系,自己只需潜心修道即可。如此说来,胭脂斋老妪倒是勉强猜对了一半。

就在此时,远处雨幕笼罩下的深山中,蓦然电闪雷鸣,大地震颤,风歪雨斜,又有狮子吼一般的响声大震,此起彼伏。

片刻之后,异象停歇,天地间又只剩下这漫天的大雨。

约莫一炷香后,石窟内隋右边、朱敛、竺奉仙三人,几乎同时抬头望向石窟外面。

竺奉仙神色如常,心中却是一紧。那白衣年轻人的扈从之中,竟有两人拥有不弱于自己的敏锐直觉？要知道自己可是青鸾、庆山、云霄三国的四大宗师之一，虽说在三十年前那场与仙人的争斗中，坏了些武道根本，经过三十年疗伤，仍然没有恢复武学巅峰，可虎死不落架，他竺奉仙不过是从第二退到了第四把交椅而已，现在依旧是当之无愧的大宗师。

这次接连三年的佛道盛事，引来了许多藏头露尾的修士不假，可是江湖上的顶尖高手，屈指可数，怎的这次山间偶遇，一下子就出现了这么多？除了姿容绝美的负剑女子和看似平易近人的佝偻老人，那位气宇轩昂的佩刀男子与那位沉默寡言的精悍汉子，分明亦是底子极硬的江湖高手，这才是竺奉仙从头到尾对白衣年轻人刮目相看的唯一理由。云从龙风从虎，那白衣年轻人若是蛇猫之辈，如何降服得住这几位武学宗师？

大雨渐渐小去。雨幕中，有多个年轻道士和小道童结伴而来。为首的金桂观道士，面如冠玉，笑容迷人，手中除了一把雨伞，别无他物。身后道人，则除了自己的伞，还各自抱着一捧油纸伞。为首道士进入石窟后收起湿淋淋的油纸伞，仪态雍容，与世家贵公子的那种富贵气不同，别有韵味，他望向众人，微笑道："有妖人作祟，试图以阴雨坏我金桂观山水。大家不用慌张，我们观主与两位远道而来的挚友，已经施展了神通，那伙妖人已经授首伏法，并无一人逃出法网，你们可以放心随我登山。"

胭脂斋老妪悄悄看了眼少女清城，眼中满是不可抑制的激动之色。先前老妪听那雷声大作，早就有些心存侥幸的猜测，心情激荡不已，此刻听到英俊道士说观主挚友出手相助，老妪便想到自家祖师奶奶珍藏的那幅挂像上的神仙容貌，一时间百感交集。祖师奶奶当年弥留之际，仍是让年少的她与一位师姐，手持画轴两端，摊开画卷，以便让她最后看一眼画像上的那位男子。

此次她们不辞辛劳护送清城上山修道，便是那位神仙男子命人捎信给胭脂斋，这是百余年间他第一次主动与胭脂斋言语一二，因此师门上下，人人欣喜万分。

此时，一身出尘飘逸气质的英俊道士笑道："这些油纸伞，伞面虽是寻常，可是伞柄却是我们观内前辈以灵气桂枝制造而成，可以抵御妖风煞雨。无论是过山林入湖泽，还是独自夜行坟岗，手持我们道观的桂枝伞，就不用担心邪祟侵扰，它们自会退散远遁。观主担心诸位之中，有那不曾习武的家眷妇孺，便专程让我们下山送伞。"

英俊道士说完，便送出了十多把金桂观特产桂枝伞。

一个唇红齿白的小道童，早早见着了唯一的同龄人裴钱，一等到师叔发话送伞，立即快步跑向了黑炭小姑娘，一边递出手中桂枝伞，一边咧嘴而笑。

裴钱可不稀罕这什么金桂观小破伞，不过陈平安就在旁边，所以"师规家法"还是要讲一讲的，她婉拒了小道童的油纸伞，然后老老实实与那个小家伙致谢。

小道童有些忧心，道："不可小觑这场阴雨，最容易伤人阳气了，身体孱弱之人，以及命数不硬之人,一下子就会落下病根,到时候吃药都不管用。反正这伞是我们道观借给你们的,不收银子,干吗不要？拿着呗,桂枝伞柄,又不重的。"

裴钱只恨自己没办法翻白眼。

看着一板一眼给裴钱解释这场阴雨厉害之处的可爱小道童,陈平安笑了笑,揉了揉裴钱脑袋,要她收下油纸伞,然后望向那位英俊道士,问道:"这位道长,听闻贵观正开山收取弟子,不知我们这些恰逢其会的外乡人,能否上山入观旁观盛举,叨扰一番？"

那位英俊道士笑着点头,道:"当然可以,登山之后,只需领取一本小册子,注意上边记载的一些道门禁忌即可。"

小道童立即转头对英俊道士喊道:"小师叔,册子上边的事项,我背得滚瓜烂熟了,不然就让我给这位公子说上一说？"

英俊道士微笑道:"若是公子愿意听你聒噪,你就陪着公子一起登山便是。"

陈平安抱拳谢过一大一小两位金桂观道士,笑道:"谢过道长,有劳这位小道长。"

陈平安转头望向徐远霞和张山峰,两人轻轻点头,示意登山入观一事,并无不妥,甚至对此有些欣喜。

金桂观常年闭门谢客,使得外人无法领略其中风采,青鸾国山下有传闻,白水寺那个天女散花、桂子满地的奇景中那些金桂的来源,便是金桂观后面的那几棵千年老桂树。更有一位云游天地的仙人降下身形,莅临道观,手指桂树,金口玉言:"此月中种也。"现在能登山入观见识此树,实乃幸事。

黄色地牛先前就连石窟都没有进入,毕竟是妖物出身,此次又遭逢变故,一旦惹来金桂观修士疑神疑鬼,陈平安少不了要解释许多。好在黄色地牛深谙山上之道,在石窟远处以心声告知陈平安,它近期将在山下潜地等待,除非地仙巡视,不然不会被发现行踪。陈平安便要它小心些,一有情况,只管往青要山上奔跑,他自会出面说清楚。

道观在青要山之巅,路途泥泞,登山不易,从山脚到道观山门外,小路最宽处不过只容得下三人并肩而行,不用奢望乘马车上山,由此可见,金桂观确实不太愿意与山下打交道。

陈平安他们当初去往的清境山青虎宫,修筑了足足三千级丹梯,比起帝王家的皇宫丹陛还要来得恢宏气派。

金桂观不大,不过容纳四五十个道人修行。那些携带晚辈登山的各路人士,早早请人在青要山的半山腰搭建茅屋,作为栖身之所,金桂观对此并不阻止。有些心眼活络并且本身就是青鸾国势力的江湖门派,眼见着金桂观好说话,干脆就雇用了数十名青壮在半山腰破土开工,所建屋舍,规模不亚于闹市的客栈酒楼。

金桂观是一座不太常见的丛林道观,众人从那位英俊道长的闲聊言语得知,观主所收之徒,到时候会获得青鸾国朝廷颁发的金玉谱牒,只要拜入观主张果门下,就算是入籍了,成了一名谱牒仙师,恐怕这才是江湖豪门和权贵门户愿意携带家中晚辈蜂拥而至的根本理由。

只有那些道教大宫,才会配齐三都五主十八头,金桂观不过四五十人,自然没有这么多讲究,除去观主张果,不过七八名执事而已,英俊道士许伯瑞,便是金桂观的鼓头,毕竟道观再小,钟鼓两物仍是不可或缺。

老神仙张果收徒一事将放在后天进行,竺奉仙的大泽帮,作为青鸾国几条大地头蛇之一,早就在半山腰处,重金打造了一座耗费白银十余万两的避暑行宫,在众多建筑当中极其瞩目,看来竺奉仙对于孙女入选一事,从无怀疑。

胭脂斋也雇人打造了一座别致的别院庭园,但是许伯瑞直截了当说道:"刘清城,竺梓阳,你二人可以随贫道一起入观,金桂观已经收拾出两间雅室。"

然后许伯瑞对陈平安笑道:"道观简陋,待客不周,当下只剩下两间屋舍,公子如果愿意单独入住,现在就可以随贫道上山,如果不愿与朋友分开,又无别处可住,贫道可以出面,帮公子与一些相熟的青鸾国贵人打声招呼,借住几天,并无大碍,反而是结善缘之事。"

竺奉仙朗声笑道:"许道长何须如此麻烦,让公子一行人去我那边住着便是。"

胭脂斋老妪倒是也想邀请陈平安一行,只可惜她们皆是女子,需要避嫌,实在不便开口,只能眼睁睁看着这桩天大善缘,被大泽帮那些粗鄙武夫抢了去。

山雨停歇,陈平安询问许伯瑞能否今天去看一看道观桂树,许伯瑞笑言自无不可,不过需要他领路,外人不能在道观内随意走动。

于是陈平安就带着裴钱、张山峰和徐远霞继续登山,画卷四人则跟随"青鸾国老魔头"竺奉仙去往大泽帮的住处。

小道童喜欢在裴钱身边套近乎,怀里捧着一大把雨渐止后回收的油纸伞。没办法,道观就属他年纪最小,其余多是上了岁数的老古董了,一开口牙齿都不剩几颗,要不然就是小师叔许伯瑞这样严肃认真的道士,好不容易遇上一个能聊天的同龄人,小道童当然无比雀跃。

裴钱则有些不耐烦,怎么摊上这么只叽叽喳喳的小麻雀?山上的修道之人,难道不应该一个个好似瞎子哑巴聋子吗?

胭脂斋少女刘清城,竺奉仙孙女竺梓阳,离开了师门和长辈庇护后,前者有些畏缩,后者天不怕地不怕,一直在跟许伯瑞询问江湖上有关金桂观的一些传闻的虚实真假。许伯瑞应该是个性情温和的出世之人,耐心地一一作答,既无添油加醋,也无藏藏掖掖,让竺梓阳连带着对金桂观都心生好感。

刘清城鼓起勇气,对大泽帮圆脸少女轻声问道:"你原来不叫'晚上'啊?"

竺梓阳一拍额头,无奈地道:"怎么会有你这么天真的江湖人?"没直接说刘清城蠢笨,已经算竺梓阳嘴下留情了。

竺梓阳眼角余光瞥见刘清城腰间的那把精致短刀,竹鞘铭文"蕞尔",笑问道:"你这短刀挺好看,给我瞅瞅?"

刘清城摇摇头,怯生生道:"这是我太上祖师奶奶的遗物,不能随便交给别人。"

竺梓阳还要纠缠,许伯瑞微笑道:"竺梓阳,不要强人所难。以后若是同门修行,一样要注意。"

竺梓阳对于这位观主嫡传弟子之一的英俊道士,观感不错,而且他很快有可能是自己在金桂观的师兄,听他这么一说就放过了身边这个性子软绵绵的胭脂斋少女。

刘清城对道士报以感激眼神,后者一笑置之。

陈平安看着两名即将成为山上修行人的少女,便自然而然想起了彩衣国的那次遭遇,一个系有铃铛的少女练气士,曾经跟陈平安并肩作战,一起降妖除魔,她虽然道行不高,却没有帮倒忙,是个很有侠义心肠的姑娘,后来成了旁人艳羡的神诰宗子弟。还有在柴房遇见的那对苦难兄妹,如今那两个孩子,也算是半个修行人了。

世事玄妙,在饮啄间。

到了道观,竺梓阳和刘清城被道士带去下榻处。小道童则和师兄们去放置桂枝伞。这些物件,十分金贵,听许小师叔说,若是卖与山下人,一把可以卖出好几千两银子的天价,不愧是从祖宗桂树上劈折下来的"月宫"桂枝。小道童遐想连篇,一根桂枝伞柄就这么值钱,那要是将六棵桂树折价卖了,自家青要山还不得变成好大一座金山?

许伯瑞独自领着陈平安一行人穿过并不大的寂静道观,去了后门。

雨过天晴后,视野清明且开阔,那些古老沧桑的高大桂树,枝叶茂盛,居中一棵尤为参天。许伯瑞一一介绍每一棵老桂树的名字,有哪位山上高人在哪棵树下说了哪些妙语,简明扼要,又不失风趣。

桂树之间有纵横交错的青石板路,树荫下有石桌石凳,那株祖宗桂花树下的石桌,桌面还被道观刻画成了棋盘。许伯瑞在此逗留片刻,以手指抹过桌面棋盘,笑言这副棋盘并非用刀刻成,而是一位游历至此的他乡剑仙,以口吐凌厉剑气"丈量"而成,观内道人曾经专门以量尺仔细比画,发现横竖间距,竟是没有毫厘之差,故而那位剑仙最少也是金丹境,甚至有可能是一位宝瓶洲不世出的元婴境剑仙。

说到这里,许伯瑞神采飞扬,微笑道:"在很久之前,我们观内有位前辈,非要刨根究底,万里迢迢,专程去了风雪庙、真武山、正阳山和风雷园,寻访那位剑仙。他拜见了好些著名剑修,最后得出一个结论,那位剑仙极有可能是宝瓶洲元婴境魁首、风雷园园主李抟景李大剑仙。可惜那位前辈返回道观后,再无心力重返风雷园去确认此事,在那之后的百年间,这就成了一桩悬案。"

陈平安捧场道:"我曾经通过一艘渡船上的仙家画卷,见识过风雷园李园主的出剑,是很厉害。据说李园主在与正阳山了结宿怨后,已经兵解,就是不知道风雷园还能否找回这位剑仙的转世之人,让他重返山门修行,再续香火道缘。"

许伯瑞惊讶道:"李大剑仙,已经兵解离世?"

看来金桂观最近百年,确实有些不问世事。

陈平安笑道:"听说是这样的,不过真相如何,我不敢妄下论断,李大剑仙修为通天,说不定是在寻求打破玉璞境瓶颈的契机。"

风雷园刘灞桥,算是陈平安屈指可数的山上朋友之一。刘灞桥有次为了仙子苏稼,还专门御剑追赶陈平安的渡船,双方有过一次见面,所以关于李抟景兵解一事,陈平安知道是真的,不过这等大事,作为刘灞桥的朋友,当然不好跟外人言之凿凿,将知晓此事内幕作为一笔可炫耀的谈资。

习惯了在细微处见人事的陈平安突然发现,当自己随口说出"玉璞境"后,许伯瑞的眼神出现了细微变化。

陈平安这才醒悟,可不是所有练气士,都知道上五境的称呼,甚至一辈子都只是在眼巴巴仰望着"地仙"二字。这就像当年朱河笃定地认为武道止境就是那第九境山巅境,再无往上的可能性。

不过陈平安如今的心境,已经不太在意这类无伤大雅的纰漏,行走江湖,跟纯粹武夫结恩怨,或是登山赏景与练气士打交道,真要处处只收不放,反而未必是好事,一些个所谓的泄露天机,说不定能够省去诸多麻烦。

看过了金桂观的这些仙种桂树,道观游览之行也就落下了帷幕,许伯瑞将陈平安一行人送到山门外,郑重邀请他们后天来此观礼,并说会帮忙安排座位。陈平安道谢之后下山去往山腰,行出百余步,徐远霞回望一眼依旧在目送他们一行离去的许伯瑞,转回头轻声笑道:"这位许道长,是个有心人,以后在金桂观肯定混得不差。"

陈平安点头道:"山上仙家府邸,怎么都需要一位待人接物滴水不漏的门面人物。"

张山峰有些伤感,显然是想起了自己的师门。在外闯荡数年,到底是有些想念师父的酒糟鼻子和如雷鼾声了。如果不是遇见了陈平安和徐远霞,恐怕这位尚未登入谱牒的龙虎山外姓天师,早就黯然返回北俱芦洲了。

到了大泽帮所建豪宅大院,已经有个精明能干的管事在大门口等候已久,他微微侧身弯腰,领着陈平安他们去往住处。

金桂观后面比桂树所在更深处的一座幽静雅舍,许伯瑞毕恭毕敬地站在院中。

檐下廊道极其宽阔素洁,台阶下有三双木屐靴子,雅舍里有一位仙风道骨的老道人,正是观主张果,龙门境修士。

还有两位"仗义出手"镇压不轨之徒的贵客,魁梧青年姜韫,青鸾国大都督韦谅。

此刻三人围坐一桌,正各自吃着一碗素面,拌以春笋、山菇和春季山林生发的几种野菜,还有油面筋以及文火熬制的面汤,香味弥漫。

许伯瑞说过了自己对陈平安一行的大略观感后,观主张果笑着让这位弟子退下休息。

老道士问道:"是巧合,还是给他们顺藤摸瓜找过来了?"

韦谅想了想,道:"巧合吧,如果不是许伯瑞面子大,这帮人本该去堵我家的府门了。"韦谅转头望向姜韫,问道:"看你之前神色变化,难不成认识此人?"

姜韫点头道:"是骊珠洞天当地人,第一次见面,还是个普通百姓,如今翻天覆地,差点没认出来。人是不错的,不过我估计此人牵扯到不少事情,之前在蜂尾渡遇见了,我就没敢跟他多聊几句。"

韦谅笑道:"既然是骊珠洞天土生土长的人氏,怎么都不奇怪。"

姜韫对此没有异议,像自己这些拎着金精铜钱登门找机缘的外人,其实仍是比不上那些坐等福缘掉在脑袋上的当地人。不过姜韫算是外地人当中比较幸运的一个,能够带走那根锁龙索炼化为本命物,这是天大的意外之喜,连他师父这样的修为,都倍感震惊,十分欣喜,笑言姜韫说不定是夺了云林姜氏的不少气运,才能有此大造化。当时垂挂在那口洞天水井的铁链,被他一眼相中,得手后,师父特地找朋友帮忙鉴定,得出结论,至少是仙人境大修士的珍贵遗物,在解开所有秘术禁制之前,就已是一件货真价实的半仙兵。

传闻这种锁龙索的最高品秩,叫斩龙索,威势比起能够禁锢抓捕远古地仙蛟龙的龙王篓,还要夸张,大修士只要将其丢出,便可轻松捆住蛟龙,随手一抖,就能够直接将蛟龙当场剥皮抽筋,只留下一条脊柱和一颗骊珠。

不过骊珠洞天最大的机缘,还不在这些"死物"上,可是那五只小东西,就不是谁刨地三尺能够找见的了,只能靠命。姜韫就连它们的一面都没见到。

老道人张果放下筷子,拍了拍肚子,道:"辟谷多年,为了款待你们这两位头等贵客,破例一次,感觉还不错。"

张果眯眼笑问道:"韦大都督,这次金桂观花费这么大气力,又是开门收徒弟,又是故意泄露我家祖宗桂树能够炼化半仙兵的秘密,好让不轨之徒混杂其中,然后关门打狗,帮你们青鸾国打杀了十数名外来修士,唐氏皇帝就没点表示?"

韦谅笑道:"表示?有啊,我不是坐在这儿吃了碗素面吗?"

张果伸手指了指韦谅,啧怪道:"道观祖师爷当年说得没错,铁公鸡!怪不得传下话来,要金桂观少跟你这座都督府打交道。"

韦谅还剩下半碗素面,就已经放下筷子,结果被姜韫拿过去二话不说吃了起来,韦谅对此视而不见,对观主张果说道:"你就知足吧。金桂观建造之初,没什么香火,是谁请动李抟景来你们这儿吃素面的？还有这次，云林姜氏的姜大公子，你张果自己请得来？一碗破素面，就算你端到人家眼前，姜韫乐意拿起筷子？"

姜韫埋头吃面，不太给韦谅面子，嘴里含糊不清道："一双筷子就够，素面多来几碗就行。"

张果哈哈大笑，心情大好。印象中，云林姜氏子弟，一个比一个眼高于顶，但这位名叫姜韫的年轻修士，不太一样，既然与韦谅结伴而行，而且关系莫逆，应该不是姜氏旁支出身。这就有点意思了。

韦谅犹豫了一下，说道："张果，那个胭脂斋的小丫头，以后麻烦你多照顾了。"

张果笑容玩味，问道："小丫头腰间所别裁纸刀'蕞尔'，应该是你当年赠送给胭脂斋某个女子祖师的物件吧？"

韦谅叹息一声。

张果没有得寸进尺。这些红尘情仇，其实每个中五境修士多少都会有，回头再看，只是过眼云烟罢了，就看修士念不念旧了。

早年的山下恩仇，当其中一方成为仙家后，情况就会变得很复杂。

修士记仇，恩怨百年犹新，经常会有一些地方上的豪门家族，莫名其妙就遭遇飞来横祸，被斩草除根，一个不留。

修士念旧情，那么某位山下人的十几代后世子孙，就一直能够悄然享受祖荫恩泽，可能连他们自己都不知，为何次次劫难都能逃过，冥冥之中，仿佛总有一只大手在为他们遮风挡雨。

张果说道："其中资质最好的，是大泽帮那个小闺女，竺奉仙的孙女，如今已是三境练气士，她应该是唯一一个地仙资质。其次就是胭脂斋小姑娘，有望洞府境，撑死了观海境。除去竺梓阳和刘清城，其余七人当中，能跻身中五境的，我看一个都没有。"

韦谅和姜韫异口同声道："未必。"

张果眼睛一亮："是哪个？"

韦谅笑而不言。

姜韫抬起头，同样没有给出答案，而是转移话题，问韦谅道："那头地牛之属的妖物，你不管管？你不是很早就想将它收入麾下嘛，好让它担任你们青鸾国北岳神祇的坐骑？"

韦谅摇头道："算了，机缘一事，只能顺势而为，强扭的瓜不甜。其实北岳神祇早就与我说过，这头地牛，看似温顺无害，实则性烈。龙门境的妖物，谁乐意被拘束在一座山头，一辈子给一位山岳神祇骑在身上？入了神道，这可是永世不得翻身的下场。一旦激发了它的凶性，估计对于北岳山水，是祸不是福。"

张果啧啧道："若是此妖能够坐镇贫道的青要山，倒是一桩互利互惠的好事，大不了双方平起平坐嘛,金桂观对它以护山供奉视之。韦大都督,你觉得可行?"

韦谅仍是摇了摇头,眼神深沉,微笑提醒道:"那个陈平安,你最好别去招惹。此人离开骊珠洞天后,极有可能成了某位法家高人门下的弟子。你应该清楚我们法家弟子的行事风格,山上山下,一视同仁。"

张果一脸无奈道:"知道了,山上的四大难缠鬼嘛,狗屁剑修,墨家赊刀人,师刀房道士,最后一个就是你们最不讲理的法家弟子。"

韦谅笑道:"我们不讲理?"

张果有些心虚,突然笑道:"那你韦大都督怎么不跟那头地牛妖物讲理去?"

韦谅淡然道:"世间法理,以人为本。"

陈平安屋内,裴钱在抄书。

张山峰在隔壁自己屋内勤勉修行。这个北俱芦洲的年轻道士,自称资质平平,当年师父不过是怜悯他无处可去,才捏着鼻子收了做关门弟子,而且之后的修行之路,也证明了他师父的眼光不差,张山峰确实进展缓慢,如今尚未成功跻身中五境。只是张山峰心性坚韧,从未气馁,偶然的失落,不过是对于自己本事不济的反应。在这件事上,态度与陈平安如出一辙,无非是路在脚下自己走,只要不与人比较,就谈不上天赋好坏了,反而能够走得坚定沉稳。

练气士所谓的天赋根骨,极有讲究,玄机都在"先天"二字上。天赋高低决定了开辟洞府的大小,洞府容纳灵气的多寡。除此之外,天赋的高低也决定了汲取速度的快慢。在这快慢之上,还有提炼灵气精粹程度的差异,决定了是可怜兮兮的溪涧潺潺,还是令人惊艳的江河滚滚。在讲究了天赋之后,才能进一步去讲究丹室的气象高低,以及未来元婴的品相。

陈平安如今经常练习那个姿势别扭的天地桩,以手指撑地。不过练拳这么久,陈平安也琢磨出一些门道来,例如撼山拳三桩同练,以天地桩姿势走六步走桩,再单手掐剑炉诀,在此期间,运转剑气十八停。

别有天地。

只是也需要付出一些代价,陈平安经常在四下无人的山林小径,"走着走着"就误入歧途,离开众人行走的那条道路,摔入溪涧或是跌落山坡。

后来还是裴钱想出一个笨法子,将行山杖顶端绑缚绳子,再系在陈平安腰间的养剑葫芦上,裴钱走在前头,带着陈平安,当然她如今也需要练习六步走桩。

一大一小,如此前后而行,名副其实的同道中人。

此时陈平安就大致绕着桌子画圈,倒立而"行"。

裴钱抄完书后,看了无数次陈平安的天地桩,怎么看都觉得有趣。

陈平安倒转身形，深呼吸一口气。

在老龙城挨了杜懋那吞剑舟穿腹"一剑"后，到蜂尾渡，再到这青鸾国金桂观，从三境实力慢慢恢复到了现在的四境，要达到五境巅峰，还要靠着走桩和小炼药酒，休养不少时间。

不过如此一来，有利有弊，弊端当然是极大拖延了跻身六境的速度，好处则是五境底子会打得更加牢固。

朱敛曾经半开玩笑说过，哪怕不靠外物，双方以纯粹武夫的身份，陈平安一样可以用他的五境巅峰，稳胜他们四人的六境巅峰。

对此，隋右边嗤之以鼻，卢白象倒是比较认可，至于闷葫芦魏羡，当时忙着跟裴钱胡扯。

陈平安坐回桌旁，检查过了裴钱抄写的内容，确认她没有在哪个字上马虎糊弄后，示意她可以去玩了。

裴钱悄悄说道："师父，我觉得道观后头的那些桂树，远远不如桂姨送我的桂叶桂枝哩，那些道士怎么还当个宝供起来？还大言不惭来着，说什么是'月中种'，这要是月宫里头那棵桂树的子孙后代，那咱们桂姨还不得是住在月亮上的神仙啊，对吧？"

陈平安心中微动，道："不可在背后妄议别人。"

裴钱"哦"了一声。

陈平安突然自己笑了起来，道："不过我觉得你没说错。"

裴钱笑容灿烂："师父也是这么觉得吧？我就说嘛。"

陈平安收敛笑意，叮嘱道："所以下次再见到桂姨，要更有礼数。"

裴钱点头道："那当然，桂姨我是真心喜欢的。"

陈平安打趣道："那个金桂观借你雨伞的小道童呢？"

裴钱一拳捶在桌面上，恼火道："这家伙烦得很，要是我跟他狭路相逢，么（没）得外人在场，我非要打得他爹娘师父都不认得。"

陈平安笑道："现在知道烦了？你想想看，自己是怎么纠缠魏羡和卢白象的？"

裴钱瞪大眼睛，思量了半天，只得拿出那张最心爱的宝塔镇妖符，贴在额头上，叹气道："如此说来，老魏和小白挺可怜的。"

陈平安一记栗暴砸过去，佯装生气道："你才知道啊？书上说'君子三省乎己'，你好好反省一下。"

裴钱抱着脑袋猛然站起身，跑向屋门口，转头笑道："师父，我去跟老魏、小白说一声，下次到了集市上，我掏腰包，给他们每人买一串糖葫芦啥的。"

裴钱离开后，陈平安开始思考炼化第二件本命物一事。

至于那副相当于仙人境金身的杜懋阳神遗蜕，陈平安决定等到了大隋山崖书院，跟精于此道的崔东山讨教之后,再做决定。

陈平安打心底信不过这位"少年国师"的为人秉性,但是好歹相信昔年文圣首徒的学问见识。

此次跟张山峰重逢,陈平安请教了不少修行事,尤其是关于炼化本命物,张山峰当然是知无不言言无不尽。

张山峰虽然修为不高,可眼界和见解都不俗,大概跟他出身正统仙家有关,毕竟他的师父是位龙虎山的外姓天师。虽说外姓天师的境界高低有天壤之别,但是能够被载入天师府黄紫谱牒的道人,不会简单。

陈平安拿出一壶桂花酿,找了一只酒杯,独自斟酌。

按照张山峰的说法,即便在财力和机缘都不是大问题的前提下,本命物依旧不是多多益善,凑足五行为最佳:一件类似黄色地牛的青瓷瓶本命物,用以帮助快速汲取天地灵气,这是必须要有的;一件用来厮杀攻伐,例如剑修的本命飞剑,就是世间攻伐本命物的极致;一件用来防御,达到类似金醴法袍、兵家甲丸的功效;一件类似方寸武库、咫尺剑冢的方寸咫尺物,只不过这种珍稀之物,几乎不可遇更不可求;一件温养在本命窍穴内的厌胜物,此物先天对于邪祟妖魔就有震慑力,并且可以不断增长自身阳气,途经诸多难以预测的阴煞之地时,可以让主人水火不侵,污秽不近。

张山峰还说炼化本命物,是双刃剑,既然是本命物,一旦损毁,就会连大道根本也受损动摇,后果不堪设想。而且每件本命物需要占据一处窍穴府邸,一旦滥竽充数,或是不去考虑灵气运行路线,容易属性相冲,反而阻碍练气士的修行,甚至走火入魔,都有可能。

张山峰最后说,凑齐五行本命物,是剑修之外所有练气士都梦寐以求的,但是不用刻意追求此事,因为太耗神仙钱,太讲求机缘。一般而言,有三件品相稍好的本命物就足够,一攻一守,还有一件辅助练气士汲取、藏聚灵气。天下中五境练气士大多如此,除非是那些地仙之流,才会追求更多。

陈平安听了张山峰所说,受益匪浅。

那只青色木盒里头,据说有某代龙虎山大天师,亲自篆刻而成的"彩衣国胭脂郡城隍显佑伯印"。陈平安从拿到法印,到今天为止,一次都不曾打开过青色木盒。他决定拿来作为临别赠礼,送给张山峰这位龙虎山未来的外姓天师。

胭脂郡城隍爷沈温无比重视的这一方法印,陈平安猜测极有可能是一件半仙兵。沈温亲口说过,以此印配合龙虎山嫡传的五雷正法,威力惊人。

当初法印被密封在城隍阁内,就能够阻挡胭脂郡城外那座巨大乱葬岗的煞气侵袭,绝非法宝可以达成,可见其品秩之高。

是否炼化那枚彩衣国胭脂郡城隍爷赠送的金色文胆,陈平安对此有些犹豫。

之所以犹豫,是因为陈平安当初在彩衣国一役中,得了一只绘有古榆国五岳真形图的白碗,能够造就古榆国的五色社稷土,他听从了徐远霞的建议,在青蚨坊没有将其售卖出去。陈平安在思考是否以那只每年盈利"五枚雪花钱"的白碗,作为自己的五行之土本命物的过程中想到,如今大骊铁骑的南下势头,完全就是势如破竹,北有自己家乡的披云山北岳正神魏檗,南边貌似是范峻茂坐镇大骊新南岳,一旦成真,以一洲之地作为王朝版图的大骊,五色土就会变得极其金贵,到时候大骊朝廷肯定会掌控得无比严密,如果陈平安现在就能够确定,南北之外其余三座山岳所在的地址,集齐分量足够的五色土,再找一件合适的承载器物,肯定收益极大。

但是这么做的难处在于尚不知三岳选址在何方,隐患则在于以此作为本命物,短期收益巨大,可是会与大骊国势起伏休戚相关,不过对于上五境之下的练气士,绝对是利大于弊,能让他们快速成为地仙。

这会儿陈平安喝着酒,想起了风雪之中的那拨大骊斥候,又想到了家乡泥瓶巷祖宅隔壁邻居宋集薪。

喝掉杯中最后一点桂花酿后,陈平安决定还是打消炼化五色社稷土的念头。

有了决断后,陈平安就不再有任何犹豫,那就准备炼化金色文胆!只是想要像在老龙城那样,占尽天时地利人和,难如登天。

陈平安站起身,来到窗口旁边,趴在窗栏上,怔怔出神。

这终究不似练拳,一遍一遍坚持不懈,总有一天能打完一百万拳。

徐远霞敲门而入,陈平安坐回桌旁,又拿了一只酒杯,两人对饮。

徐远霞也没聊什么正经事,只说希望有一天有书肆愿意版刻他的那本山水游记,面世后挣点私房钱。

陈平安便拿出几枚刻有密密麻麻文字的记载一路上所见所闻的翠绿竹简,比如老龙城桂花岛、山海龟那些巨大的仙家渡船和城池上空的云海,那座海上宗门的雨师神像,蛟龙沟附近力竭坠海的布雨老蛟,倒悬山灵芝斋里一幅幅画像上的剑仙,剑气长城的走马道,桐叶洲扶乩宗的喊天街,蜃景城外照屏峰的日出……递给徐远霞。两人喝着酒,讨论着竹简上那些见闻的细节,光阴流逝在酒水中。

就在隔壁屋内,年轻道士张山峰,收了坐忘吐纳,开始缓缓打拳。这套拳法与天下绝大多数拳法都不太一样,求慢不求快,不适合杀敌,大概只能拿来练拳养生,不过张山峰觉得最适合自己的朋友。

这套拳是他自创而成,如今还只是个雏形,拳理来自师父酒后醉话和他的自身感悟,就是不知道陈平安会不会嫌弃,愿不愿意学。

青鸾国京城,黄昏中,两位远道而来的青衫儒士,坐在路边摊子一张油垢颇多的小桌旁，桌上搁放一只竹筒，簇满了竹筷。

其中那位约莫而立之年的消瘦儒士，熟稔对方的脾性，所以郑重其事道："周巨然，事先说好，我可吃不得辣。"

名为周巨然的年轻儒士笑道："猴子，你就因为不吃辣，错过多少人间美食啊。"

被戏称为"猴子"的消瘦儒士，无奈摇头。

这一路行来，实在是让他走得心惊胆战，没办法，周巨然这家伙简直就是个惹祸精，此人心中的对错是非，总是比书院其他贤人更加模糊，不过好在大体上还能让自己接受。

此次青鸾国唐氏皇帝一意孤行，竟然要以佛道之辩的胜出一方，作为国教，地位高于儒家。如果不是他们观湖书院如今的注意力都被那位北俱芦洲的道家天君谢实牵扯，无暇顾及此地此事，就不是他侯正和周巨然一君子一贤人在青鸾国"四处游历"了，而是两人直奔皇宫，将那位唐氏皇帝训斥一番。

周巨然点了两份地方美食片儿川，一份加重辣，一份不辣，跟来自老龙城的"猴子"开吃起来。

在外喜欢自称周矩的年轻贤人，卷了一大筷子片儿川送到嘴里后，含糊不清道："听先生说这次青鸾国的佛道之辩，有点别开生面。对外是说佛门道家各自派出十位高僧和真人，在皇宫那边吵架，比谁吵架本事更大，可真正决定胜负的，却是暗中专门请了云林姜氏的一位老人作为总裁官，再让两位地仙以掌观山河的神通，全程观察一位道士和一位僧人，还要天衣无缝地安排这两人在私底下辩论一番，看看佛法道法谁更高些，既要在佛经、道藏上分出胜负，还要比一比为人处世以及劝化之功，学问，修身，教化，刚好比拼三局。"

侯正皱了皱眉头，他是第一次听周巨然说起这个内幕，思量片刻后，眉头松开，道："难怪山主并未如何动怒，他山之石可以攻玉，青鸾国此举，其实不全是坏事。"

周巨然会心一笑，拿筷子点了点对面儒士，赞道："你侯正就这点最对我脾气，能够看得开，而且看得见好。"

侯正摇头不语。

周巨然问道："老龙城出了那么大事情，你不回家看看？"

侯正仍是摇头："去也无用。侯氏祖上传下的家风，本就剩下不多，风烛残年罢了，我这一去，不过是将灯芯火苗捻得更亮堂些，灭得更快，还不如这么半死不活吊着命。只能寄希望出现一位有担当的晚辈，到时候我可以帮衬一把。"

周巨然点了点头，道："还是你想得周到。"

侯正苦笑道："毕竟是生在那里长在那里，我能不多想一想吗？"

周巨然停下筷子，问道："你吃饱了没？"

侯正看了眼对方面前空荡荡的大白碗，连汤水都没剩下，便不再理睬周巨然，埋头开吃。

周巨然哀叹一声，转头喊道："掌柜的，再来一碗……记得少放些辣，你这家摊子的重辣，真是辣死个人不偿命啊。"

大街上走过郊游归来的幂篱妇人和妙龄女子，周巨然感叹道："春游归来的美人，微微有汗香，加上那股子隐隐约约从山野湖泽带回的清香，真是香啊。"

侯正置若罔闻。

周巨然又说道："不然我也加入这个局，干脆让青鸾国的佛道之辩，变成一场小小的三教之争？"

侯正这次回复极快，头也不抬，淡然道："不行。"

周巨然一巴掌拍在桌上，喊道："掌柜的，还要重辣！"

在书院贤人和君子对坐吃片儿川的摊子的不远处，有一座名声不显的白云观。比起青鸾国那些动辄千年、数百年悠久历史的古老道观，这座白云观，建成至今不过百余年，而京城的风水宝地，早就被那些"前辈"道观寺庙先到先得，给瓜分殆尽了。观主是个中年道士，在青鸾国寂寂无名，如果只是作为修行中人，更是不值一提，他连中五境练气士都不是。

豆腐块大小的白云观，不得不紧挨着一处闹哄哄的坊市，观内倒是还算有几棵古树，可就这么点勉强拿得出手的，又给白云观惹了大麻烦，附近坊市的稚童喜欢放纸鸢，经常缠挂在观内大树上，所以隔三岔五就会有妇人或汉子领着哭哭啼啼的自家孩子，在白云观外边骂完了街，再冲进道观，训斥那些畏畏缩缩的小道士，叫他们架梯爬树，取回断了线的纸鸢。

每当这时候，那个形容枯槁的中年观主都会从书斋里走出，但也只敢愁眉苦脸地偷偷站在远处，由着师弟或是自己弟子挡灾。

有一次白云观自家小道童偷偷跑出去，跟相熟的街坊孩子一起放纸鸢，不小心也给挂在了观内的树上，天人交战一番，实在心疼那只纸鸢，只好硬着头皮跟道观说了，结果总算给观主逮着了出气筒，打得差点屁股开花。不过当天小道童就笑开了花，原来是他的被窝里，不知怎么多出个早就眼馋许久的瓷娃娃，这让他与其他道童显摆了很久。

这会儿已是暮色沉沉，中年道士在小书斋内抬起头，长久地凝视那些书上文字，使得他眼睛微疼。

书斋四壁，其中两面到顶的书架子上，除了一整套浩如烟海的《道藏》，其实还夹杂有不少佛经和儒家经典。

这些典籍中年道士都已仔细看完，仅是这些年的读书心得就写了九十余万字小楷文稿。

别人修行,为轻王侯慢公卿,为证道长生不朽,为挣脱天地大牢笼,这个小道观的观主,却是为了能够多活几年,多看些书。

三教百家的圣贤书籍,都要看遍。

虽然陈平安一行人,当下算是借住在大泽帮的屋檐下,可是竺奉仙一次都未登门跟陈平安套近乎,只是观礼当天清晨,才招呼陈平安一起登山,去往山巅金桂观。

登山途中,竺奉仙与陈平安并肩而行,所聊之事,不过是青鸾国的风土人情。

到了金桂观门口,许伯瑞笑迎上来,将竺奉仙和陈平安两拨人,安排在道观收徒地点的前排相邻位置。

观主老神仙张果,最终收取了九名弟子,竺梓阳和刘清城毫无悬念地位列其中,其余七人,有两人是市井出身的姐弟,剩下五人都是青鸾、庆山和云霄三国的豪门世族子弟。

加上包括许伯瑞在内的原先三名弟子,观主张果就有了十二名嫡传弟子。

那个借伞给裴钱的小道童,如今成了九个后进同门的师兄,站在许伯瑞身后,高兴得合不拢嘴。他赶紧望向裴钱,却发现她根本就没看自己,小道童便有些失落。

道门仙师收徒仪式,用繁文缛节来形容都不为过,竟然耗时将近一个时辰。

观礼完毕,陈平安和竺奉仙、胭脂斋老妪这些各方势力的主事人,金桂观都赠送了一把价值不菲的桂枝柄油纸伞。

竺奉仙还要留在半山腰数天,毕竟竺梓阳刚刚成为金桂观张果的弟子,万一水土不服,或是待不惯,竺奉仙不放心就这么下山离去。

白白看了一场收徒礼,还白拿了一把桂枝伞,跟竺奉仙还有那位胭脂斋老妪分别告辞后,陈平安一行离开青要山,沿着僻静幽深的山林小径,继续赶路,去往那座大都督府。

黄色地牛加入队伍,裴钱坐在它的背脊上。

裴钱之前第一次提出要骑乘地牛,就结结实实挨了陈平安一记栗暴,可是地牛竟然没有拒绝,由着裴钱坐在背上。

比起藕花福地的画卷四人,张山峰和徐远霞知道更多的山上事,所以对此尤为惊奇。

又一旬过后,陈平安一行路过了一座三面环山的村庄,黄昏时分,炊烟袅袅,黑瓦白墙,俨然世外桃源。

陈平安他们沿着山脊小路走下去,到了村头,却发现言语不通。之后赶来的一个村里学塾先生,用生涩的宝瓶洲雅言与陈平安交流,陈平安才知道这个村子里的人凑巧几乎全部姓陈,世代习武走镖,但是按照祖训族规,不管多穷的门户,孩子都要上完四年学塾才能退学。

族长是一个古稀老人,身穿灰色长褂,脚踩布鞋,精神矍铄,健步如飞。按照那个学塾先生的说法,老族长在这方圆数百里,武艺精深,且德高望重,因为当年有闹市中拦马救稚童的壮举,所以有"陈牌坊"的美誉。老人一听陈平安也姓陈,极为高兴,盛情邀请他们去家中做客。本来已经吃完晚饭,老人又让家里再做了一大桌丰盛饭菜,自己则拎了一壶自酿的高粱酒,拉着陈平安喝酒。

老人虽然爱好喝酒,在酒桌上却不喜欢劝人喝酒,如此一来,陈平安反而喝得有些上头。最后他都不知道是怎么去的房间,大半夜醒过来的时候,才发现躺在一张古色古香的陌生大床上。陈平安掀开被子,穿了靴子推门而出,仰头望去,斗拱精美,便细细品味了一番。当初在藕花福地,跟国师种秋要了许多关于桥梁建造的工部书籍,其中有一部《营造法式》,陈平安翻阅最多,不单单是桥梁,也有介绍房屋、阁楼等建筑。

村子里的屋子多衔接在一起,故而廊道都极长,兄弟分家后却又毗邻。

陈平安走出那条廊道,沿着青石板路一直走到了一个水塘边,在那里站了一宿。

其实也没多想什么,就只是发呆而已。

第二天又盛情难却地被老族长挽留下来。

裴钱虽然不会讲当地的方言土话,可是依然跟一大帮同龄人玩在一起。陈平安去喊裴钱回来吃饭的时候,一帮孩子正在玩老鹰捉小鸡。

裴钱就要陈平安一起玩耍,陈平安笑着勾起双指,抬手做了个敲栗暴的手势。但最后实在拗不过裴钱的死缠烂打,陈平安只好当起了护鸡崽子的老母鸡,裴钱当那抓鸡崽的老鹰。可是裴钱哪里抓得到陈平安那一行最尾巴上的"鸡崽",于是她就跟那个"鸡崽"换了个位置,继续玩。

全场就数裴钱笑得最大声。

炊烟袅袅,伴随着余晖。

张山峰站在远处,笑着招手,示意就等他们师徒二人上桌吃饭了。还有长辈们在自家门口,大声嚷嚷着自家孩子的名字。陈平安牵着裴钱的手,走向张山峰。孩子们也散去回家。

当三人走在巷弄之中时,前面突然出现了一个身材矮小的酒糟鼻子老道人,身穿一件黑色道袍,左右双袖各自绣有一条栩栩如生的鲜红火龙。

张山峰愣在当场。陈平安屏气凝神,如临大敌。裴钱只看了几眼,就赶紧撇过头不敢再看。

张山峰快步向前,疑惑道:"师父,你怎么来了?"

老人瞪眼道："为师再不来抓你回山上修道，你是不是都快要在外面娶妻生子，开枝散叶了？"

张山峰转过头，对陈平安无奈一笑，大概意思应该是我师父就这德行，别太在意。

在张山峰转头之际，老人一眼看见了自己徒弟被本命飞剑刺透的肩头，随即一跺脚，勃然大怒道："谁敢伤你？报上名字，为师……这就去扎他的草人！"

张山峰伸出手掌抹了一把脸，摊上这么个师父，实在是没脸见陈平安。

陈平安脸色肃穆，向这位来自北俱芦洲的老道士，抱拳致礼。

身为龙虎山外姓天师的火龙老真人，对陈平安点点头，以心湖涟漪对他直截了当道："小子，你这长生桥是给人毁了，又在重建吧？有些坎坷啊。不过你当下五行之水的本命物炼化得真是仙气十足。嗯，不错不错。"

老真人重新望向张山峰，要他伸出手掌，自己则双指并拢在张山峰的手心凌空画符，符成之后，随手一挥袖，金光闪烁，转瞬即逝，然后那把本该暂放于大都督府的真武剑以及徐远霞的那把短刀，凭空掉落下来。

张山峰毫不惊讶，伸手接住了真武剑和短刀，不忘转头对陈平安解释道："我师父修为不高，别的不会，可是这种旁门左道的小把戏，还是十分擅长的。"

老真人抚须而笑，满脸得意，给关门弟子这么揭短，竟然不以为耻，反以为荣。

陈平安看了眼张山峰，再看了眼双袖绣火龙的老道士，总觉得张山峰是不是灯下黑，对师父误解太深。

老真人以脚尖在地上看似胡乱地"鬼画符"一通，青石板上了无痕迹，然后却要张山峰站在其中，张山峰欲言又止，老真人以毋庸置疑的语气说道："为师要带你去一趟龙虎山。"

张山峰走入那张仿佛并不存在的"符箓"之中，将手中短刀抛给陈平安，苦笑道："帮我跟徐大哥道一声歉，太过匆忙，只能不告而别了。"

陈平安接过了徐远霞的短刀，记起一事，赶紧从方寸物当中取出青色木盒，抛给张山峰，道："里面是彩衣国胭脂郡城隍阁的一方法印，送你了，最好配合五雷正法使用。"

张山峰见木盒古旧，好像很普通，便放心收入怀中。

老真人猛然眯眼，又瞬间恢复正常，对陈平安笑道："你提个要求，我数十下，过时不候。"

陈平安毫不犹豫道："那就劳烦老真人，好好传授张山峰一些高深道法，恳请老真人稍稍……用点心啊。"

老真人爽朗大笑，伸手点了点陈平安，啧啧道："好小子，拐着弯骂人呢。"

老真人伸手抓住张山峰，两人身形一闪而逝，陈平安发现巷弄四周的稀薄灵气，没有丝毫动静。

陈平安陷入沉思，裴钱扯了扯他的袖口，问道："怎么办？"

陈平安回过神，笑道："吃饭去。"

陈平安到了陈氏族长的饭桌那边，坐在张山峰的座位上，跟徐远霞简略说了刚才的经过。大髯游侠儿沙场行伍出身，莫说是离别一事，便是生死都是见惯了的，没有太多感伤。陈平安陪着徐远霞喝起酒来。

进屋上桌前，陈平安手里就拎了两壶桂花酿，给了陈氏族长一壶，与徐远霞对饮一壶。这位陈氏族长喝了一辈子自酿的高粱烧，对酒的印象，大概就是烫喉咙、烧肚肠，又是直爽性子，便让身边的学塾先生以宝瓶洲雅言与陈平安说，这酒应该很贵，就是口感软绵，不够劲，差了些味道，村子里的女子来喝倒是刚好。陈平安听了后只是笑笑，徐远霞却差点一口呛死。桂花酿何其金贵，是真真正正能够让凡夫俗子延年益寿的仙家酒水，这一小壶酒，全村高粱烧加起来都买不起！

吃过了饭，陈平安趁着和徐远霞绕着静谧村子散步之际，又将火龙真人带走张山峰的经过详细说了，并将那把短刀交给徐远霞。徐远霞一边收起了短刀，一边大为惊讶道："练气士的缩地成寸，本就是脱胎于道家罡步，张山峰是龙虎山外姓道士，师父精通此术，并不奇怪，归根结底还是自家功夫嘛，关键就看一次神通能够离去多远，一次几十丈跟数十里，两者自然是云泥之别。可要说能够脚下画符之后，带着人一起离开，闻所未闻。"徐远霞继续道："这也就罢了，可是在张山峰手心画符，就能够从千里之外取来真武剑和短刀，又是什么术法？"

陈平安感慨道："不知道啊。"

徐远霞笑道："不管如何，都是好事。不过这小子不厚道，有个神通广大的师父，竟然藏着掖着，害我一直以为他是北俱芦洲不入流的山上门派的外门弟子，毕竟所谓的龙虎山天师，泛滥成灾，骗子居多。难为我这一路走得忧心忡忡，几次试探询问，想要确定他是不是进了个坑人钱财的门派，万一真拜了个半桶水的骗子做师父，就早早回头，干脆就不要返回北俱芦洲了。亏得刚才我不在场，不然还不得把眼珠子瞪出来？"

陈平安笑得有些幸灾乐祸。

徐远霞犹豫了一下，两人沿着池塘的青石板路缓缓而行，陈平安说道："徐大哥有话直说，我们还客气个什么。"

徐远霞便说道："这趟青鸾国之行，一开始是张山峰陪着我送那罐袍泽骨灰，后来是我陪着张山峰看水陆法会和罗天大醮，如今张山峰已经跟他师父去那中土神洲的天师府，我便有些想家了。"

陈平安微笑道："那就早点回去。"

徐远霞停下脚步，伸出手，摩挲着络腮胡子，道："在外面浪荡了这么多年，除了定期寄回兵饷银子和书信，不知道家乡那边变成什么样子了。"

陈平安轻声问道："我陪你一起去？你要是觉得魏羡四人不适合去，那我就只带着裴钱陪你回去一趟，让魏羡他们去青鸾国京城先逛着。"

徐远霞笑着摆手道："你又不是个如花似玉的娘们，稀罕你陪我返乡？你按照既定路线走就是了，不用为我打乱计划。"

陈平安笑道："我本来就没个计划。怎么，在你家乡，有见不得人的事情？怕我看穿你的老底？"

徐远霞叹息一声，蹲在池塘边，用短刀刀柄轻轻敲击青石板，道："我家境还算殷实，勉强能算是个地方望族。早年有桩亲事，离乡之前，我偷偷看过那个姑娘一眼，还蛮俊俏，其实是喜欢的，当时心气高，就觉得三五年就能闯出大名堂来，到时候风风光光迎娶了她便是，不承想一不留神，就在外面混了十多年。"

陈平安蹲在徐远霞身边，安慰道："徐大哥你是实打实的五境武夫，又熟谙战阵，在家乡那边，就算在朝廷谋个将军都不难吧。"

徐远霞点头道："是不难。"徐远霞喟叹道："近乡情怯啊，只是这么想一想，就心里犯怵，年轻那会儿沙场搏命，都不曾这般愁肠百结。"

陈平安想了想，既然徐远霞更希望独自一人回乡，自有其理由，就轻声说道："我接下来要去书简湖青峡岛，找一个名叫顾璨的孩子，他早年跟我一起住在泥瓶巷，如今的师父是截江真君刘志茂。如果顺利的话，之后我就会去大隋书院，找几个同样是从家乡走出去的孩子。徐大哥，回了家乡，你如果有事情，自己一个人不太容易解决，别忘记你还有两个江湖上认识的好朋友，既然张山峰如今不好找，那就找我陈平安嘛。只是可能麻烦些，需要同时寄出两封信，省得我错过。"

徐远霞拍了拍陈平安肩膀，然后指了指两人眼前的水塘，道："我家乡那边，就是这么个水塘，都谈不上什么江湖不江湖的，一个五境武夫，还带着两把品相不错的神兵利器，足够我耍威风了，便是一国封疆大吏见着了我，一样要把我奉为座上宾。你以为人人都是你陈平安？"

陈平安把养剑葫芦递给徐远霞，小声道："喝喝这里面的酒，这才是真正的好酒。你要是爱喝，酒拿走，酒壶当然得留下。"

徐远霞将信将疑，喝了口以元婴境老蛟那颗金丹小炼而成的药酒，瞬间满脸涨红，体内一口纯粹真气跌宕起伏，冲荡沿途气府窍穴，如巨浪拍打石崖。徐远霞赶紧运气调息，好不容易才消化了那股子冲劲，打了个酒嗝，吐出一口积郁已久、始终无法纯粹的浊气，抹了一把嘴，眼神熠熠，赞道："这酒，武夫喝上一口，真是绝了！"

陈平安没有急着拿回养剑葫芦，双臂抱胸，笑道："你以为人人都是徐远霞？喝得着这只酒壶里的小炼酒？"

徐远霞哈哈大笑，不与陈平安客气，又喝了一大口药酒，帮助洗涤清除自身纯粹真气里边的混杂浊气，最后意犹未尽，再喝了第三口，干脆盘腿久久坐定如老僧，睁眼后将酒壶递还陈平安，道："行了，事不过三，三口足矣，再喝就是过犹不及了，武夫底子打得不行，承受不住这种好东西，不过这辈子总算有了点念想，奢望一下六境武夫的光景。咱们事先说好，等我破开五境最后的瓶颈，到时候再跟你讨酒喝。"

陈平安疑惑道："那就把酒水拿去啊，还能省去跟我打招呼讨要的麻烦。"

虽说陈平安需要小炼药酒温养体魄神魂，不过如今他的武道修行已经步入正轨，不喝药酒只是修为攀升迟缓而已，对于徐远霞而言，这壶千金难买的药酒，意义非凡。宝瓶洲除了大骊王朝之外的小国武夫，五境与六境一境之差，待遇会有云泥之别。偏居一隅的小国，说不定七境武夫就能影响一国武运，那么有望跻身七境的六境武夫，自然会是小国君王心中的珍宝，奇货可居。

徐远霞看了一眼陈平安，道："这等药酒，喝了精进修为，且无后遗症，当然是一等一的好东西，但是对于破境武夫的打磨心境一事，未必是好事，有了药酒，难免心存侥幸，以后练拳之时，手上不曾懈怠，心境却松懈了，拳理自然就松垮。陈平安，你以为天底下的武夫，境界修为近在咫尺，分明喝一口就能涨一点，却真能忍住滴酒不沾？"徐远霞望向远方，感慨道："哪怕明知道最终会阻碍破境契机，可我徐远霞自认平时忍不住。再说了，酒鬼嘛，酒瘾上头，还管什么瓶颈不瓶颈的，喝了再说。"

关于修行路上的心境坚定一事，徐远霞自认不如张山峰，更不如陈平安。

陈平安点点头，笑道："那就等徐大哥跻身了六境，我再送给你，当庆功酒来喝。"

徐远霞突然说道："你这次北去，如果有机会路过彩衣国、梳水国，别忘了看一看宋老剑圣、胭脂郡那对孩子，当然还有当初那座鬼宅中的夫妇。"

陈平安笑道："这是当然。我还要回请宋老前辈一顿火锅，再看看那对孩子修行顺不顺利，最后还要去那栋老宅，尝一尝老婆婆的笋干炖肉。"

徐远霞哈哈大笑，对嘛，陈平安还是当年那个陈平安。他再次拍了拍陈平安的肩头，手上力道有点大，豪迈道："陈平安，你和张山峰都要好好混，以后有了出息和名声，让我在家乡那边都听得到，到时候我好跟人吹牛，让无数人哭着喊着请我徐远霞喝酒，与他们说你们两个的故事。"

陈平安抱拳打趣道："徐大哥，借你吉言啊。"

徐远霞站起身，大笑道："行了，之前胡乱晃荡不觉得有什么，这一惦念起家乡，就跟肚子里酒虫造反，不喝上一口就难受得要死。哈哈，家乡便是那坛老酒了，这就行去喝去！"

陈平安跟着起身，道："那我陪你去住处拿行李，再送你走一程。"

徐远霞瞪眼道："别婆婆妈妈的，这一点你要学张山峰，说走就走，多爽利。"

陈平安白眼道："就他？这会儿没哭就算有出息了，不如咱们赌一赌？"

徐远霞揉了揉下巴，坏笑道："那我赌张山峰偷偷一个人，背着他师父哭惨了。"

陈平安也揉了揉下巴，一样笑道："咱俩这叫英雄所见略同？"

徐远霞笑着大步离去，突然想起大晚上，说不定村庄里的妇孺已经休息了，便收了声，背对着陈平安，挥手作别，毫不拖泥带水。

陈平安站在原地，有些离愁。

约莫两炷香后，裴钱迷迷糊糊跑过来，找到了陈平安。夜间奔跑于黑漆漆的大小巷弄，有些吓人，所以她额头上便贴着那张黄纸符箓，一见陈平安便好奇地问道："大胡子叔叔怎么跑路了？是不是欠了师父的钱还不起，没脸见人，才要大半夜溜走？"

一想到可能是这个原因，裴钱就有些糟心，狠狠一跺脚，以拳击掌，恼火道："这个穷鬼大胡子，也真是不仗义，没钱还债，可以私底下跟我借啊，我又不会跟师父泄露他这种丢人的事。"

裴钱虽然觉得陈平安在遇到本事不高的年轻道士，以及嗓门极大的大胡子后，这一路就走得特别开心，仿佛比挣了许多钱都要高兴，可转念一想，其实从在山坳遇到那头黄色地牛开始，自家师父一直赔钱来着，这不先前就送了张山峰一只青色木盒，好像一方什么法印？然后就是请徐远霞喝好酒。可是从老龙城到蜂尾渡，师父哪里舍得每天拿出桂花酿和水井仙人酿？

好像结交江湖朋友，么(没)得意思啊，从头到尾尽贴钱了。

陈平安笑着摇头，道："你这位大胡子叔叔，只是想家了而已。以后我们可以找他去，哪天你自个儿闯荡江湖，一样可以找他，到时候你也应该可以喝酒了，记得带上些好酒。"

裴钱摇头道："江湖险恶，酒水太贵，我决定不闯荡江湖了。"

陈平安拧着她的耳朵，佯装生气道："小小年纪，跟我说江湖险恶？"

裴钱踮起脚尖，求饶道："老魏和大胡子叔叔都这么讲，我就是觉着特别像江湖好汉，所以随便说说的。"

陈平安松开手，笑道："六步走桩，回去睡觉。"

裴钱如今走桩已经有模有样了，只是剑炉立桩依旧不得其神。至于那个天地桩，裴钱倒是很想学，就是学不会，因为目前连架子都撑不起来。

一夜无事。

山村鸡鸣极早，陈平安起床后，没有出门散步，因为再过两刻钟，这个村子里的习武之人就会聚众演武。这是村子里的惯例了，早晚两次，年复一年，雷打不动，只要是男子，无论青壮还是少年，皆是如此，便是女子想要参与其中，一样没有忌讳。

毕竟走镖一事，没有一身扎实武艺，挣不来一块金字招牌，而按照学塾先生的说法，陈氏子弟行镖走江湖，靠着族长"陈牌坊"的名号，在青鸾国还是很有威望的。

陈平安昨天路过陈氏家族的演武场，没有像藕花福地旁观武馆习武那样做，而是径直快步离开。不但如此，他还跟画卷四人打过招呼，尤其是卢白象和隋右边，最好不要携带兵器在村庄走动。

入乡随俗。

今晨一行聚在一起吃过早饭，就要离开村子，陈平安打算去趟青鸾国京城，见识那场唐氏皇帝倾力举办的佛道之辩再离开。青鸾国除了三国接壤的蜂尾渡，在东边国境线上还有座仙家渡口，据说比蜂尾渡还要稍大。先前在蜂尾渡，得知如今宝瓶洲中部大乱，山上山下都不安生，许多去往那边的渡船都已经暂时停滞，而且书简湖上没有渡口，而临近书简湖的两座渡口，分别在一国京师重地和一座山上门派，当下都遭了灾，给大骊铁骑踩踏得鲜血四溅，所以陈平安就想去东边渡口碰碰运气，不然想要走去书简湖，路途实在是太过遥远。

众人围桌喝粥的时候，先后转头望向了屋外边的天井院落，一抹雪白身影从廊道阴影处飘出，站定后，那人笑容灿烂。

是一个白衣神仙少年郎，比起陈平安，更有仙气。

裴钱怔怔看着那位不速之客，不知为何，鬼使神差地就拿出了宝塔镇妖符，赶紧贴在自己额头。

陈平安放下筷子，叹了口气。

画卷四人都有些神色疑惑，此人除了衣饰容貌出彩之外，看不出修为深浅，就连是山上神仙还是纯粹武夫，都不好说。越是如此，四人心中越是没底。

陈平安站起身，来到门槛附近停步，问道："你怎么来了？"

那白衣少年热泪盈眶，嘴唇颤抖，向陈平安一冲而来，似乎想要一把抱住陈平安，诉一诉离别之苦，嘴里哭喊道："学生救驾来迟，让先生受了这么多冤枉，弟子崔东山百死难赎……啊……"

陈平安直接一脚将那恶心人的"弟子"踢出去。

裴钱瞪大眼睛，这家伙是从哪里冒出来的，敢情是要跟自己抢师父来了？

白衣少年在空中旋转无数圈，双袖飘荡，漂亮得像一团被仙人伸手推开的白云。

崔东山站定后，抹着眼泪，又小跑而来，嘴里念叨："先生这一路风餐露宿，远游天下何止百万里，辛苦了，太辛苦了。学生无法陪伴左右，为先生解忧一二，该死，真是该死啊。"

卢白象心中了然，记得陈平安说过自己有位"不记名"弟子，在大隋山崖书院求学，会下棋，有机会可以切磋切磋。"

陈平安转身坐回长凳。

额头还贴着黄纸符箓的裴钱犹豫了一下，将自己的位置空了出来，坐在隋右边身旁。

崔东山大步跨过门槛，却没有坐在陈平安身边，先是自个儿去灶房找了碗筷，然后跟卢白象坐在一条长凳上，刚要去夹一块下粥用的腐乳，蓦然放下筷子，又哀号道："学生心痛得无法下筷啊。"

除了陈平安，其余的人面面相觑。

陈平安开门见山问道："是循着我寄给李宝瓶那封信上的内容，追过来了？可是你来青鸾国做什么，反正我也要去山崖书院找你们的。是为了这场佛道之辩？"

崔东山破涕为笑道："鸡崽儿互啄争食，有啥看头，我怕一不小心……"在众人眼中，口气极大的少年神仙突然甩了自己一耳光，骂道："不吹牛会死啊。"

之后陈平安没问什么，崔东山便只是下筷如飞，没少吃。

饭后朱敛和裴钱收拾桌子，崔东山询问佝偻老人要不要帮忙，朱敛客气地说不用，崔东山"哦"了一声，就跟着陈平安离开屋子，往天井院落潇洒行去。

卢白象冲他的背影问道："稍后得闲的时候，能否与你手谈一局？"

崔东山头也没转，摆摆手，道："不会下。"

等这个白衣少年离开视野，众人便不约而同感到如释重负。

朱敛站在灶房门口，搓手擦拭水渍，望向坐在台阶上的魏羡，笑问道："怎么讲？"

魏羡淡然道："察见渊鱼者。"

卢白象则问隋右边道："你觉得此人是觉得我没资格与他手谈，还是生怕自己献丑？"

隋右边答非所问，道："这副皮囊，有些古怪。"

裴钱在正屋门口那边探头探脑，好像还要躲着那个白衣飘飘的俊美少年郎，生怕眨眼工夫他从廊道那边又跑出来，看来是真的很害怕此人。

不过一顿饭的工夫，就让裴钱将这个崔东山视为洪水猛兽了。

陈平安带着崔东山在村子里的巷弄散步，崔东山老老实实跟在陈平安身后。两堵高耸墙壁之间的微暗巷弄，地上都是一块块光滑如镜面的青石板，先生和学生二人，就像两只白雀。

崔东山加快脚步，与陈平安并肩而行，一手负后，一手拍打墙面，轻声道："听说先生得了飞升境大修士杜懋的一副阳神身外身？这可是相当于仙人境修士的体魄，坚韧程度，足以媲美九境武夫，更别提这副仙人遗蜕，早就给杜懋打造经营得类似一座小洞天福地，谁能够鸠占鹊巢，谁就走上了一条必然跻身上五境的大道坦途。"

陈平安问道:"听说? 你听谁说的?"

崔东山微笑道:"山人自有妙计,弟子自有门路。"

陈平安径直问道:"你想要这具仙人遗蜕?"

崔东山神色复杂,摇头道:"我当下这副皮囊,本就是上古遗留的仙人遗蜕,而且是古蜀之地的某种蛟龙身躯,比起杜懋这副阳神之身,珍稀程度有过之而无不及。只是价值连城的好东西,谁瞧见了不眼馋心动? 若是先生可怜学生,大手一挥,将仙人遗蜕赠予学生,学生定当感激涕零,给先生做牛做马……"

陈平安问道:"上哪里去找配得上一副仙人遗蜕的强大阴物? 古代战场遗址的英灵? 还是一些京观乱葬岗的鬼帅鬼王之流?"

崔东山嬉皮笑脸道:"原来先生对于鸠占鹊巢一事,颇为熟稔。但是学生有个不好的消息要告诉先生,无数阴兵阴将徘徊不去的古战场也好,埋葬几万几十万枉死之人的乱葬岗也罢,孕育出来的玩意儿,还是太小,若说修为,撑死了就是元婴鬼物,根本压不住仙人遗蜕,一进去,就是一口油锅、一座水牢,两者相互侵蚀,一个都落不到好。所以归根结底,还是要靠先生的脸面和手气,找到天生根骨坚韧、骨头极硬的阴物,至于阴物鬼魅的境界高低,反而不重要。"

陈平安默默记在心里,然后说道:"我们马上要动身去往青鸾国京城,途中有可能路过一座大都督府,未必会登门拜访,但是对方有可能会主动找上门来,这些先与你说清楚。"

崔东山双手作揖道:"任凭先生安排,学生没有意见。"

离开村子后的半旬光阴,上山下水,崔东山除了跟陈平安说些马屁话,与裴钱和画卷四人都无交集,几无言语。

除了那日露面时的不同寻常,此后崔东山的表现,实在是碌碌无为,平庸至极,就像是只多出个终日游手好闲的跟班而已。卢白象和隋右边对弈之时,他凑都不凑过去,裴钱使出那套疯魔剑法的时候,他看也不看,朱敛点火煮饭的时候,他也从不帮忙。一天到晚,只是屁颠屁颠跟在陈平安身边。

这天他们到了一座小县城,城里有文武庙,只是文庙香火黯淡,武庙香火鼎盛,说是能够保佑人发财,极其灵验,如此一来,香火怎么会不旺?

文武庙不似地方上其他祠庙,一般都是夜不闭门,当天在县城歇脚的陈平安,就在夜色里带着崔东山往文武庙行去,让画卷四人留在客栈护着裴钱。

两人先去了文庙,这里祭祀供奉着一位青鸾国历史上谥号文贞公的文臣,曾经在当地州郡为官,造福一方。不光是这里,附近的大小文庙,往往都是供奉此人。

之所以在夜间拜访文庙,因为陈平安先前在远处山脊,俯瞰县城,依稀发现城内有两处地方的上空乌云密布,煞气升腾,然后缓缓弥漫县城四方。同时察觉到异样的崔东山随口点破其中的天机："是文武庙遭了毒手,给修士当作强行转运、窃取某人福禄的过河桥。若是天生有些许修行资质的城内百姓,说不定要么最近去烧香的时候,能够在某个瞬间瞧见文武圣人的神像流淌血泪,要么在晚上睡梦中,已经被两尊神祇托梦警示。"

只是陈平安和崔东山去了文庙后,除了阴气稍浓,神祇并无显灵迹象,死气沉沉,只是一尊香火寥寥的泥塑神像而已。

离开的时候,崔东山笑着解释道："咱们毕竟是外人,从来不曾在文庙上过香,这尊地方神祇本就灵性孱弱,已经日薄西山,便是想要现身,与我们对话都难,而且对我们又心存怀疑,还不如躲起来等死,总好过离开了金身,万一给心怀不轨的练气士抓住,以拘魂敕神的手法束缚起来,那就是自投罗网,下场说不定比金身被毁还要惨。"

到了武庙那边,陈平安心一紧。白天闹哄哄的武庙在入夜后,就安静许多,虽然庙内当下已无一炷点燃之香,可陈平安定睛望去,依旧是香火袅袅的旺盛气象,只是其中却透着一股瘆人的阴冷气息。烈火烹油,非长久之计。不仅如此,陈平安从大香炉里捻出的一截残余香火,很快在指尖化作灰烬,并散发出一股微微的腥臭气息。

崔东山早已径直跨入大殿门槛,双手负后,仔细凝视着那尊身高一丈的神像金身。到底是小小县城武庙所奉,没那么多金箔来装点门面,所以泥塑神像就不会太高。这会儿深陷泥泞的这尊神灵正处于沉睡之中,要么是在给当地百姓、父母官托梦,要么是在辛苦应付那些来路不正的香火浸染。

崔东山在陈平安走入大殿后,伸手一挥袖,微笑道："先生可以借此机会,看看这世间武运的显化。"

话音刚落,陈平安就在心湖当中,听到"叮咚"一声,仰头望去,从高处滴落一粒金色水滴,最终坠入神像脚下的那个香炉当中,涟漪阵阵。

只是陈平安苦等半天,再无金色水滴从天而降。

崔东山嗤笑道："这就是青鸾国唐氏的一国武运了,若是早年的卢氏王朝,任何一座武庙内,便都会是一粒粒水滴坠落,几乎连绵成线的景象。这与神祇神位高低并无关系,只跟一国国祚长短、武运厚薄挂钩。寻常练气士,任你是地仙之流,仍是看不见此景象,我不过是知晓些上古秘术,又跟药铺老神君学了几手关于神道香火的能耐,才能够让其显化。至于先生之前游历过的梳水国、彩衣国之流,还不如这约莫一炷香内一滴香火金液的青鸾国,说不定两三炷香才能凝聚出一滴。"

果然在陈平安静等了一炷香工夫后,又有象征武运的香火金液像水滴坠下。

陈平安有些恍然,当初在老龙城,剑灵说裴钱是"武运坯子",当时是陈平安第一次听说这个称呼。

联系崔东山今夜的说法,就有些清晰了,想来与埋河水神娘娘一眼看出每月精粹香火有几钱几两，山上仙家洞府多有灵草仙树用以帮助显化查看山水气运的多寡，有异曲同工之妙。"

陈平安笑道："你是不是在等我问大骊武庙又是如何？"

崔东山拱手抱拳，低头笑道："先生世事洞明，此次出门远游不过短短数年，就有如此心性，不愧是天纵英才，神人也。"

陈平安看了崔东山一眼，犹豫了一下，仍是问道："拥有女子武神的中土神洲大端王朝，武庙气象，岂不是比于禄所在故国，更加壮观？"

崔东山哈哈大笑，道："这是自然，不然皑皑洲财神爷刘氏，怎么愿意押注大端王朝？除了诸子百家当中的商家、纵横家，其实还有不少学问道统选择了大端王朝。"

崔东山随即有些遗憾，叹道："除了这'地方武庙，滴水观运'一事，其实在一国京城的那座正宗武庙，还可以观看更多，甚至可以看到因为某人而发生的增减、起伏。"

崔东山走到武庙门槛上坐着，抬头望向那尊处境不妙、光彩晦暗的武将神像，感慨道："早年听闻大端王朝，冒出了一个武运吓人的少年，他被师父带回，加入大端王朝的籍贯当日，本就已经很夸张的各地武庙气象，直接从河水变成了一条大瀑布，宛如水潭的香炉，溅起无数武运水珠，以至于轰隆隆作响，只要是神灵，在庙外远处都听得到那份惊人动静。"

陈平安笑道："那人名叫曹慈，我在剑气长城见过，还跟他打了三场架，都输了，我输得心服口服。希望以后不要被他拉开太大距离，能有机会再打三场。"

崔东山看着神色从容、笑意真诚的陈平安，伸出大拇指，由衷赞叹道："先生厉害，志向高远……"这句马屁话说得最不奉承人，若是画卷四人在场，说不定还会觉得崔东山明褒暗贬，可陈平安心知肚明，这应该是崔东山最实心实意的一句话了。

崔东山哀叹一声，满脸惋惜，道："先生与此人同处一个时代，亏大了。"

陈平安走向大门口，崔东山站起身，两人一起跨出门槛，陈平安突然说道："是国师崔瀺察觉到了大骊武庙的武运变化，所以要你来当说客，因为怕我带着魏羡四人，转投别国籍贯，比如大隋？"

崔东山这次没有溜须拍马，只是"嗯"了一声，道："老神君那边得了消息，知道你要开始修行了，需要炼化本命物，咱们那位老国师大人，就提出了一笔买卖，只要先生让魏羡等四人加入大骊籍贯，大骊王朝可以告知先生宝瓶洲最终五岳选址，现在就可以为先生预定五色土，每一岳拿出十斤，足够先生炼化两次本命物了。"

不等陈平安拒绝或是答应，崔东山就解释道："五岳土壤，如今除了魏檗坐镇的北岳披云山已经名正言顺，范峻茂的南岳还只是苗头，其余中东西三岳，大骊宋氏虽早有意向，可最近十几二十年里，未必能够顺利敕封。但是先生不用担心这些，这反而是好事，如此炼化难度就会小了，而且先生如今刚刚修行，并不需要太高品秩的本命物，等到五岳全部得到大骊朝廷和儒家某座中土神洲学宫的认可,并与一洲气运稳固牵连,那时候先生的本命物就会随之品秩高涨。"

两人走在夜幕沉沉的大街上,陈平安问道:"这是国师崔瀺要跟我做这笔买卖,那你崔东山觉得怎样?"

崔东山停下脚步:"先生信得过我?"

陈平安摇头道:"信不过,但是假话我也想听一听。"

崔东山哑然失笑,思量片刻,道:"那先生就姑且听我些假话。在学生看来,那四人入了大骊籍贯,于先生来说,是有百利而无一害的事情,不妨就拿这个跟大骊宋氏开价,各十斤的五色土壤先拿来。至于先生自己会不会更换籍贯,从大骊变成大隋,或是其他乱七八糟的地方籍贯,等到大骊五岳获得宝瓶洲正统名分的那天,再做定夺不迟。在此期间,是否炼化五行之土的本命物,先生做与不做,都不耽误先拿了好处,落袋为安嘛。"

陈平安默不作声,继续向前。

走出数步后,发现崔东山依旧停在原地,陈平安回头望去,崔东山笑呵呵道:"今夜学生就将一将文武庙的变故。若是邪修魔头作祟,学生就替天行道了,为先生挣得一桩小小阴德。若是一方山水教化不善,致使当地百姓自作孽,希望先生容学生袖手旁观,由得这里香火自生自灭。"

陈平安点点头,道:"可以。"陈平安转身离去,打算回客栈了。

崔东山突然喊道:"先生!"

陈平安转头,问道:"何事?"

崔东山义愤填膺道:"那四个蝼蚁一般的纯粹武夫,身为先生扈从,对先生如此大不敬,学生这些天恪守师徒本分,在旁边只能看不能说,看得痛心疾首啊!恳请先生准许学生从明儿起,好好教他们做人!"

陈平安笑问道:"你打算怎么教?"

崔东山站在武庙大门口台阶下,大义凛然道:"自然是遵循先生学问,以理服人,以德服人。"

陈平安不再搭理崔东山,径直赶回客栈,回去路上,一直在思考崔东山到底为何会突然离开大隋山崖书院,来到此地。

杜懋那具令人垂涎的仙人遗蜕,老国师崔瀺提出的籍贯买卖,以及青鸾国京城这场暗流涌动的佛道之辩,陈平安总觉得这些皆是崔东山此行的目的,但又不是最主要的目的。

身后远处,崔东山转身拾级而上,打着哈欠,重返武庙。

第六章
棋盘上

陈平安返回客栈，发现不仅裴钱没睡，额头贴着符箓正在吹着玩，而且画卷四人齐聚一屋，同样在等着文武庙之行的结果。

陈平安有些奇怪，他们一行从桐叶洲中部走到宝瓶洲东南的青鸾国，生死大战都经历了那么多场，照理说不该对这个小小县城的文武庙感兴趣，即便小地方有那么一阵妖风妖雨，也注定掀不起大的波澜。陈平安很快便想明白了其中原因，极有可能今晚是自己的学生崔东山第一次"出手"，所以魏羡、隋右边他们都比较在意。

落座后，朱敛递上茶水，陈平安坦诚道："确实是有人对文武庙动了手脚，崔东山会处理稳妥，不会耽搁明天的行程。"

隋右边的性子最为直来直往，直截了当问道："这个崔东山，真是你的学生？"

陈平安摸了摸裴钱的脑袋，要她先去睡觉。裴钱却说睡不着，怕鬼，还说自己睡相不好，喜欢踢被子，到时候额头那张符箓被蹭掉了，鬼魅妖怪有了可乘之机，岂不是保护不了隋姐姐了？

关于符箓一事，陈平安对裴钱提及过一些规矩和忌讳，比如符箓既是跋山涉水的护身符，能够震慑邪祟，让一些末流山水神祇、鬼物心生敬畏，又是一盏明灯，容易引来某些不惧阳间罡风的厉鬼的觊觎与仇视。

陈平安便没有强求裴钱立即去隔壁睡觉，对隋右边道："虽然一开始是崔东山死皮赖脸凑上来的，可如今他确实是我的学生。这一路上，你们应该大致了解了他的脾气，是个挺自负的人，只要你们不招惹他，崔东山就不太会主动设计你们。许多行走浩然天下的条条框框，例如先前我跟裴钱所说的欺山不欺水、入庙拜佛之时人多不必等，这些其实是当初我跟崔东山一起游历的时候，他跟我讲的。"

其实大概在少年皮囊的大骊国师眼中，从藕花福地走出的画卷四人，还不值得他动歪心思。只是这种大实话太伤人，陈平安就没好意思说。

重逢那天，崔东山开门见山，先说了杜懋那副仙人遗蜕一事，嘴上求着陈平安慷慨解囊，赠予自己，其实心里未必如何看重。

崔东山纠缠他陈平安，真正的视野所及，可能都不在他身上，在极其遥远的阴影中和帷幕后，是已逝的齐先生，是没了身躯体魄、画地为牢、与整座浩然天下"合道"的文圣老秀才，是已经飞升去了天外天、跟道老二掰手腕的阿良，是如今坐镇白玉京五城十二楼的道家掌教陆沉。

大骊建造那座仿制白玉京的剑楼，背后就已经有阴阳家和墨家的身影，而真武山和风雪庙作为宝瓶洲的兵家祖庭，尤其是前者，早就与大骊牵连颇深，加上最南端那座商贾繁荣的老龙城，三教之外诸子百家当中最有实力的，除了法家、纵横家尚未露面，大骊王朝其实已经获得一洲之外许多势力的青睐。

这才是大骊宋氏吞并宝瓶洲半壁江山的底气所在。

大骊铁骑，藩王宋长镜，是打江山的，而如何守江山，更考验大骊王朝的手腕和底蕴。

这些事情，是陈平安在藕花福地见过一段段历史岁月、一截截光阴长河后，自己琢磨出来的，离真相可能还有些差距，但是大方向应该不会有错。

大骊王朝南下这一整盘棋，牵涉到那么多复杂势力，而具体筹划、帮助大骊宋氏"万事俱备"之人，正是那个留在武庙的"白衣少年"。

如今回头来看，陈平安在宝瓶洲的游历，从北方的大隋和藩属黄庭国，到中部的彩衣国、古榆国和梳水国，再到最南边的老龙城，每一步，其实都落在了国师崔瀺的棋盘中，从始至终就没有走出过棋局，只是崔瀺和崔东山这魂魄分离、各披皮囊的一老一少两国师，没有搭理他陈平安而已。

卢白象笑问道："这位崔先生，是一位修为高深、返璞归真的修道之人？"

陈平安不知如何作答，只能说道："曾经是正儿八经的儒家门生，家乡在宝瓶洲，后来去中土神洲求学，以前修为境界……比较高，不过后来跌过境界，如今是练气士第几境，我看不出来，也没有问他。"

朱敛笑眯眯道："之前听闻少爷说那世间大修士，体魄坚韧，丝毫不输炼神三境的纯粹武夫，不晓得这位少年面相的山上神仙，拳法如何？若是有法宝傍身，不知能否破得了魏羡的那副甘露甲？"

陈平安笑道："丑话说在前面，你们谁愿意去试探崔东山，我肯定不拦着，只不过后果自负。"

裴钱小声道:"我可不敢跟他争开山大弟子,以后就喊他大师兄好了。"

话音未落,崔东山推门而入,气呼呼道:"小妮子,你咋背后骂人?谁是你大师兄,你才是大师兄,好好说话!"

崔东山莫名其妙的兴师问罪,吓得裴钱脸色发白。

陈平安问道:"武庙那边?"

崔东山给自己倒了一杯茶,一饮而尽,笑道:"已经摆平了,文武庙和幕后主使,我都见过了,双方都算好商量,学生我与他们摆事实讲道理嘛。若非着急赶回来给先生通风报信,说不定这会儿文武两庙的老爷都要拉上土地公,拿些深埋地底的陈酿美酒,与我把盏言欢到天明呢。"

陈平安疑惑道:"是谁在捣鬼?"

崔东山笑道:"是当地土财主惜命,想要多活个二三十年,恰好家里有子孙在青鸾国一个仙家门派修行,好的不学坏的学,学了些歪门邪道的皮毛,就想要擅自更改命数,以祸害一地气数作为代价,转为个人的阳寿增长,以及阴宅的风水提升,自然就与当地文武两庙起了争执。仙家门派里头那些个年纪轻轻的所谓天之骄子,脾气都不太好,一不做二不休,那个年轻修士差点连金身都想要一并夺了。据说如今青鸾国、庆山国一带,甚至整个宝瓶洲东南方的山水淫祠神祇,给各国朝廷打杀得差不多了,金身碎片却仍是供不应求。文武两庙若是香火出了问题,当地修士出手,吃相是难看了些,可好歹不至于被书院贤人追究死罪。若是年轻修士的背后靠山运作得当,直接就在青鸾国御书房了结此事,消息都传不到观湖书院那里……"

听到这里,陈平安心情沉重,喝了口小炼药酒。

崔东山神色如常,好似完全没有察觉到自家先生的异样,满脸笑意继续说道:"山水神祇,各有各的缘法,也有自己的善恶之报,不过是提前一些而已。等到将来大骊王朝真正吞并了一洲之地,关于这禁绝淫祠一事,是板上钉钉的事情,手法只会更加狠辣。如今中部观湖书院以北,就已经有礼部官员联手钦天监,开始'按图索骥'了。先生不在宝瓶洲的这两年,光是黄庭国以南、彩衣国以北,地底下那条走龙道上面,大大小小六十二国,不合规矩、违反礼制的淫祠,就被销毁了四千多座,这还是大骊礼部官员几乎个个油光满面,拿到手软,有所收敛了,不然数量至少要再往上翻一番。观湖书院对于禁绝淫祠,自然是乐见其成,哪怕再不愿意跟大骊朝廷打交道,仍是派遣了副山长领衔的数十位君子、贤人,帮助大骊勘验此事,以及给大骊朝廷划定界线。大骊在这件事上,已经很给观湖书院面子了。"

絮絮叨叨说完这些,崔东山放下茶杯,环顾四周,笑眯眯道:"干吗?早睡早起身体好,你们自己不晓得养生之道,难道还要耽误我家先生休息?"

裴钱第一个起身跑开,画卷四人神色各异,都没有说话,先后离去,崔东山最后起身,作揖拜别先生。

陈平安要闩门,跟崔东山一起走到屋门口,一个在门槛外,一个在门槛内,陈平安问道:"你如果背着我,暗中掺和青鸾国这场佛道之辩,最好事先跟我讲清楚,大不了我绕过京城,在最东边的仙家渡口等你,省得到时候你我反目,你崔东山再做一次欺师灭祖的勾当。"

崔东山一脸裤裆上沾黄泥巴的委屈表情,问道:"先生胸怀磊落,如光风霁月,当年师生二人游历大隋,学生时时刻刻如沐春风,现在怎的也会以小人之心度君子之腹了?"又扼腕痛惜道:"知道了,必然是那四名扈从不上道,先生与他们长久相处,难免沾了点市井气,不打紧,明儿学生就——"

陈平安关上门,没好气道:"滚。"

一袭白衣飘飘若出尘神仙的崔东山,在廊道里面一圈圈旋转远去,应该算是横着滚。

路过隔壁裴钱屋子的时候,崔东山稍稍停留,一边原地转圈一边善意提醒道:"裴钱啊,你我有同门之谊,那我就告诉你一些个窍门,只要不打开窗户,就肯定见不着吐舌头倒挂的吊死鬼;只要不把脑袋钻出被窝,也就看不到趴在床头、身穿鲜红嫁衣、嫁给乱葬岗鬼王的绣娘女鬼;只要大半夜不口渴了起床喝水,就肯定瞧不见溺死水中后一肚子水草的脸色惨白的水鬼……哦,对了,有些枉死的长发少女,喜好蜷缩盘踞在小女孩脚边,不用怕,横看竖看怎么看,都只是一大团头发而已……"

裴钱躲在被窝里,瑟瑟发抖,双手使劲捂住耳朵。

到了画卷四人屋子那边,身形旋转不停的崔东山,在卢白象门外出声笑道:"听我家先生说你棋艺高超,明天我跟你学学如何下棋。"

正在屋内挑灯打棋谱的卢白象,笑道:"若是崔先生愿意,不如手谈一局再休息?"

崔东山的声音渐渐远去,道:"今晚就算啦,学棋这种事情,得挑时辰,看心情。"

小小客栈外面,有两个肉眼凡胎看不见的金身神人,一左一右,一文一武,板着脸好似两尊门神,守护着客栈。

拂晓时分,陈平安刚练完了天地桩,睡眼惺忪的裴钱就在外面敲门。打开门,陈平安见到一个神色萎靡的黑炭丫头,看来昨晚崔东山那番"好心提醒",把裴钱吓得不轻。陈平安便让她在自己屋子补个觉,裴钱如获大赦,倒头就睡。帮裴钱掖好被子,陈平安坐在桌旁翻看青虎宫地仙陆雍赠送的那本炼丹书,虽是阐述炼丹一途,可毕竟是元婴境修士的独门秘籍,对于大道多有精妙心得,陈平安每次静下心来研读,皆有收获,当得起"开卷有益"四字。

客栈简陋,一日三餐都需要下榻的客人自己出门解决。从掌柜到伙计,都是气性大的,陈平安一行入住之时,就看到客栈一干人等跟一伙行脚商贾骂骂咧咧,互相嫌弃。不过陈平安这边有崔东山、卢白象和隋右边三人镇场子,客栈看人下菜碟,相对要热络许多,主动推荐了几样当地美食。

陈平安带着补完回笼觉的裴钱一起出门,吃过早饭,还带了一份。他没有返回屋子,在客栈门口,交代裴钱将吃食捎给崔东山他们,让她告知他们要在县城再逗留两天,他要一个人走走逛逛。裴钱自然乐得歇脚休息两天,不用赶路,就意味着不用进行枯燥乏味的六步走桩,美得很。

在陈平安独自在县城晃荡的时候,崔东山与画卷四人聚在一起,吃着裴钱带回的早点。崔东山一脸感激,说:"这是先生在帮着学生查漏补缺,用心良苦,这般为学生着想的先生,上哪儿找去。"裴钱不敢顶嘴,只敢腹诽,什么查漏补缺,明摆着是对你做事不放心好不好。

吃过了早点,崔东山心情大好,对裴钱笑道:"会不会下五子连珠棋?咱们小赌怡情,一把就赌一枚铜钱,如何?"

裴钱下过五子连珠棋,是卢白象教她的小把戏,规矩简单,她经常拉着魏羡,借用卢白象的棋墩棋子,两人有来有回,在棋盘上杀得昏天暗地。比起卢白象和隋右边对弈时的沉闷无趣,裴钱和魏羡就下得很热闹了,落子时噼里啪啦一个比一个响,气势十足,恨不得在棋盘上砸出个窟窿来,看得卢白象心疼不已。

跟魏羡这个臭棋篓子对弈,裴钱赢多输少,一占上风就喜欢得意忘形,一落下风就要悔棋,所幸魏羡不太计较胜负和棋品。

这会儿听崔东山说要赌棋,裴钱使劲摇头,她又不傻,哪怕听崔东山说要跟卢白象学下棋,可五子连珠棋这种没有门槛可言的旁门小道,裴钱还真没有信心能赢钱,毕竟像老魏这种榆木疙瘩,世间少有。

崔东山笑呵呵道:"咱俩下棋,你我作为先生的弟子门生,当然不能伤了半点和气,谁输谁赢钱!"

裴钱眼睛一亮,输一盘棋还能赢一文钱,天底下竟有这等美事?

于是在裴钱屋子,卢白象拿来了棋具,崔东山跟裴钱这对暂时没有分清楚辈分的同门,下起了有糟蹋棋盘嫌疑的五子连珠棋。

画卷四人心有灵犀地在一旁观棋。

裴钱胡乱落子,先后两枚棋子之间,隔着十万八千里远。崔东山下得同样没有章法,有些时候跟在裴钱棋子的屁股后头,有些时候则东南西北各一枚,玩起了一些围棋的粗浅入门定式,看上去是裴钱输面更大。只是当棋盘空地越来越狭窄的时候,裴钱就既惊讶又心疼地发现,自己越来越容易五子连珠,而等到棋盘满是犬牙交错的黑白棋子后,无论她如何落子,都是五子连珠的壮烈局面——裴钱竟然赢了。

就这样憋屈窝囊地输掉了一文钱,裴钱悔青了肠子,恨不得把棋盘吃进肚子,只是瞥了眼对面跷着二郎腿嗑瓜子的崔东山,她没敢耍赖。

崔东山斜眼看着棋局,惋惜道:"棋输一着,棋输一着,看来我赌运比你略好些。不然咱们再下?如果嫌弃一只棋盘无法让你棋力尽显,咱们可以再加一二三只棋盘,但是每加一只棋盘,赌注就得加一枚铜钱。我呢,只要赢了棋,就立马掏腰包,而你裴钱可以随便加棋盘,直到赢钱为止,还算公道吧?"

裴钱犹豫道:"可是桌面搁不下两只棋盘啊。"

崔东山指了指地面,道:"怕什么,棋盘多了,咱们在地上下棋,下到屋外廊道都可以,对吧?反正棋盘越多,你赢钱越多。我知道你记性好,我也凑合,咱们让卢白象或是隋右边,去跟客栈借两块木炭,到时候我用炭笔画棋盘,咱们就不用棋子了,如果谁记错了,也算输。"

裴钱转头,环顾四周众人。魏羡大概是觉得这种求输的下法,太脑子进水,直接走了。朱敛更是翻着白眼离开了屋子。倒是两个曾是藕花福地国手的棋道高手捧场,卢白象果真去借了木炭返回,隋右边神色漠然地站在一旁,耐着性子陪着蹲在地上那师出同门的一大一小瞎闹。

裴钱的记性之好,可谓出类拔萃,陈平安和画卷四人早就心里有数。她这种与生俱来的天赋,无论是陈平安,还是棋力卓绝、复盘熟稔的卢白象,都自愧不如。

用完了两盒棋子后,裴钱和崔东山除了比拼谁更不要脸外,更在比拼记性。

地上已经用炭笔画了另外两只棋盘,裴钱如果不多加一只,还是会赢棋,所以不得已又让崔东山再画一只。

卢白象默默离开屋子,隋右边紧随其后。

廊道中,隋右边问道:"看得出深浅吗?"

卢白象摇头道:"五子连珠棋太过简单,再画十只棋盘,裴钱还是试不出此人的棋力强弱。"

隋右边问道:"如果你不再藏掖,选择倾力而为,我们差距有多大?"

卢白象笑道:"说实话,你应该没办法让我下出手筋棋。"

所谓手筋,就是棋盘上的妙着,多出自势均力敌、厮杀激烈的棋盘局势,治孤,屠大龙,容易出现这类神仙手。

卢白象的言下之意,他只需要按部就班,好似砖瓦匠那般一路"铺棋",四平八稳,就可以稳赢隋右边。

隋右边没有恼怒,棋盘上的棋力高低,真真切切就摆在那里。这一路行来,经常与卢白象对弈,隋右边不是推枰,便是投子,世间围棋国手,几乎都不会说"我输了"三字,而推枰、投子便是两种无声的认输方式。隋右边虽然胜负心极重,可手谈一事,本就被她视为闲余小道，输赢不会影响她的剑道，所以隋右边还算输得起。

藕花福地各国棋待诏和顶尖国手，对于早年魔教开山鼻祖卢白象的棋力，推崇备至，如果要从藕花福地历史上选出前三，卢白象必然有一席之地，足可见卢白象在棋盘上声誉之高。

其余两人，一位是被称为千古棋圣的王继元，一位是事后被证实为谪仙人的"黄皞"。后者是松籁国湖山派的中兴之祖，是俞真意的师祖，正是此人凭借宗门巨大声望和自身无敌于世的棋力，废除了座子制，使得藕花福地的棋坛出现了一道分水岭，从此分为古棋派和新棋派。王继元小了黄皞六十岁，黄皞在古稀之年就不知所终，故而两人不曾有机会手谈一局。关于不同时代的三人棋术孰高孰低，后世弈林宗师们吵得不可开交。卢白象无疑是古棋派的巅峰，王继元则是新棋派的顶点，更是各种定式、飞刀集大成者，所以既有人坚称卢白象根本就没资格与千古棋圣王继元平起平坐，王继元如果有机会对上卢白象，绝对能够让二子；又有精研古棋谱的棋坛高手扬言只要让卢白象熟悉新棋派三两个月，再去与王继元对弈，无非是多出个纳头便拜的棋圣弟子而已，总之众说纷纭。由于之后再无与三人棋力大致相当的国手出现，没有谁给出足够服众的公允评价，所以三人棋力高低，注定成了一桩悬案。

此时，隋右边突然说道："别输给那人。"

卢白象微微笑道："拭目以待吧。"

而裴钱屋内，崔东山蹲在地上嗑着瓜子，裴钱皱着脸，泫然欲泣。她即将输掉六枚铜钱了。

崔东山安慰道："炭笔还足够，胜负未定，再画一只棋盘便是，赌大赢大。"

裴钱抬起手臂抹了一把眼眶，从袖子里掏出桂姨赠送的那只被她当作钱袋子的香囊，从里头摸出七枚铜钱，这些可都是她的血汗钱。她攥紧铜钱，犹犹豫豫站起身，把钱轻轻放在桌上，可怜兮兮望着姓崔的家伙，希冀着他拿出神仙风范，扬长而去。不承想崔东山笑嘻嘻走到桌边，伸手一抹，铜钱就没影了，这才往屋门口走去，还转过身不忘笑着提醒道："记得把棋具还给卢白象，还有将地上的痕迹擦掉，不然给陈平安知道了咱们赌钱，会骂我个狗血淋头，再让你抄书抄到断了胳膊。至于钱嘛，愿赌服输，陈平安可不会帮你讨要回去。"

说完崔东山潇洒转身，大摇大摆离去，嘴里嚷嚷道："今儿真是个好日子，挣了钱出门买糖葫芦去喽。"

裴钱站在桌旁，哭惨了。

崔东山突然倒退而走，回到房门处，探出一颗脑袋，笑道："裴钱，我不是要跟卢白象学下棋吗，我打算讨个好兆头，你接下来每喊我一声棋仙，我送你一文钱。"

裴钱眼睛一亮，一溜烟跑出门槛，屁颠屁颠跟在崔东山后头，殷勤喊起了棋仙。

不到一个时辰，两人回到她屋子，裴钱已经哑了嗓子，咿咿呀呀说不出一个字来，她便笑脸灿烂地向崔东山伸手讨要，见崔东山没反应，她赶紧在桌上写了一个数目。

崔东山微笑道："骗你玩呢。你真信啊？"

裴钱崩溃了，又说不出话来，只能张牙舞爪。

崔东山眯起眼，伸手戳向裴钱那双眼眸，吓她道："再叨叨，你不但会是一个小哑巴，还会变成瞎子。陈平安再生气，也不能打死我这个学生吧？可你就惨了，成了个小瞎子，这辈子还有啥盼头？是不是这个理？"

崔东山站起身，假装瞎子伸手乱摸一通。

裴钱黑着脸，抿起嘴唇，又不敢抄起行山杖打死这个王八蛋，她越想越绝望，神色呆滞，一屁股坐在床沿上，心如死灰，泪如雨下。

崔东山突然从袖子里掏出一个银锭模样的东西，轻轻抛给裴钱，笑道："看你识趣，借你玩几天，不过我跟卢白象下棋的时候，记得先还我啊。如果我学棋顺利，说不定心情一好，就送你了。"

裴钱双手捧着沉甸甸的银锭，蓦然破涕为笑。

崔东山再次离开。

裴钱将那个大银锭放在桌上，横看竖看左看右看，百看不厌，正琢磨着怎么将这个银锭变着法子留在手上，突然瞪大眼睛，只见"银锭"竟然开始蠕蠕而动，然后变成了一只通体雪白的蚂蚱，往窗口那边蹦跳而走，一下子就没了踪迹。裴钱回过神后，立即爬上窗口，一跳而下，开始在后院苦苦寻觅"银锭"，在杂草丛、墙根、石头缝隙足足找了半个时辰，最后还开始用手挖地，到头来，仍是没能揪出那只变成"虫子"的银锭，精疲力尽，呆呆坐在泥地里，这回是连哭的气力都没了。

等到陈平安从文庙返回客栈，就看到裴钱一个黯然神伤的消瘦背影，喊了几声她都没反应。

陈平安只得从窗台那边跳出去，裴钱僵硬转头，瞧见了陈平安后，耷拉着脑袋，双手死死攥住衣角。

陈平安叹了口气，返回屋子，直接去找了崔东山。不一会儿陈平安就回到窗口，对裴钱喊道："七枚铜钱，你有本事就自己赢回来，赢不回来就认输。崔东山这个名叫'虫银'的银锭，你可以拿着玩，不过他什么时候说要收回去，你还是得照做。"

裴钱虽然还是伤心伤肺，可仍是麻溜地站起身，爬上窗台，跳到地上，捧起双手，小心翼翼接过那只恢复银锭模样的"虫银"。

陈平安一把扯过裴钱耳朵，将她拎到桌旁，骂道："出息了啊，都会跟人赌博了？"

裴钱战战兢兢坐在桌旁，双手死死捂住虫银。

陈平安问道："这么喜欢赌钱，那我就把竹箱里头的多宝盒拿给你，反正你现在家底挺丰厚,你跟崔东山还可以赌很多次。是我帮你去拿,还是你自个儿去?"

裴钱神色慌张,使劲摇头。

陈平安一拍桌子,厉声道:"去拿多宝盒,以后自己背着!"

裴钱狠狠转过头,板着脸,既不哭也不求饶,不看陈平安也不听他说话。

陈平安气得不行。

裴钱一咬牙,将手中那个银锭猛然丢出窗外。

陈平安站起身,去隔壁屋子打开竹箱,将多宝盒翻出来,回到裴钱的屋子,丢在桌上后就离开了。

不承想片刻之后,陈平安刚在屋内喝了口药酒,裴钱就捧着多宝盒飞奔进来,以迅雷不及掩耳之势,将多宝盒塞进竹箱,然后跑了。

陈平安又拿出多宝盒,走去隔壁,不料裴钱已经将屋门闩死。

陈平安一阵火大,恨不得一脚踹开屋门,再把这个家伙和多宝盒一起丢到客栈外边。

陈平安在门外站了片刻。门里边,闩了门的裴钱,用后背死死抵住屋门,抬起两条纤细胳膊,用手背遮住黑炭似的小脸。

客栈屋顶上,那个身为罪魁祸首的白衣少年仰面而躺,脑袋枕在手臂上,似笑非笑。

卢白象在屋内潜心打谱,是在浩然天下极负盛名的《彩云谱》——彩云十局,以此衍生出了各类棋谱,有人专门"手割"彩云局,有人只深究彩云十局的精妙死活。据说此谱,养活了无数跑江湖的野棋高手。

只论下棋,卢白象在藕花福地已无敌手,对于棋道一事,自视甚高,只是当他无意间拿到这本《彩云谱》后,才知道何谓天外有天,人外有人。越是钻研,越是体会到对局双方的棋力幽深,且不提那位"奉饶天下棋先"的白帝城城主,只说有资格与这位魔道巨擘对弈于彩云间的高人,虽然输得极多,可是若不看白帝城城主的每一次"后手",单独拿出这位高人的布局,步步精彩,让后世所有打谱之人只觉得一阵阵风雷声透出纸张,扑面而来,让人窒息。

卢白象辛苦搜寻,收集了这位高人的大部分对弈棋局,最终得出一个结论,此人棋术,堪称"无瑕近道"。浩然天下的棋道宗师,大多对此人评价极高,大致有三点共识:一是以有损局部形势来谋取大局的眼光,打破了金角银边草肚皮的既有定论;二是此人行棋虽然偶有锋芒毕露、杀伐血腥的路数,可总体上当得起"气韵冲淡,尽精微致高远"的赞语;三是此人开创了包括大雪崩内拐式、天下第一小尖在内的诸多奇妙着数,虽然之后百年,多已被棋道高人一一破解,或是初在彩云十局当中面世,就直接被白帝城城主看透，可是看过《彩云谱》的所有观棋之人，不得不震撼、惊艳于其中的奇思妙想，给人的感觉，就像是此人与当世所有棋手，完全不是在下同一种棋。

此人之所以输给白帝城城主，只能说是生不逢时，恰好遇上了这么一位前无古人后无来者的"已然得大道"的怪物。

卢白象反复研究这本《彩云谱》，思来想去，大概只能用"无错手，无昏着"，来形容这位儒家高人。

卢白象曾经对陈平安笑言，这辈子最大的希望，是能够去游历白帝城，可内心深处最想对弈之人，不是白帝城城主，而是这个昔年文圣首徒——崔瀺，崔大先生。

卢白象放下棋谱，叹息一声。

白帝城应该能去成，早晚而已，可是与崔瀺手谈十局，希望就相当渺茫了。

虽然崔瀺如今正是陈平安家乡所在大骊王朝的国师，可是以棋观人，就大致看得出此人心气极高，卢白象即便见得着崔瀺的面，也极难如愿手谈。

卢白象自知棋力还不够。

虽然后世因人毁棋，尤其是桐叶洲和宝瓶洲，对于这位崔大先生棋力的评价，刻意拉低了许多，但卢白象对此人留给后人的三句豪言壮语，仍然心向往之：

"先手怎么下都没有关系。"

"官子局就是打扫战场，谁要说官子无敌之类的言语，贻笑大方罢了。"

"黑棋学那马擂，白棋学我崔瀺，让子棋学白帝城城主。学马擂者，可学七八分；学崔瀺之人，可学五六分；学白帝城城主，学了也白学。"

卢白象深呼吸一口气，瞥了眼桌上的棋盘，就要起身去找那崔东山，估计三局两胜制，就可以试出此人的斤两。

当卢白象走出房门时，看见魏羡神色古怪地走回屋子。卢白象拐过廊道去稍远一些的那间屋子敲门，魏羡站在岔口上，问道："找崔东山？"

卢白象点点头。

魏羡摆手道："不用去了，这家伙也跟朱敛打了个赌，这会儿已经离开了县城，隋右边跟着去了。"

卢白象疑惑道："赌什么？"

魏羡说道："崔东山说要跟朱敛过过招，只要朱敛赢了，他就拿出一件咫尺物送朱敛，如果朱敛输了，以后每天给他崔东山做顿宵夜。"

卢白象笑道："朱敛竟然答应？"

魏羡犹豫了一下，挠挠头，道："起先当然没答应，毕竟裴钱给坑得那么惨，朱敛也怕步后尘，可是崔东山说他可以站着不动。朱敛仍是不点头，那家伙又说他手脚都不动。朱敛便问他是不是地仙剑修，崔东山说自己绝对不是剑修，于是朱敛就答应了。"

隋右边便跟着去看热闹。"

只过了半个时辰，崔东山就嬉皮笑脸返回客栈，身后跟着脸色古怪的隋右边，当然还有灰头土脸的朱敛。

朱敛径直去了自己屋子，砰的一声关门。

在自己屋内静坐的卢白象没有多问，隋右边走入屋内，相对而坐，对卢白象说道："崔东山说他很快就过来跟你学棋。"

卢白象笑问道："朱敛是怎么输的？他不是前不久偷偷摸摸跻身了八境吗？"

隋右边无奈道："那家伙的确纹丝不动，只是此人……身上法宝有点多，从头到尾，朱敛就没能近身十丈之内，就跟遛狗似的。我对上此人，比朱敛好不到哪里去。"

卢白象给隋右边倒了一杯茶，隋右边却没有饮茶，摇头道："你们下棋，我就不看了。"

卢白象笑问道："怎么，觉得我胜算不大？"

隋右边站起身，道："我没觉得此人棋术有多高，只是相信一件事，只要他跟人赌，似乎就不太会输。"

最让朱敛心寒之事，是此人站在原地，驾驭"层出不穷，琳琅满目"的一件件法宝，打得朱敛抬不起头不说，还给朱敛摇旗呐喊，然后满脸遗憾，说你朱敛这种蝼蚁跟在我家先生身边，当真就只有下厨做饭的份了。

那家伙说过了朱敛，又以眼角余光斜瞟她，说你略好一些，毕竟长得还算养眼嘛，我家先生说不定每晚睡觉都是面朝右边的。这让隋右边差点出剑。

卢白象陷入沉思，在隋右边离开后，习惯性翻阅那部《彩云谱》。没过多久，那个白衣少年吊儿郎当地登门，一路嗑瓜子过来的，进了门后，还没坐下，瞅见了卢白象刚刚放在手边的棋谱，愣愣道："你就看这玩意儿，学死活、棋筋、定式和棋理？"

卢白象反问道："有何不妥？"

崔东山哀叹一声，一屁股坐在卢白象对面，愁眉苦脸道："算了，我不跟你学棋了。"

卢白象眉头紧皱，拈起一枚棋子在指尖，问道："这又是为何？"

崔东山一手端着从裴钱那边骗来的瓜子，闲着的那只手，伸出一根食指，随意指了指卢白象，然后跷起大拇指，指向自己，很豪气道："你还是跟我学棋吧。"

卢白象站起身，笑望向眼前这位眉心有一颗红痣的俊美少年，伸手示意崔东山落座，道："谁学棋谁教棋，其实并不重要。"

这位藕花福地历史上的围棋最强手之一，有一种直觉，今天自己有可能会弈出生涯杰作。

崔东山坐下，抬起一只脚踩在凳子上，下巴搁在膝盖上，相较于卢白象的正襟危坐，天壤之别。

崔东山伸出手臂，手指在棋盒边沿轻轻抹过，懒洋洋道："你尚未定段吧？"

卢白象哑然失笑，不承想自己在棋枰上，还有如此被人轻视的一天。卢白象还不至于为这点小事而乱了心境，点头笑道："初来乍到，确实没有定段。"

崔东山点头道："定段一事，按照俗世规矩，可以先与一位九段棋待诏对弈三局，三二一，棋待诏分别让新人三子、二子和一子。当然了，胜负不影响最终定段，更多是一种提携、恩荣。你卢白象的运气，可比你的棋力要强太多了。"

真正决定新人段位的，当然还是与四段、五段棋手对弈的那些平手局。

崔东山突然抬起头，问道："可能你会觉得接下来你我对弈，你有机会下出巅峰局，不妨告诉你，这是你的错觉。不过你肯定不服气，那我就颠倒顺序，一二三，先让一子，让你知道自己的真正斤两，如何？至于是座子制，还是空枰开局，随你挑。"

卢白象摇头道："不用让子，我就算输了，一样知道你我之间的差距。"

崔东山伸出手指，点了点卢白象，笑道："我就喜欢你们这种天不怕地不怕的盲目自负，行吧。我猜如果是让子局，你不会答应，那咱们就空枰开局，不过不猜子，就由你卢白象执黑先行。"

卢白象笑问道："那应当贴几目？"

崔东山收敛了笑意，有些不耐烦，道："下了再说。"

卢白象有点客随主便的意思，手边棋盒刚好是黑子，便率先开始落子。

崔东山任由卢白象下出了《彩云谱》上名动天下的天下第一小尖，黑一三五占角，黑七守角，黑九小尖，既坚不可破，又隐隐蕴含着杀机，风雨欲来。

崔东山不为所动，下得中规中矩，甚至都没有用上后世任何一种"不吃亏"的应对之法。

卢白象如老僧入定，沉浸棋局之中，浑然忘我。

崔东山却是个话痨，下棋下得漫不经心不说，还开始东拉西扯，真像是在教卢白象下棋，嘴里絮叨道："其实座子制更好玩，如今流行的空枰开局当然有自己的优势，会将棋盘变得'更大'，可棋力不够的话，在序盘用光了先贤的巧妙定式，看似花团锦簇，一到中盘，那就是不堪入目的错进错出了，就如老农淘粪坑，疯狗乱咬人，臭水沟里抓泥鳅，很无聊的，能够让观棋之人看得打瞌睡。

"今人点评古人的座子制，比较喜欢贬低序盘，只承认中盘的逐鹿中原很精彩，其实讲得不太对。

"卢白象，你对棋形的直觉还不错，但也只是还不错了，至于棋理，就像……隋右边的褒衣，你别说摸到，连见都没见到过吧？"

棋局大致算是刚进入中盘，絮絮叨叨的崔东山，就已经以手掌覆盖棋盒。

卢白象抬起头，问道："崔先生这是做什么？"

崔东山愣了愣，反问道："你没看出来你已经输了？最多三十手的事情。"见卢白象不语，崔东山抬起手，示意道："那就继续。"

卢白象皱了皱眉头，继续落子。

不可否认，卢白象下棋之时，风采卓绝，无论是伸手拈子，还是俯身落子，抑或是审视棋局，皆是风流。

只可惜崔东山根本不看这些，甚至就连棋局，一样不太上心，落子如飞，一枚枚白子在棋盘生根之后，就百无聊赖地等待卢白象，大概这才是他一直唠叨的原因所在，实在是等待的过程太过乏味。

崔东山随口道："座子棋和空枰局，其实谈不上优劣，如今棋手争这争那，说到底，还是对棋局的看法不够深，不够广。其实彩云十局之外，原本应该还有第十一局，至于棋盘，可就不是纵横十九道而已了，太小。"

卢白象心一紧，停顿许久，默默凝视着其实并不复杂的棋局。

对手没有力大无穷的杀招，没有巧妙交换，没有所谓的妖刀大斜，就像只是干干净净、轻轻松松陪着他卢白象下了半盘棋，一直耐着性子等他认输罢了。

卢白象心情沉重，将两枚棋子放在棋盘右下角，投子认输。

崔东山打了个哈欠，道："对吧？我就说不用想什么贴目不贴目的。接下来，让你一子？"

卢白象沉声道："崔先生让我两子，如何？"

崔东山哈哈笑道："识时务者为俊杰，不错不错，不枉我教你这一局棋。"

卢白象苦笑无言，稳了稳心神后，开始收拾棋局，最后深呼吸一口气，开始第二局。

崔东山依旧没有全力以赴的架势，只是早早断言："我步步无错，自然完胜。"

棋至中盘后，卢白象就经常需要长考。崔东山倒是没有任何催促，只是经常左右张望，没个正形。

卢白象落下一子后，破天荒主动开口问道："就只是步步无错？"

崔东山"嗯"了一声，道："就这样。不过我所谓的无错，可不是跟寻常的九段国手说的，你不懂，这是离地十万八千里的高深学问，如何教得会一名学塾蒙童？"

这局棋，给卢白象拖到了收官阶段，不过仍是投子认输。

崔东山突然来了兴致，笑问道："第三局，咱们来点小彩头？"

卢白象反问道："什么彩头？"

崔东山笑道："我家先生与我说过，你们四人各有一句话，大致内容我已经知道。我还知道，你们当中，必然有人撒谎了，未必全假，应该是半真半假。照理说你卢白象的嫌疑最大，因为就属你那句话最像废话。这些都不重要，我如果赢了第三局，你卢白象只需与我说，你觉得谁撒谎的可能性最大，随便说谁都行，你只要报个名字给我。"

卢白象哭笑不得,问道:"如此一来,还有意义吗?"

崔东山一本正经道:"有。"

卢白象思量片刻,摇头道:"两局足矣。"

崔东山满脸失望道:"你的棋力在宝瓶洲捞个强九段,又不难,虽说只相当于中土神洲那边的寻常九段,可也不差了,再学些棋,多打打谱,以后在那高手如云的中土神洲弈林,都可以有你卢白象的一席之地,让你三子都不敢下?"

卢白象犹豫了一下,好奇问道:"崔先生的棋术,在这座浩然天下,能否排进前十?"

崔东山白眼道:"围棋只是小道,进了前十又如何? 一些个阴阳家和术家的上五境修士,个个精通此道,然后呢? 还不是给同境修士打得哭爹喊娘?"

卢白象眼神炙热,又道:"斗胆再问一句,崔先生与白帝城城主,差距有多大?"

崔东山想了想,道:"差了一个执黑先行的马摺吧。"

卢白象心境逐渐趋于平稳,笑问道:"若是让三子,我赢了,崔先生又当如何?"

崔东山指了指那本《彩云谱》,道:"我就把它吃了。"

卢白象只当是玩笑话,忍不住又问:"崔先生与那位大骊国师崔瀺,棋力又相差多少?"

崔东山瞥了眼卢白象,没说话。

卢白象致歉道:"是我失礼了。"

崔东山站起身,问道:"输了两局,有何感想?"

卢白象跟着起身,心悦诚服道:"受益匪浅,虽败犹荣。"

崔东山摇晃着脑袋,不以为然道:"你哪有资格说后边这四个字。"

看着崔东山的背影,卢白象坐回自己的位置,开始独自复盘。

崔东山走在廊道中,喃喃道:"魏羡,有点危险啊。"随即他有些自嘲道:"这又算得了什么?"

他蓦然而笑,去敲隋右边的房门,扯着嗓子喊道:"隋姐姐,在不在啊? 我已经跟卢白象学完了棋,再跟你学学剑术呗?"

陈平安将多宝盒放回竹箱后,独自离开客栈,随便浏览当地的风土人情。

小县城,麻雀虽小,五脏俱全,文武庙,城隍庙,县衙学塾,各色店铺,应有尽有。

坑坑洼洼的黄泥路,抽芽的柳树,鸡鸣犬吠,崭新的春联门神。行色匆匆做着无根买卖的外乡贩夫,奔跑的稚童大多穿着过年时换上的新衣裳,朝气勃勃。

走着走着,不知不觉就走到了武庙外面,其间路过一座财神庙,相较于冷冷清清的文庙,香火旺盛。

陈平安已经走过千万里山水路途,发现一件有意思的事情,世俗老百姓似乎尊大神而不亲，却对财神庙、土地庙以及各种娘娘庙这些神位不高的小祠庙更为亲昵。比如这道观寺庙林立的青鸾国，居中大殿的主神，老百姓往往敬过香拜过了就拜过了，逗留时间不长，可是在一些职掌某事的神祇脚下，虔诚磕头后，还会念念有词，有所祈求。

陈平安走入武庙，稀稀拉拉的香客，屈指可数。

神像为武将模样，彩绘泥塑，怀抱铁锏，做狰狞怒目状，十分威严。此地庙祝没有露面。

陈平安如今是武道五境修为，只是伤势尚未痊愈，他还有一线希望，去争一争那个虚无缥缈的"最强"二字，当然前提是大端王朝那个天纵奇才的曹慈，已经跻身武夫六境。要跻身第六境，关键是寻着一颗英雄胆，有点类似练气士结金丹。大体上有两种捷径，一是进入武庙，碰运气，看能否获得青睐，被赠予一份武运。另外一种是去往古战场遗址，与那些阴魂死而不散的战场英灵搏杀，这颇为危险。古战场遗址，很少有单枪匹马的游荡英灵，那些灵智不曾涣散的英灵武将，麾下有着数目不等的阴兵阴将，极其难缠。那本购自倒悬山的神仙书，记载着中土神洲有一座巨大遗址，那位英灵拥有相当于练气士十二境的修为，加上相当于兵家圣人坐镇沙场，无异于传说中的飞升境，麾下有阴兵阴将数十万之众。相传历任龙虎山大天师在继位之前，都须要前往此地历练，甚至多有陨落的惨事发生。

陈平安对于武庙馈赠一事，从来不抱希望，今天无非是散步到此而已，更多还是向往那些名垂青史的古战场遗址，希望靠着自己的一双拳头，打出个实打实的第六境。

县城武庙太小，没有请香处，都是老百姓自带香火而来。陈平安孤零零地站在武庙大殿内，觉得双手合十，好像不太适合，干脆就拱手抱拳，以武夫身份向那位武圣人致礼，然后就转身离开。

大殿外边，春光明媚，陈平安跨过门槛。

如今长生桥重建，成功炼化出第一件本命物，陈平安就等于一只脚跨入了练气士门槛。可这绝不是什么天大的福缘，天底下少有熊掌与鱼兼得的好事，练气士和纯粹武夫两种身份背道而驰，虽说不是没有人兼修，但是放眼数座天下，寥寥无几，剑气长城有些剑修和师刀房道士，还有崔瀺曾经无意间提及的几种怪胎，属于此列。之所以此举被视为蠢事，就在于越往后，越容易出现近乎致命的纰漏。练气士结金丹本就不易，元婴境破瓶颈、灭心魔更是难上加难，佛家修行的不败金身，道家追求的无垢琉璃之躯，其实都在孜孜不倦追求"无瑕"二字，而武道修行，更是"纯粹"二字当头，一旦选择同时开辟两条路，就等于自找苦吃，很容易两头不靠，最终成就有限。

就在陈平安右脚也要跨出门槛之际，身后荡起一阵灵气涟漪，响起一个醇厚嗓音："仙师请留步。"

陈平安收脚转身走回大殿内，彩绘神像荡漾起一层金光，然后从神像中走出一位身披金甲的中年武将,落在大殿内。

这位青鸾国地方上的武圣人抱拳笑道:"此事多亏仙师的那个学生出手相助,才让我们文武两庙逃过一劫,不知仙师能否给我们一个报答的机会?仙师若有所需,只管开口,只要我们两庙力所能及,绝不敢推脱。"

陈平安笑道:"这次出手,是我那学生一人的意思,与我没有关系,武圣人不必谢我。我这次不过是恰好路过,多有叨扰。"

武圣人无奈道:"我倒是想要多些叨扰。"

陈平安无言以对。

神道香火,最是神妙。

陈平安本就无事,干脆挑了个蒲团坐下,武圣人设下一些障眼法禁制,以免惊吓到凡人,亦是落座。

陈平安询问了些关于文武两庙的渊源和礼制,也问了些有关文胆的事情,这个问题,夹杂在紊乱问题当中,并不突兀。

武圣人知无不言,一一作答。陈平安得偿所愿,起身道谢告辞,武圣人只是送到了大殿门口,在陈平安渐行渐远后,金身本尊便返回泥塑神像当中栖息。

陈平安走在街道上,走过绿意葱葱的树木,走过趴在地上晒日头的黄狗,走过欢声笑语的孩子,他喃喃自语,碎碎念叨:

"你这个年纪,总有做不到,或是努力做了,也做不好的事情。有什么关系呢?没关系的。

"可做得不好,与做错,是两回事。岁数小,犯了错不用怕,可这不是知错不改的理由。

"如果你有明事理的爹娘,犯了错,会打你骂你。如果你上了学塾,夫子会拿戒尺、板子抽你的手心。小宝瓶有齐先生,有大哥李希圣;曹晴朗有爹娘,如今又上了学塾,你都没有。没关系,我来教。

"可怎么教才是对你最好的?跟你这么大岁数的时候,就没有人教过我。"

陈平安走过字写得很一般的春联、绘画粗劣的门神。他没有急着返回客栈。

陈平安突然想起一事,拐入一条僻静巷弄,从咫尺物玉牌当中取出一张黄纸符箓,正是住着彩衣国枯骨艳鬼的那张。在去往倒悬山的那艘桂花岛上,桂姨和金丹境老剑修马致,帮着他和女鬼订立了一桩契约。只是陈平安早先吃过一名嫁衣女鬼的大苦头,对于作祟阴物之流,天生不喜,从离开桂花岛至今,就一直没有给女鬼现身的机会。

此刻她重见天日后,一时间有些不适,站在阴影中,亭亭玉立,却又阴气森森。她身穿一袭衣袖宽大的华美彩衣,双手藏在袖中。陈平安知道,除了那张艳美的脸庞,这头女鬼的脖颈之下皆是白骨。

她施了个万福,露出两截雪白的……枯骨手腕,姿态娇柔道:"奴婢见过主人。"

陈平安有些难以启齿,犹豫不决。

签订契约之时,陈平安才得知这头女鬼真名为石柔。

陈平安一边留心着附近是否有人路过,一边在肚子里酝酿措辞。

她笑道:"主人可是需要奴婢做些不太干净的事情?主人无须犹豫,这本就是奴婢的本分事。"

陈平安叹了口气,摇头道:"不是要你做那些见不得光的腌臜勾当,你是女子,我想问些你们擅长的事情。"

枯骨女鬼眯起眼,问道:"哦?敢问主人,可是男女之事?"她笑了起来,一条枯骨手臂探出大袖,捂嘴娇笑,眼神却冰冷,道:"不承想主人还有这等怪癖,倒是奴婢的福气。"

陈平安不计较她言语中的讥讽,无奈道:"我是想问你生前,可曾嫁为人妇,相夫教子?懂不懂一些给家中孩子、晚辈立规矩的手段。"

她一头雾水,显然,陈平安的想法,让她大出意料,早年魂魄被拘在那幅画卷中,给那位老仙师做惯了为虎作伥的歹毒行径,违心作呕,但总好过一些可怜的姐妹,被那位老仙师施以仙家术法中极为阴狠的"坐蜡之法",把神魂作为灯芯,点了油灯,一点点消融,凄惨至极。

如今她换了位新主人,怎的变化如此之大?

她松了口气,摇头道:"奴婢生前不曾嫁人,更不知晓主人所说之事。"

陈平安点了点头,二话不说就将她收回符箓,放入咫尺物中。

在符箓牢笼的幽冥之中,女鬼身形飘摇,一脸错愕,这就完事了?

她有些幽怨,早知如此,是不是应该糊弄他一番,自己这都多久没有见过外面天地的风光了?便是受一些罡风吹拂似剐肉、春雷震动如刮骨的痛楚,她也是愿意的。

陈平安走出巷子,最后在一扇紧闭的大门口的台阶上,抱膝而坐,怔怔出神。

从他面前走过了穿着简陋的一家三口,孩子天真无邪,无忧无虑,妇人却红着眼睛,似乎有些委屈,男人便赔着笑,说着好话,手里拎着以油纸包裹的长条肉。可男人越是这般殷勤,妇人越是恼火,最后干脆牵着儿子的手,快步离去,将男人晾在一边。

男人佝偻着腰,有些疲惫,这趟陪着媳妇回娘家,几个女婿凑在了一起,有衙门当差的,有在富裕门户的家塾当先生的,当然还有他这么个庄稼汉。老丈人给了回礼,其余两个女婿都拿到了猪腿,就他只能拿个条子肉。他自然心里窝火,可媳妇怨他,他一个男人,难道还要当着孩子的面吵架不成?说到底,还不是自个儿没出息?男人叹着气,突然发现不远处门口,蹲着个脸孔陌生的年轻人,男人便下意识直起了腰杆,对陈平安笑了笑,这才小跑向愈行愈远的妻儿。

陈平安看着这一幕,虽然言语不通,可他本就是泥瓶巷这种穷苦地方出身,熟知市井底层的磕磕碰碰,晓得那些慢慢消磨人心的鸡毛蒜皮,所以陈平安大致猜得出来,等到那个孩子年纪再大一些,可能会觉得心目中顶天立地的父亲其实有些窝囊,会跟着娘亲一起嫌弃;可能会知道他爹娘的各自辛酸,平时笑容会少很多,在学塾读书时会更用功一些;也有可能在回家的路上,帮着他爹扛着那条子肉,然后他爹娘就会和好如初,觉得日子到底是能过下去的。

都有可能。

裴钱在自己的屋子里抄书,抄完了书,她就悄悄站在门口,偷听着外面的动静。只是等了很久也没有听到脚步声。

她就背靠屋门蹲着,看着脚尖。

最早的时候,还没有习惯走山路,脚底满是血泡,她又不敢拿刺挑破,有个人便蹲在她旁边,帮她一个一个挑破,再敷上些捣烂的草药,就不疼了。

在裴钱发呆的时候,门外响起一个熟悉的声音,问道:"今天抄书了没有?"

裴钱立即蹦跳起来,大声喊道:"抄完啦!"

脚步声渐渐远去,然后是隔壁轻轻的关门声。

隋右边就没给崔东山开门,哪怕崔东山告诉她,自己能够将她的剑术和剑意,甚至是剑道都拔高三尺,隋右边仍是没有改变主意。

崔东山在门外揉着下巴,换了路数,问隋右边想不想知道浩然天下真正剑仙的风采到底是怎样的。

隋右边仍是无动于衷,在屋内用一块斩龙台磨砺痴心剑。这块斩龙台是她从陈平安那边买来的,到手时候就只剩下手掌厚薄,算是飞剑初一和十五"吃"剩下的。

痴心剑虽然本就是一件仙家法宝,而且还有提高品秩的可能性,可到底不是剑修孕育出的本命飞剑,仍算死物范畴,所以不像陈平安那两把飞剑,可以丢出斩龙台就不用去管。淬炼痴心剑一事,需要耗费她大量心神。

磨剑之时,溅射出玄之又玄的五彩星火。隋右边只知道斩龙台被誉为世间最珍贵的磨剑石,至于其中缘由,暂时不知。看着斩龙台磨剑的过程,就让隋右边大受裨益,剑气流转精妙细微,某些灵动纹路如云聚云散、飘忽不定,剑刃上的光泽一闪而逝。好像磨砺之物,除了法剑痴心,还有她本就皎然澄澈的剑心。

崔东山就奇了怪了,如隋右边这般所谓极情于剑的剑痴人物,他见了没有一百个也有几十个,其实心性最为简单,说好听点叫神意精诚,说难听点就是一根筋,不会绕弯,美其名曰剑道自行,而且看她整日里温养剑气,真正所求,却是剑意,可不是剑师之流的追求,分明有意从武夫转为练气士,立志跻身浩然天下的顶尖剑仙之列,是个认为天地围绕我转的憨傻娘们,照理说不该如此扭捏才对。

吃了个闭门羹的崔东山暂时拿她没辙,若是谢谢,他早就破门而入,一巴掌扇过去了,可隋右边有陈平安当她的护身符,崔东山难免束手束脚,好些调教人心的精妙手段施展不开,只得离开。

他其实还有一事,只要说出,由不得隋右边不动心,只是他暂时还不愿意兜底。

返回自己屋子,关上门后,崔东山重重一跺脚,将本地土地公敕令而出,是个花枝招展的丰腴妇人,倒是挺稀罕。崔东山站在床畔,后仰倒去,踢了靴子,要那神位最不入流的土地娘娘帮他捶腿。妇人奉命低眉顺眼地蹲在这位仙师脚边,动作轻柔,无比乖巧。

天寒地冻,四季轮转,生老病死,气使然也。食气者寿,这便是练气士的由来之一,涉及真正的大道根本。

圣人有云,食肉者勇悍,食谷者智巧,食气者神明而寿,不食者不死而为神。前边三者都好理解,最后那句则说得含蓄不全,既是"道不可说",又是忌讳太大;既有纯粹武夫的断头路,还有各方圣人们都不希望后世对神道香火追本溯源。

不过崔东山却知道十境武夫的三层境界——气盛,归真,神到。如今大骊藩王宋长镜应该还只是气盛,更晚跻身止境武夫的李二,竟然已经进入了归真,这让第一次听到消息的崔东山很是诧异,以至于跑去教训了整天陪着大隋皇子高煊瞎逛的于禄一顿。被打得鼻青脸肿也不敢还手的于禄估计到现在还想不明白为何要挨那顿揍,更不懂崔东山所谓的"小心以后手里有厕纸,却没茅房给你拉屎"是啥意思。

崔东山是替这个手底下的小喽啰着急啊,一国武运有厚薄深浅之分,一洲岂会没有?宝瓶洲本就是浩然天下最小的一个洲,结果先是宋长镜年纪轻轻就跻身止境,紧接着李二又后来者居上,更何况还有那个据说如今性情大变,在落魄山竹楼当起了闲云野鹤的林下老隐士。

所以如果不是九境武夫郑大风在老龙城那边栽了大跟头,从一个有望跻身止境的家伙,沦为废人一个,估计未来百年,宝瓶洲的纯粹武夫,脚下那条断头路就不是什么十境,而是直接跌为九境了。现在再加上陈平安,以及那四名凭空出现在宝瓶洲的扈从,你于禄和谢谢,作为我崔东山手底下的一对奴婢,就不能长点心,赶紧去蹲个十境武夫的茅坑位置,不然以后想要拉屎都没个坑。

于禄,余卢,卢氏余孽,作为卢氏王朝的亡国太子,不是卢氏余孽是什么?于禄的武道境界一路攀升,关键是每步台阶走得还算稳固,除了自身武学天赋极好之外,更多还是因为卢氏皇帝失心疯,不惜将半国武运转到了太子于禄身上。

纯粹武夫,可不就是圣人眼中的茅坑石头嘛,又臭又硬,上不得台面。

崔东山很是忧伤,天底下的笨蛋太多了,根本就不懂他的远虑,以前是谢谢、于禄这拨小屁孩,如今还有朱敛、卢白象这些个陈平安的身边人。

还是小宝瓶好啊,就是红棉袄小姑娘的脾气差了些。

崔东山躺在床上,摸了摸额头,然后心情不佳,一脚将那个忙着给他按摩的土地娘娘踹飞出去。

妇人砸在墙壁那边,悄无声息地赶紧起身,战战兢兢道:"奴婢愚笨,还请仙师息怒。"

之前这位来历不明的外来仙师,在县城武庙那边,先是将她从地底下的简陋"府邸"拘押而出,然后一挥袖子,将武圣人的金身从神像拖曳而出,问过了事情缘由,当晚就摆平了原本不死不休的仇怨,文武庙两位香火圣人在此人帮助下,恢复了纯净金身。更让人百思不得其解的,还是那个出了位仙家弟子的家族,上上下下喜气洋洋,好像得了多大便宜似的。

不得不怕。

一个洞府境的山上年轻练气士,就差点让县城风水变了天,这位她琢磨着至少也该是地仙的外乡人,招惹不起,生前骨气极硬的文武庙两位正统神祇,都心甘情愿给他当门神,在客栈外边站了一宿以报大恩,她不过是个吃些残羹冷炙的小土地公,又是个妇道人家,哪里敢抖搂什么风骨。

崔东山坐在桌旁,桌上摆着一摞赶来此地途中随手购买的文人书籍,多是青鸾国名士文豪的著作。崔东山随手翻开一本,看了几页就开始打哈欠。

他向土地娘娘招招手,道:"来帮我翻书。"

她赶紧走去,为这位容貌俊美的"少年郎"翻书。这是一门技术活,得仔细留心着仙师的目光视线,翻早了或是翻晚了,肯定要惹得仙师心生不快。

崔东山又看了几页,挥挥手,道:"以后没你的事了。"

土地娘娘不敢流露出丝毫高兴神色,正要告辞,突然想起一事,权衡一番,便狠狠心,将之前所见的那件事,一五一十给崔东山说了始末。

正是陈平安离开客栈去了武庙,之后又在僻静陋巷,见了符箓美人的经过。

她毕竟是土地公,身处地下,就相当于隐匿在一方风水之中,除非是地仙,中五境修士极难发现她的踪迹。

崔东山听完之后,嘴上说着大功劳一桩,笑着挥了一袖子,差点打得这位土地公魂飞魄散,只是他在最后关头收了手,而且帮她重新稳固金身,不然县城这边就该换上一位新任土地公了。可为此消耗的七八两人间精粹香火,也需要她积攒将近甲子光阴。土地娘娘心神惊悸的同时,心中何尝不是在滴血,只是她仍然不敢有半点恼火,只是跪地求饶,泫然而泣道:"仙师恕罪。"

崔东山思量片刻,展颜笑道:"你立下这么大一桩功劳,我该赏你个青鸾国正统敕封的山水神祇，但你擅自查探我家先生，可是死罪，功劳是功劳，罪过是罪过，功不抵过嘛，赏罚分明。原本你死翘翘了，我即便有心帮你提高神位，也落不到你头上。至于现在，就在家乖乖等着喜事临门吧。"

为何最后关头放她一马，崔东山没说。土地娘娘惊喜万分地返回地下。

彩衣国那场变故，本就是他，或者说是"他们"当年众多布局的棋子之一。只不过那个喜好收藏美人野鬼的老色坯修士，算不得什么重要棋子，崔东山当年没有花费多少心思在他身上。但是在无数封如雪花般飘入大骊京城的细作密信当中，崔东山稍稍留心过一个记录，字数不多，二十余字而已，属于一笔粗略带过的内容，恐怕通报此事的大骊细作自己都没怎么在意。

搁在以往，这种被大骊国师当作打发无聊光阴的小趣事，也就跟那些在大骊密库堆积成山的密信一样，就此尘封一年又一年。

一番闲来无事的抽丝剥茧，使得崔瀺掌握了宝瓶洲无数内幕秘事，所以他敢说比那头女鬼的旧主人，更清楚她的身世背景。

寻章摘句老雕虫，顺藤摸瓜阴阳家。国师崔瀺两者皆精。

崔东山起身离开屋子，敲响陈平安的房门。

陈平安开门后，问道："有事？"

崔东山使劲点头，道："学生要与先生说一件大事！"

陈平安瞥了他一眼，崔东山微笑道："只是成与不成，得看先生的运气好不好。"

陈平安便要关上门，只是崔东山眼疾手快，赶紧伸出双手，死死撑住两扇木门，苦苦哀求道："先生容我慢慢道来啊，若真是如我所料，先生不愿听上一听，可就真要暴殄天物了，而且还是两件好东西一起糟蹋，白白错过了一桩命中注定的大机缘。学生绝无半点虚言！"

崔东山本以为得下次再找机会，不承想陈平安让他进了屋子。

崔东山关了门，笑嘻嘻坐下，给陈平安和自己都倒了一杯茶水，然后设下一道禁制，让那把靠跟中土神洲剑修下棋赌来的飞剑现身。只见一道风驰电掣的金光，贴着地面飞快旋转一圈。飞剑掠回崔东山眉心，而地上悬停的金光却凝聚不散，就像用金粉在地上画出了一眼金色水井的口子。

崔东山笑问道："这儿的土地娘娘胆子肥，不知死活，竟敢尾随先生的武庙之行，瞧见了一些不该瞧见的事情。更加过分的是，竟然还好意思在学生面前邀功，难道她不知道天地君亲师吗——"

陈平安直接问道："所以你打杀了土地娘娘？"

崔东山哈哈笑道："怎么可能？学生不过与她和和气气说了些道理，要她以后注意别再犯就是了。这位土地娘娘也是位知书达理的，一看就是听进去了，所以我便送了一桩造化给她，算是结下了小小的善缘。"

陈平安一语道破崔东山的心思："如果不是你还要登这趟门，我估计这位邀功不成的土地娘娘，已经在青鸾国山水谱牒里被除名了吧？"

崔东山讪笑道："先生错怪我多矣，学生如今时时刻刻、处处事事与人为善。"

陈平安喝了口茶水，道："那我们就说正事。"

崔东山也喝了口茶水润了润嗓子，字斟句酌，小心措辞道："关于好似鸡肋的那副仙人遗蜕，若是先生运气好些，说不定可以两全其美。"

陈平安瞪大眼睛，厉声道："崔东山，你没疯吧？符箓中的女鬼，且不问在阴阳家眼中，它的骨头够不够硬，就算是你用了称斤论两法也提不起的硬骨头，可说一千道一万，她也是女鬼！女鬼！这副仙人遗蜕，是杜懋的阳神身外身！"

崔东山手指轻轻捻动茶杯，神色淡然，直愣愣凝视着陈平安，问道："在乎这些，做什么呢？哪怕在乎，不也该是符箓女鬼的事情吗？先生何必劳心劳力？"

陈平安先是愕然，随即点头道："有道理。"

崔东山呵呵笑道："没有'但是'二字了吧？"

心思一动，一张材质特殊的黄纸符箓凭空出现在桌上，微微飘荡摇晃，陈平安以算不得如何艰深的符箓派"开门"之术，将枯骨艳鬼石柔从既是屋舍更是牢笼的符纸中放出。

石柔悬停在桌子上方，一袭彩衣拖曳在桌面上。

崔东山仰起头。石柔低头望去，见到了一位眉心有红痣的俊美少年，他虽未言语，只是他的眼神，明明白白告诉她四个字："你想死吗？"

石柔虽然不知此人身份根脚，甚至看不出他的修为深浅，可内心深处涌起一阵本能的惊惧，立即飘落在地，转过身去，不敢与那位少年对视，可哪怕如此，仍是如芒在背。她眉眼低敛，破天荒拿出一份比较真诚的娇柔神色，对陈平安说道："奴婢见过主人。"

崔东山站起身，搓手微笑，跃跃欲试。

陈平安朝他点了点头。

崔东山伸手按住这名彩衣女鬼的肩头，她如遭雷击，一身阴物煞气磅礴倾泻而出，脸庞扭曲，满头青丝疯狂飘荡。崔东山对此视而不见，只是轻轻一提，就将她缓缓提起，离地尺余后，又加重了手指力道，将这头凶性毕露的枯骨艳鬼，再往上提了一尺。之后崔东山犹不罢休，第三次向上提起，女鬼石柔瞬间骨架松垮，像是被剔除所有骨头的烂肉，好似那一具牵线傀儡给硬生生架了空中，才没有瘫软在地。

崔东山松开手，女鬼依旧悬在原地，神魂颤抖，飘摇不定，丝丝缕缕的本元煞气从七窍当中流淌而出，跟活人七窍流血差不多。她张大嘴巴，似在哀号，却没有发出半点声响。

崔东山三次将女鬼拔高身形,都有讲究。第一次是以算命先生的称斤论两之术,掂量骨气,第二次是上古巫祝的"拔苗",第三次就更加隐秘了,是经他改良的提纲挈领之法,脱胎于一种儒家圣贤独创的读书神通,跟"八面出锋读书之法"如出一辙,最低也该是儒家书院山主才能驾驭的手段。

崔东山除了法宝多,他所擅长秘术之多,放眼整座浩然天下,一样是翘楚。

崔东山瞥了眼陈平安,发现后者神色如常。

终究不是当年那个草鞋少年了啊。崔东山收敛思绪,将一枚小暑钱弹指射向女鬼眉心,后者坠落在地,枯骨双手撑在地面上,肩头耸动,连头都抬不起来,显然刚才的拔高身形让她遭罪不轻。

好在那枚在半空就消融为精纯灵气的小暑钱,让女鬼神魂深处遭受的痛楚稍稍平复几分。

陈平安问道:"如何?"

崔东山叹了口气,道:"尚可。先生的运气……比较一般。"

两人再次相对而坐。

陈平安对跟跟跄跄站起身的枯骨女鬼说道:"我有一副相当于仙人境的遗蜕,你愿不愿意寄居其中?"

女鬼被震惊得无以复加,实在是不敢置信,一时间无法言语。

此等天大鸿运,岂是她一个女鬼阴物所能消受的?仙人遗蜕,莫说是金丹境、元婴境这些俗世眼中的陆地神仙,就算是玉璞境修士都要垂涎三尺!连仙人境大修士,说不定都要眼红万分!毕竟潜心炼化一副仙人遗蜕,作为远游阴神的披挂甲胄,就能够攻守兼备,那真是如虎添翼的美事,更是壮举。

她虽是修为低劣的阴物鬼魅——否则也不至于被一个尚未成为地仙的修士禁锢拿捏——可是因为某些关系,她的眼界其实不低。

女鬼石柔突然飘到屋门那边,跪下去,开始磕头,带着哭腔道:"恳请两位仙人开恩!让奴婢拥有一副身躯,能够光明正大地行走阳间!奴婢愿意生生世世,做牛做马——"

崔东山勃然大怒,遥遥一巴掌打得枯骨女鬼脑袋偏移,朝向陈平安磕头,骂道:"你给我一个小鬼磕什么头,懂不懂规矩?入庙观烧香,要拜菩萨拜真神!一个大活人,进了文武庙后,会逮着庙祝跪拜磕头吗?我看你石柔是当了六百六鬼,当得整个脑子都腐朽了!"

女鬼磕头的频率更快,反反复复就是那套说辞,恳求开恩,赏赐遗蜕。

陈平安突然问道:"先前在那条小巷弄,我跟她都没有提及石柔这个名字,崔东山你是怎么知道的?彩衣国胭脂郡那场祸事,是不是你和大骊的秘密谋划?"

崔东山脸色僵硬,自己这次真是得意忘形了,竟然会出现这种该死的纰漏。唉,果然跟卢白象这样的臭棋篓子下过棋,会害得自己棋力往下暴跌啊。崔东山赶紧站起身,一揖到底,为自己辩白:"是国师崔瀺的手笔,先生明察秋毫,与学生崔东山绝对无关!半枚铜钱的关系都没有啊!"

这种厚颜无耻的混账话,陈平安竟是挑不出大的毛病来。

陈平安沉默片刻,无奈道:"起来吧。"

崔东山站直身子,装模作样摸了摸没有汗水的额头,却发现陈平安是在对那女鬼说话,崔东山只得恢复作揖的姿势。

女鬼仍是不愿起身,磕头不止,这份诚心诚意,已经无须用言语表达。

陈平安转头对崔东山说道:"那她就交给你了。如果可以的话,就帮着她'开山'进入仙人遗蜕,如果不行,也不用勉强。"

崔东山拍胸脯保证道:"先生只管放心,即便最后不成,保证还是一笔稳赚不赔的买卖。"

陈平安笑道:"如果成了,我需要给你多少报酬?"

崔东山讶异道:"尊师重道,为先生排忧解难,是学生职责所在,需要啥报酬?"

陈平安嗤笑道:"你自己信不信?"

崔东山腼腆一笑,赞道:"先生不但学问渐深,更是人情练达。追随先生求道,学生——"

陈平安不得不打断崔东山让人肉麻的溜须拍马,道:"打住,我们还是有话直说。"

崔东山想了想,坐回长凳,喝了口茶水,试探性问道:"如果学生说必须要先生拿出所有金精铜钱,而且多多益善,先生能否答应?"

陈平安点了点头。

崔东山问道:"先生就不怕福祸相依,这个女鬼在我的指点下,成功鸠占鹊巢,炼化了仙人遗蜕,却被我动了手脚,再不忠诚于先生?先生愿意在这么大一件事情上,相信我崔东山?"

陈平安摇头道:"我不是相信你崔东山,是相信再给了你一次机会的先生。"

崔东山沉默不语。

女鬼石柔听得如坠云雾,完全不知这对师生在打什么机锋。

崔东山伸出双指拈起那张黄纸符箓,与此同时,女鬼石柔就已经被扯入符箓,一起被收入崔东山的雪白大袖当中。要知道这张符箓已是陈平安的炼化之物。

心情激荡的枯骨女鬼飘荡在冥冥虚空当中,对那位眉心有痣的神仙少年,不由得更加敬畏。而对名义上甚至签订了生死契约的真正主人陈平安,她其实畏惧不多,敬意更是谈不上。

至于为何如此，因为世事如此。

崔东山收起符纸后，问道："先生能否再多逗留几天？最多三天，就应该有结果了。无论好坏，到时候都可以继续赶路。"

陈平安点头道："可以。"

崔东山有些羞赧和愧疚，向陈平安伸出一只手掌。

陈平安从方寸物当中，取出那几袋大骊王朝作为赔罪礼的金精铜钱。

当真是还没焐热就没了，女鬼一旦成功进入仙人遗蜕，接下去会是个须要用金精铜钱去填的可怕无底洞。

然后陈平安又将咫尺物中的杜懋阳神身外身取出，任由崔东山收入他的咫尺物当中。

崔东山走到房门那边，停下脚步，转头笑道："先生，虽说是事先说好了的，可是学生这么收拾那几人，先生不生气？"

陈平安摇头道："不涉及大是大非，你只管放手去做。"

崔东山又问："那么装钱呢？"

陈平安叹了口气，道："我只能告诉自己，早错早知道，总好过以后她铸下大错，再忙着亡羊补牢吧。"

崔东山欲言又止，最后也学着陈平安叹了口气，道："先生最近不妨多看些法家圣贤的书籍，毕竟以儒家礼仪规矩和道德准绳来衡量山上山下的所作所为，太过烦琐且吃力了。比如法家推崇的'君臣上下贵贱皆从法''不别亲疏，不殊贵贱，一断于法'，都算是治世的良药，亦可省掉许多不必要的糟心事。先生就算不愿奉行法家，拿来打发时间，佐证儒家食补、法家药补之说，应该也不是坏事。"

陈平安笑道："好的，趁着这几天留在县城，我去找几本法家著作看看。"

崔东山作揖道："先生从善如流，学生自愧不如，受教了。"

陈平安无奈道："你怎么不跟魏羡他们比拼马屁功夫，他们四个肯定心服口服。"

崔东山在关门的时候，笑容灿烂，问道："先生，以后闲暇时分，不如我教你下棋吧？"

陈平安愣了一下，答道："以后再说吧。"

崔东山笑着离去，屋内那个金光流转的圆圈，随之消散。

崔东山回到自己屋内，闭眼而坐，最后他郑重其事地拿出一幅画卷，竟是与金精铜钱一般材质的卷轴。

崔东山打开画卷，一幅幅画面连绵不绝，如潺潺而流的光阴长河，是人世间最真实的人和物。

画卷上的人，正是陈平安。

从光阴长河中"截流"的画面上,出现的多是陈平安和宋集薪这对泥瓶巷邻居——一个涉及国师崔瀺的自身大道,一个涉及大骊国势走向。

这种以光阴流水作为"宣纸"的神奇画卷,被山上仙家誉为走马图,极其珍贵。唯有飞升境大修士,或是精通某些远古秘传的仙人境修士,才有制作此物的神通。

底蕴深厚、不缺财力的"宗"字头仙家,为了暗中庇护那些山门祖师爷的转世之人,多珍藏有此物。走马图,可不是什么怡情小物件,耗资巨大,涉及大道修行。被关注人物的一言一行、一举一动、一哭一笑、一坎一劫难,所带来的心境起伏、心湖涟漪,都会被完完整整记录在画卷之上。

这幅画卷,就连大骊皇帝和崔瀺那个早先的盟友——宋集薪的生母,都不曾见过。

看着画面上的陈平安和同龄人宋集薪,一点点从孩童变成少年,崔东山陷入沉思。思量之事,却已经不在画卷上的两人。

在齐静春身死道消之后,崔东山发现骊珠洞天的光阴流水,给人以大神通削薄了一层,极其隐蔽,别说是小镇上的凡夫俗子和地仙修士,恐怕连仙人境练气士都察觉不到。

这意味着,某人手上已经拥有一幅时间线更长的"流水"画卷。

到底是谁如此逆天行事,就不好说了。可能是道家三大掌教之一的陆沉,为了他的"大师兄之一"李希圣,或是为了那个身为天君谢实子孙的长眉儿;可能是继齐静春之后担任坐镇圣人的阮邛,为了女儿阮秀;可能是药铺杨老头,为了那个洪福齐天的马苦玄,或是某个暗中押注的年轻人物。

崔东山收起画卷,小心翼翼藏在咫尺物当中,然后又以飞剑画圈,隔绝出一座小天地,这才取出黄纸符箓和几袋金精铜钱,以及……那副价值连城的仙人遗蜕。

崔东山揉了揉眉心,这比起自己当年在骊珠洞天,拼凑出那个碎瓷少年,只难不易。

崔东山哀叹一声,自言自语道:"学生为先生分忧,为先生慷慨解囊,天经地义啊。他娘的,两次拜师求学,都是这般凄凄惨惨给人当钱袋子的模样,我崔东山与崔瀺,不愧是一个人啊。"

陈平安果真去县城几家书肆,买回了两本法家学说的典籍,挑灯夜读。

第一天的暮色里,神色憔悴的崔东山,来陈平安屋子这边诉苦一番,讨要了一壶桂花酿喝,又厚着脸皮顺走了一壶。

第二天,崔东山面如死灰,摇摇晃晃来到陈平安屋子里,他让正在认认真真埋头抄书的裴钱挪过去点,然后趴在桌上,呼呼大睡了半个时辰才醒过来。看到了练习天地桩倒立而行的陈平安,以及练习六步走桩的裴钱,他默默离去,当然没忘记顺走桌上放着的那壶桃花酿。

第三天，崔东山神采飞扬登门的时候还带上了卢白象的棋具，说要后天才能起程，为了解闷儿，要教先生下棋，以先生的天资，必然学个两三天就能超过卢白象，五六天收拾他崔东山不在话下。

正式下棋之前，看着桌对面端坐、脸色严肃的陈平安，崔东山出现片刻的神色恍惚。

崔东山教了《彩云谱》上的那个小尖。这个定式再怎么精彩绝伦，再怎么被后世棋士誉为空前绝后，震古烁今，说到底就只是一个定式而已，可是陈平安偏偏就死磕这个定式了。

结果整整一个时辰，就全部耗在了讲解这个定式的精髓与之后诸多变化上。若是卢白象或是任何一位大骊棋待诏如此"愚笨"，恐怕早就被崔东山骂得狗血淋头了，可大概是陈平安的"先生"身份，让崔东山极其罕见地有耐心。也有可能是让崔东山吃尽苦头的陈平安，从未如此认真地跟他讨教一门学问？

总之，崔东山教棋，陈平安学棋，清脆的落子声响，以及那一问一答，此起彼伏，悠悠扬扬。

第四天深夜，陈平安打开屋门，顿时毛发悚然，然后起了一身鸡皮疙瘩。

只见崔东山的身边，站着一个羞赧而笑的"杜懋"，怯生生道："奴婢见过主人。"

第七章
又一年春

　　陈平安经过一番天人交战，才让崔东山和石柔寄居的那副阳神身外身进屋子。

　　崔东山依旧是以那把金色飞剑画了一个大圈，陈平安忍不住询问这是什么术法神通，崔东山笑言是上古神人的手段，画地为牢，既可当作庇护之所，也能囚禁他人，进不去出不来，所以有"雷池"的说法，后世以此改良、演化而成的仙家术法，多达数十种，大多偏离正道，不值一提。

　　落座后，提及石柔，崔东山说得眉飞色舞，很是称赞了石柔的根骨一大通，说这"开山"一事，除了耗费两袋金精铜钱之外，还算顺风顺水，这副从飞升境大修士身上剥离出来的琉璃金身，竟然真给石柔阴魂以大毅力、大福缘，成功变成了寄放魂魄的一座洞天福地。如今杜懋皮囊和石柔魂魄两者之间，虽然还有些相互排斥，可之后不过是些消耗光阴和银子的水磨功夫，已经没有大碍。

　　崔东山说过了天大的好消息后，就开始挑瑕疵道："开了门，反客为主，不过是第一道关隘。石柔在根骨一事上，得天独厚，底子好，所以她才能够占了这么大的便宜。如果早先有人识货，又肯砸钱，帮她谋划个咱们宝瓶洲第一流的五岳正神都没问题。但是她根骨好，并不意味着修行资质就上乘，作为一个存活数百年的孤魂野鬼，始终没能修出个花样来，当个鬼王之类的，除了旧主人不靠谱之外，她本身修行天赋实在是算不得出彩，所以注定破不开这具琉璃金身的限制，做不到百尺竿头更进一步，真正得一份大自在。"

　　陈平安取出一壶桂花酿，崔东山接过后，仰头痛饮一大口，抹了抹嘴，又道："好在进了座金山,即便是惨兮兮的小鬼搬财,每次搬得再少,几十年几百年,孜孜不倦,终究能够搬出个富甲一方的有钱人。此后她只需用笨法子啃硬骨头,没什么大的修行关隘了。这就是仙人遗蜕最令人嫉妒的地方,一路直去上五境,不用结金丹,不用养育元婴,连天魔都不用理睬,谁不羡慕?"

崔东山嘿嘿一笑,道:"当然,先生心智坚韧,是不会羡慕的,学生我呢,早有珠玉在前,是不用羡慕,归根结底,我还是不如先生的。"

陈平安提醒道:"不管石柔修行如何消耗金精铜钱,我手上都会留下六枚金精铜钱,你别打这笔钱的主意。"

崔东山正色道:"有宅心仁厚的先生,做那藕花福地四只蝼蚁的主人,真是他们几辈子修来的福气。这要是还不知道惜福,活该天打雷劈。先生你且放心,龙虎山的五雷正法,学生还是会一些的,说不定比一些天师府的黄紫贵人还要更加精通,到时候先生一声令下,我就替天行道。"

陈平安摇头道:"还是希望能够跟他们四人有个善始善终吧。"

崔东山轻声道:"先生为何问都不问,六十年后,又该如何牢牢掌控石柔?"

陈平安笑道:"我不问,你就不会说了?做买卖和谋划之事,我比你差远了。我相信你,更相信你不会在大道之外,鬼鬼祟祟,那也太看不起你崔东山了。"

崔东山感激涕零道:"不承想在先生心目中,学生已是如此善解人意的人物,先生愿意信任学生,学生岂敢不效死?"

陈平安看了眼即将以杜懋形象行走人间的枯骨艳鬼,问她道:"不后悔?"

石柔笑道:"主人不知道作为阴魂所遭受的种种苦楚,春雷声、晨钟暮鼓声,还有天地之间的正气罡风,金秋肃杀之气,沙场兵戈之气,以及各方山水祠庙和城隍阁,诸多种种,皆是我们野鬼的磨难,而且很容易失去最后一点灵智,沦为只知杀戮的厉鬼……"

石柔娓娓道来,说了许多阴物存世的规矩和内幕。

陈平安听得仔细,这才稍稍减轻了那份面对"杜懋"的不适应。崔东山始终面带微笑,陪着陈平安一起竖耳聆听石柔的阐述。

石柔入住杜懋琉璃金身一事,大致上已经尘埃落定。

崔东山说明天还要再休养一天,陈平安点头答应下来。

屋内颇像是一场庆功宴,不过也就当局者三人,一壶桂花酿而已。最后崔东山起身告辞,陈平安将他们俩送到屋门口,便关上了门。

白衣少年和白发老者一前一后走在廊道中。崔东山满脸喜庆之色,而石柔不知为何,越走越心惊胆战。到了崔东山的屋内,果不其然,他五指如钩,一把抓住"杜懋"的头颅,将石柔按在墙壁上,厉色道:"小小阴物,比蝼蚁还不如的存在,也敢在我先生面前夸夸其谈?谁给你的狗胆?!"

一副相当于仙人境体魄的琉璃金身,不输九境武夫的雄浑体魄,照理说被如今不过是地仙境界的崔东山这么一抓,不过是挠痒痒才对。崔东山明显用上了某种秘不示人的神通,他的五指如五股强劲罡风吹拂石柔的神魂根本,痛得她脸庞扭曲,泪流不止。

崔东山抬起另外一只手,对着石柔额头屈指一弹,如洪钟大吕响彻石柔的心扉。崔东山松开五指后,石柔瘫软在地,她靠在墙上,浑身颤抖,大汗淋漓。

崔东山一脚踩在她额头上,使得石柔的后脑勺猛然撞壁。崔东山弯下腰,俯视着她,讥笑道:"才不配德,德不配位,你两样全占了。信不信我这就将你的神魂重新拔出遗蜕,让你日日夜夜受那浩然风的洗礼、甘霖雨的沐浴;或是干脆将遗蜕当作一盏灯笼,以你神魂作为灯芯,却能够让你毫无察觉,六十年后,骤然暴毙?"

崔东山脚上加重力道,石柔脑后的墙壁一点一点裂出缝隙。

崔东山眼神冰冷,厉声道:"怎么?不过是裤裆里多出一只鸟,就忘乎所以了?"

石柔突然神色一变,眼神漠然,哪怕遭受着巨大屈辱和痛苦,仍是抬起头,第一次与这个白衣仙师对视。

崔东山觉得有意思极了,微笑道:"你这六百年前的亡国遗种,道家某一脉旁支的死灰余烬,辛苦熬了这么些年,就积攒出这么点隐忍功夫?都敢跟我比拼棋力了?问道于人,以歌答曰:形若槁骸,心若死灰。如何,被我抓住根脚了吧?不然我就以那问道之人,用你这一脉中兴之祖的独门秘法,将你那一点道脉仅剩灵光,彻底抹去?"

石柔满脸匪夷所思,终于流露出巨大恐慌,那是比面对死亡更大的惊惧。

她曾经在彩衣国城隍庙内的那块石碑上,轻轻哼唱过一首被陈平安误以为是彩衣国古老乡谣的诗歌。她本以为数百年前的陈年旧事,加上一切痕迹都被宝瓶洲各方势力合力销毁,早已不会有人知晓内幕,就算是偶然从杂书上看到这些诗歌残篇,也不可能准确推断出她的真实身份,可没想到,面前这位白衣仙师做到了,还一下子抓住了她这个头小小女鬼的真正死穴。

崔东山伸出双指,那把从眉心掠出的金色飞剑,绕指飞旋,最后画出一道早已失传的金色符箓,就像是在崔东山的指尖绽放出的一朵气象庄严的金色莲花。

石柔想要开口求饶,却发现自己无论如何挣扎,都无法发出声音,只能眼睁睁看着那人的手指,不断靠近她的眉心处。

石柔闭上眼睛,嘴唇微动,以心声默默吟唱那首当年所在道脉旁支的开篇歌。过了一会儿,束手待毙的石柔缓缓睁开眼睛,发现那人已经收手,用一种怜悯的眼神打量着她。

崔东山直起腰,鞋底在"杜懋"脸上蹭了蹭,如同踩在泥泞里脏了鞋底,得擦一擦。他瞥了眼劫后余生的石柔,道:"下不为例。"

石柔轻轻点头。

崔东山刚走出去几步，又猛然间转过身，一脚重重踹在石柔脑袋上，使得她的大半颗脑袋都陷入墙壁当中，气呼呼道："不杀之恩，都不晓得跟我道声谢？"

石柔将脑袋从墙壁中拔出来，默默跪地向崔东山磕了三个头。

崔东山坐在桌旁，没好气道："我不会陪着先生一路走下去，在我离开后，记得别浪费了这副最能抗揍的身躯。要是因为你没有竭尽全力，让我家先生受了伤，无论轻重，我都会将你那点道种灵光从你神魂深处摘出来，再拿去种植在一个僧人身上。"

石柔缓缓抬起头，满脸悲苦，看着这个貌若神人却心思缜密且歹毒的仙师，喃喃道："世间怎么会有你这么可怕的人？"

崔东山嗤笑道："这可不是先生教的，是我自学成才。"

石柔站起身，只敢靠墙而站。

崔东山一拍桌子，厉声骂道："还不滚去自己屋子，杵在这里作死啊？信不信我将你裤裆里那玩意儿剁下来，再让你吃下去？"

悲愤欲绝的石柔低着头，快步离开这座好似人间炼狱的屋子。

崔东山翻开桌上那些青鸾国文人撰写的书籍，越看越火大，重重合上书本，骂骂咧咧道："狗屁的'三日不读书，便觉语言无味，面目可憎'。看这些玩意儿，老子像是脸上给人抹了一大把屎，还他娘是拉稀的屎。"

崔东山睡不着觉，百无聊赖，就悄然离开客栈，去县城晃荡。无意间见着了一个穷酸下五境野修，正在用不入流的小鬼偷钱术，驾驭十几只鬼灵精怪的小家伙，去偷一户市井人家的钱财。小家伙们仿佛蚂蚁搬家，三三两两合力搬着铜钱和碎银子，而修士则蹲在墙根下，掂量着两三块最值钱的碎银子，笑得合不拢嘴。

积少成多，不嫌少。

一转头，看到一个蹲在自己身边的白衣少年，野修吓得一哆嗦。

崔东山笑眯眯道："你这也下得去手？怎么不偷大户人家的金银？"

野修咽了口唾沫，战战兢兢道："实在是那些个大户人家的门神，太不好对付，白白给它们打杀了我辛苦养育出来的搬财小鬼，赔本买卖啊。"

崔东山点点头，道："倒也是。"

野修眼珠子急转，将眼前古怪少年杀人灭口？为了几两银子，至于吗？再说天晓得是谁打杀谁？

崔东山伸出双指，拈起一只拇指高的偷钱小鬼，然后放在手心，双手合十，胡乱揉捏一番，看得那道行微末的山泽野修一阵眼皮乱颤。得嘞，算是阵亡了麾下一员大将喽。他养出来的这些个偷钱小鬼，品秩极低，不然也不至于连殷实人家的门神那一关都过不去，哪里经得起给人这么搓圆捏扁的。

在野修心疼不已之际，崔东山摊开手，那个龇牙咧嘴的偷钱小鬼，身上好似多穿了件红衣裳。崔东山将它丢在地上,命令道:"去,到富裕人家偷块金子回来。"

小家伙双手握拳,鼓着腮帮奔跑远去,很卖力。过了约莫一炷香工夫,它还真扛了一块指甲盖大小的金子回来。

那野修看得目瞪口呆,回过神后,赶紧抱拳道:"仙师神通广大,让人大开眼界。"

崔东山站起身,一闪而逝,留下一个兴奋不已的山泽野修。

去了趟县城文武两庙,崔东山受不了他们的毕恭毕敬,胡扯几句,很快就离开了。

实在无聊得紧,崔东山又以画龙点睛之法,让一户人家的两尊彩绘门神,能够凝聚金身雏形,虽然距离真正的神祇还有十万八千里,但能够吓唬些最没用的阴物,遮挡煞气。又去这座县城家底第二富裕的富豪家中,将他们家屋檐上的脊兽给一个个掰断了随手丢掉。

漫无目的,随心所欲。一位地仙,无聊到这个份上,也只有崔东山一个了。

陈平安在崔东山带着石柔离开后,练习了一会儿天地桩,之后走出屋子,轻轻敲响隔壁房门,气笑道:"这么晚了,还不睡觉。"

裴钱正挑灯翻看一本刚拿到手没多久的游侠演义小说,听到陈平安敲门后,赶紧吹灭油灯,飞扑床榻,假装刚刚被吵醒,沙哑着嗓子问道:"睡了啊。师父怎么还没有睡觉?需要我开门吗?"

陈平安笑了笑,没计较这点小谎言,提醒道:"不用开门。书什么时候不能看?别伤了眼睛。明天我们不用赶路,你可以白天再看。"陈平安转身要走,想起一事,又在门口说道:"在我离开后,你别拿着油灯,躲在被子里看书。"

屋内裴钱张大嘴巴,师父真是有点厉害啊,这都猜得到?她只得答应道:"知道了。"

等陈平安离开后,虽然还是惦念着那本小说上的江湖恩怨和刀光剑影,可裴钱还是忍住了诱惑,开始睡觉,只是始终没什么睡意,睁大了眼睛,过了很久才迷迷糊糊睡去。

第二天,吃过了早饭,崔东山在陈平安屋内,教陈平安下棋,依旧在翻来覆去纠缠那个小尖。

先是卢白象旁观,一看就入了神,乘隙快步离开,喊了隋右边一起过来看棋,说是妙不可言。隋右边曾经在棋盘上被卢白象以小尖开局,杀得丢盔弃甲,她偏不信邪,接连三盘任由卢白象以此定式,结果先手尽失,输得一塌糊涂,以至她破例下了一系列无理手,仍是扳不回局面,所以一听卢白象说陈平安与崔东山纠缠小尖,隋右边便生出一些兴致,跟着过来看看。

很快,朱敛也来凑热闹,最后走进屋子的是魏羡。

只是隋右边很快就没了看棋的心思,实在是陈平安的下棋天赋太过平平,崔东山教得再出神入化,摊上陈平安这么个不开窍的,难免让已经在围棋上登堂入室的隋右边感到着急且无聊,于是就默默离开了。

在这期间,隋右边忍不住多看了几眼站在崔东山身后的老者,怎么看怎么别扭,怎么感觉是个比朱敛还令人恶心的……老娘娘腔?你一个老爷们,不敢与人对视,还喜欢抿着嘴唇,以兰花指拈着衣角,这算怎么回事?

朱敛和魏羡在隋右边离开后,也相继走出屋子。

老龙城那场厮杀,战场被割裂得厉害,所以画卷四人并没有见过桐叶宗杜懋,至于一直待在黄纸符篆当中的枯骨艳鬼石柔,更是不曾见过,所以当杜懋这副仙人遗蜕现身后,隋右边他们只当是崔东山不知道从哪个犄角旮旯拎出来的外人。

这天午饭之后,崔东山就开始闭门不出。

第二天清晨时分,陈平安一行开始继续赶路,去往青鸾国京城。

本来随行队伍中有那头黄色地牛在,十分扎眼,可是当崔东山骑上它之后,却莫名地没有违和感。看到这一幕画面的路人,都只是猜测这个年纪轻轻就有几分名士风流的俊俏少年郎,应该是出身钟鸣鼎食之家,带着扈从们远游江湖。

有崔东山在,这一路走得就比较随意随性了。

画卷四人也各自嚼出些滋味来。若说陈平安遇上张山峰和徐远霞那两个朋友,整个人的状态是活泼向上、再无老气的,那么与这名弟子他乡重逢,则是有分寸的悠然。看他们先生学生两者之间的相处,虽说不太符合世俗常态,可陈平安肩头终究像是少了些担子。而且陈平安作为先生,学棋之余,还会跟这名弟子讨教法家学问。一路上都是崔东山抢着掏腰包,绝不让自家先生破费一枚铜钱。

听着崔东山与陈平安的闲聊,画卷四人也有不少收获,对这座浩然天下的认知,越发清晰和广泛。

比如卢白象知道了在这座无奇不有的天地间,除了修士证道和武夫武道,其实还有那醇儒治学,真正在学问和修心上下苦功夫。也有诸子百家的不少练气士,被视为真人修道,重视道统学脉而轻视修为实力。

隋右边见识到了崔东山如何把堪称光怪陆离的仙家术法,与日常生活点滴契合。

朱敛在四下无人的时候,又跟崔东山讨教了两次。他的想法很简单,就想确定这个家伙到底拥有多少件仙家法宝。

魏羡依旧是最沉默寡言的那个,也就跟裴钱最聊得来,一大一小,整天没大没小的。

崔东山仍是像先前离开大隋京城后,两人结伴游历那样,偶尔会消失一段时间,陈平安也从不过问。

"老者"石柔总算抖掉一些脂粉气,走路不再似女子般扭动腰肢,没了自然而然的秋波流转,也不会不自觉地跷起兰花指,终于像个正儿八经的白发老人了。可石柔仍然是这支队伍里最不讨喜的那个,江湖地位恐怕连黄色地牛都不如。

裴钱练习白猿背剑术和拖刀式,比较勤快。比起六步走桩,她更喜欢用陈平安帮她做的竹刀竹剑,练习女冠黄庭传授给她的这套刀法剑术,反正都是架子,还威风,不用吃开筋拔骨的苦头。只是有一次盘腿坐在牛背上的崔东山,阴阳怪气地将她的背剑术说得体无完肤,还捧腹大笑,以致直接从牛背上跌落在地,把裴钱给打击得消沉了好几天,每天只敢练习走桩。

一行人到了距离青鸾国京师最近的一座郡城。

不知崔东山怎么找到的,众人在一个闹中取静的仙家客栈落脚。

陈平安确实没什么下棋天赋,但他没有就此丢弃一边,也没有钻牛角尖死啃而耽误拳法剑术,而是每天拿出差不多一个时辰跟崔东山学棋。

到了这个名为百花苑的仙家客栈,据说掌柜是位中年男子面容的观海境修士,掌柜没有在陈平安他们跟前露面。客栈占地颇大,而且种了许多奇花异草,沁人心脾。由于佛道之辩马上就要在不远处的京城召开,这家客栈所剩房间不多,裴钱再次跟隋右边睡一间,卢白象和朱敛、魏羡三人挤一间,崔东山和石柔一间,陈平安是唯一独占一间屋子的。

住在这里很烧钱,只是物有所值,有了许多千金难买的实惠,比如一些佛道之辩的山上内幕趣闻,客栈伙计每天都会以类似官府邸报的形式,赠予客人。除此之外,每间屋子,都有几样讨巧的小灵器。虽说顶着仙家灵器的头衔,其实多是用零零碎碎的边角料打造而成,总计价值两三枚雪花钱,可以任由客人带走。

这让裴钱乐开了怀,她跟隋右边说了好话,得了她们这间屋子的小物件,又跑去老魏、小白那边,请他们嗑瓜子吃瓜果,磨磨蹭蹭,死活不愿离开屋子,最后还是朱敛嫌烦,让裴钱拿了那三件小东西赶紧消失,最后加上陈平安屋子里的四件,裴钱一下子就多出十件末等灵器。裴钱"一夜暴富",那只多宝盒已经"住不下"这么多灵器,只好暂放在陈平安的咫尺物当中。

仙师下榻之地,必然静谧深远,而且打点好官府关系后,可以打造藏风聚水的阵法,灵气充沛远胜市井坊间。

客栈大门这边张贴的两尊彩绘门神,是实实在在的符箓门神,一旦有邪祟靠近,就可以走出身披金甲的神人力士,执搏挫锐,噬食鬼魅。

除此之外,每天桌上还会有一小碟仙家蔬果,是百花苑一位农家修士的拿手好戏,也是这家开在山下的山上客栈的金字招牌。

裴钱在抄书的时候,几次搁笔休息,扭动手腕,都看到陈平安对着那碟枣子、香梨发呆。她有些想不明白，只觉得师父好像想起了什么不开心的事情。

等抄完书，她发现陈平安依旧坐在原地，转头望向了窗外。裴钱有些担心，开玩笑道："师父，怎么啦？想师娘啦？"

陈平安回过神，微笑道："想要再抄五百字？"

裴钱苦着脸。陈平安站起身，拍了拍裴钱的脑袋，开始绕着桌子练习六步走桩。

裴钱越发奇怪，如今陈平安多是练习三桩合一的天地桩，已经不太单纯练习这个最入门最简单的拳桩了，今天是怎么了？

裴钱收拾了纸笔，趴在桌上，随口问道："师父，你从小就不怕鬼怪吗？"

陈平安一边缓缓走桩，一边回答："跟你不太一样，我很小的时候就不怕，反而希望世间真的有鬼怪，经常一个人去家乡小镇外面的神仙坟。稍大一些，就要跟人去大山里砍柴烧炭，或是一个人去寻找适合烧瓷的土壤，都没怕过。"

裴钱"哇"了一声，赞道："师父真是天赋异禀啊。"

陈平安一笑置之，没有解释其中缘由。

这天正午时分，客栈伙计又送来一份仙家邸报，内容五花八门，上面记载的一事，最让陈平安感兴趣，在跟崔东山学完棋后，询问了他的见解。

青鸾国大都督韦谅在带兵北上途中，路过一座州城，因为一件小事，揪出了两个渎职官员，一个武将贪赃枉法，受贿十数万两白银，一个文官只是舞文弄墨出了岔子，结果韦谅对前者只是贬谪了事，对后者竟是先斩后奏，直接杀了。

崔东山没有怎么思考，脱口而出道："这就是法家的行事风格，对于后者，常人往往认为其罪责轻于前者，法家却偏偏要罪加一等。"说完，崔东山笑问道："先生想得通其中关节所在？"

陈平安深思之后，感叹道："真是厉害。"

崔东山随口道："三教之外的诸子百家，能够屹立千年不倒，传承至今的，都有其立身之本和独到之处。所以有个家伙早就说了：'吾生也有涯，而知也无涯。以有涯随无涯，殆已。'俗人喜好前半句，修道之人却觉得妙在后半句。说到底，三教百家学问，不管哪一门，恐怕修士穷其一生，都不敢说走到了学问的尽头。就看怎么取舍了。取了，又有几分学问真正变成自身本事？舍掉的，又是否捡了芝麻丢了西瓜？"

陈平安点点头。

崔东山抓起一个香梨啃咬起来，含糊不清道："只不过学问是学问，为人是为人，有些关系，却无绝对，所以这才有了世事复杂嘛。一个人如何活，跟读了哪些书，读了书有无用处都一样，是自己的缘法因果。世上笨蛋实在太多，不知道读书的首要之事，是让我们更多地认识这个世道，白瞎了三教百家圣贤们的苦口婆心。圣人传授学问，一本本经籍，就像一盏盏悬挂于夜间的灯笼，道路有不同，灯笼也有明暗大小。"

陈平安对此不置可否。

崔东山本就是没话找话,就转移了话题,说了些关于小宝瓶的光辉事迹。

去年末,李槐这个小二愣子跟同窗起了争执,一本书院刚刚分发的书籍,被同窗占为己有,李槐又拿不出证据证明是自己的。李宝瓶刚好路过,拿过那本书,对李槐两人说,反正说不明白,撕成两半好了,一人一半。李槐急了眼,另外那个孩子则高高兴兴答应下来,于是李宝瓶就将书本丢给了李槐,狠狠揍了那个孩子一顿。一直在远处袖手旁观的一位老夫子,哈哈大笑。那个挨揍的孩子哭着去向老夫子喊冤告状,结果又挨了老夫子一顿板子。

陈平安听完后,开怀而笑。

裴钱在一旁听着,叹气道:"那个偷书的家伙也太笨了吧?唉,果然是天底下笨蛋太多,么(没)得办法。"

陈平安一记栗暴砸过去,道:"不是笨不笨的事情,是偷书就不对,偷了书聪明得不露马脚,更不对。"

裴钱委屈道:"我没说偷书就对啊。"

崔东山笑道:"天底下又蠢又坏的人,也不少。这些货色,儒家学问是教不了的。"

裴钱深以为然,点头道:"你们刚才聊的法家就挺好,对付坏人,感觉很管用。"说到这里,裴钱立即住嘴,生怕陈平安生气。

陈平安笑道:"你现在这么想是没错的,但是还需要看更多的书才行,不要觉得这会儿就已经得出正确答案了。"

裴钱想了想,道:"那还是儒家更好吧?"

她现在抄那本儒家典籍就已经够累的了,再多出一本法家书籍来,不是找罪受吗?

崔东山伸出大拇指,赞道:"不愧是朱敛所说的铁骨铮铮。"

裴钱假装没听见。

崔东山笑问道:"裴钱,你跟魏羡关系不错?"

裴钱心生警惕,笑眯眯道:"关系一般哩。"

崔东山"哎哟"一声,接着夸:"见风使舵,很是灵气嘛。"

裴钱翻了个白眼,这个姓崔的到了师父这边,马屁一个接一个,到了她这里,就狗嘴里吐不出象牙,没一句好话,真是讨厌。

等她哪天练成了绝世剑术和刀法,若是这个姓崔的惹恼了师父,她作为开山大弟子,就要像那游侠演义小说上的,清理门户!

崔东山好像裴钱肚子里的蛔虫,笑呵呵道:"怎么?就凭你那拙劣的剑术刀法,也想要在将来哪天,找机会跟我掰掰腕子?"

裴钱一脸茫然,问道:"你在说啥呢?"

崔东山从小碟子里边捡起一颗枣子,轻轻砸在裴钱额头上,笑骂道:"小样儿,跟我斗?"

裴钱伸手接住坠落的枣子,几次假装要丢回去,崔东山都笑着纹丝不动。裴钱想着自己应该是砸不中这家伙的,万一真得逞了,估计最后还是她自己吃不了兜着走,于是干脆就将枣子塞进嘴里,狠狠瞪他。

崔东山蓦然惊慌,嘴里嚷嚷道:"不好了,这枣子是百花苑枣树精魅的子孙,知道我们练气士不怕它缠身,但是对于你裴钱这么个小不点,那家伙肯定觉得你是软柿子可以欺负,所以你睡觉前一定要小心关好房门窗户,不然大半夜一根根树枝爬进屋子,实在太吓人了……"言语之间,崔东山还故意扭转胳膊,绘声绘色,模仿一头树木精魅如何潜入室害人。

裴钱吓得立即拿出那张心爱的符箓,重重贴在额头上,然后双臂抱胸。

崔东山哀叹一声,又嚷道:"不行啊,你这张符箓是宝塔镇妖符,草木成精,不吃这一套的。"

裴钱又拿出那张陈平安后来赠予她的阳气挑灯符,贴在额头上。

崔东山以拳击掌,忧心忡忡道:"别啊,这张符箓是引路符,又不能抵御鬼魅精怪,说不定反而会吸引其他树魅的注意,觉得你是在挑衅它们呢。到时候花草精怪,跟着枣树精魅,浩浩荡荡一起去你屋子做客,你床边啊,床底啊,全是。"

裴钱抿着嘴皱着黑炭小脸,眼眶里开始有泪珠打转了。

陈平安一巴掌拍在崔东山脑袋上,笑骂道:"少吓唬裴钱。"

崔东山"哦"了一声,然后一手捧腹,一手指着恍然大悟的裴钱,大笑道:"哈哈,小笨蛋一个!"

裴钱恼羞成怒,就要去隔壁房间取出那根行山杖,跟他拼了!

崔东山见机不妙,赶紧脚底抹油跑路了。

裴钱在崔东山溜掉后,朝陈平安挤出一个笑脸,道:"师父,刚才我是假装害怕哩。就算没有这两张符箓,我晚上睡觉前都会背诵圣贤书籍的,一定可以万邪不侵,鬼魅不近,对吧?"

陈平安看着脑门上还贴着两张符箓的小家伙,忍着笑,点头道:"可能是吧。"

裴钱有些慌张,问道:"只是'可能'?"

陈平安笑道:"这里是仙家客栈,哪有敢祸害客人的精魅。"

裴钱可怜兮兮道:"万一呢?"

陈平安愣了愣,摸了摸她的脑袋,安慰道:"放心吧,我不就在你隔壁吗,怕什么?"

裴钱眼睛一亮,赶紧摘了符箓放入袖中,跑去窗口那边踮起脚尖,对着花园念念有词,无非是些"我师父可是陈平安,咱们井水不犯河水"之类的天真言语。

客栈别处，隋右边主动找到了崔东山，问道："你是不是有养出本命飞剑的秘法？"

崔东山笑着不说话。

隋右边径直问道："你要我付出什么？"

崔东山坐在桌旁，看着站在门口的负剑女子，微笑道："很简单，不忘本。"

隋右边皱眉道："怎么说？"

崔东山一脸嫌弃，挥手赶人，道："这都想不明白，还敢奢望以纯粹武夫之身，早早温养出本命飞剑的坯子？"

隋右边脸如冰霜，转身离去。

崔东山不以为意，想了想，去了魏羡住处。朱敛正在逛百花苑，恰好不在屋内，屋门未闩，崔东山直接推开门。

魏羡正在看一些沿途购买的地方县志、稗官野史，看见崔东山，便放下书本，问道："有事？"

崔东山大袖飘摇，跨过门槛后，屋门自行关上。崔东山伸出一只手掌，轻轻握拳，沉声道："你魏羡不看过程只看结果，四人当中，你是最大的臭棋篓子，却也是无意中最近棋理之人，终有一天，你的拳头要砸在我家先生要害处，不如我今天先将你打死了事。"

魏羡淡然道："欲加之罪，何患无辞？"

崔东山一挥袖子，一幅画卷落在魏羡身边的桌上，还有三枚金精铜钱。

崔东山大步向前，一手负后，一手握拳，道："错杀便错杀了，我要杀得你境界跌到不能再跌，等到我家先生伤势痊愈，再顺势破开五境瓶颈，你到时候再想出手，已经做不到了。"

魏羡冷笑道："我倒要看看，是我跌境损失更大，还是你丢了师徒名分更惨重。你真以为我不知道，这幅画卷是你崔东山的障眼法？陈平安是什么人，想必你我心知肚明。"

崔东山略微有些惊讶，放缓脚步，道："之前倒是小觑了你这位南苑国的开国皇帝。咱俩同样心知肚明，你魏羡就是那个真正的隐患，可你为何迟迟不肯动手？说吧，我很是好奇。是因为……裴钱？"

魏羡面无表情，闷不吭声。

崔东山笑着坐下，继续道："我借着与先生下棋后帮他复盘的机会，对藕花福地的事情，事无巨细，我都询问过了。其中关于你们画卷四人的来历背景，只要是他知道的，我都知道，他没有注意到的蛛丝马迹，我也会留心。"崔东山指了指桌上一本不入流的野史，道："比如根据后世南苑国野史记载，他们那位铁血手腕的开国皇帝，最宠溺年幼早天的小公主,为了复活她,派遣所有宫廷方士,出去寻访仙人。那么在你魏羨眼中,裴钱与你女儿,是不是有几分相似?是不是杀了陈平安,你就能让女儿在藕花福地复活,或是干脆让你的女儿依附裴钱之身,在这座浩然天下父女重逢?嗯,兴许你魏羨还是会死,可毕竟她能够多活一世,至于是不是在那故国故乡的南苑国,无所谓了,反正亲人早已是枯骨,在浩然天下说不定成就更大,所以你魏羨选择默默等待,希冀着为她铺更多路,积攒更多家底,避免再度夭折的结局?所以陈平安必杀,但是他身上的诸多宝贝,你也要,好留给新的裴钱,作为她以后的修行家底?"

魏羨桌下一手握拳。

崔东山啧啧道:"我家先生说得好,那位老前辈真是道法通天,算无遗策。他给陈平安,给裴钱,给你魏羨,都留有各自的选择余地,在某些规矩内谋划大道。"

魏羨由衷赞叹道:"我虽然不懂棋,可是崔先生的棋术确实高明。"然后又问道:"可我要是在陈平安面前打死不承认,崔先生又能怎么办?"

崔东山爽朗大笑,道:"你魏羨真以为自己了解陈平安?不说我用一些独门秘法拘押你的魂魄,要你口吐真言,我敢确定,只要我原原本本与陈平安说过了这些推断,你魏羨的下场应该是……我以飞剑画圈,遮蔽天地,然后他陈平安就以当下的修为境界,打得你魏羨连死三次。最重要的不是这些,而是你魏羨此生都注定见不着你最想见的人了。"这应该是崔东山在画卷四人面前,第一次直呼陈平安的名字。

魏羨松开桌底下的拳头,坦然道:"确实如此。"

崔东山驾驭那把飞剑用金光画圈之后,拿出那幅走马图,摊开,截取了其中一段光阴流水,笑道:"咱们和气生财,不用打打杀杀。你魏羨心性不错,只是输在了眼界窄。来来来,告诉你这个土老帽,我之前在骊珠洞天,是怎么以一大堆破破烂烂的本命碎瓷片,精心拼凑出一个活蹦乱跳的活人的。好好瞪大你的狗眼,仔细看好,除了你们藕花福地的那位臭牛鼻子天老爷,我崔东山一样有机会让你得偿所愿。我不敢保证肯定成,可机会之大,总大过你这位开国皇帝在我眼皮子底下,兵行险着。"

半炷香过后,魏羨站起身,低头抱拳而无言语。

崔东山收起光阴画卷走马图后,也没有开口说话。

过了好一会儿,魏羨抬起头,依旧抱拳,问道:"先生就是大骊国师,绣虎崔瀺吧?"

崔东山一挑眉头,赞道:"不愧是当过皇帝的人,见微知著,比卢白象聪明不少。"

魏羨眼神炙热,恳求道:"国师大人,能否告知在下,具体是如何以大骊一隅之地,吞并一洲半壁江山?"

崔东山笑容玩味,反问道:"你凭什么跟我提这种要求?"

魏羨坐回桌旁,胸有成竹道:"就凭国师大人愿意在这屋子,与我魏羨一个必输之人,浪费这么多口水。我身上总有国师认为值钱的东西,今天没有,以后也会有。"

崔东山点点头,感慨道:"老魏啊,你很上道啊,跟你聊天,心不太累。"

魏羡犹豫片刻,正要说话,崔东山摆摆手,阻止道:"你想说的,我知道,这才是你活下来的关键。裴钱作为我家先生的开山大弟子,你要是真狠下心,对她意图不轨,只要你露出蛛丝马迹,就会死得不能再死了。不是我杀你,是陈平安。"崔东山眼神深沉,沉吟道:"你在等一个机会,而陈平安则在等你出手。有可能是这样,有可能不是这样,但是是这样的可能性比较大。"

魏羡摇头道:"此事我不信。"

崔东山双手抱住后脑勺,仰头道:"那是你还不知道,陈平安跟哪些人在心境上拔过河,较过劲,所以说你魏羡眼界窄嘛。"

魏羡问道:"国师又想要什么?"

崔东山叹了口气,道:"不好说,等等看。记住,以后别喊我国师,如今我跟自己是半个仇家。"崔东山站起身,一挥袖子,地上出现了一幅宝瓶洲形势图,是大骊宋氏吃掉卢氏王朝之前的那幅图。崔东山走到一洲最北端的地图方位上,意气风发,朗声笑道:"闲来无事,就与你说说我当年的丰功伟业,是如何一路南下,未来又将如何把一洲版图变作一国江山!"

裴钱离开屋子后,陈平安独自一人闭目养神,似乎有些疲惫。

他睁开眼,站起身,走到窗边,又一年春将尽。

陈平安趴在窗口上,笑望向窗外。

云霞山一座新开辟出来的仙家府邸,是仙子蔡金简如今的修道居所。

府邸邻近山崖,视野开阔,可以远眺。她屏退那些修道资质尚可的婢女,独自一人,盘腿坐在蒲团上,手持一幅从不示人的画卷。

蔡金简之所以如今在云霞山名声大噪,甚至在宝瓶洲诸多仙家门派当中,成为有资格与地仙前辈平起平坐的年轻翘楚,除了因为她从骊珠洞天归来后,境界暴涨之外,还因为她身上有许多不为人知的秘事,比如她与老龙城苻南华的莫逆关系。

蔡金简经历过一番大起大落,尤其是那场连祖师都不曾告知的生死劫难之后,无论是修为,还是心性,都获得了脱胎换骨的提升,让人感到惊艳。

蔡金简在前些年经常会下山远游,这两年则经常闭关。此时她打开手中画卷,上面是一位双鬓霜白的青衫儒士。

是她自己绘画而成。

在旁人眼中道心越发坚定、大道可期的蔡金简,低下头,睫毛微颤,轻声自语道:

"齐先生。"

她缓缓收起画卷,捧在怀中,神游万里。

当年死而复生,与齐先生分别之际,他说有一事相求。

蔡金简当然愿意。

齐先生要她将一幅光阴走马图,帮着寄往倒悬山剑气长城。在那之后,齐先生又让她陆陆续续寄了几幅画卷过去。

画卷里的主要人物,正是那个泥瓶巷少年陈平安。画卷内容,是骊珠洞天里的孩子陈平安,到大隋远游,然后独自一人南下送剑。最后一幅,是陈平安到达彩衣国之前。在那之后,齐先生就与她蔡金简道谢和告别了。

蔡金简曾经壮着胆子好奇询问,自己能否浏览画卷。那位齐先生笑容温柔,点头说可以。

在最后一幅画卷上,出现了齐先生,说了些临终遗言,是说给剑气长城那人听的。

"我有个不情之请,恳请宁姑娘考虑。"

"这样的陈平安,会善待世人。那就请宁姑娘,善待陈平安。"

"若是最后宁姑娘仍是不喜欢陈平安,没有关系,只请宁姑娘,莫要让我的小师弟,在'情'之一字上,太过伤心。齐静春在此拜谢。"

此时此刻,蔡金简抬起头,怔怔望向远方。

齐先生,总是让人如沐春风。

既然要在郡城逗留一天,陈平安就带着裴钱出去游玩。在一家纸鸢铺子,陈平安给裴钱买了青鸾国特产的鹞形纸鸢,价格不菲,掏钱结账的时候,看得裴钱小心肝直疼。裴钱扯了扯陈平安的袖子,指了指铺子里面一大堆相对廉价的蝴蝶纸鸢,说其实它们也挺好看的。陈平安摸了摸裴钱的脑袋,笑着说这些银钱不用节省,日常开销一事,师父心里有数。

买鹞形纸鸢之前,裴钱瞅得既欢喜又心疼,可买了之后就只有雀跃了,手捧昂贵的鹞形纸鸢,笑得嘴角能咧到耳后边去。

陈平安带着裴钱去了郡城几处游人必然要逛的风景名胜——城隍庙街、塔寺碑林、一座前朝宰相的故居,一个上午就这么优哉游哉地过去了。

正午时分,陈平安带着裴钱下了小馆子吃午饭,物美价廉,就是有些辣,吃得裴钱满头大汗,汗水都模糊了眼睛,仍是下筷如飞。

等到桌上三样菜肴没剩下多少的时候,汗如雨下的裴钱狠狠抹了一把黝黑脸庞,突然发现陈平安已经放下筷子,笑望向自己,裴钱有些难为情。自己这吃相是有些难看,以后要悠着点,不然出门在外行走江湖,会给师父丢脸哩。

回到那座仙家客栈,陈平安帮她挑了个百花苑的空旷处,裴钱开始放飞纸鸢。

陈平安坐在凉亭里面的长椅上,看着飞奔的瘦小女孩和随风飘荡的纸鸢,小口喝着咫尺物中所剩不多的一壶桂花酿,心境安宁。

裴钱转头大声问道:"师父,要不要来放纸鸢?"

陈平安摆摆手,裴钱便继续撒腿飞奔。

百花苑园圃,争奇斗艳,美不胜收。

崔东山带着隋右边也来到凉亭。崔东山向陈平安作揖行礼后,盘腿坐在长椅上,背靠朱漆亭柱。隋右边却没有落座,说道:"陈平安,我打算离开这里,提前去往桐叶洲的玉圭宗。"

陈平安没有感到意外,点头道:"路上小心。"

隋右边静待下文,只是陈平安说完这四个字后,好像就已经说完了所有言语。隋右边冷着脸,既不离开凉亭,也不开口说话,就这么气氛尴尬。

陈平安看了眼崔东山,后者心中了然,以金色飞剑围绕凉亭画出一个大圈,隔绝出一座小天地,以防客栈内外的窥探。虽然终究不是名副其实的小天地,未必挡得住地仙之流的掌观山河,可是若有此等事情发生,崔东山就会心生感应,随手打死青鸾国这么个小地方的狗屁金丹元婴,又有何难?

陈平安这才说道:"隋右边,那我就说些大煞风景的务实话,不管你爱不爱听,你都得听完。首先,痴心剑是借给你的,得还,还有那片斩龙台,一样要还钱的。第二,加入大骊王朝的谱牒籍贯一事,这是你我先前就定好的事情,不可反悔,所以在你离开宝瓶洲之前,还要让崔东山敲定此事,不可一走了之。第三,画卷我会留下,但是你一旦从纯粹武夫转为剑修,金精铜钱能否继续让你从画卷走出,这件事情,你我都不确定,所以除了一路南下,务必小心,不可意气行事之外,到了玉圭宗,更要收一收你的脾气。作为剑修,练剑是修行,可修行不只有练剑。"

隋右边看了眼陈平安,缓缓点头。

崔东山抹了抹眼角,故作哽咽道:"感人肺腑,我若是稍有些良心的女子,便不走了。"他转头望向亭子外边空中的纸鸢,感慨道:"世人只道神仙好逍遥,我道只羡鸳鸯不羡仙啊。"

隋右边默不作声。

陈平安道:"路上盘缠准备好了吗?肯定没有,你们这一路就没有挣钱的营生,那我给你准备两只钱袋子好了,一袋子世俗金银,一袋子雪花钱。小暑钱我自己都没剩下几枚了,谷雨钱更是一枚都没有,所以你此次南下桐叶洲,就不能大手大脚,说不定一路上拣选仙家渡船和路线,都需要你自己多打打算盘,住不得昂贵房间,省得走到一半就得步行远游,如此一来,容易横生枝节。"

陈平安突然改变主意，道："你可以先去趟老龙城，找到范二，就说我答应你的，让他借钱给你。"陈平安伸出一只手掌，道："最多五枚谷雨钱，最多五枚！"

隋右边嘴角微微翘起，仍是不说话。

陈平安以为她是在讥讽自己吝啬，没好气道："没得商量，撑死了就只能跟范二借五枚。"

隋右边点头道："好。"

崔东山想了想，没有越俎代庖，替陈平安当那善财童子。小事上，他这个难逃钱袋子命运的可怜弟子，帮着自家先生大包大揽没关系，但在这种涉及生离死别的大事情上，还是交由先生自己处置吧。

不过两袋子钱还是在崔东山手中凭空出现，他把钱袋子丢给隋右边，然后转头对陈平安笑道："回头先生再还我。"

陈平安当然没有异议。

陈平安和隋右边，其实都是不太喜欢拖泥带水的性子，所以接下来就真没话说了。

隋右边转身走出凉亭，崔东山便撤去那座金色雷池的禁制。隋右边一直走下台阶，都没有转头，看得崔东山啧啧出声，真是个败家娘们外加狠心婆娘。

只是崔东山接着会心一笑，闭上眼睛，双手握拳，开始数数，默念一个数，就伸出一根手指。崔东山刚好数到十，双拳变双掌之时，裴钱飞奔到凉亭，气喘吁吁道："师父，隋姐姐说想要你送她一程，到客栈门口就行，不用远送。"

崔东山哈哈大笑，朝陈平安挤眉弄眼。

陈平安觉得这是人之常情，就快步跟上已经渐渐走远的隋右边。

陈平安跟上隋右边后，两两无言，到了客栈门口，身后就是大门上两尊等人高的彩绘门神。

隋右边停下脚步，陈平安跟着停步。隋右边抬起头，望向蔚蓝澄净的天空，轻声道："是不是从来只觉得我是累赘，所以我说要走，你觉得轻松不少。"

陈平安转头看着隋右边的侧脸，笑道："别总把人想得那么糟糕。"

不可否认，隋右边是一位容颜极美的女子，尤其是当她偶尔不那么神色冰冷的时候，宛如昙花一现。

不知道隋右边，会不会在江湖里遇上心仪的男子？在桐叶洲玉圭宗，有没有人会成为她的神仙眷侣？如果有，多半是一位差不多惊才绝艳的年轻剑修？

陈平安挺好奇，也挺期待下次在宝瓶洲重逢，能看到她与人并肩而立，跟自己打招呼的模样。

一想到这些很难想象又十分有趣的画面，陈平安便忍不住笑了起来。

隋右边转过头，奇怪地问道："你笑什么？"

陈平安没敢说出心里话，感觉有些无礼轻薄了，隋右边脸皮子薄，气性又大，可别好好一场离别送行，结果挨了隋右边一两剑。陈平安只是说道："保重。"

隋右边大步离去，给陈平安撂下一句话，是一句嗓音轻柔的豪言壮语："我会很快就成为上五境剑仙的。"

走到了大街尽头，隋右边回过头望去，已经没了陈平安的身影，唯有两尊彩绘门神。

隋右边有些笑意，就此离去。

就跟约好了似的，隋右边刚离开，卢白象也来请辞，说是要去逛一逛包括白水寺在内的青鸾国境内所有大寺庙，之后去庆山国、云霄国四处走走，大概几年后才能去陈平安的家乡龙泉郡。

陈平安在屋子里，瞥了眼崔东山，后者赶紧解释道："与学生无关！若是学生撒谎，就用五雷正法劈死自己！"

卢白象笑道："确实与崔先生无关，是我自己想要独自一人，像当年在藕花福地那样，尽情浏览大好山河。希望三年之内，除了跻身第七境之外，也可以到达远游境，能够像练气士那样御风远游，以便将山上的绝美风光一并看遍。在那之后，卢白象就会安分守己，老老实实以扈从身份跟随，给您效命。"

陈平安刚将两袋子钱还给崔东山，这会儿又得掏钱，气笑道："说吧，要跟我借多少钱当盘缠？"

卢白象哈哈大笑，道："无须一枚神仙钱，借些银子就行。"

不过陈平安仍是给了两袋子钱，叮嘱道："一文钱难倒英雄汉，这袋子雪花钱还是拿着吧，以备不时之需。"

卢白象并未拒绝，接过了钱，突然自嘲道："若是我一出门就死在外面，岂不是尴尬至极。"

陈平安笑道："你很快就是七境武夫，又不是那种急躁性情，两者足以让你在宝瓶洲横行了。"

卢白象起身告辞，抱拳道："那就再会？"

陈平安抱拳还礼道："再会。"陈平安又打趣道："这可是浩然天下，不是藕花福地，你别捣鼓出一个魔教来。"

崔东山拆台道："卢白象又不是山上仙家的人，江湖门派立教称祖不打紧。"

裴钱突然喊道："小白，你等我一会儿。"裴钱背转过身，掏出那只桂夫人赠送的香囊钱袋，从里头摸出一枚雪花钱来，跑到卢白象身前，下令道："小白，伸手。"

卢白象笑着摊开一只手掌。裴钱将那枚雪花钱重重拍在卢白象手心，郑重其事道:"小白,送你的。礼不轻,情意更重啊!"

卢白象握住那枚雪花钱,知道这个小貔貅能主动掏出一枚神仙钱,而且是送不是借,情意真是不轻了。卢白象微笑道:"放心,我这几年游历江湖,会帮你留心些好东西,看能不能挣到手,下次重逢再送给你当作见面礼。"

裴钱使劲点头,一本正经道:"玩归玩,可千万别耽搁练武啊。习武一途,是逆水行舟,不进则退。要学我,每天走桩抄书、练习剑术刀法,勤勤恳恳,笨鸟先飞!"

卢白象笑着伸手去摸裴钱的脑袋,嘴里答应道:"知道啦。"

裴钱灵巧地躲过卢白象的手掌,埋怨道:"会长不高的。"她转头对陈平安灿烂地笑道:"师父摸脑袋,么(没)得事情。"

卢白象开怀而笑,最后望向那个跷着二郎腿坐在陈平安身边的白衣少年,崔东山抬起一只手掌,示意让卢白象把话收回肚子,干脆道:"咱俩都是爷们,就别磨磨蹭蹭卿卿我我了。"卢白象潇洒离去。

屋内寂静无声。

陈平安问道:"我是不是需要再准备准备?接下来是朱敛还是魏羡?"

崔东山指了指自己。

裴钱绷着脸,努力忍住笑意。

崔东山拈起一粒枣子,屈指一弹,精准砸中裴钱额头。

裴钱弯腰接住枣子,这次没敢吃,生怕崔东山又拿鬼魅精怪之类的事情吓唬她,只是放回桌上的小碟子里,然后坐在陈平安身边。

陈平安问道:"不看一看青鸾国的佛道之辩?"

崔东山摇摇头,泄露天机道:"一般人只能看到京师重地的两帮人吵架,臭牛鼻子和老秃驴们相互指着鼻子骂来骂去,意思不大。真正的较量,是在白水寺那位转世佛子和青鸾国京城白云观观主这两人之间。一个曾是久负盛名的高僧大德,这辈子同样悟性极高;一个是没有任何根脚、只会读书而且什么书都读得通的中年道士。这两人论道,虽然关注的人不会多,但个个都是不小的麻烦,观湖书院,云林姜氏,说不定还有许多从天上落下的闲云野鹤,还有难得爬出水面透口气的老王八。一来我是见过大场面的,瞧不起这场辩论;再者我的仇家太多,不适合去那边。"

陈平安点头道:"小心驶得万年船。"

崔东山站起身作揖赔罪,道:"学生此去,需要带上魏羡同行,恳请先生答应。"

陈平安嚼着枣子,笑道:"难道不是我应该感谢你吗?"

崔东山破天荒没说那些谁都不当真的言语,他把双臂放在桌上,十指交缠,缓缓道:"如今东宝瓶洲中部形势复杂,山上山下都一团糟,山泽野修趁火打劫,尤其是冒出了许多浑水摸鱼的地仙,其中不少出身正派的仙家,行事却很不讲究。那个书简湖,本就是鱼龙混杂的臭水缸,所以我建议先生离开青鸾国京师后,不要马上去书简湖,先去大隋的山崖书院,刚好可以去那边炼化金色文胆,作为第二件本命物。

"我会致信一封,让大骊直接将剩下的金精铜钱送往山崖书院,届时茅小冬会帮先生护阵。这对先生而言,是锦上添花,可对于大隋高氏而言,却是无形中的雪中送炭,先生不用觉得占了人家多大便宜。大隋本就是文风鼎盛之国,炼化那颗品相极好的金色文胆,最是适宜。

"此后,是旧地重游彩衣国、梳水国一带,还是返回龙泉郡看一看老宅,问题都不大。

"在那之后,先生再去书简湖就稳妥了。那会儿宝瓶洲中部应该已经稳定下来,说不定一块大骊礼部颁发的太平无事牌,就能够随便让一位地仙低头。"

陈平安思考了很久,摘下养剑葫芦喝了口小炼药酒,终于点头道:"可行,离开青鸾国后,大致上就按照你规划的路线走。"

崔东山毫不掩饰自己的如释重负,道:"先生放心,这里面绝无坑害先生的谋划。再说了,学生我与先生你,如今是一条绳子上的蚂蚱,走的是同一条道,先生成就越高,我崔东山就是愈懒得整天无所事事,也能沾先生的光,被先生硬生生提上去。"

陈平安犹豫了一下,问道:"你如今跟京城那位,是怎么打交道的?"

崔东山脑袋一下子重重磕在桌上,一副想死的颓丧模样,咚咚作响地磕了三下,抬起头道:"一说这个,学生就心口疼。"

陈平安笑道:"你们自找的,怪不得别人。"

崔东山委屈道:"可凭啥是那老家伙享福,继续当威风八面的大骊国师,学生却连绣虎的绰号都没了,每次往外面跑,还得风餐露宿,藏头藏尾?"

陈平安幸灾乐祸道:"你就知足吧,除了咫尺物里面的那么多件法宝,还有这副比杜懋阳神身外身更好的仙人遗蜕。"

崔东山哀叹一声,单手托腮,摆出抬头望天状,道:"倒也是。我如今对那打打杀杀兴趣不大,就是比较容易无聊。出了大隋书院还好,与先生朝夕相处,乐在其中。在那座东山,小宝瓶不稀罕搭理我,于禄、谢谢之流,我看着烦心,李槐、林守一又没得聊,好一个凄凄惨惨、冷冷清清啊。"

陈平安懒得安慰他什么,何况这位大骊绣虎需要别人宽解心境?天大的笑话。

崔东山直起腰,笑道:"先生,藕花福地这画卷四人,差不多算是暂时收官了。学生为先生小小复盘,就当离别之前,最后教先生下了局棋外棋吧。"

陈平安下意识端坐,每次与崔东山学棋,都是如此认真,恭敬道:"请说。"

崔东山觉得有些好笑,又有些小小的伤感,只是这些情绪收敛得很好,没有流露出丝毫。他先以飞剑画出雷池,才道:"那隋右边就是个傻妞,像个龙窑瓷瓶,漂漂亮亮的,一砸就碎。不过傻归傻,确实是个先天剑坯,只要玉圭宗愿意栽培,元婴境剑修不在话下,至于能否成为上五境的女子剑仙,可就不是她一个人说了算的,得问过这方天地答应不答应才行。不管如何,这隋右边算是画卷四人中运气最好的一个。先生这一路,对她呵护得真好,死了三次,隋右边的心境非但没碎,反而更加明亮。"

陈平安眼神古怪。崔东山伸出并拢的双指,斩钉截铁道:"对天发誓,学生这番话绝对没有双关,没有任何言外之意!"

陈平安递给裴钱一颗白如雪的香梨,裴钱双手捂住香梨,拧转几下,算是擦拭干净了,这才轻轻啃咬起来。

崔东山继续道:"至于魏羡这颗烫手山芋嘛……已经帮先生摆平了,反正就是个憨傻汉子,不用多提。"

崔东山原本还想格外细说这里面的精妙对弈,只是发现陈平安对他使眼色,崔东山何等精明,立即心领神会,改了口风,一带而过。

崔东山斜瞥一眼摇头晃脑吃着水果的裴钱,嫌弃道:"吃吃吃,就知道吃,没半点眼力见儿……"结果在桌子底下,挨了陈平安一脚。

崔东山悻悻然,又说回正经事:"卢白象才情极高,是有望成为一位通才人物的,但武道登顶极难,九境不难,十境不用奢望,除非天上掉下一份大的造化才行。当然,九境武夫,便是在将来的大骊王朝,仍是身负一定武运的超然存在,到时候以卢白象的脑筋,我教他一些旁门左道,仍然算是战力相当不俗的好走狗……不对,是好打手,好扈从。"

裴钱瞪眼道:"在我师父你先生面前,好好说话啊,不许胡说八道,这么糟践老魏和小白。"

崔东山笑眯眯道:"那我与你说说与这颗香梨相关的精魅故事吧?"

裴钱立即笑道:"知错就改善莫大焉,是天大的好事情哩,师父有你这样的学生,不跌份儿。"

崔东山模仿裴钱的口气,伸出一只手掌轻轻晃荡,啧啧道:"我家先生有你这样铁骨铮铮的好徒弟,也是天大的好事情哩。"

裴钱装傻扮痴,脸上笑呵呵。

崔东山神色微变,转而对陈平安沉声道:"唯独这朱敛,看似是最不钻牛角尖的一个,随遇而安,在哪里都能活得滋润,可这意味着,他才是那个人心最起伏不定的家伙。出身藕花福地的钟鸣鼎食之家,曾是俊美无双的豪阀贵公子,却跑去习武,真就给他练出了个天下第一。这样的人能屈能伸,画卷四人,数他朱敛眼界最高,心气一样最高。"

裴钱使劲点头,四人当中,她就最怕那个佝偻老人。

崔东山突然笑了,道:"这种家伙,其实无所执。先生你如果教得不好,说不定什么时候,他就把先生卖了。可是如果先生教得好……便会有意外之喜,到时候四人当中,他是唯一一个,愿意为先生赴死之人!而且说死则死,毫不犹豫,即便他只剩下最后一条命,也不例外。其余三人,我可以管一管,唯独朱敛,学生我教不动,只有先生出马才行。"

崔东山见陈平安似有不解,耐心解释道:"隋右边不行,她在求剑道,这是她最想要的东西。卢白象与先生看似性情最为契合,实则不然,此人几近无情。"然后崔东山不再口述,而是以心声秘密告知陈平安,"魏羡觉得自己死不得,还没有得偿所愿,又是皇帝出身,除了他心中唯一的执念之外,世间人都可杀,世间物皆可买卖。关于这个执念,先生别怪我多事,学生还需要通过桐叶洲关系,对南苑国开国初期魏羡的帝王家事,好好挖上一挖。"

陈平安提醒道:"涉及那位观道观老道人,你悠着点。"

崔东山笑了笑,道:"对于那个臭牛鼻子老道士,我肯定会极其小心的,说实话,就算我在仙人境巅峰之时,都不敢主动招惹他。老秀才与他倒是有些不一般的交情。"

崔东山沉默片刻,站起身,来回踱步,双手掌心摩挲,好似在教陈平安"下棋",又好像在为自己当年那一文脉复盘,轻声道:"先生切记,弟子也好,门生也罢,一座山头,得杂,不能只有一种人,尤其不能所有人都像先生。

"不能人人都如先生这般与人为善,守着君子之道。不能人人只做道德文章大学问。不能人人不动脑子,喊打喊杀。

"必须有我这样的人,做得违心事,会钻规矩的漏洞,看得清大势,懂得顺势而为,当得好那种惹人厌的恶人,衬托得出先生的好,就可以让先生的形象,始终山高水长,光风霁月。

"必须有人愿意只认定先生一人,先生之生死,就是他之生死,甚至把先生之生死看得更有分量。

"要有继承先生学问衣钵的,是那文运大道上的真正同道中人,这样的人是撑场面的好苗子。

"也要有震慑邪魔外道、宵小之徒以及伪君子的疯子,例如朱敛。

"要有那种有家底的人,比如落魄山竹楼里头那位……好吧,先生应该已经知道了,他就是我爷爷。

"有逗乐的活宝,展露天真稚趣的,免得一座山头,过于死气沉沉的,比如我当年帮先生在黄庭国收服的水蛇火蟒。

"总之,与人讲道理时,有人可以站出来,帮助先生以理服人。

"与人切磋大道高低之时,有人可以挺身而出,帮助先生以德服人。

"若是有人在我们讲理之时出拳头拼修为,在我们被迫出手时又装可怜,那就得有人帮着先生先打得他们服气,最后再由先生责骂几句,最多对鼻青脸肿的对手补偿一二,给颗枣子吃,旁人就挑不出我们山头的家风、门风、文风问题。"

崔东山站定,笑道:"只是随口说说,若是先生肯拣选一二,学生就心满意足了。"

陈平安正襟危坐,说道:"受教了。"

崔东山看着陈平安那双明亮眼眸,作揖致礼之时,笑道:"如切如磋,如琢如磨。"

裴钱在一旁听得脑壳疼。

崔东山的话语一下子拐出十万八千里,笑道:"青鸾国京城有两样东西,先生有机会的话,必须尝上一尝,一样是佛跳墙,一样是街边那些深巷老铺的卤煮,一贵一贱,皆是人间美食。"

陈平安笑道:"好的。"

崔东山小心翼翼道:"先生,我想与裴钱说些同门之谊的悄悄话,可以吗?可能聊完之后,就会带着魏羡离开,先生无须相送,之后就只有石柔和朱敛担任扈从了。"

陈平安点点头,转头看了眼裴钱,她猛然站起身,朝崔东山一拍胸脯道:"谁怕谁!"

崔东山笑着走出屋子,裴钱紧随其后,跨过门槛的时候转头对陈平安笑了笑,扬了扬拳头给自己壮胆打气。只是一看不见陈平安了,裴钱就立即拿出那张宝塔镇妖符贴在额头,这才跟在那个家伙身后,去了他的屋子。

一进门,裴钱立即很狗腿地帮崔东山关上门,满脸谄媚笑意地坐在桌旁,伸手抓了一颗香梨,道:"你是我师兄,我帮你擦擦这梨,可以解渴的。"

崔东山翻白眼道:"你拉倒吧,还师兄,我喊你大师姐好不好?"

裴钱连忙摆手,道:"不行不行,师出同门,我们还是要讲一讲先来后到的。"

崔东山嗤笑道:"瞧你那点出息。"

裴钱使劲点头,小鸡啄米道:"对对对,我如今年纪太小,出息是不大的。"

崔东山站起身,拿出那幅光阴流水走马图,却没有立即摊开,问道:"你觉得你师父小时候是怎么个光景?"

裴钱愣了愣,道:"听师父跟我说过,也听他跟别人闲聊过些,好像小时候挺穷的,是在那个什么骊珠洞天的泥瓶巷长大的。"

崔东山缓缓打开画卷,招手道:"那就来瞅瞅。"

这幅画卷上,先是小镇外面的那条河水,以及那座最后被拆掉的廊桥。

崔东山缓缓道:"世间修行之人,欺山不欺水。因为诸子百家的圣贤们,对于水之喜好,其实是要远远多于山的。上善若水、智者乐水、佛观钵水。至于这里面的真相,以后你会知道的。"

此后就是陈平安的那段儿时岁月:

其他孩子在神仙坟放纸鸢,有个远远独自蹲着的黝黑孩子,羡慕地看着那些奔跑的同龄人和那些高高飘在天上的纸鸢。去杨家药铺买药回家煮,踩在小板凳上做饭烧菜。偷偷跑去神仙坟对着破败神像祈福。

再后来,大太阳底下,背着个跟他差不多大的箩筐,去山上采药,结果肩膀火辣辣地疼,走到山脚摘了箩筐,就号啕大哭。饿得一次次在泥瓶巷来回走,最后是一位妇人开了门。

光阴如水潺潺而流,一幅幅画面缓缓变换,从孩子变成少年。

最后画面定格在那天的小镇东门口,陈平安站在门内,等着跑腿送信挣铜钱。

裴钱目不转睛,神色变幻不定,看了足足大半个时辰,她看得入神,不时自言自语。

"这个宋集薪和稚圭都该死。我刚好有一刀一剑,以后一刀砍掉脑袋,一剑戳穿心口!"

"难怪师父会编草鞋做书箱,什么都会。"

"哈哈,师父也会眼馋糖葫芦啊?咦?师父怎么跑了,那个卖糖葫芦的汉子,不是都要送师父一串了吗?想不明白。"

"龙窑这个娘娘腔男人,跟那个叫石柔的老头子有点像。"

"坟头这棵树,就是师父跟小白聊天时说过的楷树吧?"

"这个姚老头怎么总喜欢骂师父呢,他眼瞎啊?"

"门外面这位姐姐,该不会就是师父喜欢的姑娘吧?比隋右边没好看多少呀,好像还不如传授我剑术刀法的女冠黄庭哩。"

啪的一声,崔东山收起画卷,收入咫尺物。

裴钱默默坐在凳子上。崔东山坐在一旁,神色淡漠,道:"你师父跟我复盘藕花福地之行的时候,没怎么喝酒,只是后来提到你的时候,接连喝了不少,说他原本以为天底下所有的爹娘,都恨不得把所有好东西都留给子女,后来才知道不是这样的,怎么会有那样一个娘亲,会偷偷藏着馒头,选择在大半夜独自偷吃,即便女儿快要饿死了,都不愿意拿出来。"

裴钱耷拉着脑袋。

崔东山淡然道:"我得感谢你裴钱,从头到尾,让我家先生知道了天底下又蠢又坏的人何其多也。"崔东山问道:"知道你师父当年在小镇上,最难熬过去的是哪三次吗?"

裴钱趴在桌子上,喃喃道:"一个是饿得在泥瓶巷来回走,那个妇人开了门,所以师父后来对那个小鼻涕虫特别好。一个是第一次上山采药,所以师父对那个杨老头特别感激。最后一个,我想不出来。"

崔东山还算满意,笑道:"你当然打破脑袋都想不出来,是那串糖葫芦。"

裴钱转过头,脸颊贴着桌面,有些疑惑,望向那个眉心有痣的家伙。

崔东山轻声道:"换成是你当时在场,那串糖葫芦,你可以吃,尽管吃,跪在地上求人给你吃,偷着吃抢着吃,吃一摊子的糖葫芦都没问题。可是陈平安吃不得。一颗都吃不得。世事人心，看似复杂，其实只要瞧得见极其细微处，皆有脉络可循——"

裴钱突然恼火道："喊先生！竟敢直呼先生名讳，你胆子真大！小心我跟师父告状啊！"

崔东山翻了个白眼，做出弹指状。

裴钱赶紧坐直身子，双手护住自己的额头和宝贝符箓。

崔东山双手笼袖，斜靠桌面，望向窗外，轻声道："我们啊，不要总是让先生失望。"

这话说得有些让裴钱犯迷糊，总是？不过很快就不迷糊了，裴钱随便掰手指头算一算，自己确实没少惹陈平安生气。

崔东山扭转脖子，笑望向裴钱，道："天有日月而照临万方，人有眼目而明见万象。裴钱，你很幸运，更幸运的是你能够遇上陈平安，这就像……陈平安遇见了齐静春。"崔东山眼神恍惚，脸上却有些笑意，低语喃喃："记得有个老秀才在最落魄的时候，跟我，还有个脑子不太灵光的姓左的家伙，以及陈平安心目中的那位齐先生，这三个当时仅有的弟子说过，这人啊，若是活得心安，有钱没钱没那么重要，喝水都会觉得甜，嚼白馒头都能吃出烤鸡腿的味道来。当时姓左的就傻乎乎说，反正一辈子喝水吃馒头，又饿不死，挺好的。老秀才一听气得拍桌子瞪眼睛，说有点出息好不好，没钱的时候，不拿这些道理来顶饿，日子还怎么过？天底下哪有不想着日子过得更好的笨蛋？当所有人想过好了，又能走一条堂堂正正的好路子，这个世道才能往上走……然后那个齐静春就问了，先生，那咱们啥时候才能吃上有油水的饭菜？老秀才憋了半天说不出话来，最后只好指了指我这个冤大头——那两个家伙的狗屁大师兄，笑眯眯说，这就得看你们大师兄家里啥时候寄钱过来了……只是这些家常话，后世是不会有人知道了，全部都留在陋巷里的那座小学塾了。后来，老秀才两次参加三教辩论，门下记名不记名的弟子如云，举世瞩目。在那之后，老秀才每天为所谓的天下苍生忙碌得焦头烂额，一座座学官一座座书院跑个遍，为更多的笨蛋传道授业解惑，而我们最早的这三个他的得意门生呢，久而久之，就各有各的道路了。"

裴钱听得并不真切，实在是崔东山嗓门太小的缘故。

崔东山深呼吸一口气，双袖一卷，如雪花翻滚，转头望向裴钱，微笑道："心离其形，如鸟出笼。皎然清净，譬如琉璃。内悬明月，身心快然。既然你不适合师父的拳法，而是练了刀剑，那就要练出快哉剑，出剑最快，快到风驰电掣，快到一剑可破万法。要练出爽快刀，手起刀收鞘，仇寇头颅已是滚滚而落！"

裴钱皱了皱黝黑脸庞，嗤笑道："你又不是我师父。"

崔东山笑眯眯道："可你是我大师姐嘛，如今我罩你，以后你罩我，这才是可歌可泣的师门友谊。"

裴钱眨眨眼，道："你可别骗我，不然我才不当大师姐。"

崔东山想起一事，掏出一张折成纸鹤的小东西，递给裴钱道："小心收好，就放在你那香囊里边，记得别擅自打开，不然后果自负。你跟随我家先生此次远游，在他最生气的时候，你才可以拿出来给他看。但是我希望直到我与先生重逢，你都没有拿出来过。"

裴钱"哦"了一声，小心翼翼收入香囊钱袋里边。

崔东山指了指金光流淌的雷池，问道："你不是有根行山杖吗？想不想学我这门神通？"

裴钱说道："我可没啥钱了，都给小白当盘缠啦。"说到这里，又想起一桩伤心事，跟眼前这个家伙下五子连珠棋，足足被骗去七枚铜钱。

崔东山大袖一挥，笑道："谈钱多伤感情，不用你花钱，就当是你帮我那个小忙的报酬。"

陈平安最后还是将崔东山送到了客栈大门口。

魏羡和裴钱正在唠嗑。朱敛和石柔站在陈平安身后。

崔东山对陈平安身后的两人笑道："两位，一定要照顾好我家先生啊。"

朱敛点头微笑，道："你先生是我老爷，当然无须多说。"

石柔则心情复杂，崔东山在时，畏惧如虎，崔东山走时，又担心前路渺茫。

崔东山对陈平安作揖拜别，道："山水迢迢，先生珍重。"

在崔东山起身后，陈平安突然抬起手臂，拳头贴在身前，背对着"杜懋"，竖起大拇指，低声道："干得漂亮！我和郑大风都要谢你。"

崔东山憋了半天，第一次拍马屁如此不顺畅，只得扭扭捏捏地说道："先生真是……厚道人。"

第八章
夫子气魄

　　崔东山走后约莫半个时辰,让一位相貌平平的汉子跑了趟客栈,找到陈平安,出示了一块大骊仙家细作才能携带的太平无事牌。

　　陈平安神色如常,可心中差点炸毛。要知道他在桐叶洲被算计得最狠的一次,就是那块太平山祖师堂嫡传玉牌。一朝被蛇咬,十年怕井绳,而且两块玉牌刚好都有"太平"二字,陈平安难免犯怵。

　　能够担任大骊细作的修士,得符合三个条件:一是本事高,能杀人也能逃命;二是心智坚韧,耐得住寂寞,可以坚守初衷,数年甚至是数十年死忠于大骊;三是必须擅长察言观色,不然就会是一颗没有生发之气的呆板棋子,意义不大。

　　所以这名蛰伏青鸾国多年的大骊细作,一瞬间就捕捉到了这位年轻仙师的细微异样,只是这些,与他无关。此次他光明正大地现身走入百花苑,事后收尾一事,少不得要解决诸多麻烦。没办法,那位大人身份太过吓人,进入这座青鸾国皇帝眼皮子底下的郡城后,不但直接上门找到了他,还出示了一枚品秩最高的绣虎兵符,此符能够调动所有大骊境外的细作死士。

　　大骊谍报机构,最早是呈三足鼎立之势,牛马栏、铜人捧露台、绿波亭,国师绣虎、藩王宋长镜和那位后宫娘娘,各自执掌一块地盘。前几年手握绿波亭的娘娘,突然去了一座毗邻京城的仙山结茅修行,退出大骊权力中枢,绿波亭就划归国师。后来竟是连藩王宋长镜的铜人捧露台,在皇帝陛下授意下,一并交给国师经营。绣虎崔瀺如今可谓大权独揽。

汉子以久违的大骊官话，与陈平安说了那位大人交代的事情。原来是那头隐匿城外的黄色地牛，决定跟随崔东山远游，而崔东山也会给这头地牛之属的龙门境妖物一份机缘，顺利结成金丹的希望很大。

陈平安微微松了口气，问道："敢问先生手上这块太平无事牌，是什么品秩？"

汉子没有任何犹豫，坦诚道："回禀公子，是第二高品。在下受之有愧，诚惶诚恐。"

关于太平无事牌的品秩高低，这本身就是一桩不小的机密，只是那位大人要求自己有问必答，汉子不敢有丝毫怠慢。

汉子站起身，毕恭毕敬拿出一只钱袋子，递给陈平安道："那位大人还要属下将此物交给公子，说是'束脩数条'。"

陈平安起身接过一袋子……铜钱，哭笑不得，放在桌上，对这个大骊细作抱拳道："劳烦先生跑这一趟了，希望不会给先生带来一个烂摊子。"

汉子有了些笑意，有这句话其实就很够了，何况为大骊卖命效死，本就是职责所在。他抱拳还礼道："公子客气了。"

陈平安在汉子离开后，打开那只材质普通的棉布钱袋，将铜钱倒出，一小堆，不知道崔东山葫芦里卖什么药，难道就真的只是私塾拜师礼？

裴钱埋怨道："崔东山真是的，不说一袋子小暑钱，一袋子雪花钱也行啊。怎么给师父你当学生，恁的小气。"

陈平安见钱袋子和铜钱真没有什么玄机，反而心情好转几分，犹豫了一下，没有放入地盘更大的咫尺物，而是收起来放入方寸物飞剑十五当中。

陈平安笑着揉了揉裴钱的小脑袋，黑炭小丫头笑眯起眼，像只小猫。

之后裴钱开始抄书写字，一笔一画，一丝不苟。习惯成自然，如今她若是哪天不抄书，反而浑身不自在。

陈平安就绕着桌子，练习那个扬言拳意要教天地倒转的拳桩，姿势再怪，旁人看久了，也就见怪不怪了。

这天暮色里，朱敛来到陈平安屋里。此时裴钱正坐在桌旁，一手拿着他送她的游侠演义小说，一手比画着书上描述的蹩脚招式，嘴里哼哼哈哈的。陈平安也坐在桌旁，手边搁着一本尚未合上的法家典籍。朱敛笑道："少爷真是事事勤勉，'天下无难事，只怕有心人'，这句老话应该就是专门为少爷说的。"

画卷四人，虽说哪怕是到今天为止，仍是各怀心思，可抛开这些不说，从桐叶洲大泉王朝一路相伴，走到这东宝瓶洲青鸾国，多次生死相依，并肩作战，结果一天工夫，隋右边、卢白象和魏羡就离去远游，只剩下眼前这位佝偻老人，陈平安要说没有半点离愁别绪，肯定是自欺欺人。

陈平安拿出了两壶桂花酿，与朱敛一人一壶，对坐而饮。

朱敛笑道："少爷为何始终不问老奴,到底是怎么在武道上接连跨出两大步的?"

如果是在崔东山下完那盘"棋外棋"之前,陈平安可能还会斟酌权衡一番,又兴许是喝过了几口桂花酿,便不愿意太过钩心斗角,笑道："谁还没有点压箱底的心事和秘密,不愿拿出来晒太阳给人看,很正常,我不也一样?只要不是害人之心,藏着就藏着吧,说不定就……跟我们手里的桂花酿一样,越放越香。"

朱敛晃了晃手中的酒壶,咧嘴笑道："既然少爷愿意给这壶酒喝,那老奴也就开怀痛饮了。老酒、新酒,都是酒,先喝为敬,少爷,走一个?"

陈平安笑着跟朱敛酒壶碰酒壶,各自喝了一大口,看得裴钱十分眼馋。桂花酿她是尝过滋味的,上次在老龙城灰尘药铺的那顿年夜饭上,陈平安给她倒了一小杯,甜得很,好喝极了。

朱敛抹了一把嘴,问道："少爷还记得那位姓荀的老前辈吧?"

陈平安点点头。

朱敛笑道："老奴破开六境大瓶颈,紧跟着隋右边跻身第七境金身境,是水到渠成的事情,少爷不会感到奇怪。但是后来老奴偷偷摸摸又成了远游境,这里边,九境武夫郑大风的喂拳,老龙城战死了一次,荀老前辈的指点迷津以及最后又拉扯了老奴一把,再加上老奴自身所走武学路数与隋右边三人大不相同,环环相扣,缺一不可。非是老奴自夸,老奴所走武道,虽是在藕花福地那么个小地方悟出来的,根柢就只有四个字,'厚积薄发',但自认便是在奇才辈出、神仙乱飞的浩然天下,都不算差。"

朱敛放下酒壶,笑着起身,走到桌子与房门之间的空地,道："老奴打一套拳,少爷看看能否瞧出些端倪。"

本就身形矮小佝偻、拳意貌似松垮提不起的武疯子,身架子越发"蜷缩",手脚背脊肩腰,皆是如此,让旁人看得十分别扭。裴钱一眼看去,觉得这个朱敛此时越发"小"了,只是比起平时懒洋洋的矮老头,这一缩,力气和拳意,好像反而一下子迸发出来了。

猿猴之形。

朱敛身形拧转,步伐诡谲,看似随意出拳,骨架收拢,只是在身架偶尔舒展的某一瞬间,就有雷霆万钧的拳意倾泻而出。

裴钱觉得有些眼熟。

陈平安心中赞叹不已,武疯子武疯子,真是天资卓绝,不愧是丁婴之前的藕花福地天下第一人。经历过一场场生死大战之后,陈平安心中坚信,单论捉对厮杀分生死,画卷四人在境界相当的前提下,最后活下来的,多半会是这个朱敛。

朱敛竟是将太平山女冠黄庭当初在药铺后院,传授裴钱白猿背剑术和拖刀式时的刀剑真意,转变成了他自身的拳意。

当然,这其中,又有朱敛近水楼台先得月的先天优势,因为朱敛的拳法和武学,相对隋右边三人,最为接近黄庭传授的剑术刀法的精气神。

可能够在旁观看黄庭几眼,就学得如此形神俱备,并且融入自身拳意,朱敛这份眼力和根骨,陈平安不得不佩服。

朱敛停下拳架,笑道:"少爷好眼力。"

裴钱有些不服气,老厨子你适可而止啊,这样的马屁也说得出口?我师父可还一个字都没说呢。

朱敛敛了敛笑意,以比较罕见的认真神色,缓缓道:"这条路,类似隋右边的仗剑飞升,只能惨淡收场,在藕花福地已经被证明是一条不归路,所以老奴到死都没能等到那一声春雷炸响。只是在少爷的家乡,就不存在攻不破的关隘城池了。"

陈平安由衷赞叹道:"可是归根结底,还是你朱敛站得高,看得足够远。"陈平安突然担忧道:"只是你连破两境,第七境的底子,会不会不够牢固?"

朱敛叹了口气,点头道:"比起第六境的坚固程度,我先前那金身境确实很一般。"朱敛喝了口酒,无奈道:"但是没办法,苟老前辈道破了一句天机,说宝瓶洲所有看似前程远大的天才武夫,如果再磨磨蹭蹭,那么这座宝瓶洲,就会是所有七境、八境纯粹武夫的伤心地,这辈子就算是没啥大指望了。所以我就想要走得快一些,步子迈得大一些,趁早到达九境,先占据一席之地再说。之后即使如同围棋国手里面那些沦为弱九段的,也总好过一辈子待在八段。"

陈平安思量一番。先前在县城武庙,崔东山以神通显化过青鸾一国武运,所以朱敛所说,并非全然没有道理。其中的隐患,朱敛自己已经看得真切,就是某天跻身九境后,断头路极有可能就断在了九境上,无望到达真正的止境;再就是屈指可数的九境武夫当中,又有强弱高低,一旦厮杀,不同于围棋九段对弈可以用神仙手扭转劣势,九境武夫底子差的,对上底子好的,就只有死。

按照郑大风的说法,当初宋长镜离开骊珠洞天之前,如果不是杨老头暗中阻止,李二当时就能打死同为九境的宋长镜。

陈平安说道:"先到先得,落袋为安,不失为一条可行的路子。"

朱敛笑道:"老奴当然奢望传说中的武道十境,却不敢有半点瞧不起九境。在灰尘药铺的时候,郑大风一打四,帮着喂拳,我们四个,其实谁肚子里不憋着口窝囊气?只不过技不如人,就得认,我们四个,这点气度还是有的,不然不光是郑大风瞧不起咱们藕花福地,说不定少爷也会。"

陈平安感慨道:"我算是半个藕花福地的人,因为我在那边滞留的日子不短,你们四个的岁数加起来,估计和我待的时间差不多。只是就像你说的,脚下走得快,步子大,所以当时我对于光阴流逝的感触不深而已。"

朱敛说道:"少爷是鸿运当头的天之骄子,有此福缘,理所当然……"

裴钱蓦然大怒，骂道："放你个屁！"

朱敛愕然，然后笑容玩味，哟呵，这小黑炭腰杆硬了不少啊。只是朱敛再一看，就发现裴钱神色不太对劲，不像是平常时候。

陈平安也有些讶异，不知道裴钱为何突然恼火起来。

朱敛没来由地想起崔东山在跟自己第一次切磋前说："看你这副脸上笑嘻嘻心里贱兮兮的鸟样，我很不爽，我们打一架。我说到做到，双手双脚都不动，任你拳打脚踢，我皱一下眉头，就算我输。"最后嘛，崔东山就让朱敛知道了什么叫大隋书院的多宝神仙，知道了他是如何在京城一战成名，挣到一个"蔡家便宜老祖宗"的绰号。

朱敛笑道："少爷，你这位学生崔东山，真真是位妙人，妙不可言。"

陈平安无奈道："甘苦自知，以后有机会，我可以跟你说说里面的恩怨。"

朱敛走后，裴钱还在生闷气。

陈平安笑问道："午饭吃得太辣，火气大？"

裴钱低着头，不说话。

陈平安只当是来去如风的孩子脾气，开始继续翻阅那本法家书籍。

第二天清晨时分，背着剑仙和竹箱的陈平安，还有斜挎包裹、手持行山杖、腰间刀剑错的裴钱，加上朱敛、石柔，一行动身去往青鸾国京城。当然还有在地底下穿行自如的莲花小人。

依旧是寒碜的步行远游，算是陈平安一行默认的老规矩了。

裴钱头顶戴着个由柳条编织而成的花环，在跟陈平安说，崔东山教了她用行山杖在地上画圆圈，能够让山水精怪和魑魅魍魉一看到就吓跑，只是太难学了些，她现在连这门仙术的边都没摸到呢。本来想着哪天学成了再告诉师父的，后来觉得万一这辈子都学不会，岂不是几十年一百年都得憋着不说？那也太可怜啦。

陈平安笑着听裴钱絮絮叨叨。

女鬼石柔在画卷四人当中，最不喜欢的就是这个色色的佝偻老头。如今她和朱敛在陈平安和裴钱这对师徒身后并肩而行，这让她浑身难受。

可每次她故意放慢脚步，朱敛就跟着放慢，但从来不说话，就只是看着老者形容的"杜懋"笑。

石柔忍不住心中作呕，总觉得朱敛的视线，尤为油腻恶心。尤其是在陈平安帮着裴钱折断柳条的时候，朱敛这个老王八蛋，竟然趁她不注意，偷偷捏了一下"杜懋"的肩膀。石柔吓了一大跳。

朱敛当时笑眯眯道："不小心不小心，莫见怪。"

她如今虽然是这副仙人遗蜕的主人，但暂时还是名不正言不顺的状态，类似不被朝廷正统认可的地方淫祠,所以即便拥有直指大道的方便法门,可以走一条让地仙瞠目的捷径,但是崔东山帮她掂量过斤两,她先前所学的那点微末伎俩,打个经验老到的观海境修士都悬。即便崔东山教了她一手傍身术法,给了几件保命符,但至多也只能对付个龙门境修士,唯一的用处,就是靠着遗蜕,在危急时刻,站出来帮助陈平安扛刀子挡飞剑,抵御地仙法宝。

崔东山告诉过她,那个喜欢看才子佳人神仙打架的老色坯,如今已是远游境武夫,要她悠着点。所以石柔一直故意粗着嗓音与此人说话,尽量不开口。

石柔自认可以忍受世间万般苦,身躯皮囊挨上千刀万剐也好,死后神魂被点灯也罢,都熬得住,唯独朱敛这种视线,让她束手无策。

朱敛突然凑近了些,石柔赶紧挪开数步。

朱敛轻声笑道:"你这副体魄我摸得出来,应该不是女子之身,给人施展了仙家障眼法,的的确确是个男子身躯……"

石柔冷声道:"朱老先生真是慧眼如炬。"

朱敛继续道:"那么敢问小姐芳龄?"

石柔心中一颤,问道:"你在开什么玩笑?"

朱敛脚步不停,转头笑望着石柔,道:"我朱敛看人看心,皮囊俊丑,其实没那么重要。"

石柔几乎要疯了,她快步向前,打算"投靠"陈平安。

朱敛这次没有跟上,就在石柔背后微笑道:"只看姑娘走路时天然流露的风情,哪怕故意遮掩,仍是给我瞧出了腰肢拧转如柳枝摇曳的滋味,所以我敢断言,姑娘生前必然是一位美人!"

石柔真疯了。

陈平安只得转头道:"行了,朱敛你收敛点,以后不许拿此事调戏石柔。"

朱敛立即点头,毕恭毕敬道:"老奴记下了。"

裴钱有些迷糊,师父也学会她的变脸神通了?方才跟她说话,脸上还带着笑意呢,一转头看向朱敛,就严肃许多。

陈平安回头后,对裴钱眨眨眼。裴钱立即以眼神示意自己懂了。

裴钱偷着笑,我们师徒,心有灵犀哩。

藕花福地。

南苑国京师的某些有心人,都注意到了状元巷附近的那栋宅子,出现了一位仅凭相貌、气度就可以断定为谪仙人的年轻人。

他深居简出,每次外出露面,要么手持折扇,要么拎着一壶酒,悠闲散步,不会走远,而且路线固定,来来回回就那么几条街巷。

他名叫陆抬,不知通过什么门路,从京城教坊陆陆续续买了几名出身官宦的妙龄少女作为奴婢,在那栋僻静宅子金屋藏娇。不过说实话,论姿容,那些美婢其实还不如他这个主人。

陆抬跟附近那个学塾的教书匠种老先生,讨要了一名长相还过得去的南苑国女细作,作为他跟朝廷传递消息的桥梁,省得他在宅子和皇宫之间飞来飞去,南苑国皇室多没面子。

今天拂晓时分,陆抬走出宅子,合拢折扇,轻轻敲打手心。当他走过街巷拐角时,很快就从一间绸缎铺子走出一名妇人,小心翼翼地走到陆抬身边。她没敢多看这位世间罕见的贵公子,害怕自己深陷他的情色之中,某天连家国大义都不顾了。世间男人好美色,女子不也一样?谁不愿意看那些赏心悦目的风景?

这位曾经深入塞外腹地的老资历细作,一身市井殷实门户妇人的装束,轻声道:"陆公子,最新的十人榜单,敬仰楼那边已经出炉,即将传遍四国朝野。只是这次没有详细的名次,有些奇怪。我们衙门这边觉得应该是登榜新人太多,相互之间又无比试记录,所以暂时无法给出确切的名次。"

陆抬目视前方,微笑道:"说说看。"

妇人嗓音轻柔,道:"除了陆公子和我们国师大人之外,还有湖山派掌门俞真意、鸟瞰峰剑仙陆舫,前不久从我们这里离开的龙武大将军唐铁意,臂圣程元山,已经还俗的前白河寺老禅师。此外四人,都是新鲜面孔,敬仰楼给出了大略背景和出手经过。"

陆抬点点头,问道:"怎么说?"

"一位首次现身于某个湖边的年轻道人,无名无姓,疯疯癫癫,反反复复说着谁都听不懂的一句话。

"一个将簪花郎从春潮宫驱逐出去的青衫书生,约莫三十岁,似乎精通仙家术法,扬言三年之后,要与大宗师俞真意一较高下。

"一名自称南苑国方士之祖的高大老人,穿着与口音,确是我们南苑国早期风格。此人如今正往南苑国赶来,说他已经完成了皇帝密令,一路上收取了十数名弟子。

"一位赤手空拳的中年武夫,侏儒体形,出现在塞外边境上。此人性情乖僻,所到之处,全凭喜好,一通滥杀,死在他手上的无辜百姓已经多达数百人。草原四百精骑围杀此人,被他杀了个一干二净。"

妇人又道:"除了这些,还有副榜十人,我们皇子殿下、簪花郎周仕,都位列其中。"

陆抬晃了晃折扇,道:"这些无须细说,意义不大。将来真正有机会跻身前十的人物,反而不会这么早出现在副榜上边。"

妇人识趣停步。

陆抬走在一条热闹的大街上，早前有人在这里，一人对峙各方大宗师，打了个天翻地覆慷而慷，动静极大，南苑国京城百姓都有所察觉，所以如今这里成了一处江湖人士必须瞻仰的武林圣地。只是这些江湖豪侠、门派高人，清楚此处必然有南苑国谍报眼线盯着，不敢造次，一般都是走完了这条街就离开。

先前就有魔教中人，借此机会，鬼鬼祟祟试探那座于魔教而言极有渊源的宅子，无一例外，都被陆抬收拾得干干净净，要么被他拧掉脑袋，要么答应帮他做事，才得以活着离开宅子附近。一时间分崩离析的魔教三座山头，都听说此人想要重整魔教山头，而且给了他们几位魔道巨擘一个期限，若是到时候不去南苑国京城纳头便拜，他就会一一找上门去，将魔教三支铲平。这家伙猖狂至极，甚至让人公然捎话给他们，魔教如今面临灭门之祸，三支势力应当同仇敌忾，才有一线生机。

天色尚早，街上行人不多，市井烟火气还不算重，陆抬行走其中，抬头看天，自言自语道："要变天了。"

一座藕花福地，难不成要变成一座小洞天？这得花费多少枚神仙钱？这位观主的家底，真是深不见底啊。

陆抬拐入一条小巷子，刚好遇见那位去私塾读书的孩子——曹晴朗。

陆抬停步，笑问道："今天怎么早了些？"

曹晴朗有些脸红，道："陆大哥，昨天去衙门那边领了些银钱，昨夜就特别想吃一个摊子的馄饨，路有点远，要早些去。陆大哥要不要一起去？"

陆抬笑着摇头，道："我不太爱吃这些，你自己去吧。"

曹晴朗告辞后小跑离去，又突然停步转身，大声道："对了，陆大哥，我昨天在回家路上，给你买了壶酒，就放在桌上了，你自己喝啊。"

陆抬点点头，他是有曹晴朗宅子的钥匙的。

曹晴朗转身跑出巷子。

曹晴朗这个孩子，与人言语时，都会特别认真，所以他是绝对不会一边跑一边回头说话的。

陆抬走向那栋宅子，开了院门，果然在正屋桌上放了一壶酒。七钱银子，对于吃一碗馄饨都要思量半夜的曹晴朗来说，不算少了。

陆抬拿了酒壶，拎了条板凳坐在门槛外，手腕一拧，手心多出一只散发出酒酿醇香的小虫子。他打开酒壶，将这种名为酒虫的小家伙丢入壶中，然后慢慢等待这壶酒水以极快速度沉淀出等同于埋放数十年的窖藏美酒的醇厚口感。

陆抬轻轻摇晃手中酒壶，满脸笑意。

第一次找到曹晴朗，陆抬就开门见山道："我叫陆抬，陆地的陆，抬起的抬，是陈平安的朋友，一起经历过生死的好朋友。"

当时那个孩子的眼睛,立即亮了起来。

在陆抬说了些陈平安的事情后,曹晴朗就喊他陆大哥了,然后陆抬就有了这栋孤零零宅子的钥匙。

有一次,陆抬笑着问曹晴朗:"你想不想成为陈平安那样的人?"

"想!"

"那想不想比陈平安更好?"

"不想。"

"是不敢想,还是觉得太难,差了太多?"

"就是不想。"

在那天闲聊之后,拿了钥匙却从没有自己开门入院的陆抬,就经常来这边坐着,有曹晴朗身在私塾的时候,也有曹晴朗在家中晨读的时分。陆抬一开始会给需要自己开灶烧火做些米粥吃食的曹晴朗带些精致吃食当早饭,可是曹晴朗吃了两次后,第三次终于忍不住,一本正经地与陆抬说了些心里话,说自己如今领着衙门那边的钱财,学塾束脩,柴米油盐,都够用了。

陆抬耐心听完曹晴朗这个孩子的肺腑之言后,笑问道:"那以后可就真吃不着这几家百年老店的美食了,不后悔?"

曹晴朗有些难为情,赧颜笑道:"若是真的嘴馋,实在忍不住,也会跟陆大哥说一声。"

陆抬哈哈大笑,说没问题。

只是在那之后,直到今天,曹晴朗唯一嘴馋的,是一碗他自己买得起的馄饨。

陆抬今天有些开心,竟然在藕花福地这么个小地方,给他找着了一个很像那个家伙的曹晴朗。

有趣有趣。

陆抬终于觉得这趟藕花福地之行,让自己的心气上生出些劲头来了。

回到自己宅子,莺莺燕燕,环肥燕瘦。院落各处,一尘不染,道路皆以竹木铺就,被那些婢女擦拭得亮如明镜。

一路上有三个因为陆抬而得以脱离苦海的婢女,先后与陆抬打招呼。方式有些奇怪,是些陆抬教她们从书本上搜刮而来的溢美之词。三名妙龄少女本就是教坊戴罪的官宦小姐,对于诗词文章并不陌生,如今古宅又藏书颇丰,所以不难。

有人说"公子诗词,如初发芙蓉,自然可爱"。

又有美婢说"公子气度,似东海扬帆,风日流丽"。

还有少女说"公子容貌,若芝兰玉树,光耀满庭"。

陆抬开怀大笑。

陆抬脱了靴子,斜靠在一个造型简洁素雅的罗汉榻上,有美婢想要上前服侍,被他挥手赶走。

他嗅了嗅酒壶,抿了口酒,这放入酒虫的酒虽然比起藕花福地的酒水,味道已经好上不少,可哪里能够与浩然天下的仙家酒酿媲美。

陆抬将壶底还趴着一只珍稀酒虫的酒壶,随手抛在远处桌上,稳稳当当,滴酒不洒。

之后半年,在这栋宅子的欢歌笑语中,藕花福地风起云涌,江湖是如此,庙堂沙场更是如此。

此时,陆抬正在教一位聪慧婢女斗茶,有美婢说屋外有位老儒士登门拜访。陆抬便放下手头雅事,亲自去迎接那位种老夫子。

按照曹晴朗的说法,种先生虽然严厉,可是把学塾所有人都教得很好,耐心更好。

门外,正是南苑国国师种秋,脸色不太好看,拒绝了进门的邀请,说在门口说完事情就走。

陆抬笑道:"洗耳恭听夫子教诲。"

种秋沉声道:"陆公子,你虽是好心,却是在拔苗助长!"

陆抬故作讶异,问道:"此话怎讲?"

种秋恼火道:"陆公子敢做就不敢认?"

陆抬啪的一声打开折扇,轻轻扇动清风,风流倜傥,朗声道:"敢问种夫子,我错在何处?"

种秋深呼吸一口气,这个陆抬,半年来,教了曹晴朗一大通所谓的世情和道理。若非今天在学塾,种秋无意间听到曹晴朗与同窗的争执,恐怕都不知道他给曹晴朗灌输了那么多"杂学"。

什么恨人有笑人无。什么好人难做,难在少有好人真正懂得君子是施恩不图报,所以这类好人,最容易变得不好。什么那些开设粥铺救济难民的善人,是在做善事不假,可接受施舍之穷苦人,亦是这些富家翁的善人。除了这些,还有许多正经学问道理之外乱七八糟的东西,连素来以博学著称的种秋都闻所未闻,什么道家兵马科、墨家机关术、药家百草淬金身、返老得还婴。

所幸曹晴朗,在种秋和颜悦色的询问下,没有隐瞒,把陆抬所教的一五一十都说了。

种秋稳了稳心神,缓缓问道:"曹晴朗秉性如何?"

陆抬想了想,答道:"纯良向善。"

种秋又问:"曹晴朗才情如何?"

陆抬叹了口气,道:"尚可。"

种秋再问:"曹晴朗今年几岁?"

陆抬破天荒有些心虚。

种秋感慨道:"为人,不是武夫学艺,吃得住苦就能往前走,快慢而已;不是你们谪仙人的修道,天赋好,就可以一日千里;甚至也不是我们这些上了岁数的儒士做学问,要往高了做,求广求全求精。为人一事,尤其是曹晴朗这般大的孩子,唯精诚淳朴最为重要。年幼读书,疑难重重,不懂,无妨;写字,歪歪扭扭,不得其神,更无妨;但是这世间的儒家典籍,不敢说字字句句皆合时宜,可到底是最无错的学问,如今曹晴朗读进去越多,长大成人后,就可以走得越心安。这么大的孩子,哪能一下子接受那么多驳杂学问,尤其是那些连成人都未必明白的道理?"

陆抬收起折扇,作揖赔罪道:"陆抬知错了。"

种秋叹了口气,冷哼道:"若是陈平安在曹晴朗身边,绝对不会如你这般行事。"

陆抬抬起头,非但没有生气,反而笑容畅快,道:"种夫子此番教诲,对我陆抬大有裨益。为表谢意,回头我定当送上一大坛子好酒,绝对是藕花福地历史上不曾有过的仙酿!"

种秋沉声道:"免了。"种秋转身离去。

陆抬突然笑问道:"若是陈平安请你喝酒,你又会如何?"

种秋看来给这名谪仙人气得不轻,头也没转,答道:"就他那点酒量,不够看,几下撂倒。"

陆抬看着那个渐行渐远的青衫背影,叹息一声。

道之精微,莫若性命。大梦先觉。

若是生在浩然天下,这位种老夫子,了不得啊。

因为是踏春郊游的时节,郡城外的官道上,多有鲜衣怒马。

若是寻常的马车行驶,扬起的尘土不会太大,可一旦有骑队纵马飞奔,两边行人就要遭罪了。裴钱就吃了不少灰尘,衣裳灰扑扑的,气得她赶紧从斜挎包裹里掏出一只香梨,狠狠啃咬掉大半个,这才消了气。这些百花苑客栈每天更换的仙家瓜果,裴钱都没敢开口询问师父,能不能带走,反而是陈平安自己问过客栈管事,得知可以任由客人带离客栈,才将几间屋子的碟子搜刮一空,打包带走!

陈平安给了裴钱一只香梨和一捧枣子,让她路上吃。

这会儿官道上又有身穿锦罗绸缎的数骑男女,策马一冲而过,好在裴钱早早转过身,双手捂住剩下的小半只香梨。

陈平安伸手赶了赶灰尘,对裴钱笑道:"记得把梨核留下。"

裴钱吃完香梨,将梨核放入包裹,问道:"师父,你说这些骑马的家伙,可恶不可恶?

么(没)得真本事,还喜欢耍威风。"

陈平安摇头道:"不过是吃些灰尘而已,谈不上可恶。"

裴钱想了想,大概是没想明白。

陈平安笑着问道:"以后轮到你闯荡江湖,要不要骑马？想不想快马扬鞭,嚷嚷着'江湖我来了'？"

裴钱恍然道:"这倒也是。"

陈平安揉了揉裴钱的小脑袋,轻声道:"以后你第一次行走江湖,磕磕碰碰,也别失望,江湖里头,总能遇到好人,请你喝好喝的酒。"

裴钱小声嘀咕道:"可是走多了夜路,还会遇见鬼哩,我怕。"

陈平安给逗乐了,笑道:"那时候你骑着一匹骏马,拿着师父帮你准备好的降妖除魔刀剑,是妖魔鬼怪怕你才对。"

裴钱乖巧讨好道:"师父,刀剑要得,然后我有头小毛驴就行,跑得慢些不打紧！"

有一天陈平安一行在河边僻静处烧火做饭。

远方有个汉子犹犹豫豫,似乎在纠结要不要过来,最终仍是打定主意,向他们这边靠近。

距离着二十多步远,那个汉子就停下脚步,最后视线投向摘了竹箱依然背剑的白衣年轻人,以宝瓶洲雅言笑问道:"公子,能否商量个事情？"

陈平安点头道:"你说。"

那汉子再走近些,问道:"不知公子有没有听说过香火摊贩？"

陈平安笑道:"知道些,你是青鸾国哪座道观寺庙的递香人？是山香还是水香？"

汉子微微松了口气,看来这位年轻仙师是个明白人,更是个讲究人,晓得称呼自己为更顺耳的递香人。自己的眼光果然不差,这伙人虽是步行游历,可那一身神仙气做不得假。

香火摊贩是山泽野修里边的一种营生,替山水神祇祠庙或是道观寺庙担任说客,请那些有希望一掷千金的大香客去敬香。一般来说,香火摊贩身上都会携带一定数量的神香,这类由山水祠庙和真人高僧精心制作的神香,价格不菲。练气士焚香之后,可以静心凝神,汲取灵气的速度会更快,而将相公卿、显贵人家在祭祖时点燃这类香火,据说能够为子孙积攒阴德。这类香火的品相有高低,价格悬殊,山香是山神庙和五岳庙出产,水香自然就是来自各处河伯、水神的祠庙了。

陈平安对于崔东山提过的递香人,记忆深刻。

汉子指了指附近这条大河,笑道:"是本地河伯祠庙的水香。"

陈平安放下碗筷,擦了擦手后站起身,走向那汉子,问道:"如果我想请香,需要多少雪花钱？"

汉子说道："三炷香，一枚雪花钱。"

裴钱蓦然瞪大眼睛，一枚雪花钱可是整整一千两银子！

陈平安便请了三份水香，递给那汉子，汉子则交给陈平安三只古雅的长条木盒，各装有三炷香。

原本请香之后，其实不需要立即去祠庙敬香，任何时候都可以，甚至去与不去，不强求。除了山水有别必须要讲究，不能请了山香却礼敬水神，在此处请香，去别处烧香一样没问题，去往任何一座道观寺庙也没事，祭奠祠堂先祖、文武庙、城隍阁等，仍是好事。

陈平安让汉子稍等片刻，然后让裴钱他们赶紧吃完饭，便动身去往那座河伯祠庙。

去的路上，裴钱小声问道："师父，这么走，咱们会绕路啊。"

不过裴钱很快就觉得自己问了句废话。师父经常这样，只要是名胜古迹，或是好的风景，只要他们不着急赶路，师父都会去看看，为此走了好多冤枉路。

陈平安抬起头，望向远方，默不作声。

和煦春风里，白衣年轻人衣袖飘摇，缓缓而行，呢喃道："我想要多看看。"

去往河伯祠庙敬香，约莫需要走上半个时辰，不算近。陈平安没觉得什么，那个递香人汉子倒是有些愧疚，不过越发好奇这一行的来历。

青鸾国与宝瓶洲绝大部分国家不太一样，跟山上的关系极为密切，朝廷从不刻意拔高仙家门派的地位，对于山上山下诸多摩擦，唐氏皇帝都展露出相当不俗的魄力和硬气，这使得青鸾国，尤其是富贵门庭，对于神神怪怪和山泽精魅，十分熟稔。故而青鸾国人氏，一向自视颇高。

如今又有无数衣冠士族涌入青鸾国，加上这场举国瞩目的佛道之辩，青鸾国在宝瓶洲东南部的风头一时无两。

汉子修为实在浅薄，三境而已，偶尔钱包鼓鼓，邀二三好友小酌闲聊，发现身为青鸾子民的优越感，竟是半点不比身为练气士逊色。

这大概就是家国情怀吧。

只是汉子也不敢保证，等到自己成为那中五境神仙后，会不会与那些谱牒仙师一般无二。

不过美好的愿景太过遥远，脚下的路终究还是要一步步走，碗里的饭要一口口吃，比如当下自己就需要尽量拉拢这拨外乡人。

在汉子眼中，这一行以背剑背竹箱的年轻人为首，这毋庸置疑。这个年轻人脚步轻盈，气度森严，应该是谱牒仙师那一类的，不过真正的根脚，应该还是来自于豪阀世族。

汉子见过许多出身不太好的年轻仙师，投胎投得好，故而资质绝佳，小时候早早获得修道机缘，被某些云游高人，或是某些大仙家门派专门负责寻找拣选好苗子的修士一眼相中，一步登天。这类年轻修士的后天脾气性情嘛，确实是餐霞饮露不带人气，每次下山游历，在红尘里砥砺道心，兴许谈不上咄咄逼人，却也极少有平易近人的，无论是面对达官显贵将相公卿，还是江湖豪侠武林好汉，一视同仁，唯有"漠然"二字。

悬佩竹刀竹剑的黑炭小丫头，多半是年轻公子的家族晚辈，瞧着就很有灵气。至于那两位矮小老者，多半就是走江湖途中为主人遮风挡雨的扈从侍卫。

在汉子打量猜测他们身份的时候，陈平安用桐叶洲雅言给裴钱讲述河伯这一级山川神祇的一些内幕。

河伯、河婆等，虽是朝廷认可的神灵，可以享受当地百姓的香火供奉，只是品秩极低，相当于官场上不入流的胥吏，不被登记在山川正神的金玉谱牒上，但是比起那些违反礼制的野祀淫祠，后者哪怕规模再大，仍是艳羡前者更多。野祀淫祠属于空中楼阁，没了香火，就此断绝，金身腐朽，等死而已，而且没有上升阶梯，并且很容易沦为谱牒仙师打杀的目标，山泽野修觊觎的肥肉。而河伯、河婆之流，哪怕一地风水流逝，香火寥寥，只要朝廷正统犹存，愿意出手相助，便可以更换神主位置，再受香火，金身就能够得到修缮。

到了那座占地十余亩的河伯祠庙，庙祝很快就出门迎接，亲自为陈平安一行讲解河伯老爷的事迹，以及一些墙壁上文人骚客的墨宝。

去主殿敬香途中，庙祝还暗示陈平安只要再花三到五枚不等的雪花钱，就能够在几处雪白墙壁上留下笔迹，供后人瞻仰，祠庙还会小心保护，让其不受风雨侵袭，价格按照位置好坏计算。再就是供养，以及点燃长明灯，都是结善缘的好事。不过这些都要看陈平安自己的心意，祠庙这边绝对不强求。

那个递香人汉子脸色略微有些尴尬，没有掺和其中。庙祝几次用眼神提醒汉子帮着美言几句，汉子仍是开不了那个口。汉子虽说做着与练气士身份不符的营生，难免有些气短心虚，可关键是本性憨厚，说不得漂亮话，就只当没看见庙祝的眼色。

陈平安分别给了裴钱和朱敛三炷香，唯独石柔没给，毕竟是女鬼阴物寄居在仙人遗蜕中，怕犯冲。

敬完香后，庙祝已经觉得再添几笔香油钱应该是没戏了，不过也没因此而变了脸色，只是遗憾居多，仍是客客气气地请陈平安一行去他精舍那边喝杯清茶。递香人汉子先前一直沉默，这会儿开口了，跟着庙祝一起邀请陈平安饮茶，说河水自古不是煮茶好水，可这河伯祠庙畔的河水，大有讲究，蕴含着些许水精，能够神益体魄。

庙祝有些气笑，在游廊当中，趁着陈平安一行人在前面欣赏廊道碑刻拓片之际，偷偷踹了这汉子一脚,道:"胳膊肘往外拐得有些厉害了。"

汉子似乎对此习以为常,嘿嘿一笑。

陈平安婉拒了庙祝的邀请,只是询问裴钱想不想在墙壁上写字。

裴钱使劲摇头。三五枚雪花钱!这庙祝怎么不直接抢钱?若是折算成银子,都能砸死她裴钱了,她可不愿意让师父花这钱。郡城那边纸鸢铺子买的木鹞,也才八两银子!

陈平安转头望向庙祝老人,笑道:"劳烦帮我们挑一个相对没那么显眼的墙壁,三枚雪花钱的那种,我们两个写几句话。对了,这字数篇幅,有要求吗?"

裴钱差点连手中的行山杖都给丢了,一把抓住陈平安的袖子,小脑袋摇成拨浪鼓。

庙祝赶紧说道:"若不是咱们这儿风水最佳的墙壁,三枚雪花钱,公子就算将一堵墙壁写满,都没关系。"

之后庙祝快步领路,让汉子帮忙打声招呼,让祠庙里边赶紧准备上好笔墨。

一行停留在第四进院落的抄手游廊中。在等待笔墨的间隙,庙祝笑容有些自得,指了指不远处墙壁上的一首文人诗词,自夸道:"这儿虽然靠后,不显眼,却是咱们祠庙的风水宝地。说句真心话,我是实在觉着与公子有缘,才领着公子来此。那边正是咱们青鸾国柳老侍郎的墨宝,这位柳老侍郎可真真正正是咱们青鸾国的名士,是当之无愧的硕儒大家,写得一手漂亮的行书,想必公子早已看出功力火候,无须我多说什么。"

陈平安点头道:"笔力遒劲,筋骨老健。"这倒不是陈平安附庸风雅,而是他确实见过不少好字。

比如那李希圣、崔东山、钟魁。

庙祝伸出大拇指,赞道:"公子是行家里手,眼光极好。"

陈平安有些心虚。与学棋差不多,在写字这件事上,陈平安也是资质平平,再往前推,烧瓷拉坯也一样谈不上有天赋。

裴钱更加忐忑。钱是肯定要花出去了,不写白不写,如果没人管的话,她恨不得连这座河伯祠庙的地板上都写满,甚至连那尊河伯神像上都写了才觉不亏,可她那些给朱敛老厨子讥讽为蚯蚓爬爬、鸡鸭走路的字,这么大大咧咧写在墙壁上,她怕丢师父的脸面啊。

汉子跟一个河伯祠庙收养的相熟少年拿来了笔墨砚台。

裴钱越发紧张,赶紧将行山杖斜靠墙壁,摘下包裹,掏出一本书来,打算从上面摘抄出漂亮的语句。她记性好,其实早就背得滚瓜烂熟,只是这会儿小脑袋一片空白,哪里记得起来半句?朱敛在一边幸灾乐祸,阴阳怪气地嘲笑她,说:"读了这么久的书抄了这么多的字,算是白瞎了,原来一个字都没读进自家肚子,仍是圣贤书归圣贤,小笨蛋还是小笨蛋。"裴钱没空搭理这个心眼贼坏的老厨子,哗啦啦翻书,可是找来找去,都觉得不够好，真要给她写在墙壁上，丢脸可就丢大了。

裴钱合上书，哭丧着脸，对陈平安说道："师父，你不是有很多写满字的竹简吗？借我几枚行不行？我不知道写啥啊。"

陈平安原本已经接过毛笔，打算写几句自己欣赏的诗句佳文，看到裴钱这副可怜模样，就忍住笑，将毛笔递给裴钱，道："就写你觉得书上最有道理的句子，实在想不出，随便写点心里话就行了。不用这么紧张，就跟平时抄书一样。"

看着陈平安的笑容，裴钱稍稍心安，深呼吸一口气，接了毛笔，然后扬起脑袋，看了看这堵雪白墙壁，总觉得好可怕，于是视线不断下移，最后缓缓蹲下身，竟是打算在墙根那边写字？既没有她最害怕的妖魔鬼怪，也没有崔东山，裴钱露怯到这个地步，是太阳打西边出来的稀罕事了。

陈平安想起少年时的一件旧事，那时他和刘羡阳，还有小鼻涕虫顾璨，一起在那座小庙用木炭签名。刘羡阳和顾璨为了跟其他名字较劲，两人想了无数法子，最后在小镇里偷了一户人家的梯子，一路扛着飞奔，过了石拱桥到那小庙，这才将三人的名字写在了小庙墙壁上的最高处。刘羡阳在骑龙巷一户人家偷来的梯子，顾璨从自家偷的木炭，最后是陈平安扶住梯子，三个人合作完成。刘羡阳写得最大，顾璨不会写字，那个璨字，是陈平安跟邻居稚圭讨教了以后，才帮他写上的。

此时陈平安看见裴钱的可怜相，笑着扯住她的耳朵，把她拎起来，然后蹲下身，让她骑在自己脖子上，吩咐道："写在最高处，一样没人看得见。"

裴钱手持毛笔，坐在陈平安脖子上，一手挠头，久久不敢下笔，陈平安也不催促。

朱敛坏笑道："裴大女侠你就写'铁骨铮铮墙头草，见风使舵赔钱货'得了，多应景，还实在。跟我送你那本游侠演义小说上的江湖豪侠，砍杀了恶人之后，都要大呼一声'某某某在此'，是一个道理。一定可以声名远播，名震江湖。说不定咱们到了青鸾国京城，人人见着你都要抱拳尊称一声裴女侠，岂不是一桩美谈？"

裴钱转过头，皱着小脸，沙哑着嗓子道："朱敛你再这样，再这样，我就……哭给你看啊！"

陈平安抬腿踹了朱敛一脚，笑骂道："为老不尊，就知道欺负裴钱。"

朱敛哈哈大笑，点头道："少爷发话，老奴就放她一马。这家伙每次吃得肚子滚圆还挑三拣四，老奴气不过。"

石柔有些受不了这一老一小。

之前偶尔离开官道大路，跋山涉水路过些山野村落，遇上了土狗朝他们狂吠，这个叫裴钱的丫头，会手持行山杖，飞奔过去就是一通疯魔剑法，尘土飞扬，人比狗跑得还快。

老色坯朱敛会无聊到帮着小女孩拦路堵截，截下夹尾巴趴地的土狗后，裴钱蹲着按住狗头，瞪眼问道："小老弟，怎么回事？还凶不凶了？快跟裴女侠道歉，不然打你狗头啊……"

村民和孩童看见了，骂骂咧咧跑过来，陈平安带头脚底抹油，一行就开始跟着跑路。

石柔不明白，这有意思吗？但是那个平时挺正儿八经的陈平安，似乎还……跑得很欢快？不提裴钱那个孩子，你们一个崔大魔头的先生，一个远游境大宗师，不害臊啊？

在河边遇见一只大白鹅，老色坯就怂恿裴钱去过过招，结果裴钱被鹅追得哇哇叫，屁股还被啄了好多下，满头大汗地跑到陈平安身边，感慨一句"太厉害了，根本打不过"，陈平安那会儿笑得可不比朱敛少。

石柔一直觉得自己跟这三人，格格不入。她甚至觉得，自己是不是跟在崔东山身边，会更好？

这会儿裴钱总算开始提笔写字了，只是墙壁题字与纸上抄书是两回事，第一笔，那一横就歪歪扭扭了，裴钱倒抽一口冷气，伸手抹了一把脸上的汗水，咬着牙写完四个字——"天地合气"。写了半句话后，她身体微微后仰，审视着自己的字，怎么看怎么滑稽，不到平时抄书的一半功力。她不用去看朱敛，就知道这个老厨子在偷着乐呵，取笑她的下笔只有鬼没有神。

裴钱犹犹豫豫，干脆就将那半句话晾在一边，笔锋稍稍往下挪了挪，蘸了蘸墨，写了句"裴钱与师父到此一游"。

收功！

裴钱觉得还算满意，字还是不咋的，可内容好嘛。

不愧是师徒，当初陈平安在梳水国老剑圣宋雨烧的庄子里，瀑布后面的石崖上，一样是这么个蹩脚路数。

陈平安也没有强求裴钱多写些什么，对朱敛说道："你也写点？"

朱敛搓搓手，笑呵呵道："还是算了吧，这都多少年没提笔了，肯定手生笔涩，贻笑大方。"

陈平安还是将毛笔递给了朱敛。

朱敛不是什么扭捏人，接了笔就不拖泥带水，一手负后，一手持笔蘸墨，在心中酝酿。

见过了小女孩的"笔力"，庙祝和递香人汉子，还有石柔，都对朱敛不抱希望。而且佝偻老人自称"老奴"，不知就里的人都会觉得，便是豪阀的奴仆，即使晓得一丁点文章事，粗通笔墨，又能好到哪里去？

陈平安知道朱敛的底细。在藕花福地，朱敛彻底发疯之前，曾被誉为"朱敛贵公子，羞煞谪仙人"。

不一会儿，朱敛就写了一篇藕花福地的雄文，内容字字珠玑。至于墙上字，以草书写就，字数不多，百余字，行云流水，令人惊愕。

庙祝是识货之人，喃喃道："聚如山岳，散如风雨。迅如雷电，捷如鹰鹘……妙至巅峰，已然出神入化，绝对是一位深藏不露的书坛巨匠……"

朱敛多淡墨枯笔，故而蘸墨极少，气韵衔接紧密，堪称一气呵成，便是那石柔都不得不承认……一个老色坯能够写出这么好的字，实在是天理难容！

朱敛将毛笔递还给陈平安，毕恭毕敬道："少爷，老奴斗胆抛砖引玉了，莫要笑话。"

陈平安哭笑不得，心想你朱敛这不是把我往火堆上架？

其他人果然满是期待的神色。

陈平安心想，只能让他们失望了。朱敛可不是什么抛砖引玉，等下其他人就知道什么叫珠玉在前，瓦砾在后。

陈平安本想按照心中所想，照搬几枚竹简上的文字。

朱敛微笑道："少爷不然也写点心里话？少爷胸有丘壑，大可以另辟蹊径，何必处处效法古人。"

陈平安想了想，站定后，一手握拳在腹部，一手提笔写字，依旧是端端正正的楷书，谈不上任何出彩之处，唯有认真规矩而已。

等到陈平安写完两句话后，周围寂静无声，陈平安苦笑着递还了毛笔。

庙祝和递香人汉子将他们送出河伯祠庙，路上庙祝又顺嘴提及了那位柳老侍郎，很是忧心。

原来这位青鸾国大儒在辞官归隐后，住在青山绿水间那座被誉为青鸾国十大名园之一的狮子园。去年冬末狮子园发生了一桩怪事，以俊美少年现世的狐魅，将柳老侍郎待字闺中的小女儿祸害得神魂颠倒，一个风华正茂的妙龄少女，硬是给欺负成了皮包骨头的可怜人。那头道行高深的狐魅性情古怪难测，并不杀人，反而文采飞扬，精通三教学问，一次与柳老侍郎坐而论道，竟是说得誉满一国的老侍郎哑口无言。之后老侍郎耗尽家产，聘请了许多山上神仙去家中降服妖物，不承想许多山头的老神仙、谱牒仙师，甚至是一些声名不佳却本领高超的山泽野修去了，无一例外都给狐魅戏耍得灰头土脸，不是给抢了称手兵器，就是被偷了灵器法宝，还得私底下求爷爷告奶奶跟狐魅讨要回去。

这桩事，陈平安在郡城那座仙家客栈百花苑的山上邸报上看到过，只是当时没有上心。邸报上还写有狮子园的悬赏金额，不管是谁，只要能够驱逐那头狐魅，柳老侍郎愿意将三件祖传古董双手奉上。

临近祠庙大门的时候，递香人汉子不由得感慨道："柳老侍郎是难得的好官清官，家风很好。我前几年，曾经有幸跟一位柳氏子弟打过交道，那位年轻的读书人，确实温良恭让,由此可见,柳氏家风之正。"

庙祝唏嘘道:"可不是,那位在咱们附近担任县令的柳氏子弟,四年内,勤勤恳恳,做了诸多实事,这都是咱们真真切切瞧在眼里的。若说你见着的柳氏读书人,还只是学问家教好,这位县令可就是实打实的经世济民了。唉,不知道狮子园现在怎样了,希望已经赶跑那头狐魅了。"

裴钱听得毛骨悚然,差点就要拿出符箓贴在额头。

朱敛笑了,好嘛,想要咱们去替天行道?

石柔自然希望多一事不如少一事。能够在京畿之地兴风作浪的狐魅,道行修为肯定差不到哪里去,万一是金丹境的大妖,到时候朱敛又故意坑害自己,袖手旁观,难道真要让她去给意气用事的陈平安挡刀子拦法宝?

陈平安始终没有插话,走出大门后,与庙祝他们抱拳告别。在继续去往青鸾国京城的路上,陈平安突然说道:"高明之家,鬼瞰其户。"

朱敛笑着点头,道:"正解。"

陈平安等人走后,暂时已无香客的河伯祠庙内,一个身形缥缈、金光流转的儒雅文士,从神像中走出,来到第四进的游廊当中,站在那堵墙壁下。

庙祝有些慌张,苦口婆心劝说道:"河伯老爷,如今香火不多,可别滞留太久。"

山川神祇,若想以金身现世,可是需要精粹香火支撑的。山岳正神,香火鼎盛,自然无所谓,可是这座小小的河伯祠庙,必须精打细算。

那个中年儒士形象的河伯老爷笑了笑,露出久违的释然神色,转头望向天空,快意道:"吾庙太小,夫子气魄太大。小小河伯,如饮醇酒,醺醺然。幸哉幸哉,快哉快哉!"

庙祝茫然不知何解,他发现自家这个一向忧愁积郁的河伯老爷,不但眉宇间神采飞扬,而且此刻金光流转,似乎比先前凝练了许多。

庙祝猛然转头,再看那墙壁,不是看那篇草书,而是那字字端正的两句楷书:

天上月,人间月,负笈求学肩上月,登高凭栏眼中月,竹篮打水碎又圆;

山间风,水边风,御剑远游脚下风,圣贤书斋翻书风,风吹浮萍有相逢。

官道上多豪车大马,或是一些装束鲜明的怪人,懵懵懂懂的裴钱,只看出了有钱,陈平安三人的眼光,只会比那个递香人更好——如今在青鸾国游历、蹚浑水的练气士,真的很多。

裴钱估计还在心疼请香和题字的雪花钱,精神气没缓过来,病恹恹的,当然也有可能是愧疚自己的字写得最差。

朱敛这次没怎么挖苦裴钱,所以这一路走得比较安静,反而让石柔有些不适。

按照正常路线，他们不会经过那座狐魅作祟的狮子园，陈平安在可以通往狮子园的道路岔口处，没有任何犹豫，选择了径直去往京城，这让石柔如释重负，若是摊上个喜欢荡尽世间诸不平的任性主人，她得哭死。

狮子园作为柳老侍郎的私邸，是京郊西南方向上的一处著名园林。柳氏是书香门第，世代为官，狮子园由一代代柳氏人不断拓建而成，并非柳老侍郎这一辈飞黄腾达，一蹴而就，所以在"清廉"二字上，柳氏其实没有任何值得诟病的地方。

曾经有好事者专门搜罗历代文人撰述狮子园风景的诗篇文章，收集成册后，版刻精良，据说在各地书肆卖得还不错。

他们行出二十余里后，河伯祠庙那个递香人竟然追了上来，送了两件东西，说是庙祝的意思，一只雕刻精美的竹制香筒，看大小，里面装了不少水香，再就是那本狮子园集子。

陈平安没有立即接受河伯祠庙的馈赠，只是用一只手的手心摩挲着腰间的养剑葫芦。

汉子眼神真诚，说得直白："我知道这是强人所难了，我还是希望陈公子能够帮狮子园一次。一来那头狐魅并不伤人，七八拨各路神仙前去降妖，无一例外，皆性命无忧；再者陈公子如果不愿出手，哪怕去狮子园游览风景也好，到时候看情况再行事。"

朱敛冷笑道："怎么，你想要以'道德'二字压我家少爷？"

汉子苦笑道："我哪敢这般得寸进尺，更不愿如此行事。委实是见过了陈公子，更想起了那位柳氏读书人，总觉得你们两位，性情相近，即便是萍水相逢，也准能聊得来。听说这位柳氏庶子，为了书上那句'有妖魔作祟处，必有天师桃木剑'，专门远游一趟，去寻找所谓的龙虎山游历仙师，结果走到庆山国那边就遭了灾，回来的时候，已经瘸了腿，就此仕途断绝。"

陈平安突然接过汉子手中的香筒和书籍，点头道："我只能说去看一下，不保证一定出手。"

汉子抱拳笑道："如此最好！"这个递香人原路返回河伯祠庙，并没有提出给陈平安领路去往狮子园。

朱敛讥笑道："一个赚蝇头小利的买卖人，不好好努力挣钱，偏偏学那侠客的古道热肠，真是不务正业。"

陈平安笑道："古道热肠不分人的。"

石柔面无表情，心中却恨死了那座河伯祠庙。

一行需要折返一里多路，然后岔出官道，去往狮子园。

裴钱小声问道："师父，我到了狮子园那边，额头能贴上符箓吗？"

陈平安点头，提醒道："当然可以，不过记得贴那张挑灯符，别贴宝塔镇妖符，不然恐怕师父不想出手,都要出手了。"

裴钱大声答应下来。

陈平安突然问道:"既然这么怕,怎么不干脆拦着师父?"

裴钱怔了怔,灿烂一笑,道:"大人的事,小孩儿说不上话哩。"

陈平安哈哈大笑,拍了拍她的小脑袋。

朱敛啧啧道:"裴女侠可以啊,马屁功夫天下无敌了。"

裴钱冷哼道:"近墨者黑,还不是跟你学的?师父可不教我这些!"

朱敛嘿嘿一笑,道:"那你已经青出于蓝而胜于蓝了。"

裴钱老气横秋地抱拳,还以颜色道:"不敢不敢,比起朱老前辈的马屁神功,晚辈差远啦。"

朱敛抱拳还礼,笑道:"哪里哪里,后生可畏。"

有了一老一小这对活宝的打诨,此去狮子园,走得优哉游哉,无忧无虑。

临近那座位于山坳中的狮子园,如果不算那条纤细溪涧和黄泥小路,就可以称之为四面环山了。

陈平安感慨道:"早知道应该跟崔东山借一块太平无事牌。"

朱敛疑惑道:"大骊铁骑如今不是才驻扎在宝瓶洲中部吗?又有观湖书院与之对峙,能否顺利南下,尚未成为定局,不然大骊宋氏就不用在老龙城那么大费周章了,还需要请动桐叶宗杜懋,这可是引狼入室的举措,很容易引起宝瓶洲公愤。藕花福地历史上,为眼前利益而最终失去立国之本的藩镇割据势力,数不胜数。"

陈平安解释道:"跟藕花福地历史其实不太一样,大骊谋划一洲,要更加稳健,才能有如今高屋建瓴的大好格局……我不妨与你说件事情,你就大致清楚大骊的深远布局了。之前崔东山离开百花苑客栈后,又有人登门拜访,你知道吧?"

朱敛点头道:"怕是些秘事,老奴便待在自己屋子了。"

陈平安拍拍裴钱的脑袋,笑道:"你先跟朱敛说一下太平无事牌的来历渊源。"

裴钱在得知太平无事牌的作用后,对于那玩意儿可是志在必得,她想着一定要好好攒钱给自己买一块。

太平无事牌最早是东宝瓶洲南北两座兵家祖庭——真武山和风雪庙的兵符,用来庇护下山历练的兵家子弟。真武山修士下山投军,大骊王朝当然是首选之地,而风雪庙兵家圣人阮邛进入骊珠洞天,担任坐镇圣人,后来直接在龙泉郡开宗立派,这意味着很早之前大骊宋氏就与风雪庙勾搭上了。

一来二去,这太平无事牌,逐渐就成了整个大骊王朝练气士的头等保命符。当初墨家豪侠许弱,那个能够轻松挡下风雪庙剑仙魏晋一剑的男人,就送给陈平安身边的青衣小童和粉裙女童各一块太平无事牌。当时陈平安只觉得珍稀贵重,礼很大,如今回头再看，仍是小看了许弱的大手笔。

朱敛听过了裴钱说的关于太平无事牌的根脚，笑道："接下来少爷可以画龙点睛了。"

陈平安以聚音成线的武夫手段，与朱敛隐秘地说了一句话："去客栈找我的那个汉子，是大骊细作，手持一块大骊王朝第二高品的太平无事牌。"

朱敛瞬间了然，道："懂了。"

把青鸾国放在整个宝瓶洲去看，其实是块弹丸小地，相较于那些大王朝，说是蕞尔小国都不过分，但国力不弱，比庆山、云霄诸国都要强大。

所以那块太平无事牌意味着，大骊王朝早就盯上了青鸾国，而且在大骊眼中，青鸾国分量极重，被视为一块庙算上的必争之地。

那么那几拨被宝瓶洲中部战火殃及的豪阀世族、士子南徙、衣冠南渡，就不过是大骊早就谋划好的请君入瓮罢了。

这青鸾国，根本不是什么避难的世外桃源。

朱敛赞叹道："以半洲大势，简简单单赶鱼入网，一网打尽，坐等渔获，大骊绣虎真是好手段。难怪心高气傲的卢白象，唯独对这位彩云谱国手，最是心向往之。"

陈平安笑了笑。

先前大骊国师，准确说来是半个绣虎，远在天边近在眼前，而画卷四人，只有卢白象，借机认出了身份。

高耸青山潺潺绿水间，视野豁然开朗，白墙黑瓦翘檐的狮子园，就坐落在宽阔山坳中，如山野幽兰，如香草美人。

朱敛大笑道："风景绝美，哪怕只收了这幅画卷在眼中，藏在心头，此行已是不虚。"

朱敛总有一些奇奇怪怪的观点，比如看那美人美景，收入眼帘便是等同于收入我袖中，是我心头好，更是我朱敛囊中物了。陈平安总觉得哪里不对，可又觉得其实挺好。

陈平安从来没有将画卷四人当作傀儡，既是自身性格使然，又何尝不是画卷四人各有千秋，容不得陈平安以画卷死物视之？

道路只能容纳一辆马车通行，来的路上，陈平安就很好奇这三四里山水小路，若是两车相逢，又当如何？谁退谁进？

有一棵参天古木盘踞在溪畔，石崖雪白嶙峋。附近有一座小行亭，走出一位管事模样的儒雅老人和一位衣裳素雅的豆蔻少女。

两人向陈平安他们快步走来，老管事笑问道："诸位可是慕名远道而来的仙师？"

陈平安有些尴尬。

老管事对陈平安说道："想必如今狮子园变故，公子已经知晓。那狐魅最近出没极其规律，一旬出现一次，自其上次现身蛊惑人心，如今才过去半旬光阴，所以公子若是来此入园赏景,时间其实足够了。而京城佛道之辩,三天后就要开始,狮子园亦是不敢夺人之美,不愿耽搁所有仙师的行程。"

陈平安便也不绕圈子,说道:"那我们就叨扰几天,先看看情况。"

老管事应该是这段时间见多了各路仙师,恐怕那些平时不太抛头露面的山泽野修,都没少接待,所以在领着陈平安去狮子园的路上,省去许多兜兜转转,直接与只报上姓名而未说师门背景的陈平安,一五一十地说了狮子园当下的处境。

那头狐魅自称青老爷,道行极高,种种妖法层出不穷,让人疲于应付。祸事的根源,是去年冬在集市上,这头大妖见过了小姐后,惊为天人,便一定要与小姐结为神仙道侣。最早他携带礼金登门求亲,当时自家老爷并未看破俊美少年的狐妖身份,只当他是窈窕淑女、君子好逑的少年心性,没有生气,以小女儿早有一桩亲事为由,婉拒了少年,少年当时笑着离开。在狮子园众人都以为此事一笔揭过的时候,不料少年在大年三十那天再次登门,说要与柳老侍郎对弈十局,他赢了便要与小姐成亲拜堂,还可以送给整个柳氏和狮子园一桩神仙缘分,足以鸡犬升天。

柳老侍郎虽然精于手谈,便是对弈青鸾国几位棋待诏都不落下风,可自然不会拿女儿的婚姻大事开玩笑,再次拒绝。

此后俊美少年就每隔一天登门纠缠一次,而那位小姐也随之日渐消瘦,憔悴得几乎无法正常行走,柳老侍郎这才意识到祸事临头,立即让人去京城求援,但是那人竟是鬼打墙,次次走回狮子园,如何都走不出那条山水小路。好在狮子园一位幕僚客卿粗通仙家事,一番辛苦谋划,才好不容易将狮子园风波传递出去。

先是与柳氏交好的一位京城道观老神仙慷慨而来,成功破开山水迷瘴,进入狮子园,在可怜少女的绣楼下面设坛做法,画符四方,结果第二天狮子园发现这位德高望重的龙门境神仙,被绑缚双手,赤条条悬挂在一棵大树上。被救下之后,老观主羞愧难当,只说这个狐妖道行太高,他不是对手。

此后一拨拨练气士前来驱逐狐妖,既有仰慕柳氏家风的侠义之人,也有奔着柳老侍郎三件祖传古董而来的,最后都给那狐妖戏耍得狼狈不堪。

狐妖公然向柳老侍郎放话,他一句拜访狮子园一次,"老丈人"只管邀请八方来客,与他这位乘龙快婿斗法,好教狮子园知道他的厉害,以后成了一家人,今日之祸事,必然是来日之美谈。

陈平安默默听在耳中。

那位鼻尖有些雀斑的豆蔻少女,是狮子园管家之女。少女一路上都没有开口说话,先前应该只是陪着父亲在行亭说话聊天而已。

入园之前,瞥了眼裴钱额头上那张挑灯符,陈平安悄悄以手指一点,对于阴煞之气极其敏感的符箓并无动静。

陈平安心情并不轻松，这个胆大包天的狐妖，其术法肯定有独到之处，说不定真是地仙之流的大妖。

狮子园当下有三拨修士，等待半旬之后的狐妖露面。加上陈平安，就是四拨人。

陈平安他们被柳氏管家老赵带往下榻处，分别安排在狮子园那栋小姐绣楼的四角。其实狐妖来去无踪，这种粗浅布置，不过是稍稍安抚人心罢了。

一行人去往住处途中，饱览了狮子园的怡人风景，堂楼馆榭，轩舫亭廊，桥墙草木，匾额楹联，皆给人一种巧夺天工之感。

书香门第，若是既富且贵，散步在这样的私家园林中，哪怕无人相伴，亦无琴棋书画饮酒品茶，也能令人赏心悦目。

没有市井百姓想象中的金玉满堂，更不会有几根金扁担、几条银凳子放在家中。宰相门房七品官，世族屋前无犬吠。

如果不说权势高下，只说门风观感，一些个骤然而起的豪贵之家，到底比不得真正的簪缨世族。

陈平安四人住在一栋雅致的独门小院，其实位置已经过了花园，距离绣楼不过百余步，于风俗礼仪不合。宝瓶洲一些个理学独尊的地方，会极其讲究女子的大门不出二门不迈，只是如今那名少女性命难保，为人父的柳老侍郎又非迂腐酸儒，自然顾不得讲究这些。

柳老侍郎有三儿二女，大女儿已经嫁给门当户对的世族俊彦，正月里与夫君一起返回娘家，不承想就走不了了，一直留在狮子园。其余子女也是这般惨淡光景。唯有长子，作为河伯祠庙附近的一县父母官，没有回家过年，才逃过一劫。出了事情后柳老侍郎也给长子寄了一封家书，措辞严厉，让他绝不可以私废公，擅自返回狮子园。柳老侍郎的二儿子最可怜，出门一趟，回来的时候已经是个瘸子。

说是柳老侍郎，其实柳敬亭年纪不算太大，神童出身，科举顺遂无比，十八岁就高中状元，仕途上平步青云，为官三十年，其中有十二年是坐在礼部侍郎的位置上，尚未五十岁就辞官退隐，朝野上下都敬称其为柳老侍郎。

陈平安刚放下行李，柳老侍郎就亲自登门，是一位气度风雅的老者，一身文气浓郁。虽然家族遭逢大难，可柳敬亭依旧神色从容，与陈平安言谈之时，谈笑风生，并非那强颜欢笑的神态，只是老人眉眼之间的忧虑和疲惫，让陈平安感受到他既有身为一家之主的沉稳，又有身为人父的诚挚感情。

将柳敬亭送到院门外，老侍郎笑着说陈平安可以在狮子园多走动。

回到院子，裴钱在屋内抄书，脑袋上贴着那张符箓，打算睡觉都不摘下了。

石柔有些无奈，原来院子不大，就三间住人的屋子，狮子园管家本以为两位年迈鬼从挤一间屋子，不算待客失礼，哪里知道"杜懋"遗蜕里住着个枯骨女鬼。让石柔跟老色坯朱敛住一间屋子，石柔宁肯每晚在院子里一夜到天明，反正作为阴物，睡与不睡，无伤魂魄元气。

陈平安说要她住在正屋那边，他来跟朱敛挤着住。石柔犹豫片刻，点头答应，道了一声谢。

朱敛一脸遗憾表情，看得石柔心中翻江倒海。

院门外传来脚步声，陈平安朝朱敛点点头，朱敛便起身去开门，只见远处走来六人，应该是来狮子园降妖除魔的练气士中的两伙人。

一对修士夫妇，男子瞧着岁数更大些，四十来岁，女子则相对年轻些，三十岁上下，应该都是洞府境。男子背了一把鲨皮鞘的长剑，这也是修士惯有的路数。练气士若是负剑游历，无形中就会有一种震慑力。万一是剑修呢？宫装妇人，中人之姿，只是肌肤胜雪，多少给人一些天生丽质之感。

其余四人，有老有少。看位置，以一个面如冠玉的年轻人为首，竟是个纯粹武夫，其余三人，是正儿八经的练气士。黑衣老者肩头蹲着一头皮毛鲜红的灵动小狸，高大少年手臂上则缠绕一条碧绿如竹叶的长蛇，年轻人身后跟着个貌美少女，如同贴身婢女。

朱敛领着他们进了院子，用宝瓶洲雅言客套寒暄。

夫妇二人，是云霄国人氏，来自一座山上门派。

年轻人复姓独孤，来自宝瓶洲中部的一个大王朝。以他为首的一行四人，又分为主仆和师徒，双方是路上认识的投缘朋友，一起对付过一伙占山为王、危害周边的妖魔邪祟，因为这场声势浩大的佛道之辩，双方结伴游历青鸾国。

年轻人说还有一人，独自住在东北角，是个佩刀的中年女冠，东瓶洲雅言说得拗口难懂，性情孤僻了些，喊不动她来此拜会同道中人。

陈平安再次将众人送到院门口。

回到院子后，想起那个佩刀女冠，自言自语道："应该没这么巧吧？"

朱敛好奇问道："有说法？"

陈平安点点头，道："我曾经在婆娑洲南边的那座倒悬山，去过一个名叫师刀房的地方。"

道老二有一脉道士，一律使用法刀，被称为师刀房道士。曾经在中土神洲很出名，只是后来际遇跟墨家神秘赊刀人差不多，慢慢淡出众人视野。

石柔始终无动于衷。陈平安察觉到这个细节后，就知道师刀房道士，在宝瓶洲确实名声不显。

理由很简单，说来可笑，这一脉法刀道人，个个眼高于顶，不但修为高，极其强横，而且脾气极差，完全看不上宝瓶洲这个小地方。

陈平安当时在师刀房那堵墙壁上，就曾经亲眼看到有人张贴榜单悬赏，要杀大骊藩王宋长镜，理由竟是宝瓶洲这么个小地方，没资格拥有一个十境武夫，杀了算数，省得碍眼恶心人。除此之外，游侠许弱，国师崔瀺，都在墙壁上被人悬赏。原因只不过是因为有痴情女子对许弱因爱生恨，至于崔瀺，则是由于声名太过狼藉。

在陈平安将师刀房道士的传闻说了一遍后，石柔总算脸色微变。

朱敛见陈平安笑望向自己，赶紧信誓旦旦道："少爷放心！老奴再武痴，再不知轻重，也不会擅自挑衅一位有可能出自师刀房的别洲女冠。再说了，万一她是位动人女子，朱敛哪里舍得辣手摧花，给她去狮子园花圃摘花折柳献殷勤，还来不及呢。唉，这么一说，老奴是真有些好奇了，不知那个女冠的姿容如何？虽说石柔姑娘生前必然是个绝代佳人，可每天对着杜老儿这副皮囊，老奴再不以貌取人，也委实是有些……腻歪了啊。"朱敛懊恼道："看来还是老奴境界不够啊，看不穿皮囊表象。"

佝偻老人转过头，对石柔致歉道："石柔姑娘，请你放心，我自认这种庸俗眼光要不得，我得改。你若是不介意，我朱敛今晚就与你同住一屋，好好锻炼一下自己的心境！说不定一夜顿悟，学那禅宗佛子的立地成佛，从今往后，再来看你，便是处处动人，时时美艳了……"

陈平安咳嗽两声，摘下酒壶准备喝酒。

石柔脸若冰霜，转身去往正屋，砰的一声关上门。

陈平安轻声笑问道："你什么时候才能放过她？"

朱敛大义凛然道："少爷有所不知，这也是我辈风流子的修心之旅。"

言语之间，陈平安晃了晃养剑葫芦，朱敛便心领神会。

墙头上蹲着一名身穿黑色长袍的俊美少年，拍手道："好好好，说得甚合我心，不承想你这老儿拳意高，人更妙！"

陈平安仰头问道："神仙有别，妖人不犯，鸟有鸟道，鼠有鼠路，就不能各走各的吗？"

那俊美少年一屁股坐在墙头上，双腿挂下，后脚跟轻轻磕碰雪白墙壁，笑道："井水不犯河水，大家相安无事。道理嘛，是这么个道理，可我偏偏要既喝井水，又搅河水，你能奈我何？"

骤然之间，一抹雪白光彩从那黑袍少年脖颈间一闪而逝。头颅从墙头坠落，只是没有一滴鲜血。

脑袋搬家的俊美少年身形消散，竟是一个玄之又玄的幻象，除此之外，有一根细若发丝的黑色狐毛，在空中飘飘荡荡。

狐妖气急败坏的话语回荡院内："丑婆娘好俊的刀法！你等着，哪天晚上大爷一定会以布遮眼，吹了灯火，让你领教一下大爷的胯下剑法！"

屋顶那边，有一个面无表情的女道士，手持一把雪亮长刀，站在翘檐的尖尖上，缓缓收刀入鞘。

陈平安和朱敛相视一眼,还真是一个师刀房女冠。

这位女冠是个金丹境修士,比较棘手,朱敛不敢托大。

寻常宝瓶洲的金丹境地仙,朱敛身为远游境武夫,应该胜算极大。即便自称金身境的底子打得不够好,那也是跟郑大风和自己之前的六境做比较。但是对战能够在中土神洲闯下偌大名声的法刀道人,朱敛不觉得自己一定可以占到便宜。

两颊消瘦凹陷、容貌枯槁的中年女冠,收刀后用蹩脚的宝瓶洲雅言缓缓道:"这头狐妖,是我囊中之物,你们如果敢抢,到时候就别怪我刀子不长眼睛。"

朱敛笑了,这脾气对胃口。

既然对了胃口,那他朱敛可就真忍不了了。

佝偻老人就要起身,陈平安伸手拦下朱敛,然后用手掌摊向院墙之外,示意师刀房女冠可以走了。

佩刀女冠身形一闪而逝。

朱敛笑问道:"怎么说?"

陈平安想了想,道:"等着便是。"

第九章
君子救与不救

师刀房女冠离开后没多久，裴钱就蹑手蹑脚从屋里面走出来，额头贴着黄纸符箓。

石柔站在屋门那边，神色紧张，即便已经察觉不到女冠的丝毫气机，仍是心有余悸。

她是女鬼阴物，大摇大摆行走人间，其实处处是凶险。沐猴而冠，只是惹来耻笑，可她这种鸠占鹊巢、窃据仙蜕的歪门邪道，一旦被出身谱牒仙师的大修士看破根脚，后果不堪设想。

裴钱到了陈平安和朱敛身边，瞥了眼墙根那边。

朱敛笑道："一根灵气殆尽的狐毛而已，也要捡起来当个宝？"他伸手一抓，将墙角那根支撑起狐妖障眼法幻术的黑色狐毛用双指拈住，递给裴钱，慷慨道："想要就拿去。"

裴钱躲在陈平安身后，小心翼翼问道："能卖钱不？"

朱敛以指尖搓动那根韧性绝佳的狐毛，竟然没能搓成灰烬，微微讶异，仔细凝视，道："东西是好东西，就是很难有实实在在的用处，若是能够剥下一整张狐皮，说不定就是件天然法袍了吧。"

陈平安提醒道："这种话少说为妙。"

朱敛笑道："确实是老奴失言了。"

这边的动静显然已经惊动其余两拨捉妖人，复姓独孤的年轻公子哥一行，那对修士道侣，都闻声赶来，入了院子，神色各异。看待陈平安，眼神也有些复杂。本该半旬后露面的狐妖竟然提前现身，这是为何？而那抹凌厉刀光，气势如虹，更是让众人心惊。

之前狮子园给出的情报，说狐妖飘忽不定，无论是阵法还是法宝，尚无任何仙师能够抓住狐妖的一片衣角。不承想那佩刀女冠修为如此之高，一刀就斩碎了狐妖的幻象。

陈平安将狐妖和师刀房女冠的那场冲突，说得有所保留，女冠的身份更是没有道破。

那名肩上蹲着一头火红小狸的老者，突然开口道："陈公子，这根狐毛能卖给我吗？说不定我能借此机会，找出些蛛丝马迹，挖出那狐妖藏身之所。"

陈平安笑问道："价格如何？"

老者一番权衡利弊，道："狐毛已经完全失去灵性，其实本身已经不值一枚雪花钱。"

陈平安没有立即回答。

独孤公子身后的那名貌美女婢，一双秋水长眸，泛起微微讥讽之意。

眼前这位背负白鞘长剑、一袭白袍的年轻仙师，瞧着挺像山上人，实则市侩得很呢，一枚雪花钱的狐毛，还要做一做文章？不过她很快释然，所谓的谱牒仙师，可不就是这般道貌岸然？

她跟随自家公子，一起游历山河，多次上山下水寻访仙人，又有几人能够让公子刮目相看？难怪公子会次次乘兴而往，败兴而归。

这位婢女突然发现那人身后的黑炭小丫头，正望向自己。婢女对裴钱展颜一笑。裴钱咧咧嘴。

陈平安对那老者说道："我突然想起，原来自己也有些不入流的术法，能够以此搜寻狐妖，就不卖了。"

老者洒然笑道："大家都是降妖而来，既然陈公子自己有用，君子不夺人所好，我就不勉强了。"

他们走后，陈平安犹豫了一下，对裴钱正色道："知道师父为何不肯卖那根狐毛吗？"

裴钱干脆利落道："那人说谎，故意压价，心存不轨，师父慧眼如炬，一眼看穿，心生不喜，不愿节外生枝，万一那狐妖暗中窥视，白白惹恼了狐妖，咱们就成了众矢之的，打乱了师父布局，本来还想着隔岸观火的，看看风景喝喝茶多好，结果引火上身，小院会变得腥风血雨……师父，我说了这么多，总有一个理由是对的吧？哈哈，是不是很机智？"

朱敛啧啧道："某人要吃栗暴喽。"

果不其然，陈平安随手就一记栗暴敲下去。

裴钱转头怒视朱敛，咬牙切齿道："乌鸦嘴！"

朱敛笑道："欺软怕硬？觉得我好欺负是吧，信不信往你最喜欢吃的菜里撒泥巴？"

裴钱有些心虚，看了看陈平安，耷拉着脑袋。

从藕花福地第一次见面起,到被臭牛鼻子老道人丢出,裴钱觉得陈平安是天底下对自己最知根知底的人了,用书上的话说,她就是劣迹斑斑,所以她有些怕。

陈平安揉了揉小家伙的脑袋,轻声说道:"我在一本文人笔札上看到,佛经上说,昨日种种,譬若昨日死,今日种种,譬若今日生。知道什么意思吗?"

裴钱抬起头,轻轻摇头。

陈平安笑道:"以后就会懂了。"

裴钱眼睛一亮,问道:"师父,这句话能不能刻在一枚小竹简上送给我?如果可以的话,再加上河伯祠庙那两句?"

陈平安点头答应下来,然后就狐毛卖与不卖这件小事,比较少见地给她说了些大道理:"行走江湖,要多加小心。不可有害人之心,也不能没有防人之心。时时刻刻都讲究表面上的待人以诚,对谁都掏心窝子,反而只会让江湖更加险恶。真正的待人以诚,自然是一件很美好的事情,但是如何呵护好它,不伤人不害己,就需要自己积攒江湖阅历了。"

朱敛微笑道:"心善莫幼稚,老道非城府。此等金玉良言,是书上的真正道理。"

陈平安"嗯"了一声,道:"朱敛说得比我更好,还不絮叨。"

陈平安取出最后三壶桂花酿中的一壶,递给朱敛。当初范家捎来不少桂花酿,只不过分两种,一种让陈平安路上喝,数量不少,只是这一路,今天给这位一壶,明天给那位一壶,这还没走到青鸾国京城,就快没了。另外一种极为稀少,据说是桂夫人在桂花岛上亲手酿造的,只有六坛,当时便是范峻茂都眼馋,死皮赖脸地顺走了一坛。

听到陈平安夸赞朱敛,裴钱转头望向朱敛,好奇问道:"哪本书上说的?"

朱敛哈哈笑道:"人生苦难书,最能教做人。"

裴钱最受不得师父给人压了一头,就对朱敛嗤笑道:"那我还学海无边,书囊无底呢,随便瞎诌几句谁不会?还是我师父说得好,好多了!"

朱敛摇头晃脑喝着酒,有了好酒喝,就再没有跟这个丫头顶真的心思。

陈平安对裴钱说道:"别因为不亲近朱敛,就不认可他说的所有道理。算了,这些事情,以后再说。"

陈平安最后还是觉得急不来,不用一下子把所有自认为是道理的道理,一股脑地灌输给裴钱。像裴钱这种记性好的,背了几万字几十万字的圣贤书,都不如她自己真正懂得一两句书上的教诲。

朱敛在河伯祠庙有一句无心之言,圣贤书归还圣贤,让陈平安深思。陈平安开始自省,比起真正的读书人,自己读的并不多,但是比起市井百姓,却也不算少,那么仔细思量一番,这些年还给圣贤的圣贤书何曾少了?

陈平安叹息一声,说是去屋里练习拳桩。在院子这边,太过惹眼。

屋内女鬼石柔,听到陈平安说的那句佛经言语后,怔怔出神,最终微微叹息。她收了收心绪,屏气凝神,以崔东山传授的一门口诀,呼吸吐纳,点点滴滴,以水磨功夫,炼化这副仙人遗蜕。

在陈平安关门后,裴钱小声问道:"老厨子,我师父好像不太开心,是不是嫌我笨?"

朱敛笑眯眯问道:"要不喝酒?与尔同销万古愁嘛。"

裴钱双臂抱胸,气呼呼道:"我已经在崔东山那里吃过一次大亏了,你休想坏我道心!"

朱敛差点一口酒水喷出来,笑骂道:"你个丫头片子,有个屁的道心!"

裴钱站起身,双手负后,唉声叹气,不忘回头用怜悯的眼神瞥一眼朱敛,大概是想说我才不乐意对牛弹琴。

朱敛在她转过头后,一脚踹在裴钱屁股蛋上,黑炭丫头差点摔了个狗吃屎。裴钱双手一撑地面,转了个圈,立定后转身,恼羞成怒道:"朱敛你干吗暗箭伤人,还讲不讲江湖道义了?我身上可是穿了没多久的新衣裳!"

朱敛问道:"想不想学我自创的一门武学,名为惊蛰。稍有小成,就可以拳出如春雷炸响,别说是跟江湖中人对峙,打得他们筋骨酥软,就算是对付魑魅魍魉,一样有奇效。"

裴钱反问道:"你谁啊?"

朱敛倒是不介意自己的好心被当作驴肝肺,只是不想听这小家伙接下来的歪理,挥手道:"滚滚滚,练你的疯魔剑法去。"

裴钱一肚子话语不得说,有些苦闷,就去自己屋内拿了行山杖出来,开始练习同样是她"自创"的这门武学。那次在路上降服了路边土狗后,她信心暴涨,这段时日除了老老实实跟随陈平安六步走桩,白猿背剑术和拖刀式都被她暂时搁置一旁,偶尔敷衍几下而已,更多是主攻这套威力极大、立竿见影的绝世剑术。

裴钱乐在其中,看得身为远游境武夫的朱敛……那叫一个伤眼睛。

朱敛环顾四周,并无异样。

看来挨了那一记法刀后,狐妖长了些记性。

小院另外两间屋内。

石柔在以女鬼之魂魄、仙人之遗蜕修行崔东山传授的上乘秘法。

陈平安则以天地桩倒立而走,双手只伸出一根手指,同时心神沉浸在那座炼化了"水"字印的"水府"当中。

根据崔东山的解释,那枚在老龙城上空云海炼制之时出现异象的碧游府玉简,极有可能是上古某座大渎龙宫的珍贵遗物——由大渎水精凝聚而成的水运玉简。崔东山当时笑言那位埋河水神娘娘在散财一事上,颇有几分先生的风采。至于那些篆刻在玉简上的文字，最终与炼化之人陈平安心有灵犀，在他一念升起之时，它们即一念而生，化作一个个身穿碧绿衣裳的小人，肩扛玉简进入陈平安的那座气府，帮助陈平安在"府门"上绘画门神，在气府墙壁上描绘出一条大渎之水，更是一桩千载难逢的大道福缘。

心高气傲如崔东山，都不得不坦言，除非是先生学生二人精诚动天，否则即便他这个学生殚精竭虑，万般谋划，在大隋炼化金色文胆作为第二件本命物，品相也很难很难与第一件"水"字印齐平。

对于这些，陈平安自然看得开。得之我幸，失之我命。

在这虚无缥缈的得失之间，陈平安还是喜欢家乡螃蟹坊匾额上面的四个字："莫向外求。"

求神拜佛，先要精诚求己，再谈冥冥天命。

养剑葫芦内的小炼药酒已经被陈平安喝完，加上这一路的调养，如今陈平安已经恢复大半，武道修为，差不多相当于在藕花福地跟丁婴一战前的水准。

在河伯祠庙墙上题字后，陈平安隐隐约约发现，体内那座宛如水府的窍穴，似乎生出某些感应。大渎之水流速提高些许，雾霭升腾，笼罩水面，偶尔甚至会流溢出"水道"，弥漫气府，只是在水府大门那边受到阻挡，重返墙壁上的水道，恢复平静。

今天陈平安试图以粗浅的山上"内视"之法，好好观察一下。不承想身为主人，差点连府门都进不去，一时间那口武夫孕育而出的纯粹真气，汹汹杀到，大概有那么点"主辱臣死"的意思，要为陈平安打抱不平。陈平安当然不敢任由这条"火龙"破门而入，不然岂不是自家人打砸自己院门？这也是世间高人为何不愿兼修两路的关键所在。

陈平安光是为了安抚那条火龙，就差点跌倒在地，只得将手指撑地换成了拳头。将火龙转移到别处脉络"驿道"后，陈平安的呼吸这才稍稍好转。与此同时，府门上的两尊门神，在身穿碧绿衣裳的玉简文字小人驾驭下，赶紧给陈平安打开了大门，对陈平安做出愧疚难当的作揖赔罪状。陈平安一点内视灵光走入后，别有洞天，惊艳之感，比起初见四面环山的狮子园，有过之而无不及。

在"水"字印之前被成功炼化的玉简悬在这处丹室水府中，而那枚"水"字印则在更高处悬停。

那些绿衣小家伙，依旧在勤勤恳恳修缮屋舍各处，还有些个头稍大的，像那丹青妙手，蹲在墙壁上的大水之畔，绘画出一朵朵浪花的雏形。

不但如此，一些质地并不精纯的水雾从大门涌入府邸之后，大多缓缓自行流散，每次只有细若发丝的一丁点，飞入绿衣小人笔下"水花"当中，水花便有了神气，有了流动迹象。墙壁上这些身穿碧绿衣裳的可爱小家伙们，大多无所事事，它们其实画了许多浪花水脉，只是活了的，屈指可数。所以当它们见着了陈平安，模样都有些委屈，好像在说巧妇难为无米之炊，你倒是多汲取、淬炼些灵气啊。

第九章 君子散与不散

陈平安自知是长生桥一断,根骨受损严重,使得这座水府的源头之水,太过稀少,而且炼化速度又远远当不得"天才"二字,两者累加,雪上加霜,使得这些绿衣童子,只能空耗光阴,无法忙碌起来。陈平安羞愧地退出府邸。

在陈平安走出水府后,几名个头最大的绿衣童子,聚在一起窃窃私语。

陈平安并未就此打断内视之法,而是开始循着火龙轨迹,神游"散步"。

神识小如芥子,可是由纯粹真气凝聚而成的火龙却是转瞬百里,陈平安在经脉道路上行走,虽然知晓那条火龙身在何处,却追赶不及。

不过这也与当下陈平安挨了吞剑舟一戳有关系,不然仍旧可以凭借一点灵光,驾驭那条真气火龙游弋而归,说不定还能让它担任坐骑,巡狩四方。

最后陈平安便返回水府门外,盘腿而坐,开始淬炼灵气。

勤能补拙,陈平安擅长这个,很擅长。

陈平安如今还不知道,能够让阿良说出"万法不离其宗,练拳也是练剑"这句话,是一种多大的认可。

天下武夫千千万,世间唯有陈平安。

在一位待字闺中的少女的精美绣楼内。

形容憔悴的少女就像一朵枯萎的花,在贴身婢女的搀扶下,坐在了梳妆镜前。虽然是一副病入膏肓的可怜模样,少女的眼神依然明亮有神,只要心中有着念想和盼头,人便会有生气。

这个可怜人,正是柳老侍郎的小女儿,柳清青。柳老侍郎按照家谱,是"敬"字辈,柳清青这一辈则是"清"字辈。

大姐柳清雅虽已嫁为人妇,可是受她这个妹妹连累,如今和夫君滞留狮子园。

二哥柳清山,原本经常会来与她说话,自从闹狐妖后,已经好久没来这边看她了。少女与这个二哥关系最好,所以便有些伤心。

三弟柳清郁,倒是经常来这边玩耍。她如今体弱,这个性情活泼的弟弟,年纪小,太吵,是个手脚闲不住的主。她生怕弟弟一不小心就又打碎、糟蹋了某样自己的心爱物件,实在是让她头疼。

柳清青的婢女正是老管家的女儿赵芽——那个鼻尖缀着几粒雀斑的少女。见着了自家小姐这般要强,自幼便服侍小姐的赵芽忍着心中悲痛,安慰小姐道:"今儿瞧着气色好多了,如今天气回暖,赶明儿小姐就可以出楼走动了。"

赵芽上楼的时候提了一桶热水,约好了今天要给小姐柳清青梳洗头发。

此时柳清青坐在凳子上,抬臂摸了把消瘦的脸颊,对赵芽说道:"芽儿,今儿让它们来吧,你歇息会儿,给我读一段书。"

赵芽细细"欸"了一声,蹑手蹑脚,打开书案上一只精致鸟笼的小门。里面虽然叽叽喳喳,看似热闹,其实嗓音细微,平时吵不到小姐。

说是鸟笼,其实里边打造得如同一座缩小了的阁楼,这是青鸾国大家闺秀几乎人人都有的京城特产"鸾笼",里面栖息之物,可不是什么鸟雀,而是许多种身形小巧玲珑的精魅。

有形若蜻蜓却是女子面容的梳头小娘,天生亲近洁净之水,喜好以小爪为女子梳头,极其仔细,而且能够帮助女子润泽发丝,防止女子早生华发。

有被称为画眉的花蝶精魅,只要为它们打造出一整套微雕画笔,再给它们看过种种眉妆样式,它们就可以为女子描画出动人的黛眉。

还有喜好吃胭脂的小精魅,鸟爪人身且有双臂,长有一双羽翼,可以为女子仔细涂抹胭脂,比起女子自己动手,要更加增光添彩。

当婢女赵芽开门后,数十只住在鸾笼阁楼内的山野花草精魅,井然有序地飞掠而出,开始为主人柳清青梳洗打扮,无比熟稔。

赵芽则在一旁翻书,嗓音软糯,为自家小姐读着最近风靡青鸾国朝野的一本诗集。

吱呀一声,房门打开,却不见有人走入。

赵芽心中叹息,假装什么都没有发生,继续读着书上那一首山水诗。

微风拂过书页,一名身穿黑袍的俊美少年,就站在少女身后,以手指轻轻弹飞为主人梳洗青丝的小精魅,由他来为柳清青洗头。

少女没有转身抬头,微笑道:"来了啊?"

这个让狮子园鸡飞狗跳的狐妖笑容迷人,道:"世俗害人,只是苦了我家娘子。"

柳清青轻轻摇头。

狐妖轻声道:"别动啊,小心水溅到身上。"

柳清青便坐着不动,歪着脑袋,任由那俊美少年帮她梳理一头青丝,他的动作轻柔,让她心中安稳。

狐妖帮柳清青洗头,涂抹胭脂,画眉。最后他们并肩而坐,柳清青轻声问道:"听芽儿说,家里又来了一拨人。"

对外自称"青老爷"的狐妖笑道:"看不出深浅,有可能比那法刀道姑还要难缠些。但是没关系,便是元婴境神仙来此,我也能来去自如,断然不会少见娘子一面。"

柳清青脸色泛起一抹娇红,转头对赵芽说道:"芽儿,你先去楼下帮我看着,不许外人登楼。"

赵芽点点头,合上书籍,关了鸾笼小门,下楼去了。

柳清青竖起耳朵,在确定赵芽走远后,才小声问道:"郎君,我们真能长相厮守吗?"

狐妖伸出一根手指,温柔摩挲着少女的眉心,笑道:"自然,天长地久,远远不止百年。"

柳清青神色黯然道:"可是我爹怎么办?狮子园怎么办?"

狐妖胸有成竹道:"我早就说过,只要你爹答应了我们这桩天作之合的亲事,以后他就是我老丈人,我岂会亏待了狮子园?"

柳清青娇娇柔柔地躺入他怀中,闭上眼睛,睫毛颤抖,道:"只求郎君莫要负我。"

狐妖低头凝视着那张憔悴消减的脸庞,微笑道:"狐魅痴情,天下皆知。为何世间荒冢乱坟,多狐兔出没?可不就是狐护灵兔守陵吗?"

当陈平安缓缓睁开眼睛时,发现自己已经用手掌撑地,而窗外已是夜幕沉沉。

他轻轻一拍地面,颠倒身形,飘然站定,推门而出,发现朱敛坐在院中桌旁,头顶月明星稀。

见到陈平安,朱敛笑着起身,解释道:"少爷处于类似道家记载的'得意忘形'的大好状态,老奴这两天就没敢打搅。为了这个,裴钱还跟我切磋了三次,给老奴强行按在了屋内。今夜她便又踩在椅子上,在窗口打量少爷的屋子半天了,等着少爷屋内亮灯。只是苦等不来,这会儿应该睡去没多久。"

陈平安惊讶道:"已经过去两天了?"

朱敛笑着点头。

陈平安和朱敛一起坐下,感慨道:"难怪说山上人修道,甲子光阴弹指间。"

朱敛说道:"确实如此。还是我们武夫爽利,练了拳,吃了睡,睡醒了睁眼便杀人。"

陈平安只当没听过什么睁眼杀人,问道:"最近狮子园有没有动静?"

朱敛摇头笑道:"云淡风轻,花好月圆。只是注定要错过近在咫尺的京城佛道之辩了,老奴有些替少爷感到可惜。"

陈平安一本正经道:"你如果向往京城那边的盛事……也是不能离开狮子园的,少了你朱敛压阵,万万不行。"

朱敛顺着竿子往上爬,晃了晃手中所剩不多的桂花酿酒壶,笑得眉眼挤在一堆,问道:"那少爷就再打赏一壶?喝过了桂花酿,再喝狮子园的酒水,真是酒如水了。"

陈平安拒绝道:"你就别打我桂花酿的主意了,只剩下两壶,我自己都舍不得喝。"

朱敛唏嘘道:"良辰美景,醇酒佳人,此事古难全啊。"

陈平安说起了正事,道:"世代积善之家,必有阴德庇护,此非虚言。如果我没有猜错的话,这狮子园风水绝好,而柳氏家风又正,应当有香火小人诞生,也会有土地公庇护才对。只可惜我没有崔东山的修为和神通,无法敕令土地公破土而出,不然的话,可以知道那头狐妖更多的底细。"

朱敛瞥了眼正屋那边,试探道:"老奴去问问石柔?"

陈平安疑惑道:"她若是可以做到,不会故意藏着掖着吧?"

朱敛看了眼陈平安,喝光最后一口桂花酿,道:"容老奴说句冒犯言语,身边人兴许有可能做出的最坏举动,少爷大致都有估算,可对于心性一事,仍是过于乐观了,不如少爷的学生那般……明察秋毫,细致入微。当然,这亦是少爷持身绝好,正人君子使然。"

陈平安想了想,点头道:"那我明天问问石柔。对于别人的言语真假,我还算有些判断力。"

朱敛摇头笑道:"何须明天?少爷是她的主人,又有大恩,几句话还问不得?若是只以老奴眼光看待石柔,那是痴情男儿看美人,当然要怜香惜玉,话说重了都是罪过。可公子你看她不当如此柔肠百转吧?石柔的所作所为,那就是三天不打上房揭瓦。须知世间不窍之人,多是畏威不畏德的货色,不如先生的弟子裴钱远矣。"

陈平安忍不住笑道:"太阳打西边出来了,你竟然还会说裴钱的好话。"

朱敛感慨道:"坏也纯粹,好也纯粹,这么个有趣的小家伙,讨厌不起来。"

正屋那边打开门,石柔现身。

她来到两人身边,主动开口说道:"崔先生确实教了我一门敕令土地的法旨神通,只是我担心动静太大,让那头狐妖生出忌惮,转为杀心。"

陈平安笑问道:"理由是站得住脚的,只是我想问一问稍稍前面的两件事,第一,你更多的是担心谁被狐妖盯上,是你石柔自己,还是我们三人?第二,既然懂得这旁门术法,能够敕令土地,事情可以不做,可话为何不先说?"

朱敛笑眯眯煽风点火道:"戳中要害。"

石柔眼神游移不定。

陈平安摆摆手,道:"你我心知肚明,下不为例。如果再有一次,我会把你请出这副皮囊,重新回到符箓就是了,六十年期限一到,你仍旧可以恢复自由身。"

石柔眼神冰冷。

朱敛嬉皮笑脸从袖中摸出一只锦囊,打开后,从里边抽出一条折叠成纸马形状的小折纸,道:"崔先生在离别前,交予我这件东西,说哪天他的先生因为石柔生气了,就拿出此物,让他为石柔说说好话。对了,石柔姑娘,崔先生叮嘱过我,说要给你先过目,上面的内容,说与不说,石柔姑娘自行定夺。"

朱敛袖手旁观,却已心生杀意,而且并不对石柔掩饰丝毫。

即便是那君子施恩不图报,一样很难保证是个好结果,因为小人可是升米恩斗米仇的。这个得了一桩天大造化的女鬼,未必心眼有多坏,说不得还曾是一个秉性不错的阴物,只是人心种种细微如芥子,一旦被外物放大无数倍之后,某些瑕疵,就大如簸箕了。

德不配位,便是广厦倾倒朝夕间的祸根所在。

石柔心神起伏不定，打开那只纸马后，她身躯微颤。石柔握拳，攥紧手心字条，对陈平安颤声说道："奴婢知错了。奴婢这就为主人喊出土地公，一问究竟？"

对于石柔的生硬转变，陈平安也没如何生气，点头道："狐妖已经来过这里，挑衅在先，你将土地公敕令出来也无妨。"

石柔把那字条收在袖中，然后脚踩罡步，双手掐诀，行走之间，从杜懋这副仙人遗蜕的眉心处和脚底涌泉穴，分别掠出一条熠熠金光和一抹阴煞之气。当石柔心中默念法诀最后一句"口吹杖头作雷鸣，一脚踩地五岳根"时，重重一踩地，小院地面上有古老符篆图案一闪而逝。

石柔深呼吸一口气，后退几步。只见她身前那片地面，如水波涟漪起伏，然后猛然蹦出一个衣衫褴褛的老妪，滚落在地。此老妪头戴一只翠绿柳环，脖颈、手腕、脚踝五处，被五条黑色绳索束缚，勒出五条很深的印痕。

老妪站不起身，蜷缩在地，抬起头望向将她从牢笼中揪出的石柔，苦苦哀求道："恳请这位神通广大的仙师，救救狮子园！"

石柔脸色冷漠，道："你拜错菩萨了。"

头戴柳环的老妪只要转动脖子，脖颈处那条绳索就勒紧几分，她却浑然不在意，最后看到了背剑的白衣年轻人，又苦苦哀求道："小仙师，求你赶紧救下柳敬亭的小女儿柳清青，她如今被那狐妖施加妖术，鬼迷心窍，并非真心痴爱那头狐妖啊！这头大妖，道行高深，而且手段极其阴狠，想要汲取柳氏所有香火文运，转嫁到柳清青身上。这本就是不合法理的悖逆之举，况且柳清青一个凡夫俗子的少女之身，如何能够承受得起这些……"

老妪已经被不断收缩的黑绳，勒得说不出话来，当头顶柳条花环的一片翠绿柳叶枯萎凋零之后，老妪的脸色又稍稍好转几分。

陈平安依旧没有着急斩断那几条"缚妖索"，问道："可是我却知道狐妖一脉，对'情'字最为敬奉，大道不离此字。那个狐妖既然已是地仙之流，照理说更不该如此乖张行事，这又是何解？"

身为此方土地的老妪摇头道："不敢欺瞒仙师，我也不知为何，百思不得其解。但是狮子园的风水变化，做不得假！柳氏这一辈子弟，原本最有希望光耀门楣的柳敬亭二子柳清山，已经彻底断绝仕途。柳氏祖荫与阴德厚重，更有先祖在地下当差，柳清山如何都不该受此无妄之灾的——"

老妪再次无法开口言语，又有一片柳叶枯黄，烟消云散。

陈平安与朱敛对视一眼，后者轻轻点头，示意老妪不似作伪。

陈平安一拍养剑葫芦，掠出了如白虹一般的飞剑初一，一一斩断束缚老妪的五条绳索。

剑灵留下了三块斩龙台，给初一和十五两个小祖宗饱餐了其中两块，最后剩下薄片似的磨剑石，卖给了隋右边。如今两把飞剑的锋锐程度，远远超出以往。

老妪如获大赦，战战兢兢站起身，感激涕零道："先前老朽老眼昏花，在此拜见剑仙前辈！"

陈平安摇头道："不用这么客气。"

老妪突然跪地不起，泣不成声道："恳请剑仙前辈速速替天行道。前辈既然能够救出老朽，又有大宗师扈从，更是一剑可破万法的剑仙，救下狮子园只是随手之举……"

陈平安正要说话。

老妪抬起头，死死盯住他，神色悲怆，道："柳氏七代，皆是忠良，前辈难道忍心看着这座书香门第，毁于一旦？难道要眼睁睁看着那大妖逍遥法外？"

朱敛皱了皱眉头。老妪与那递香人所求之事，一般无二，只是所行之法，天壤之别。石柔也是心生不喜。

在这件事上，佝偻老人和枯骨艳鬼的看法倒是如出一辙。

老妪砰砰磕头十数下，再次抬头盯着陈平安，高声道："恳请剑仙出手，力挽狂澜，斩杀大妖！柳氏子弟定然会铭记大恩，此后世世代代，为剑仙前辈敬奉香火！"

朱敛脸色阴沉，正要说话，陈平安对他摆摆手。

陈平安伸手搀扶老妪，道："起来说话。"

老妪却一把推开陈平安的手臂，然后继续磕头，嘴里仍然一迭声道："剑仙前辈如果不出手，老朽微末之身，死不足惜，就这么磕头到死算了。"

陈平安只得蹲下身，默然无声，酝酿措辞。

朱敛站在原地，脚尖摩挲地面，就想要一脚踹去，将这老妪踹得金身粉碎。别说是土地之流，就是一些品秩不高的山水神祇，甚至是那些版图还不如王朝一州之地的小国五岳正神，一旦被朱敛欺身，恐怕都经不起这个八境武夫几脚。

石柔先是对老妪举止不屑，然后有些冷笑，看了眼似乎束手无策的陈平安，心想这可是你陈平安自找的麻烦。

这时，蹲着的陈平安和站着的朱敛几乎同时，转头望向翘檐处——头戴鱼尾冠的法刀女冠，再次高高站在那边。

她瞥了眼被飞剑斩去绳索的本地神祇，冷笑道："井底之蛙，粗鄙不堪，难怪救不了一座休戚相关的狮子园。"

她看了眼朱红色酒葫芦，抬起手臂，双指并拢，在自己眼前抹过，变作一双金色眼眸，如那俯瞰人间的神人，恍然道："原来是一只上品养剑葫芦，怪不得能够轻松斩断那几条破烂绳子。"

陈平安问道："只杀妖，不救人？"

别洲女冠反问道:"不然?"

陈平安笑道:"那我来救人,你只管杀妖便是。"

那个师刀房女冠犹豫了一下,点头道:"如此最好。"

那老妪闻言大喜过望,仍是跪地,挺直腰杆,一把攥住陈平安的手臂,满是殷切期望,道:"剑仙前辈这就去往绣楼救人,老朽为您带路。"

这次无须陈平安搀扶,几乎是老妪抓着他站起身,就要往院门那边拽去,只是她发现年轻剑仙站在原地,不动如山,便有些皱眉,责问道:"仙师为何不动身?救人如救火,若是迟了……"

陈平安脸色如常,温声解释道:"我还需要喊弟子起床,让她与我待在一起才行,不然狐妖有可能趁机而入。再就是私自登上那柳清青的闺阁绣楼,我总要让人告知一声柳老侍郎,两件事,并不需要耽搁太多时间——"

不等陈平安说完,老妪急匆匆匆埋怨道:"剑仙前辈,你是山上人,何须计较这些繁文缛节,先留下一人照顾弟子便是。至于柳敬亭那边,回头与他说了已经救下他女儿,那书呆子只会感恩戴德。他连家族都快覆灭了,哪敢计较这些鸡毛蒜皮的小事?!"

朱敛看着那老妪侧脸,负后一手,由掌变拳,咯咯作响。

陈平安突然问道:"听说过君子不救吗?"

老妪呆若木鸡,有些惧怕了。

只是陈平安接下来的举动,又让一颗心提到嗓子眼的老妪松了口气。陈平安轻轻帮老妪擦拭袖子上的尘土,低头之时,轻声道:"要救的,老婆婆放宽心。只希望狮子园逃过此劫,若是遇上类似事情,量力而行后,也能救上一救。"

陈平安让朱敛赶紧去与柳敬亭解释此事,让石柔去喊醒裴钱。

到了那栋绣楼底下,朱敛已经返回,点头示意柳侍郎已经答应了,陈平安便登楼而上。

迷迷糊糊的裴钱只是跟在身后,额头上贴着黄纸符箓。只要跟在师父身边,倒是不怎么怕。石柔紧随其后。

朱敛站在最下面,迟迟没有挪步,只是看着陈平安登高的背影。

佝偻老人仰着脖子,挠挠头,觉得这位崔先生的先生,走得有些高。

这还是陈平安第一次登绣楼入闺阁。

他让朱敛和裴钱待在门外,自己带着石柔步入其中。

进入之前,陈平安先敲门,说是柳老侍郎希望他们来看看柳小姐的屋子,有无狐妖藏匿。片刻之后,柳清青梳妆打扮完毕,让婢女赵芽开门。

陈平安认识这名婢女,老管家的女儿,一个性情温婉的少女,但他的注意力更多还是放在了传言被狐妖魅惑的柳清青身上。

第一眼看到柳清青,陈平安就觉得传闻可能有些偏颇。人之眉目为心之镜,想要装作黯淡无光,容易,可想要伪装神采清明,很难。

陈平安既松了口气,又有新的忧虑,因为可能当下的燃眉之急,比想象中要容易解决得多,只是人心如镜,易碎难补。

不过那就是这名少女自己的因缘造化了,陈平安救得了人,却补不了一名萍水相逢女子的心,也不会去做。

柳清青虽是家族拘束不多的大家闺秀,见识过许多青鸾国士子俊彦,闺阁内还有一只饲养精魅的鸾笼,可是对于真正的谱牒仙师、山上修士,她还是十分好奇。所以当她看到来的是一个算不得多英俊却气质温和的年轻人,心中芥蒂就少了些。此地终究是少女闺阁,任由外人踏足的话,柳清青难免会有些不适,若再来些只会打打杀杀的粗鄙武夫,或是些一看就居心不轨的所谓神仙,如何是好?

陈平安抱拳致歉道:"我们此举于礼不合,但是柳老侍郎和狮子园土地公都担心柳小姐的身体,希望柳小姐见谅。我姓陈,随从姓石。"

柳清青这才看见年轻仙师身后眼神有些冷漠的老者,她挤出一个笑脸,道:"陈仙师和石前辈是为救我而来,可以不拘小节,只管放开手脚搜寻。"

婢女赵芽心中有些别扭,小姐也真是的,这拨人贸然拜访,小姐竟然放任他们四处走动,若那黑袍少年晓得,会不会心生不喜?

对于那狐妖幻化而成的俊美少年,赵芽早先当然是十分畏惧,第一次见面,吓得她拿起剪子就要与那擅闯闺阁的登徒子拼命,结果被小姐拦阻下来。这段时日相处下来,赵芽几次劝说小姐无果,眼睁睁看着小姐日渐憔悴,只得强忍下心中悲恸,尽量服侍好小姐的饮食。

陈平安拈出一张阳气挑灯符,符纸蓦然燃烧起来,只是火花不大。

显而易见,狐妖确实来过此地。陈平安拈符缓缓走遍闺阁各个角落,发现黄花梨花鸟镜台和床榻两处,符箓燃烧稍快些。

陈平安始终神色淡然。

柳清青和赵芽都是修行门外汉,不知道符箓燃烧快慢意味着什么,而且其间些许差异,以她们的眼力未必可以发现。

石柔则心中冷笑,对那看似娇柔端庄的少女柳清青有些腹诽。出身礼仪之家的千金小姐又如何?还不是一肚子男盗女娼。

陈平安突然想起一个问题,有些涉及拘魂押魄,在窍穴培植邪祟种子的隐蔽手段,例如飞鹰堡邪修在堡主夫人心窍养育鬼胎,陈平安就不擅长破解,而石柔本身就是鬼魅,又有炼化仙人遗蜕的经验,再加上崔东山的暗中传授,她应该对这些阴险路数很熟稳,而且直觉更加敏锐。

虽然自己一直将石柔视为枯骨女鬼,即便神魂入了仙人遗蜕,陈平安还是习惯将她视为女子,可石柔如今是以一副"杜懋"皮囊行走阳间,就有些麻烦。柳清青若是执意不愿让石柔触碰身体,死活不让石柔帮忙探查气脉虚实,一哭二闹三上吊,会很棘手。

陈平安拈符走到赵芽身边,符箓并无异样,依旧缓缓燃烧。赵芽觉得神奇,得到陈平安许可后,她伸出手指靠近那张黄纸符箓,发现并无半点灼热之感。陈平安微笑着来到柳清青身边,所剩不多的小半张符箓,猛然绽放出巴掌大小的火焰,瞬间燃烧殆尽。

陈平安问道:"柳小姐,那少年可曾赠送定情物件给你?柳小姐有没有不小心携带在身上?"这番言语,说得含蓄且不伤人。

柳清青欲言又止。

赵芽轻声道:"小姐,这都什么时候了!"

看着赵芽满是祈求的可怜眼神,柳清青只得转过身去,拿出一只系挂怀中的彩丝香囊,上面绣有一对鸳鸯。

陈平安问道:"能否交给我看看?"

柳清青摇摇头,不答应。赵芽都快急死了。

陈平安眼神清澈,道:"柳小姐痴情,我一个外人不敢置喙,可是如果因此将整个家族置于危险境地,万一,我是说万一,柳小姐又所托非人,你抛却一片心,对方却是有所图谋,到最后柳小姐该如何自处?即便不说这最极端的万一,也不提柳小姐与那外乡少年的真心相爱、海枯石烂,我们只说一些中间事,一只香囊,我看了,不会减少柳小姐与那少年的情爱半点,却可以让柳小姐对柳氏家族,对狮子园,良心稍安。"

陈平安言语之间,其实想起了第一次远游大隋时,随行的朱河、朱鹿父女。少女朱鹿便是为了一个"情"字,心甘情愿为福禄街李家二公子李宝箴飞蛾扑火,毅然决然,不管不顾,什么都舍弃了,还觉得问心无愧。

柳清青眼眶通红,颤颤巍巍递出那只心爱的香囊。

她心中对情郎的愧疚越来越浓重,交出香囊好似剜了心肝,两手空空,心更是空落落的,扭头落泪。

陈平安接过香囊,细看之下,五色彩丝,其中黑丝与先前飘落在地的狐毛材质相同,其余四种则暂时不知根脚。打开香囊,里面只是些乞巧物件,陈平安怕自己眼皮子浅,看不出里面的神神道道,便转头望向石柔,后者亦是摇头,轻声道:"香囊如同夜间亮起的一盏灯笼,可以方便那狐妖寻找到这位小姐。至于里面的东西,应该没有太多说头。"

陈平安将香囊递给石柔,道:"你先拿着。"然后陈平安凭空取出那根在倒悬山炼制而成的缚妖索。这根缚妖索以蛟龙沟元婴境老蛟的金色龙须作为法宝根本,在世间千奇百怪的法宝当中，品秩算极高。石柔一手接过香囊，收入袖中，一手持着连瞎子都能看出不俗的金色缚妖索，心中稍稍少去些怨怼。香囊在她手上，可不就是引祸上身？只是多了这根缚妖索傍身，还算陈平安对她"物尽其用"之余，弥补一二。

陈平安对柳清青说道："还请柳小姐让我们把把脉。许多山上术法，隐蔽极深，只以望气之法，看不出端倪。"

先是步入闺阁，再要她交出香囊，现在还要有那肌肤之亲。柳清青心中悲苦至极，满脸泪水，对陈平安怒目相视，哽咽道："你们不要得寸进尺！是不是把脉之后，还要我脱了衣裳，你们才肯罢休？"

陈平安心平气和道："当然不会。"

柳清青恼羞成怒，转身趴在花鸟镜台上，肩膀颤抖，泣不成声，断断续续道："我要见我爹……他如果在这里……不会任由你们这些人肆意羞辱我。"

陈平安想了想，对石柔说道："我替你护驾，你以本来面目现身，再帮她把脉。"

石柔虽然对陈平安怀有种种成见，但是有一点石柔并无任何怀疑，那就是陈平安只要嘴上说了，就会做得很实在。

于是婢女赵芽就看见从那老人身躯当中，飘荡出一名彩衣大袖的美人，亦真亦假，让她看得惊心动魄。

赵芽赶紧喊道："小姐小姐，你快看。"

柳清青擦了擦脸上的泪水，转过头，然后看到一名姿容犹在她之上的陌生女子站在面前，而先前那位老者则在原地纹丝不动，仿佛在打盹酣睡中。

石柔面无表情，道："伸出手来。"

柳清青痴痴呆呆，抬起手臂，石柔抓住柳清青好似一截雪白莲藕的手腕。

在石柔查看柳清青体内气机流转之时，继续仔细打量这间屋子的陈平安，突然发现那婢女在朝自己使眼色。顺着赵芽暗示的方向，陈平安看到了一只尚未收入抽屉的精美小盒，好似女子装胭脂水粉的盒子。陈平安默不作声，挪动脚步，走上前拿起小盒，打开一看，里面装有几颗药丸，散发出微微的荤腥气息。陈平安便假装刚刚凑巧发现，转头对柳清青问道："敢问柳小姐，里面这些药丸，是狮子园自家补药，还是外来仙师赠予的？"

赵芽觉得这位背剑的年轻公子，真是心思活络，更善解人意，处处为他人着想。换成之前那些仙师，个个趾高气扬，恨不得在自己额头贴着"神仙"二字不说，还喜欢当着自家小姐的面，一口一个狐妖孽障，让小姐听见，如何不刺耳伤心。

柳清青怯生生道："是他送我的定心丸，说是能够温补身子，可以安神养气。"

石柔其实早早闻到了那股刺鼻药味，瞥了一眼后，冷笑道："定心丸？知道什么叫真正的定心丸吗？这是世间养鬼和制作傀儡的旁门丹药之一，服用之后，活人或是鬼魅的魂魄逐渐凝固，器格定型，原本游走不定、自由自在的三魂七魄，就像制造瓷器的山野土壤，被人一点点捏成了器物坯子。温补身子？哼！"石柔的嘴边挂着讥讽的笑意，道："当然，柳小姐的情郎，也有可能会说这是山上仙家修补家族晚辈先天不足、根骨不全的一门上乘秘法，帮助没有修行资质的凡夫俗子，一步登天。这种话，不全是假，只不过舍得这么做的山上洞府，要么是出息不大的小门小户，要么是处境不妙、忧患重重，必须多出些走捷径的后进修士。服用了又名为'断头丹'的定心丸，后患无穷，被天地厌弃，人是半死人，鬼是半活鬼，人不人鬼不鬼，成为承载山水灵气的容器之后，再给人打碎了容器，将容器里面的山水灵气一扫而空，至于破碎容器的下场如何，呵呵，要么魂飞魄散再无来世，要么死后一点灵光不散，必成厉鬼。"

石柔说得直白，赵芽听得脸色惨白。

柳清青先是心中大怖，只是仍然不愿死心，很快就帮自己找到了合理解释。

陈平安脸色阴沉。这种仙家手法，与骊珠洞天的烧制本命瓷，难道不一样？

如果说陈平安起先改变路线，不去京城，选择来狮子园蹚浑水，是因为河伯祠庙递香人说的那个读书人，是因为那句"有妖魔作祟处，必有天师桃木剑"，是因为陈平安想着那龙虎山外姓天师好朋友张山峰。若是张山峰没有跟随师父去往龙虎山，听闻此事，一定会来此打抱不平。

那么现在陈平安是因为不信邪了，一个说不定连狐妖身份都是伪装的祸害，竟然为非作歹，不光搬弄山水气运，觊觎柳氏一家文运，还要害人性命，用心之险恶，手段之歹毒，简直就是死上一次都不够。

陈平安去门口那边，先让裴钱走入闺阁，再要朱敛立即去跟狮子园讨要朝廷官家金锭，研磨成粉，制作出更多更好的金漆。

他要画符厌胜！

身为狮子园一带土地公的老妪，没有跟着去往绣楼，理由是闺阁有了陈仙师坐镇，柳清青肯定暂时无忧，她需要庇护包括柳老侍郎在内的众多柳氏族人。

在柳氏祠堂内，身上没了五条狐妖绳索的老妪，神完气足。

事实上，柳氏历代家主，都认识这位年岁比狮子园还大的柳树娘娘，每年祭奠先祖的丰盛香火供奉当中，都有一大份给这位庇护柳氏的神灵。

此时祖宗祠堂内，人满为患，许多原本没有资格走入其中的仆役，柳老侍郎也让管家老赵把他们一并带来。此事若是传出去，柳老侍郎少不得被戴上一顶"有辱斯文，亵渎祖先"的高帽。

柳老侍郎和二十余个柳氏族人，此刻都在祠堂僻静处相聚，许多人还是生平第一次亲眼见到这位柳树娘娘。

除此之外,还有两个在这座狮子园居住多年的外姓人,站在最边缘的地方,没有对柳氏家事指手画脚。

狮子园有家塾,在三十年前一位德高望重的士林大儒辞任后,又聘请了一个寂寂无名的教书先生。

这也是一桩奇事,当时庙堂和文林,都好奇到底哪位硕儒,能被柳老侍郎看得起,担任为柳氏子弟传道授业的师长。

只是后来柳老侍郎的长子,科举顺遂却不瞩目,虽是进士出身,名次却很靠后,笔下的制艺文章,以及诗词歌赋,都算不得出彩,比起妙笔生花的柳老侍郎,可谓虎父犬子,所以众人对于那个新先生身份的猜测,就都没了兴致。倾心教出来的弟子如此一般,当先生的,能好到哪里去?

至于柳清山,年幼时就如父亲柳敬亭一般,是名动四方的神童,文采飞扬,可这是自家本事,与先生学问关系不大。

这会儿柳敬亭与柳树娘娘起了争执。

柳树娘娘的看法,是无论如何,都要努力争取,甚至可以不惜脸面地要求那陈姓年轻人出手杀妖,铲草除根,不留后患,万万不可由着他只救人不杀妖。

柳敬亭便说了女冠出手,灭去狐妖幻象的事情。

柳树娘娘报以冷笑:"一个外乡道姑,狮子园若是将所有希望寄托在她身上,下场好不到哪里去。"

大女儿柳清雅便弱弱地说了句:"可是那陈仙师也是外乡人啊。"

柳树娘娘斜眼看了一下这个头发长见识短的女子,吓得后者赶紧闭嘴。

老妪斩钉截铁道:"那陈姓年轻人,好歹是个读书人!"

柳敬亭经过一番权衡后,仍是不愿以各种违心的龌龊手段,将那陈姓年轻人与狮子园绑在一起。

柳树娘娘便毫不留情面地指着这位老侍郎的鼻子大骂,道:"柳氏七代,辛苦经营,才有这份光景,如果香火断绝在你手上,你柳敬亭死后,有脸去见列祖列宗吗?你对得起狮子园祠堂那些牌位上的名字吗?为保唐氏正统死谏,杖毙而死;为救骨鲠忠臣,落了个流徙三千里而死;为官造福一方,殚精竭虑、心血耗尽而死,需要我给你报上他们的名字吗?"

柳敬亭满脸愁苦。

老妪继续骂道:"你要是脸皮不厚,端着狗屁老侍郎的架子,那你们柳氏就绝对迈不过去这个坎。你柳敬亭死则死矣,还要害得狮子园改姓,子女流散,藏书楼那么多孤本善本,到了柳清山这一辈人的暮年,最后能够留下几本?"

柳敬亭无言以对,其他人就更不敢说话了。

沉默许久，氛围凝重。

这时，一瘸一拐的柳清山向前走出数步，对老妪说道："柳树娘娘，你似乎说错了一点。"

老妪眯起眼，不屑道："哦？小娃儿何以教我？"

柳清山沉声道："我柳氏能够传承至今，香火不绝，正是先祖立身之正，留下祖训家规，子孙恪守之严，才有今天狮子园的一方有难，八方支援。若是今日违心行违礼事，就算侥幸保住了这座狮子园，可我柳氏家风，从今日起，就已不正。"

老妪大笑不已，讥讽道："小娃儿别以为读过几本书，就有本事与老朽聊这些有的没的。人都死光了，百年之后，除了那本《狮子园文集》，谁还惦念你们落难的柳氏？"不给书生柳清山说话的机会，老妪继续笑道："你一个无望功名的瘸子，也有脸皮说这些站着说话不腰疼的屁话？哈哈，你柳清山如今站得稳吗？"

柳清山当初为了救妹妹，与道观老神仙一起偷偷离开狮子园，去寻觅真正的正道仙师，却在半路惨遭祸事。腿伤是身体之痛，而就此仕途断绝，所有抱负都付诸东流，这才是柳清山这个读书人最大的苦痛。为此，婢女赵芽都没敢跟小姐提起这桩惨事，不然从小就与二哥柳清山最亲近的柳清青，一定会愧疚难当。事实上柳清山在被人抬回狮子园后做的第一件事，就是要求父亲柳敬亭对妹妹隐瞒此事。

这会儿被柳树娘娘这位庇护狮子园两百多年的土地公当场揭开心头的伤疤，饶是柳清山这个腿伤之后在所有外人面前不曾有半点失态的读书人，此刻也脸色铁青，双拳紧握。

老妪继续在年轻书生伤口上撒盐："瘸腿之前，我还敬你三分；瘸了腿，你柳清山这辈子，就注定是个躲在狮子园混吃等死的废物。我劝你还是趁早摘下书斋那副对联吧，不怕让人笑话？"

柳敬亭黑着脸，沉声道："柳树娘娘，请你老人家适可而止！"

老妪冷哼一声。

柳敬亭拍了拍二子的肩膀。柳清山泪眼蒙眬，对生平最敬重的父亲点了点头，示意自己没事，然后低下头去，满脸泪水。

人生天地间，大丈夫泪目，必是心碎时。

狮子园家塾有两位先生，一位不苟言笑的迟暮老者，一位温文尔雅的中年儒士，后者皱眉。

老者对中年儒士轻轻摇头，中年儒士默然。

一直等在绣楼底下的管家老赵匆忙跑入祠堂，到了柳老侍郎和柳树娘娘这边，抹了一把额头汗水，笑道："陈公子要我们狮子园准备画符用的金漆，需要用官家金锭研磨成粉末。陈公子说是多多益善，然后在小街绣楼那边画符。"

老妪厉色道:"那还不快去准备,这点黄白之物算得了什么?!"

老管家转头望向柳敬亭。

老侍郎点头道:"去吧。"老侍郎突然喊住老管家,快步走出,道:"老赵,我随你一同前往,再叫上些胆大的青壮汉子,不过都要他们自愿才行。"

不承想老妪一把按住老侍郎肩头,阻止他道:"你去?柳敬亭你失心疯了不成?万一那狐妖破罐子破摔,先将你这主心骨宰了再跑,即便你女儿活了下来,届时狮子园仍是糜烂不堪的破摊子,靠谁支撑这个家族?靠一个瘸子,还是靠那个当个郡守都勉强的庸才长子?"

柳敬亭满脸怒气,真当他柳敬亭这么多年的宦海生涯是吃干饭的吗?眼前这土地公如此火急火燎,归根结底,还不是担心狮子园柳氏那点香火断了,会牵连她的金身大道?

老妪见柳敬亭罕见地动了肝火,微微犹豫,口气软了下来,好言相劝道:"书生不也告诫你们读书人,君子不立危墙之下?你柳敬亭一介文弱书生,比不上任何一名在狮子园护院打杂的青壮男子,你去了又有何用?能够搬动几颗金锭?就不怕狐妖将你抓住,胁迫狮子园?"

柳清山猛然抬头,眼神坚毅道:"我去,即便搬不动多少金锭,可在一旁盯着,总能免去些纰漏。"

柳敬亭帮这个儿子正了正衣襟,道:"小心些。不当官,又如何?心术不正却窃据高位的读书人,早已不算真正的读书人。我儿子腿残了,当不了官,却还是能够当一辈子读书人,既然无法治国平天下,那就做好修身齐家,做得到吗?"

柳清山终于有了笑意,道:"爹,这个不难。"

柳清山跟着老管家,带上一拨几乎人人踊跃的狮子园青壮仆役,神色慷慨激昂,离开了这座祠堂。

柳敬亭看也不看那老妪,走到两位岁数差了一个辈分的外姓先生身前,作揖致谢道:"感谢伏夫子、刘先生,为我柳氏教出一位能够以一身正气传家的读书人。"

伏夫子依然神色木讷,甚至连轻轻点头都没有,好在狮子园对此见怪不怪,老人在谁面前都是这般刻板面容。

中年儒士笑了笑,道:"为弟子传道授业解惑,是教书匠职责所在。"

一间小院里住着四名远道而来的侠义之士,比陈平安更早成为狮子园的座上客。

复姓独孤的年轻公子哥,与名为蒙珑的贴身美婢,加上那各自豢养有小狸、碧蛇的师徒修士。

双方偶遇,一起镇压过一座妖魔横生的山头。独孤公子主仆出力更多,却只拣选了些与文雅沾边的寻常物件,其余的几件珍贵灵器、一大堆神仙钱,都留给了师徒二人。

师徒私底下掂量了一下,觉得两人性命加起来,应该不值得那位公子哥放长线钓大鱼,便厚着脸皮与这对主仆一起厮混,之后还真给他们占了些便宜,两次斩妖除魔,又有几百枚雪花钱进账。当然,这其中老修士多有小心试探,那位自称来自朱荧王朝的贵公子,确实是不与人争钱财的脾气。

公子哥从未出手,说他自己就是个学了些三脚猫功夫的江湖莽夫,师徒二人又不傻,自然不信。而那婢女几次出手,真是够吓人的。

她是一名剑修。不仅如此,竟然还能够使出传说中的仙堂术法,驾驭一尊身高三丈的夜游神!

婢女蒙珑,可不是什么童颜永驻的老妖婆,确实是不到二十岁的女子。

拿一名极有希望成为地仙剑修的天才,当作端茶送水的丫鬟,并将其视为天经地义,有点脑子的,都知道那独孤公子的身世背景,深不见底。

只可惜老者绞尽脑汁,都没有想出朱荧王朝有哪个姓独孤的大人物,往南往北再搜罗一番,倒是能翻出两个豪阀、门派,要么是一国庙堂砥柱,要么是家中有金丹坐镇,可比起年轻人已经浮出水面的家底,仍是不太符合。

思来想去,只当是那座剑修林立的朱荧王朝,沉在水底的老王八太多,年轻人来自某个不喜好张扬的仙家府邸。

这会儿,独孤公子站在窗口,看着外面不同寻常的天色,道:"看来那个狐妖是给那姓陈的年轻人踩痛尾巴了。如此更好,不用我们出手,只是可惜了狮子园的那幅字画和那只梅花瓶,都是一等一的清供雅物啊。不知道姓陈的得手后,愿不愿意割爱卖给我。"

婢女蒙珑笑道:"识货的人,都是相中了那件留在柳氏手中是鸡肋的祖传法宝,公子倒好,只想要那不值几枚神仙钱的玩意儿。"

独孤公子叹了口气,道:"此间事了,咱们又得奔波劳碌了。"

蒙珑愁眉不展,道:"公子,咱们这么找人找线索,无异于大海捞针,似乎有些难。"

独孤公子无奈道:"又没有其他便捷门路,只能用这种最笨的法子。我们就当散心好了,一边逛,一边等待山上的消息。"

蒙珑有些气愤,道:"愿意说话的,我们找到了,结果什么都不知道。不愿意开口的,一个个来历不小,咱们不好公开身份,招惹不起。那些家伙眼睛不是眼睛的,鼻子不是鼻子的,有什么了不起的,不就是仗着北俱芦洲身份,仗着多活了几百年,如今境界高一些嘛。要我看呀,不用三十年,公子就可以一只手对付他们。"

独孤公子没有理会婢女的抱怨,道:"先找到那个年轻女子再说吧。"

蒙珑坐在桌旁,闲来无事,摆弄着桌面棋盘上的棋子,一边把它们胡乱移动,一边道:"只知道个姓名,又是那艘打醮山渡船上面,一个寂寂无名的小修士而已,线索实在是太少了。如果不是那位云游僧人说起她,我们更要像苍蝇打转。公子,我有些想家了。可不许诓我,找到了那个小修士,咱们可就要打道回府了哦。"

独孤公子转头打趣道:"呦,你一个下五境练气士,好意思说别人是小修士?"

蒙珑笑眯眯道:"可奴婢好歹是一位剑修欸。"

独孤公子瞪眼佯怒道:"剑修这貔貅,吃钱伤感情,有什么值得夸耀的。"

蒙珑掩嘴娇笑:"这话别人说得,公子可说不得。奴婢已经吃掉的神仙钱,且不说将来肯定赚得回来,放在公子家中,还不是九牛一毛?"

独孤公子摇摇头:"等你真正跻身了中五境,就不会这么讲了。一个地仙剑修,修行路上耗费的天材地宝,至少是一般陆地神仙的双份。"

蒙珑点点头,轻声道:"主公和主母,确实是花钱如流水,不然咱们不比老龙城苻家逊色。"

独孤公子气笑道:"胆肥了啊?敢当着我的面,说我爹娘的不是。"

蒙珑撒娇道:"公子人好嘛,奴婢怕什么?"

独孤公子笑道:"迟早是嫁出去的闺女泼出去的水,公子我就是个冤大头。"

蒙珑摇头道:"才不要嫁人,嫁给那些绣花枕头作甚,奴婢这辈子只跟着公子了。"

独孤公子不置可否,转头继续望着天色:"那头狐妖,行事处处透着古怪,很不好对付啊。希望那个年轻人,联手那用刀的女冠,可以有惊无险吧。"

蒙珑笑道:"公子真是菩萨心肠。"

独孤公子自嘲道:"我是想着只花钱不出气力,就能买到那两件东西,至于狮子园里里外外,是怎么个结局,没什么兴趣。是好是坏,是死是活,都是自找的。"

约莫过去半个多时辰,绣楼那边,朱敛、老管事和柳清山三人赶到,各自端着一罐酒壶大小的特制金漆。

绣楼内,石柔阴魂已经返回仙人遗蜕,坐在角落闭目养神。

裴钱等得百无聊赖,只恨自己没办法抄书,不然今天就少去一件功课。后来赵芽见小女孩额头贴着符箓,十分有趣,便凑近搭讪,一来二去,带着早就心动却不好意思开口的裴钱,去打量那座鸾笼。裴钱细看之后,大开眼界。

老管事和柳清山都没有登楼,一起返回祠堂。离开之前,柳清山对绣楼高处作了一揖。

屋内,陈平安接过毛笔,朱敛在旁边端着装满金漆"墨水"的陶罐"砚台",率先在一根柱子上画符——都是陈平安从李希圣赠送的那本《丹书真迹》上学来的符箓。

笔尖蘸了金漆,笔毫饱满。

无须陈平安多说，朱敛便抖肩笑道："公子请。"

陈平安脚尖一点，手持毛笔飘荡而起，一脚踩在双膝微蹲的朱敛肩头，在柱子最上边开始画宝塔镇妖符，一气呵成。然后再以法袍金醴和水府积蓄灵气，同样一张镇妖符，换了一种方式，再画一张。

两张之后，陈平安又踩在朱敛肩头上，在屋梁各处画满符箓。

落地后，在闺阁墙壁、窗户上继续画符，除了最有针对效果的镇妖符之外，还有其余三种——《丹书真迹》上最入门的静心安宁符和祛秽涤尘符，再就是在门口那边画出的几张阳气挑灯符。

其间朱敛轻声问道："公子要不要休息片刻。"

陈平安摇头不语："说不定那头大妖已经在赶来路上，不能耽搁，多画一张都是好的。"

闺阁内画符完毕，陈平安才用去大半罐金漆。然后去了屋外廊道，在栏杆美人靠那边继续画镇妖符，以及尝试性画了几张敕剑符和斩锁符，相对比较吃力。

符胆成了，只是一张符箓大功告成后，灵光持续多久是一回事，能够承受多少大妖术法冲击又是一回事。

陈平安只能如一名勤恳的庄稼汉，自家土地瘠薄，不是良田，每亩地的收成有效，那就以量取胜。

罐内还剩有金漆，陈平安脚踩屋外廊道栏杆，与朱敛一起飘上屋顶，在那条屋脊上蹲着画符。

裴钱总算找到了显摆机会，之前陈平安刚开始画符，她就跟婢女赵芽炫耀，双臂抱胸，高高扬起脑袋："芽儿姐姐，我师父画符的本事厉害吧？你觉得有些个花鸟篆，写得好不好看？是不是很有大家风范？"

赵芽又不是修行中人，看不出陈平安这一手符箓的功力深浅，可她是小姐柳清青的贴身丫鬟，对于琴棋书画是颇有见地的，真没觉得那位白衣仙师符箓中的古篆字体，写得如何入木三分，不过裴钱都这么问了，她只好敷衍几句，争取不让小女孩失望罢了。

不料裴钱听完赵芽几句干巴巴的附和言语后，摇头晃脑道："芽儿姐姐啊，你不懂，我师父的字，好在……有仙气儿！"裴钱对自己这个临时蹦出的说法，很满意。

赵芽忍俊不禁，故作恍然道："原来如此，怪我眼拙，没办法，毕竟不是你们山上神仙，看不出真正的门道。"

裴钱一眼看穿她仍然在敷衍自己，偷偷翻了个白眼，懒得再说什么，继续趴在桌案上，瞪大眼睛，打量那只鸾笼里边的风景。

大眼瞪小眼。鸾笼内许多古怪精魅都飞出了阁楼，一起看着这个黑炭小女孩。

赵芽走到柳清青身边，惊讶道："小姐，你感觉到了吗？好像屋内清新、亮堂了许多？"

柳清青苦涩道："我没感觉。"

赵芽搬了凳子坐在她身边，轻轻握住自家小姐的冰凉小手。

陈平安和朱敛飘落回屋外廊道，两手空空的朱敛，让石柔去抱起剩余两罐金漆。石柔虽不明就里，但仍是照做。这位八境武夫，她如今招惹不起，先前小院朱敛杀气冲天，全无掩饰，矛头直指她石柔，让她十分惊恐。

裴钱看到满脸汗水的陈平安，赶紧跑过去："师父，我给你擦擦汗？"

陈平安笑着摇头："我要和石柔去狮子园各地继续画符，如此一来，一有风吹草动，符箓就会响应。这边有朱敛护着你们，不会有太大危险，狐妖即便来此，只要一时半会撞不开绣楼门窗，我就可以赶回来。"

裴钱拍了拍腰间的竹制刀剑，点头道："师父放心，我会保护好柳小姐和芽儿姐姐的！"

陈平安拍了拍她的小脑袋，轻声道："先保护好自己。"

裴钱笑开了花。

朱敛微笑不语。方才在屋顶上，陈平安就悄悄叮嘱过他，一定要护着裴钱。那份言下之意，让朱敛觉得很舒心。

真要跟了个一步步走向道德圣人、志在文庙神位的少爷，朱敛只会糟心不已。

陈平安带着石柔一起从绣楼飘落到院子。

陈平安要石柔将其中一只陶罐交给他："你去提醒独孤公子那拨人和那对道侣修士。如果愿意的话，去祠堂附近守着，最好挑选一处视野开阔的高处，说不定狐妖很快就会在某地现身。"

石柔默默离去报信。

在狮子园一处拱桥，两头分别站着黑袍少年和法刀女冠。

俊美少年一手按住桥栏，手下栏杆化作齑粉："臭道姑，你真要铁了心拦我？"

女冠站在桥栏上，摇摇头："拦阻？我是要杀你取宝。"

俊美少年脸色微变。

师刀房女冠冷笑道："贪图人间文运，你这妖物，越过雷池可不止一步半步。"

俊美少年咬牙切齿道："你就不好奇为何我作为妖物，却能够在这唐氏皇帝卧榻之侧的京畿之地，大摇大摆谋划此事？"

中年女冠按住腰间那把法刀："世俗琐碎，与我无关。"

自称青老爷的俊美狐妖，突然问道："你这外乡婆姨，真是那名扬中土神洲的师刀房道人？"

中年女冠似乎觉得这个问题有些意思，一手摸着刀柄，一手屈指轻弹头顶鱼尾冠："怎么，还有人在宝瓶洲冒充我们？要是有，你报上名号，算你一桩功劳，我可以答应让你死得痛快些。"

以一己之力搅乱狮子园风雨的黑袍少年，啧啧出声："还真是师刀房出身啊，就是不知道吃掉你的那颗宝贝金丹后，会不会撑死大爷。"

女冠嘴角翘起："不愧是浩然天下最小的一个洲，无论是山上还是山下，只要是跟练气士沾边的，一个个本事不大，口气不小。对了，我叫柳伯奇，之所以来此，一开始是为了狮子园柳氏这个姓氏，结果发现运气糟糕了一路的我，总算时来运转。我得谢你，所以要与你说这些，好让你这头真身为蛞蝓的妖物死个明白。"

少年脸色剧变，打破脑袋都想不出这可恶婆姨是如何识破真身的。

它并不清楚，陈平安腰间那只朱红色酒葫芦，其上有能够遮蔽金丹境地仙窥探的障眼法，女冠施展神通后，一眼就看出了这是一枚品相不俗的养剑葫芦。

中年女冠仍是平淡无奇的口气："所以我说那柳树精魅与瞎子无异，你这么多次进进出出狮子园，仍是看不出你的底细，不过凭着那点狐臊味，外加几条狐毛绳索，就真信了你的狐妖身份，误人不浅。支持你祸害狮子园的幕后人，一样是瞎子，不然早就将你剥去狐皮了吧？这点柳氏文运的兴衰算什么，哪里有你肚子里边的家当值钱。"

曾经扬言被元婴追杀都不怕的少年，破天荒地心生怯意，以商量的口气问道："我若是就此离开狮子园，你能否放过我？"

中年女冠答非所问，大概是不屑回答这种脑子拎不清的问题，掌心轻轻敲击刀柄，自顾自说道："这把随身悬佩的法刀，名为猿神，在倒悬山师刀房排名第十七。至于我的本命之物，仍是刀，名为甲作。不过你放心，你见不着我的本命物，是你的天大福气。"

少年膝盖一软，他可怜兮兮道："我吃掉的这个狐妖，本来就不是一个好东西，想要借姻缘证道结金丹，想着借机蚕食柳氏文运，竟然还痴心妄想，想要参加科举。我杀了他，囫囵吞下，其实已经算是为狮子园挡了一灾。此后不过是青鸾国有位老仙师，垂涎狮子园那枚柳氏祖传的亡国玉玺，便联手京城一位手眼通天的庙堂大人物，我呢，就顺势而为，三方各取所需而已，小买卖，不值一提。姑奶奶你大人有大量，就把我当个屁放了吧？若是打搅到姑奶奶你赏景的心情了，我将狐妖那颗半结金丹，双手奉上，作为赔罪，咋样？"

师刀房女冠柳伯奇笑了："是不是觉得我肯定找不出你的真身，所以一直在这儿装疯卖傻？"

少年蓦然换上一副嘴脸，哈哈笑道："哎哟喂，你这臭婆姨，脑子没我想象中那么进水嘛。师刀房咋了？倒悬山什么乱七八糟的法刀猿神又咋了？别忘了，这里是宝瓶洲，是云林姜氏身边的青鸾国！丑八怪、臭八婆，好好与你做笔买卖不答应，偏要青老爷骂你几句才舒坦？真是个贱婢，赶紧去京城求神拜佛吧，不然哪天落在大爷我手里，非抽得你皮开肉绽不可！说不定那会儿你还满心欢喜呢，对不对啊？"

柳伯奇竟是半点不怒，笑容玩味："老话说，庙小妖风大，真是一语中的。跟你这蛞蝓聊天，挺有意思，比起我以往出刀后，那些妖魔巨擘拼命磕头求饶，或是临死疯狂叫嚣，更有趣。"

俊美少年看似嚣张跋扈，实则心里一直在犯嘀咕，这婆娘磨磨蹭蹭，可不是她的风格，难道有陷阱？

可没有人知道他在身为土地公的柳树精魅身上，动了手脚，狮子园一切动静稍大的风水流转，他会立即感知到。

若说在绣楼那边有阴谋，大不了他暂时隐忍，先不去摘果子吃掉那女子身上的蕴含文运就是，看谁能耗得过谁。你这师刀房道姑，与那背剑年轻人，难不成能够守着狮子园一年半载？

那又是什么自己预料不到的依仗，能够让这个丑道姑凭空生出如此多的耐心和定力？到现在都没有像之前小院墙头那次，一刀劈去自己的这副幻象？

柳伯奇侧身站在桥栏上，伸手示意妖物只管走过拱桥，她绝不阻拦："你如果走到绣楼，就知道真相了。"

先前柳伯奇拦阻，他很想冲过去，去绣楼瞅瞅，这会儿柳伯奇放行，他就开始觉得这座拱桥，是刀山火海。

人心鬼蜮，可比他们妖物更可怕。他在漫长的岁月里，就吃过好几次大亏，不然如今兴许都可以摸着上五境的门槛了。

这个吃了狐妖、以狐魅皮囊作为障眼法的俊美少年，之所以让柳伯奇如此不依不饶，有大讲究。这不仅是因为其真身为稀少的蛞蝓。

还因为他是"天地运转，造化无穷"的化宝妖之一。蛞蝓本就成精极难，能够变成一头化宝妖，更是世间罕见。蛞蝓喜好吞食各种精怪鬼魅，最出奇的地方，不是极其擅长伪装、隐匿和逃遁，以及极难被法宝斩杀，而是此妖可以在吞食众多精怪鬼魅后，修行路上，好似接纳了那些食物的修道气数，可以几条路途，齐头并进，以原先妖丹作为阶梯，一步步结出多颗金丹。

简直就是陆地版图上的一条吞宝鲸，谁能打杀谁发横财！

故而哪怕是柳伯奇这么高的眼界，对于这条可笑的蛞蝓地仙，仍是志在必得。若是那个姓陈的年轻人胆敢争抢，她的腰间法刀狻猊，以及本命之物古刀甲作，可就真不长眼睛了。

柳伯奇见这家伙畏畏缩缩，环顾四周，笑道："我知道你的真身就在这附近某处的地底深处，靠着山根气脉，躲避我的探查。"

少年歪着脑袋:"你既然这么牛气冲天,怎的不直接出刀一通劈砍,那点山根水脉藏身之所,可经不起你半炷香工夫的挖地三尺,到时候我岂不是无处藏身?为何不这么做呢?是有在乎的事情吧。"他自问自答,"哦,我猜到了一种可能性,毕竟这段时日你的一举一动,比那将剑修当丫鬟的公子哥,更让我上心嘛。"

柳伯奇眯起眼。

少年举起双手,笑嘻嘻道:"知道你不会让我说出口。来吧,给大爷来一刀,干脆点,咱们青山不改,绿水长流,走着瞧!"

柳伯奇果然一刀就将桥头那边的少年幻象斩碎,依旧是一根狐毛飘落坠地。

柳伯奇远望四方,狮子园四周皆是青山。她见青山多妩媚,一见钟情。

柳伯奇有些脸红,所幸四下无人,而且她皮肤微黑,不显眼。

收起这份思绪,她重新换上那副冷硬面孔,感受着四面八方的细微气机流转。柳伯奇等着看热闹了,那条一身宝贝的蛣蜉,这次要栽大跟头。

既然是帮人帮己的形势,那么柳伯奇就抽出那把师刀房著名的法刀猓神,身形长掠,在狮子园一连串地方,开始精准出刀,要么切断山根与水脉的牵连,要么对一些蛣蜉最有可能藏匿的地点刺上一刺,再就是故意折腾出一些动静,罡气大振,把狮子园的风水暂时搅浑,继续为那个腰系养剑葫芦的白衣年轻人,拖延时间。

摊上蛣蜉妖魅这种好杀不好抓的狡猾货色,柳伯奇只能捏着鼻子做这种无聊事。

在一间房门紧闭的书斋外头,俊美少年的幻象再度现身,他双手负后,一脚踹开大门,跨过门槛。

嗅了嗅鼻子,微微有些不适,他翻了个白眼,嘀咕道:"真不知道这柳氏祖上积了什么德,有这么浓郁的文运气息,在狮子园徘徊不去。也难怪那头龙门境狐妖眼红,可惜啊,命不好,白搭。"

他开始东敲敲西摸摸,不停跺脚,看看有无机关密室之类的,最后发现没有,便开始在一些容易藏东西的场所,翻箱倒柜。

那件宝贝,的的确确是在这间书斋才对。

此次狮子园劫难,幕后那两个大佬,他都打过交道,当然是难缠的货色,一个修为高,一个权柄大,连他都不怎么愿意深交。

那个喜欢收藏宝瓶洲各国玺宝的老家伙,鹰钩鼻,笑起来比鬼物还阴森,阴阳家总结出来的某种面相之说,很适合此人——"鼻如鹰嘴,啄人心髓",一针见血。

老家伙走的是大隐隐于朝的扶龙路数,最喜欢搜刮亡国遗物,跟末代皇帝挨得越近的玩意儿,老家伙越中意,出价越高。

据说那人已经收藏了近百枚历朝历代的皇帝玺宝,应有尽有,但是他唯有两大憾事，一件是某整套玉玺，唯独缺了一块，有小道消息说这块玉玺曾在蜂尾渡那边现身，只是老家伙对那条出过上五境修士的巷子，好像比较忌惮，没敢披张皮就去打家劫舍。

第二件憾事，就是苦求不得狮子园世代珍藏的这枚"巡狩天下之宝"。此宝是宝瓶洲南部一个覆灭大王朝的遗物。这枚传国重宝，其实不大，才方二寸的规制，黄金质地，就这么点大的小小金块，却敢篆刻"范围天地，幽赞神明，金甲昭昭，秋狩四方"。

他偶尔会抬起头，看几眼窗外。那个臭婆娘果真不愿罢休，开始用最笨的法子找自己的真身了，哈哈，她找得到算她本事！

他沾沾自喜，这要归功于一本江湖游侠演义小说，上边说了一句"最危险的地方就是最安稳的地方"，这句话，他越咀嚼越有嚼头。

他继续搜寻那小金块，有些烦躁。这个柳小瘸子藏东西挺在行啊。

虽说即便给他找到了，暂时也带不走，但是先过过眼瘾也好。

说来荒诞，如今与狮子园风水有了些瓜葛渊源后，他竟然成了那小小金块都搬不起的可怜家伙。

若是不计后果，倒也行，可他不乐意，妖物修行路上，最不缺的，就是光阴。

这大概就是老天爷对妖族更难修行的一种补偿吧，成精开窍难，是一道门槛，还要幻化人形去修行，又是门槛，最后找寻一部直指大道的仙家秘籍，或是走了更大的狗屎运，直接被"封正"，属于第三道门槛。根据历史记载，龙虎山天师府就有一头幸运至极的上五境狐妖，只是被天师印往皮毛上那么轻轻一盖，就挡下了所有元婴破境该有的浩荡雷劫，蹦蹦跳跳，就跨过了那道几乎不可逾越的天堑，浩然天下的妖族谁不羡慕？

他只是道听途说，就快羡慕死了。

他眼角余光无意间瞥见那高挂墙壁的书斋对联，是小瘸子柳清山自己写的，至于内容是照搬圣贤书，还是瘸子自己想出来的，他才读了几本书，不晓得答案。

一边是"笔下千军阵，诗词万马兵"，一边是"立德齐今古，藏书教子孙"。

一个气势外放，一个意气收敛。这点小意思，他还是看得出来的。

他抬起头，一左一右，朝墙上对联各吐了口唾沫，然后他哈哈大笑。

看到一个饱读诗书、意气风发的书生，如今跌落泥泞，比落汤鸡、落水狗还不如，真是大快人心啊。

他大摇大摆绕过摆满文人清供的书案，坐在那张椅子上，脑袋后仰，扭了扭屁股，总觉得不够惬意，又开始骂娘："他娘的读书人真是吃饱了撑着，连做一张舒服的椅子都不乐意，非要让人坐着必须挺直腰杆受累。

他直愣愣盯着上方，想起了另外那个幕后大佬，手握青鸾国权柄的一位唐氏老人。

此人对柳敬亭看不顺眼很久了。

这就奇了怪哉，连他这么个局外人，都晓得柳敬亭之类的清流能臣，是一根撑起庙堂的栋梁,你一个当今唐氏皇帝的亲叔叔,咋就对柳敬亭视若仇寇了?这两年,有多少南渡衣冠,是冲着柳老侍郎的这么个好名声而来?

他打破脑袋也想不明白。倒是想起了去年末在狮子园,一场被他躺在横梁上偷听到的父子酒局。

柳敬亭和他的两个儿子,一起喝酒聊天,不外乎柳敬亭的忧国忧民,大儿子的最新见闻,以及柳清山的针砭时政。

记恨柳敬亭最多的文人文官,很好玩,不是政见不合的庙堂敌人,而是那些试图依附柳老侍郎而不得、竭力吹捧而无果的读书人,然后是那些明明与柳老侍郎的门生弟子争执不休,在文坛上吵得面红耳赤,最后恼羞成怒,转而连柳敬亭一起恨得刻骨铭心的人。

柳敬亭可能自己都觉得莫名其妙,其实他待人接物,一向不以对方官位高低、出身好坏而区分对待,最多就是对一些过火的溢美文字不予置评,对一些刻意的讨好不予理会,可恰好是柳敬亭的这种态度,最戳某些人的心窝子。柳敬亭辞官退隐后,一次与大儿子闲聊官场事,那个给外人印象远远不如弟弟柳清山出彩的小小县令,将这些道理,给父亲说通透了,当时柳敬亭唯有饮尽一杯酒而已。柳清山则不以为然,直言不讳,反过来就说了自幼就关系莫逆的兄长一通。

好在那位兄长知道柳清山的脾性,故而并不生气,只说自己是进了官场大染缸,希望柳清山以后莫要学他。

好一个父慈子孝、兄友弟悌的融融洽洽。

他那会儿其实心中冒出个念头,那头被自己吃掉的狐妖,有没有可能,是真的想要融入狮子园柳氏家族?之所以想要参加科举,是想有朝一日,以柳敬亭女婿的身份,在庙堂和文章上都有所建树,最终反哺柳氏文运?

只不过他当时光顾着嘴馋,一口吃掉了那头尚未结出金丹的狐妖,记得自己还打了几个饱嗝来着。

他转过头,感受着外边师刀房臭婆娘注定徒劳无功的出刀,恶狠狠道:"长得那么丑,配个瘸腿汉,倒是刚刚好!"只可惜他不是那口含天宪的儒家圣人。

哀叹一声,他收回视线,无所事事,在那些不值钱的文房四宝诸多物件上,视线游弋而过。

他突然瞪大眼睛,伸手去摸一方长木镇纸旁边的小盒子,烫手!

他赶紧缩回手,心情舒畅,笑骂道:"好你个柳清山,真贼!"

柳氏祠堂那边。

两位家塾教书先生之一的老人留在柳敬亭身边。

柳敬亭苦笑道:"连累伏先生了。"

老人只是摇头。

除了教书，这位老夫子几乎不说话，也没什么脸色变化。狮子园上上下下，其实都有些怕这位老夫子。

而那位中年儒士刘先生，虽然也不算平易近人，规矩更多，几乎所有上过学塾的柳氏子孙和仆役子弟，都挨过此人的板子和教训，可仍是比伏姓老人更让人愿意亲近些。

这会儿中年儒士悄悄走到了祠堂门口，等着柳清山回来。看到柳清山安然无恙地从绣楼返回后，这位刘先生面无表情，直到一瘸一拐的柳清山对他行学生礼后，才点头致意。

柳清山跨过门槛，去往父亲柳敬亭那边。

中年儒士一直站在门口，之后视线上移，看到了藏书楼那边的两道身影——一对来自宝瓶洲中部的主仆。

中年儒士不知是目力不及，还是视而不见，很快就转过身，返回祠堂里边。

藏书楼檐下廊道栏杆处，婢女蒙珑笑问道："公子，你说那伏昇和这姓刘的，会不会跟咱们一样，其实是世外高人啊？"

独孤公子给逗笑了："你先给公子解释一下，我们什么时候成了世外高人了？"

蒙珑会心一笑，趴在栏杆上远眺。

在宝瓶洲，他们难道不算吗？公子自谦罢了。

她所在的那座朱荧王朝，剑修林立，数量冠绝一洲；国势强盛，仅是藩属国就多达十数个。

早早下定决心放弃皇位的龙子龙孙当中，有一名十境剑修，与曾经的宝瓶洲元婴境第一人风雷园李抟景，切磋过三次，虽然都输了，可没有人胆敢质疑这位剑修的战力。东瓶洲有几位地仙，敢去挡李抟景的一剑？李抟景，硬是一人一剑，力压正阳山数百年。那么这位朱荧王朝剑修，落败之后，能够让李抟景答应再战两场，剑术之高，可见一斑。

还有九境剑修两人，是一对无视血缘亲近的神仙眷侣，为此与朱荧王朝决裂，至少台面上如此。夫妻二人极少露面，潜心剑道。传言其实朱荧王朝老皇帝的国库，交由这两人打理，他们跟最南边的老龙城几个大姓关系密切，财源滚滚。

蒙珑气恼道："公子，北俱芦洲的修士，真是太霸道了。尤其是那个挨千刀的道家天君。"

独孤公子微笑道："在那些被咱们一锅端的山头妖魔眼中，我们何尝不是太霸道了？难不成那些死在你那尊夜游神脚下的杂役丫鬟，都犯了死罪？自然不是，只不过我们懒得计较罢了。"

蒙珑一时语塞，只得气咻咻地用脚尖踢着高楼栏杆。

陈平安带着石柔,没有在绣楼附近画符,而是直奔狮子园大门那边。

两尊彩绘门神灵气稀薄,已经无法支撑它们庇护柳氏。陈平安碎碎念叨些道歉言语,然后开始在两扇大门上,画宝塔镇妖符。

不同于绣楼的"小打小闹",府门这两张镇妖符,各自一鼓作气,大开大合,宛如泼墨。

站在陈平安身后的石柔,暗暗点头,如果不是手中毛笔材质普通,陶罐内的金漆又算不得上乘,其实陈平安所画符箓,符胆饱满,本可以威力更大。

陈平安画完之后,退后数步,与石柔并肩而立,确定并无破绽后,才沿着狮子园外墙石板路走去,隔了五十余步,继续画符。

行走途中,陈平安对一直沉默不语的石柔说道:"我画符期间,必须聚精会神,未必可以第一时间发现那头妖物的踪迹,所以你多留心。"

石柔淡然道:"不提为主人分忧解愁的职责,还涉及奴婢自己的身家性命,当然不敢掉以轻心,主人多虑了。"

陈平安转头看了她一眼:"是不是一个人穷怕了,突然有钱,反而会吝啬起来?"

石柔听出其中的微讽之意,没有反驳的心思。不是她心虚或是愧疚,而是那张字条的缘故。

她拆开崔东山留给朱敛的纸马后,字条上的内容,简明扼要,就一句话,六个字:"老妹儿,别找死。"

看似调侃,但是让石柔这具仙人遗蜕都忍不住遍体发寒。

陈平安一次次画符极快,应该是下过苦功夫的,要不然就是师从高人。陈平安的韧性,无论是每一口精气神的稳,还是身躯体魄的定,都在其中起到了很大的作用,缺一不可。

画符耗神,是符箓派一句流传很广的至理名言。

一刻钟后,石柔趁着陈平安画完一张符箓,背靠墙壁,急促呼吸,轻声问道:"主人在结阵?"

陈平安瞪了她一眼,赶紧伸出手指在嘴边,示意天机不可泄露,挪步前行的时候,大概是实在恼火,又瞪了眼口无遮拦的石柔。

一手一个装着黏稠金漆的陶罐,石柔老老实实跟在陈平安身后,想到这个家伙竟然也有慌张的时候,她嘴角微微有些弧度,只是被她很快压下。

狮子园占地颇广,于是就苦了试图悄然画符结阵的陈平安,为了赶在那头大妖察觉之前完成,陈平安真是拼了老命在白墙上落笔。

不比跟人捉对厮杀来得轻松半点。

石柔跟画卷四人不同,没有经历过一场接一场的风波,更没有跨越两大洲的长久游历,所以对于陈平安的真正实力和心性,远远不如朱敛他们熟悉。关于陈平安的家底厚薄,石柔倒是了解颇多,一副飞升境大修士的阳神身外身,一个学生弟子崔东山,这两项,就已经不能再多了。

当下陈平安尝试着关门打狗,再联系之前柳氏绣楼和祠堂的安排,石柔由衷佩服这个家伙的行事风格——滴水不漏。

若说君子不立危墙之下,那么陈平安就是一旦打定主意走向危墙,且不谈初衷,之后种种布局,肯定是恨不得将撑上伞、戴斗笠、披挂甲胄什么的都准备妥当。

陈平安当然不会揣测石柔的心思。一物降一物,石柔交给崔东山对付就是了。

陈平安绕着狮子园走了一圈,画完最后一张符箓,仍然觉得未必妥当,又重新绕了一圈,将许多早早画好却没有派上用场的珍藏符箓,不管三七二十一,一一浇灌真气,贴在墙壁墙头各处。

血本无归的赔钱买卖。

陈平安掠上墙头,心想回头一定要找个理由,扯一扯裴钱的耳朵才行。

自己的开山大弟子嘛,么(没)得关系!

陈平安伸了个懒腰,笑着环视四周,已是春末,青山渐青。

石柔还捧着两只陶罐,站在陈平安身边。看到陈平安的异样神色后,石柔有些奇怪。

陈平安双手往后绕过肩头,十指交错,掌心刚好贴在背后那把剑仙的剑柄上。

背着一把剑仙,那么什么时候才能成为真正的剑仙呢?

记得以前在一艘渡船上俯瞰宝瓶洲某处版图,有人笑语嫣然,伸手指向大地,说咱们脚下打生打死的两个王朝,还不算什么,渡船再往南,就有个朱荧王朝,剑修是你们宝瓶洲最多的,只是比起我的家乡,毛毛雨而已。她还让陈平安以后有机会,一定要先看过了朱荧王朝,再去北俱芦洲走走看看,就会知道那边才是名副其实的剑修林立,冠绝天下,哪里是什么冠绝一洲可以媲美的。

陈平安对那座北俱芦洲,有些向往。

缓缓收起心底的思绪,陈平安摘下那枚养剑葫芦姜壶,却发现没酒了,有点尴尬。

他将姜壶默默收好,希望石柔没看到。

石柔觉得好笑,很不合时宜地问道:"不然我给主人拿壶酒来?"

陈平安摇摇头,一跺脚,狮子园外墙之上,一张张符箓骤然间从符胆处,灵光乍现,如奉敕令,同时绽放出耀眼金光。

刹那之间,如有一条金色蛟龙,环绕狮子园。

图书在版编目(CIP)数据

剑来10：他乡遇故知 / 烽火戏诸侯著.—杭州：
浙江文艺出版社，2020.9（2025.6重印）
ISBN 978-7-5339-6201-2

Ⅰ.①剑… Ⅱ.①烽… Ⅲ.①长篇小说-中国-当代
Ⅳ.①I247.5

中国版本图书馆CIP数据核字（2020）第153301号

选题策划	柳明晔
责任编辑	周海鸣
营销编辑	俞姝辰　徐轶暄
封面绘图	里　夏
责任印制	吴春娟

剑来10：他乡遇故知
烽火戏诸侯　著

出版	浙江文艺出版社
地址	杭州市环城北路177号
邮编	310003
网址	www.zjwycbs.cn
经销	浙江省新华书店集团有限公司
印刷	杭州杭新印务有限公司
开本	710毫米×1000毫米　1/16
字数	323千字
印张	16.5
插页	2
版次	2020年9月第1版
印次	2025年6月第18次印刷
书号	ISBN 978-7-5339-6201-2
定价	43.00元

版权所有　违者必究
（如有印、装质量问题,请寄承印单位调换）